红楼梦
服饰图鉴

李汇群 范侃 著
朱樱 陆昕怡 绘

Dream of
Red Mansions Costume
Illustrations

人民文学出版社

图书在版编目（CIP）数据

红楼梦服饰图鉴 / 李汇群，范侃著；朱樱，陆昕怡绘. -- 北京：人民文学出版社，2025. -- ISBN 978-7-02-019143-7

Ⅰ. I207.411；TS941.742.48

中国国家版本馆CIP数据核字第20249QX133号

责任编辑　徐文凯
装帧设计　陶　雷
责任印制　苏文强

出版发行　人民文学出版社
社　　址　北京市朝内大街166号
邮政编码　100705

印　　刷　小森印刷（北京）有限公司
经　　销　全国新华书店等

字　　数　308千字
开　　本　680毫米×960毫米　1/16
印　　张　32.75　插页2
印　　数　1—5000
版　　次　2025年3月北京第1版
印　　次　2025年3月第1次印刷

书　　号　978-7-02-019143-7
定　　价　158.00元

如有印装质量问题，请与本社图书销售中心调换。电话：010-65233595

目录

红楼梦服饰图鉴

Dream of Red Mansions
Costume Illustrations

序言　张庆善　　　　　　　　　　　　　　　1

第一章　林黛玉进贾府与明清女性服饰　　　1

第一节　林黛玉为何进贾府？　　　　　　3
第二节　理解王熙凤服饰的三个关键词　　8
第三节　明清女性服饰的传承与发展　　　29
第四节　荣国府女眷群像的复原与想象　　35

第二章　金玉缘、木石盟与明清男性服饰　　69

第一节　贾宝玉究竟有何特别？　　　　　72
第二节　理解贾宝玉服饰的三个关键词　　75
第三节　金玉良缘　　　　　　　　　　　115
第四节　木石前盟　　　　　　　　　　　140

第三章　四大家族与明清官员服饰　　　　　155

第一节　葫芦案与四大家族　　　　　　　157
第二节　四大家族与索隐红学　　　　　　168
第三节　四大家族与明清官员服饰　　　　172

第四章　科举制度与明清士人服饰　187

第一节　四大家族的士人众生相　189

第二节　宝玉闹学　191

第三节　科举考试的基本流程　196

第四节　明清士人服饰　205

第五章　秦可卿出殡与明清葬礼服饰　213

第一节　秦可卿的身世之谜　216

第二节　秦可卿与"情"　220

第三节　秦可卿葬礼上的众生相　229

第四节　明清葬礼服饰　234

第六章　元春省亲与明清后妃诰命服饰　255

第一节　元春省亲故事原型梳理　258

第二节　清代选秀制度与元春入宫　260

第三节　元春省亲故事的结构功能　263

第四节　明清后妃诰命服饰　270

第七章　大观园的四季故事与明清时令服饰　285

第一节　黛玉葬花和明清春季服饰　288

第二节　宝钗扑蝶与明清夏季服饰　297

第三节　探春起社与明清秋季服饰　309

第四节　芦雪广联诗与明清冬季服饰　317

第八章　刘姥姥进大观园与明清普通民众服饰　　371

第一节　刘姥姥两进荣国府与明清农妇服饰　　374

第二节　王熙凤的积善与巧姐的命运　　383

第三节　妙玉与明清僧尼服饰　　394

第九章　十二钗又副册与明清丫鬟服饰　　407

第一节　晴雯撕扇　　409

第二节　袭人探亲　　419

第三节　芳官庆寿　　433

第四节　抄检大观园与清洗怡红院　　441

第十章　终身误与明清婚礼服饰　　449

第一节　酸凤姐与苦尤娘　　451

第二节　尤三姐的耻情　　465

第三节　香菱的凋零　　475

第四节　掉包计与终身误　　484

参考文献　　499

著作　　501

论文　　504

网址　　508

后记　　511

序言

红楼梦服饰图鉴

Dream of Red Mansions Costume Illustrations

张庆善

　　李汇群博士团队的大作《红楼梦服饰图鉴》即将出版，她嘱我写序，当我看到厚厚的一大本图文并茂的书稿，很是吃惊，想不到该书对《红楼梦》服饰竟有如此深入的研究。李汇群对我说，为了研究《红楼梦》服饰，她曾多次到北京和苏州制作古代服饰的厂子学习。她很自豪地说，她不仅会设计古代服饰图样，还会动手做，这真是令人敬佩不已。

　　研究《红楼梦》服饰，无疑是研究《红楼梦》不可或缺的内容，这不仅因为《红楼梦》服饰的描写太美了，还因为《红楼梦》的服饰描写，与每一个人物的身份地位、性格特征，以至于人物命运都息息相关。这是《红楼梦》服饰描写最了不起的方面，因此《红楼梦》服饰描写也就成为《红楼梦》不可分割的组成部分，对塑造人物形象十分重要。研究《红楼梦》服饰不容易，涉及很多专业知识，有很多需要阐释的问题，诸如《红楼梦》服饰是汉族还是满族？是明代还是清代？是南方还是北方？这都是以往《红楼梦》服饰研究常常要面对的问题。还有《红楼梦》中的人物服饰有没有历史依据，或完全是曹雪芹的"创作"？曹雪芹为什么这么重视服饰描写？《红楼梦》服饰描写与曹雪芹的家世及兴衰有什么关系等等。回答这些问题对研究《红楼梦》、认识《红楼梦》都是很重要的。当我认真拜读了这本《红楼梦服饰图鉴》后,我发现它几乎对我们以上列出的所有问题都进行了深入的探讨和解答,这是非常了不起的,这无疑是一部关于《红楼梦》服饰研究很有学术分量的著述。

在这部《红楼梦服饰图鉴》中,作者十分重视《红楼梦》服饰与明清时代各种服饰的关联研究,如《红楼梦》服饰与明清女性服饰、与明清男性服饰、与明清官员服饰、与明清葬礼服饰、与明清后妃诰命服饰、与明清时令服饰、与明清普通民众服饰、与明清丫鬟服饰、与明清婚礼服饰等等,像这样全方位地研究《红楼梦》服饰,是前所未有的,这充分表现出作者深厚的学养和博学多识,也开拓了《红楼梦》服饰研究的新视野。

毫无疑问,《红楼梦》服饰描写,是曹雪芹独具匠心的艺术构思的结晶,曹雪芹为每一个人物设计的服饰,都紧紧扣住人物的身份地位,紧紧扣住故事情节,成为人物形象的有机组成部分。比如在黛玉进府的一段故事中,服饰描写便是刻画人物的一个重要标签。曹雪芹根据情节发展的需要,采用了虚写与实写相结合的方式,对黛玉、迎春、探春、惜春等重在描绘人物神采,而不涉及具体妆饰,唯独对姗姗来迟的王熙凤,则以近乎工笔的画法,详细描述了其服饰装扮,勾勒了一个风采动人、有血有肉的凤辣子形象。作者认为,王熙凤服饰的描写,为我们了解《红楼梦》那个时代贵族妇女装扮提供了生动鲜活的细节。并认为,王熙凤的服饰有三个关键词,一是"贵",二是"傲",三是"美"。总之,通过王熙凤的服饰,表现出王熙凤整体造型风格以奢华贵重为主,配合王熙凤的头颈微昂,双眉上挑,眼角上扬等身体姿态,生动地表现出王熙凤人物形象的性格特征。的确是这样,在整部《红楼梦》

中，曹雪芹对王熙凤、贾宝玉的服饰描写最为重视，用的笔墨最多，这是深有用意的。是书在研究中参考了明清时代诸多贵族妇女服饰图像，包括清孙温《红楼梦》图像等，认为"王熙凤的头饰，更接近汉族女性的服饰装束。并且，在清代中期，妇女服饰更多保留了晚明风格，江南地区尤甚"。作者由此推断，王熙凤的造型，应该是在晚明江南女性戴髻插簪钗的基础上，结合清代女性发髻后推的特点。这是很有见解的。

是书名为"图鉴"，作者很好地把"论"与"图"结合起来，图文并茂，这是本书的一大亮点。书中搜集了大量的图，都极为珍贵，十分精美，如明仇英的《寻梅图》、清冷枚的《雪艳图》、清佚名的《燕寝怡情》图、清代金累丝嵌珍珠宝石五凤钿、清孙温的《红楼梦》人物图等等。将历史文献中的"图"以及艺术创作中的"图"形成比对，这会让人们对《红楼梦》服饰有着更为直观的认识。当这些"图"与《红楼梦》服饰描写及作者的考证、论述结合起来时，我们对《红楼梦》服饰描写就会有更深入的认识。

《红楼梦服饰图鉴》这本厚重的著述，以其开阔的视野、对明清服饰的广博知识，以及与《红楼梦》服饰描写的紧密结合，为我们认识《红楼梦》服饰的美学价值和文化内涵开辟了新的途径，这是《红楼梦》服饰研究的新收获，是可喜可贺的。

是为序！

2025年3月1日
于北京惠新里

第一章 林黛玉进贾府与明清女性服饰

红楼梦服饰图鉴

Dream of Red Mansions
Costume Illustrations

作为中国古代最杰出的长篇小说之一,《红楼梦》的故事以青埂峰下顽石入世和神瑛侍者绛珠仙草下凡还愿两大神话传说为发端,以甄府的小荣枯带入贾雨村的宦海沉浮,然后由雨村作为林如海府内西席希求搭上贾府政治资源为线索,巧妙地将江南林家和京城贾家联系起来,以黛玉投亲为引子,拉开了贾府大荣枯叙事的序幕。由此而论,在《红楼梦》全书中,第三回可谓至关重要。这一回以林黛玉的视角为切入点,从这个"步步留心,时时在意"的远方来客的眼中,展现荣国府的雕梁画栋和诗礼簪缨之族的气象,将叙事拉回放置于现实主义语境中,徐徐展开了贵族大家庭生活的丰富画卷,为我们了解封建社会最后的盛世提供了观察窗口。也是在这一回中,书中若干重要人物悉数登场,他们华服盛容、声情并茂,在曹雪芹的笔下开始演绎他们的故事,也引领我们逐渐进入那如梦如幻、悲金悼玉的《红楼梦》世界。

◉ 第一节
林黛玉为何进贾府?

既然林黛玉进贾府是全书故事发展的楔节,那么,林黛玉为何要进贾府呢? 作者对此并未详述,只在林如海对贾雨村、林黛玉略作解释时轻轻带过。林如海对贾雨村说,"因贱荆去世,都中家岳母念及小女无人依傍教育,前已遣了男女船只来接,因小女未曾大痊,故未及行",言下之意,是外祖母贾母思念黛玉,故遣人来接。林如海和贾雨村相处时间不长,交情不深,他对贾雨村的说辞交浅言浅、滴水不漏，比较符合他们的身份和关系，而他对女儿的一番言语，则直接表达了内心深处的忧思，所谓"汝父年将半百，再无续室之意；且汝多病，年又极小，上无亲母教养，下无姊妹兄弟扶持，今依傍外祖母及舅氏姊妹去，正好减我顾盼之忧，何反云不往"，❶语气中充满疲惫和沧桑，意思是他已经没有精力和人手照管女儿，只能将她托付给舅氏，中年丧妻、诸事缠身的老父亲在爱女面前流露不舍、牵挂、无奈、舐犊之情，溢于言表。

  林如海和黛玉的父女深情固然令人鼻酸，但他的表述中却潜埋着一个矛盾，既然父女二人相依为命，他为何不将女儿留在身边呢？黛玉身体不好，本就不应长途奔波，而贾夫人去世不久，从情感上来讲，他也应更需要女儿侍亲膝下，以稍解丧妻之痛。就算贾母思念外孙女，从人之常情的角度而言，这个时候接走黛玉似乎也不太合适。林如海还提到身边无人照顾黛玉，才送她去依傍舅氏，但书中说得很清楚，林家世代封侯，林如海又被钦点为扬州巡盐御史，怎么看也不像是那种寒门薄宦之家。俞平伯先生曾解释过，扬州盐政的正名应该是两淮盐运使，在清代是最阔气的衙门，最阔气的官。也就是说，林黛玉是豪富之家的千金小姐，门第财富并不输于日渐败落的贾家侯门，❷黛玉去贾府，即使不是纡尊降贵，以高就低，至少也应是贵客登门，何谈"依傍"呢！并且，贾夫人虽逝，林如海房中还有其他姬妾，黛玉也自有贴身嬷嬷和丫鬟照顾，也不至于无人打理内帏，何以他想到黛玉的未来，会有顾盼之忧呢？

  要解答这些疑惑，或许还要回到黛玉进府的具体语境中，结合贾府众人对黛玉的反应来展开解读。俗话说言为心声，在第三回中，

---

❶ 本书所引《红楼梦》原文，都出自人民文学出版社1982年版，特此说明，余者不再额外标注。
❷ 邓云乡：《红楼梦忆》，中华书局2015年，第257—258页。

明确写到和黛玉交谈过的女性眷属有四人，分别是贾母、王熙凤、邢夫人、王夫人。贾母见到黛玉，"一把搂入怀中，心肝儿肉叫着大哭起来"，安排她和自己同住，并把服侍黛玉的丫鬟、教养嬷嬷等细节一一张罗妥帖，对黛玉的喜爱关心溢于言表。相较而言，邢夫人和王夫人的态度更为内敛。邢夫人说话不多，但携了黛玉、挽着黛玉的手、苦留吃晚饭、送黛玉至仪门前、眼看着车去了方回，曹公将邢夫人的一系列动作行云流水般写下来，一位深知礼节、将面子功夫做得足足的贵夫人形象呼之欲出。也就是说，不管邢夫人内心深处对黛玉是何观感，至少在面上她做得非常周到。再来看看王夫人，从邢夫人处出来，黛玉在嬷嬷、丫鬟们的一路带领下，如进迷宫一般，最后才见到王夫人，对比邢夫人的热情，王夫人似乎略显冷淡。见面后两人交谈，王夫人对黛玉说了一大段话：

> 你舅舅今日斋戒去了，再见罢。只是有一句话嘱咐你：你三个姊妹倒都极好，以后一处念书认字学针线，或是偶一顽笑，都有尽让的。但我不放心的最是一件：我有一个孽根祸胎，是家里的"混世魔王"，今日因庙里还愿去了，尚未回来，晚间你看见便知了。你只以后不要睬他，你这些姊妹都不敢沾惹他的。

细细揣摩王夫人的话中之意，前面说到贾政斋戒、姊妹们相处等都是过渡之语，她表述的核心就是要求黛玉远离宝玉。后面王夫人对此作了解释，"若这一日姊妹们和他多说一句话，他心里一乐，便生出多少事来"。话说到这个份上，王夫人对宝玉的控制可见一斑。她警惕一切可能让儿子失控的因素，并尽力将一切危险扼杀在摇篮中。是以，对初来乍到的林黛玉，见面伊始，她就发出了赤裸裸的警告。

王夫人对黛玉的警告，或许还包含另一层心思。荣国府内，玉字辈的少夫人有两位，即李纨和王熙凤。❶ 按理来说，李纨是王夫人亲生嫡子贾珠的遗孀，又抚育着唯一的孙子贾兰，从人之常情的角度来讲，王夫人对这母子二人，应该是百般怜惜千般呵护，但通览前八十回，就不见王夫人和孙子有任何交流。并且，在荣国府内当家主政的是王夫人的侄女王熙凤，嫡亲儿媳李纨反而靠边站了，于情于理都说不过去，透着各种古怪。从中，我们大致可以推断，或许王夫人并不怎么喜欢李纨，李纨也不是她心中的理想儿媳。可如果王夫人对李纨抱有成见，李纨当初何以能嫁入荣国府呢？且看李纨的出身，她是金陵名宦之女，父亲曾做过国子监祭酒，❷ 位高权重。从贾府的两代联姻来看，贾敏嫁给探花郎林如海，贾珠娶高级知识分子的女儿，可以发现以军功起家的贾府越来越靠拢文官群体，试图通过联姻巩固家族地位，❸ 这却不一定为王夫人或者说她背后的王家所喜闻乐见。想那王家是何家风？先看王夫人，书中所有宴会场合，从未见她表现诗酒风雅或点评晚辈诗作，可见腹内无才；二看薛姨妈，名门出身的她居然嫁入商贾之家，虽然在酒宴上也能勉强成句，却并无突出诗才；再看王熙凤，她能力出众却几乎是个文盲，嫁入贾府后因管家需要才勉强认得了几个字。从两代三位王家女性

---

❶ 贾母生有贾赦、贾政、贾敏三兄妹。长子贾赦生子贾琏，娶王熙凤。次子贾政生有嫡女贾元春、嫡子贾珠，娶李纨；嫡子贾宝玉；庶女贾探春，庶子贾环。长子贾赦虽然袭了爵位，但荣国府的实际管家权却在次子贾政夫妇手中，但第三代的管家权又落回到长房儿媳王熙凤手中。

❷ 国子监是历代中央官学的称呼，祭酒是主管中央官学的最高级别官员，也有"天下之师"之称。明代国子监祭酒为从四品，清代增设了国子监管理监事大臣作为国子监的最高决策者，一般由朝中勋贵二品以上大员担任，但国子监日常事务仍然由国子监祭酒负责，仍为从四品。明清时期担任过国子监祭酒的名臣有宋讷、严嵩、徐阶、高拱、翁同龢等人。参见崔广哲：《明代国子祭酒研究》，兰州大学硕士学位论文，2011年。张淑贤：《晚清国子监祭酒研究》，黑龙江大学博士学位论文，2017年。

❸ 参见陈大康：《荣国府的经济账》第二章"李纨和王夫人为何没有对话"，人民文学出版社2019年。参见本书第三章对四大家族的梳理。

的文化修养之低，可见王家家风不注重培养女儿文才，联姻也更看重实际利益而不好士林清流之虚名。如此看来，与文官家族联姻恐非王夫人所喜，李纨作为儿媳，既不符合王夫人的母族利益，也不符合她的个人审美。

  王夫人不中意出身书香门第的儿媳妇，却无法阻止李纨嫁给她的长子贾珠，那场联姻应该更多由贾母和贾政主导。那种无力控制局面的不快随着贾珠的去世、李纨退守一隅或许逐渐淡去，但随着宝玉年龄增长，围绕他的婚配，王夫人和丈夫、婆婆之间的分歧将再次浮出水面。在长子的婚姻上她曾作出妥协，但对于幼子的婚姻，她或许再不会轻易低头。那么，贾母和贾政究竟属意于谁呢？从贾敏逝世后，老太君迫不及待地要将黛玉接到身边来看，答案已经呼之欲出了。如果说与林家联姻是贾家从武官系统向文官集团靠拢的一着妙棋，那么贾敏的早逝一方面让贾府有遽失骨肉之痛，另一方面更有政治资源中断的焦虑，而二代再次联姻则可以救活这盘死棋。如此，再来关注黛玉进贾府，可以发现围绕未来宝二奶奶的人选，贾府内部的角力博弈已然开始。事实上，贾母力主接黛玉进京，未必不存着培养宝黛感情，以后再顺水推舟的意思。彼时林如海仕途如日中天，贾府反倒需要极力攀缘这门亲事，林如海对此也未尝不是心知肚明，但因女儿年龄尚小，也采取了观望姿态。也只有从这个角度，才能理解贾家在林如海丧妻之后，还要借机接走黛玉；而林如海明明舍不得女儿，但为了她未来的人生考虑，还是送她进京。正因为宝黛二人背负着贾、林家族再次联姻的展望，黛玉进府是势在必行。双方家长对此心照不宣，王夫人自然不会置身事外，她对黛玉的敲打，正反映了她内心的不安和排斥，也为后来宝钗进府，金玉良缘对木石前盟形成挑战埋下伏笔，而黛玉进贾府，也将身不由己地卷入以贾母和王夫人为代表的内宅两大势力的纷争矛盾中。

第二节
理解王熙凤服饰的三个关键词

在暗流涌动的荣国府，王熙凤的处境有点微妙。她是邢夫人名正言顺的儿媳，又是王夫人的内侄女，还是贾母的孙媳妇。处于三方权力的博弈交汇处，她却得到了管家大权，还深受贾母宠爱，在府内如鱼得水，充分说明她是何等聪明能干。由此，在围绕宝玉未来婚姻展开的博弈中，王熙凤的选择站队，可谓相当关键。也就是说，在迎接黛玉进府的这个重要场合，王熙凤的一举一动，都在被几方势力关注打量，而她的一言一行，也反映了这位当家少奶奶长袖善舞、八面玲珑的性格特点。

且看她登场亮相时与黛玉的互动：一句"我来迟了，不曾迎接远客"先声夺人，脂砚斋对作者这种落笔很是欣赏，评价为"未写其形，先使闻声"。[1] 紧接着，她携着黛玉之手，连声感慨贾敏的早逝，以帕拭泪，被贾母打断后，忙转悲为喜说，"我一见了妹妹，一心都在他身上了，又是喜欢，又是伤心，竟忘记了老祖宗。该打，该打！"又转向黛玉，问了一连串话，"妹妹几岁了？可也上过学？现吃什么药？在这里不要想家，想要什么吃的、什么玩的，只管告诉我；丫头老婆们不好了，也只管告诉我"，值得注意的是，在向黛玉发问时，她并未真正期待黛玉的回答，而是同时又转向婆子们也抛出了

---

[1] 吴铭恩：《红楼梦脂评汇校本》，清华大学出版社2019年，第39页。

若干问题,"林姑娘的行李东西可搬进来了? 带了几个人来"等等。可见,王熙凤对黛玉流露热情,表演的成分多于真情实感。

　　注重礼仪,强调得体,历来是华夏传统,贵族阶层对此尤为重视。不可否认,通过礼仪向他人表达善意从而维持群体秩序,是蕴含在传统礼仪中的重要价值,但长期如此表演,内在情绪与外在秩序脱节,也存在塑造某种面具化、脸谱化虚假自我的弊端。《红楼梦》的世界里,像贾政和王夫人那般,基本没有情感交流,如同两个假面人维持着名义上的夫妻关系,正是过于强调外在之礼而忽视内在之情导致的。对正值青春妙龄的王熙凤来说,当家主母的身份要求她必须收敛自己的情绪,以得体的方式应对形形色色的人,但内在的青春热情绝非理性可以完全克制,所以在更多时候,我们能看到这位贵夫人身上流露出的年轻人天性和礼教之间的冲突,这些矛盾因素交织杂糅在一起,反而打造出了一个光彩夺目的有生命力的女性形象。

　　比如她是活泼好动,喜欢热闹的,所以在迎接黛玉时,众人都敛声屏气,唯独她旁若无人地大声说笑,连黛玉都觉得她"放诞无礼"。但同时她也是紧绷的,表面上是和黛玉说话,其实无时无刻不在关注贾母的反应,那每句话的指向,细细推敲,都是在向贾母表达忠心。而紧接着,她又得应对王夫人关于月钱、衣料的考问,给黛玉做衣服的料子,她已预备好了,却要"等太太回去过了目好送来",连衣服料子这种小事情,她都不能做主,又隐隐透露出这位少奶奶的无奈。从这个角度来看,为让贾母开心,她必须对黛玉表达善意和热情,但在黛玉的生活安排等细节上,她又必须按照规矩听候王夫人的吩咐,如此才能圆滑应对,几方讨好,这荣国府当家少奶奶的位置,也委实是难坐。而作者为了更好地展现还原王熙凤的形象，更进一步对她的服饰进行了重彩浓墨的描写。

在裙钗云集、花团锦簇的集体戏中，如何写出每个人的特点，非常考验作者的功力。作者独具匠心地采用了虚写和实写相结合的方式，对其他人的态度面貌，如黛玉、三春等，仅描绘其神采，而不涉及具体妆饰。唯独对姗姗来迟的王熙凤，则以近乎白描的工笔画法，详细描述其服饰装扮，勾勒了一个风采动人、有血有肉的凤辣子形象。而作者对王熙凤服饰的写实白描，也为我们了解彼时贵族妇女装扮提供了生动鲜活的细节。且看这位荣府当家少奶奶的打扮：

> 这个人打扮与众姑娘不同：彩绣辉煌，恍若神妃仙子。头上戴着金丝八宝攒珠髻，绾着朝阳五凤挂珠钗；项上戴着赤金盘螭璎珞圈；裙边系着豆绿宫绦双衡比目玫瑰佩；身上穿着缕金百蝶穿花大红洋缎窄裉袄，外罩五彩刻丝石青银鼠褂；下着翡翠撒花洋绉裙。一双丹凤三角眼，两弯柳叶吊梢眉，身量苗条，体格风骚。粉面含春威不露，丹唇未启笑先闻。（第三回）

王熙凤的原型，应该是作者非常熟悉的人，❶她的打扮给他留下了深刻印象，以至多年以后回忆，其倩影风姿仍然历历在目，刻骨铭心。这段文字中，作者的笔墨如同目光，从头到脚，仔细打量着这位贵妇。接下来，也让我们跟随曹公的目光，一起来盘点王熙凤身上的服饰吧。

---

❶ 如庚辰本第二十二回凤姐点戏，眉批有"凤姐点戏，脂砚执笔事，今知者聊聊矣，不怨夫？"。参见吴铭恩：《红楼梦脂评汇校本》，清华大学出版社2019年，第297页。

头部：金丝八宝攒珠髻、朝阳五凤挂珠钗

金丝八宝攒珠髻

用金丝编成，并镶嵌贵重饰品的发罩。

图1.1 明 唐白云全夫人画像（局部）

髻，指鬏髻，是一种戴在发髻上的发罩，也有发鼓、发骨之称。晚明到清中期的妇女喜欢戴鬏髻，普通平民以假发编成鬏髻，贵族或有钱人家则以金丝、银丝混合头发编成鬏髻，主要功能是把发髻撑起，以便穿戴簪钗等首饰。❶ 鬏髻一般是用金银丝和头发编成有网眼的圆锥、扁圆形状的头冠，在冠上可以插戴多种首饰，包括分心、挑心、顶簪、花钿、满冠等，合称头面。❷ 如安徽省博物馆藏明代唐白云全夫人画像（图1.1）所示。

攒珠，是一种工艺，指用金银丝穿聚珍珠并做成各种花样。❸ 八宝，有两种解释，可能泛指玛瑙、珍珠等饰品，也可能指民间八宝纹或佛教、道教的八宝吉祥图纹。❹ 金丝是指用传统的花丝工艺制作首饰，也就是把"金、银等贵金属用拔丝板拉成细丝后，再将两股

---

❶ 参见扬之水：《中国古代金银首饰》卷二之"鬏髻与簪"部分，故宫出版社2014年。

❷ 分心是一种簪角朝上的簪，以佛像、观音像、花卉纹、龙凤纹等为主要纹样，插戴在鬏髻的正前方；挑心是一种垂直插入髻顶的簪子，簪首的纹样一般为花纹，插戴在鬏髻的顶端；顶簪是成对的两支簪，分别插戴在鬏髻的左右两侧；花钿是插戴在鬏髻正面底部的饰品；满冠是插戴在鬏髻反面底部的饰品。参见董进（撷芳主人）微博：《关于鬏髻头面中分心、满冠、挑心的定名》，2018年11月22日，https://weibo.com/ttarticle/p/show?id=2309404309133724624443#_loginLayer_1720226663138，2024年7月6日。

❸ 冯其庸、李希凡主编：《红楼梦大辞典》，文化艺术出版社2010年，第46页。

❹ 民间八宝纹通常指将八种常见宝物组合在一起的吉祥纹样，包括玉鱼、鼓板、玉磬、灵芝、艾叶、祥云、宝珠、银锭等，佛教八宝纹包括宝瓶、宝伞、宝鱼、法螺、法轮、莲花、吉祥结、胜利幢等，道教八宝纹包括葫芦、扇子、宝剑、莲花、花篮、渔鼓、笛子、玉板等。

图1.2 明 镶宝石金冠

或更多股的细丝制成或圆或扁的花丝，再采用掐、填、攒、焊、编、织、堆、垒等传统技法造型，制成工艺品"。❶ 综合来看，金丝八宝攒珠髻就是一个用金丝工艺编成，镶嵌着珠宝或八宝吉祥纹样的发罩。中国国家博物馆藏有明代镶宝石金冠（图1.2），上有分梁，镶嵌各种珠宝，两侧有孔，用以插簪，可以参看。根据扬之水先生的考证，金丝梁冠也是鬏髻的一种款式，❷ 如此看来，王熙凤的金丝八宝攒珠髻，也有可能就是类似的金丝梁冠。

朝阳五凤挂珠钗

用凤凰纹样装饰的钗。

钗，是常见的固定头发的首饰。通常认为，单股为簪，两股为钗，

---

❶ 颜建超等:《"花丝镶嵌"概念的由来与界定》,《广西民族大学学报》(自然科学版)2016年第2期。
❷ 参见扬之水:《奢华之色：宋元明金银器研究》卷二"明代金银首饰"，中华书局2011年，第11—12页。

簪头和钗头都可加各种形状的饰物。但根据扬之水先生考证，到明代中后期，钗和簪很多时候已经通用，钗有时候就指华丽的簪。❶ 凤钗是常见的钗样，明代曾经一度非常注重服饰区分身份的功能，前中期凤纹多为后妃和命妇们使用，但后期礼法松弛，凤纹越来越多被其他妇女采用，相沿成习，民间女子也多戴凤钗。朝阳五凤从字面意思来理解，或许是一支长钗，钗头分五股，每股形为一支凤凰，口衔珠串，凤头朝上，以喻朝阳之意；也可能是五支不同的凤钗，一支插在头顶的高髻上，两支掩鬓插在头部左右两鬓，还有两支一左一右插在下垂的两个发髻上。87版《红楼梦》电视剧的造型师杨树云先生就曾考虑过后者这种设计。❷ 类似造型，在清代的绘画中也屡见不鲜，如冷枚《雪艳图》（上海博物馆藏）中，从正面（图1.3）和侧面（图1.4），能清晰看到女子头顶插一支凤簪、两鬓插有花钿。又如《燕寝怡情》画册（美国波士顿美术馆藏，图1.5）中，女子也是梳螺髻，发髻前正中插一支凤簪。从清代画像也能看出，相比于晚明时期女性所梳的在头顶高高堆起的高髻，清代女性的发髻呈现出向后脑移动的态势。事实上，冷枚的仕女和《燕寝怡情》画册中的女子，都是典型的汉族女性装扮，相较而言，清代旗人妇女更习惯梳盘发、戴钿子，如清代金累丝嵌珍珠宝石五凤钿（故宫博物院藏，图1.6）。❸ 因此，也有说法提到王熙凤头上的朝阳五凤挂珠钗就是五凤钿。但根据书中描述，王熙凤的头饰是戴髻插簪钗，更接近汉族女性的服饰装束。并且，在清代前中期，女性服饰更多保留了晚明风格，江南地区尤

❶ 参见扬之水：《中国古代金银首饰》卷二之 "鬏髻与簪" 部分，故宫出版社2014年。
❷ 杨树云：《装点红楼梦》，东方出版社2012年，第181—182页。
❸ 累丝，是一种传统的金属加工工艺，将金银丝编成辫股或网状，制成精致的花纹纹样，再通过焊接、抛光等工艺，加工为累丝饰品。

甚。《红楼梦》作者曹雪芹出身江宁织造曹家,这个世家大族曾在江南经营半个多世纪,族中妇女的装饰很可能保留了江南汉族女性的穿戴风俗。从孙温所绘《红楼梦》(辽宁省大连市旅顺博物馆藏)中的王熙凤(图1.7)来看,❶ 也是发绾高髻,发髻正中插一支大凤簪,凤嘴衔有挂珠垂下,两鬓插有鬓边花。故而,我们推断,王熙凤的造型应该是在晚明江南汉族女性戴髻插簪钗的基础上,结合清代女性发髻后推的特点,髻梳在脑后,戴金嵌宝梁冠,并插戴五支凤簪。

颈部:赤金盘螭璎珞圈

刻着盘螭纹的金项圈。

璎珞,原指佛像上的装饰,是由珠宝或花等编成的饰品,可挂在头、颈、胸、手脚等部位。璎珞的造型非常丰富,有研究者曾梳理过宋代大足石刻璎珞,整理出单组式、双组式、多组式璎珞结构,佩戴方式则有项圈式和披挂式。❷《红楼梦》中习惯将项圈和璎珞混称,如第八回里莺儿提到薛宝钗的项圈,但宝钗掏给宝玉看时,书中却用璎珞称呼它。有人认为,它们可能是对同一种佩物不同部位的称呼,即脖子上戴的项链有上下两部分,上面是项圈,下面是璎珞,❸ 这可能更近似于双组式或多组式璎珞。但还有一种可能是,在《红楼梦》的艺术世界中,项圈和璎珞通用,更接近于单组式璎珞,即颈饰只有一串项圈,其上有璎珞的装饰成分,如项圈中心有组合

---

❶ 本书所选用孙温绘制图片都出自该画册,余者不再标明出处。

❷ 贾晓璇:《大足石刻璎珞在珠宝设计中的应用研究》,重庆师范大学硕士学位论文2014年,第12—13页。

❸ 参见许丽虹、梁慧:《吉光片羽——〈红楼梦〉中的珠玉之美》中"薛宝钗的金锁"部分,广西大学出版社2019年。

图1.3 清 冷枚 《雪艳图》（局部）1

图1.4 清 冷枚 《雪艳图》（局部）2

图1.5 清 佚名 《燕寝怡情》（局部）

图1.7 清 孙温 《红楼梦》之"王凤姐弄权铁槛寺"（局部）

图1.6 清 金累丝嵌珍珠宝石五凤钿

挂件，上可镶嵌各种珠宝等，可看作二者的结合。❶如清代孙温全本绘《红楼梦》中，贾宝玉的璎珞都画作项圈（图1.8）。事实上，项圈和璎珞的结合，在明清时已较为常见，所以有学者认为，"故宫博物院珍宝馆陈列有清代贵族所戴项圈，有金制、金包玉、金项圈上镶嵌宝石，或另附加一些丝绦和垂件，已近似于璎珞"。❷由此来看，王熙凤的璎珞圈应该也是一种类似于项圈的佩饰。

盘螭，指弯曲的龙，螭是一种无角龙，在新石器时代的陶器和夏商时期的青铜器上就已经出现了螭纹，❸起初是皇权的象征，但到明清时期已经成为官员和百姓都可以使用的民间龙纹，是器皿和服饰上的常见纹饰。❹如现藏于故宫博物院的清代玛瑙雕螭耳杯（图1.9）。赤金是含金量很高的黄金，根据含金量的比例，清代将黄金分为赤金和淡金，

图1.8 清 孙温《红楼梦》之"贾宝玉初试云雨情"（局部）

图1.9 清 玛瑙雕螭耳杯

---

❶ 张茜：《璎珞小考》，《装饰》2005年第8期。
❷ 吴山：《中国工艺美术大辞典》，江苏美术出版社1999年，第676页。
❸ 郑成胜、李晶：《若龙而黄——中国早期螭纹类型研究》，《荣宝斋》2022年第3期。
❹ 张路曼：《玉器中螭纹的演化及文化意义研究》，中国地质大学（北京）硕士学位论文，2018年。

清代官方文献中明确提到，赤金的含金量在九成以上，九成到四成为淡金。❶ 由名称而论，王熙凤的金璎珞圈，含金量很高。

腰部：豆绿宫绦、双衡比目玫瑰佩

豆绿宫绦

豆绿色的腰带。

图 1.10　明　仇英　《寻梅图》（局部）

中国古代的腰带分为丝带和革带两类，绦带就是一种丝带。宫绦，顾名思义，是宫中特制或者仿照宫中样式制作的绦带。清初孔尚任《桃花扇》里写到崇祯皇帝"舍煤山古树，解却宫绦"，❷ 把这层意思说得很清楚。此处王熙凤腰部系的豆绿宫绦是一种打成花结的绦带，其样式可以参看仇英《寻梅图》（大英博物馆藏，图1.10）中的仕女所系之绦带。

---

❶ "又奏准银库，备用一二三等赤金，如成色不足，呈堂镕炼足色。其九成至四成，淡金，如不敷用，准动库金镕对备用"，允祹等：《钦定大清会典则例》卷一百五十九，《钦定四库全书》，清乾隆版。参见刘梦雨：《清代官修匠作则例所见彩画作颜料研究》，清华大学博士学位论文2019年。

❷ 孔尚任：《桃花扇》第四十出，人民文学出版社1997年，第254页。

双衡比目玫瑰佩

红色宝石制成的双鱼形状的组佩。

玫瑰，一说指玫瑰色，是佩的颜色；❶一说指宝石，又名火齐珠。❷比目指比目鱼，古人认为比目鱼只有一眼，必须双鱼相伴才能游动，所以用来比喻成双成对的伴侣。如卢照邻《长安古意》诗云"得成比目何辞死，愿作鸳鸯不羡仙"，比目就是双鱼的样子。如清华大学艺术博物馆藏《多子多福图》中女子腰间所系之双鱼佩(图1.11)。双衡指两块玉，按照古代礼制，一般是成组列佩玉，包括璜、小璧、琚、瑀、冲牙、瑱珠等，衡是组玉最上方横着的那块玉。❸ 如《红楼梦大辞典》中提供的图样(图1.12)和明代玉佩(明十三陵博物馆藏，图1.13)。❹ 女性腰系宫绦和玉佩，主要功能是走路时压住裙摆，以免散开。

周身：缕金百蝶穿花大红洋缎窄裉袄、翡翠撒花洋绉裙、五彩刻丝石青银鼠褂

缕金百蝶穿花大红洋缎窄裉袄

大红色的上衣，用洋缎制成，腋下收紧，衣身上用金线织成百蝶穿花的纹样。

袄，是一种上衣。古代上衣有襦、袄等称呼，襦比较短，到腰部，也称腰襦，袄比襦稍长。❺ 裉是上衣在腋下缝合的部分，在传统服装

---

❶ 参见辉途：《"双衡比目玫瑰佩"》，《红楼梦学刊》1980年第1辑。
❷ 参见张德斌：《王熙凤的"玫瑰佩"》，《北京晚报》2024年2月5日。
❸ 杨树云：《装点红楼梦》，东方出版社2012年，第179—180页。
❹ 冯其庸、李希凡主编：《红楼梦大辞典》，文化艺术出版社2010年，第46页。
❺ 参见周汛、高春明：《中国历代妇女妆饰》，学林出版社1988年，第219页。

里，从袖子的侧缝、到腋下再到衣服的下摆都连在一起的，可以统称为裉。窄裉意味着衣服从腋下到腰身缝得很紧，比较贴身。如清代乾隆时期香色缎绣金龙纹女夹龙袍(故宫博物院藏，图1.14)，腋下收紧，类同于"窄裉"。可见，王熙凤的着装在当时现实生活中有其原型，是彼时时髦风尚的表现。

洋缎，从字面上理解，即进口的缎子面料。在清代前中期，往往由外国使团或传教士等进贡给皇室，有时候皇室也会主动要求采购。❶ 据清人笔记记载，雍正五年意大利曾向清皇室进贡洋缎。❷ 百蝶穿花是一种明清时期的常见纹样。百蝶，一说指单纯的上百只蝴蝶组成的图案，还有一种说法认为是百蝶与其他纹样如折枝花、团寿纹等组成的图案。穿是构图方式，强调图案之间没有交叉，散落在同一平面上，互相之间保持间隔。❸ 如清康熙时青色四季花折枝百花蝶纹妆花缎女帔(故宫博物院藏，图1.15)，就是蝴蝶和牡丹、梅花、菊花、秋海棠等各式花卉纹样呈不规则状，散点分布于衣面上。古人穿衣服，花纹往往要结合时令、场合等设计，王熙凤出场的时候是冬天，通常来讲，梅花、水仙等可能更应景，但采用四季花卉以表达吉祥寓意的形式也很常见。

缕金是一种纺织工艺，即用金线在布料上织绣。缕金百蝶穿花，即用金线织成百蝶穿花的纹样。❹

---

❶ 参见罗兴连：《清前中期西洋纺织品的输入及其影响》，《中国国家博物馆馆刊》2019年第8期。
❷ 梁廷枏：《粤海关志》，广东人民出版社2014年，第454页。
❸ 姜图图、李心怡：《〈红楼梦〉"百蝶穿花"服装纹样考》，《服饰导刊》2017年第1期。
❹ 金线的制作方式有两种，或者将黄金加工为金箔后切成细丝，或者将金块拉拔为金丝，这两种金线粘性不强容易断裂，因此还有一种办法，就是将金箔贴在动物皮或者植物性的纸张之上，再切成金线，根据所贴褙衬的不同，分为动物性褙衬片金线和植物性褙衬片金线。参见胡霄睿、于伟东：《从金丝的起源到纺织用金线的专门化》，《纺织学报》2017年第11期。

图1.11 现代 《多子多福图》(局部)

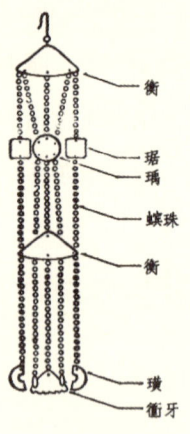

玉佩
江西南城明·益王朱祐槟墓有实物出土
见《文物》1973年第3期

图1.12 明 益王朱祐槟墓玉佩样式说明

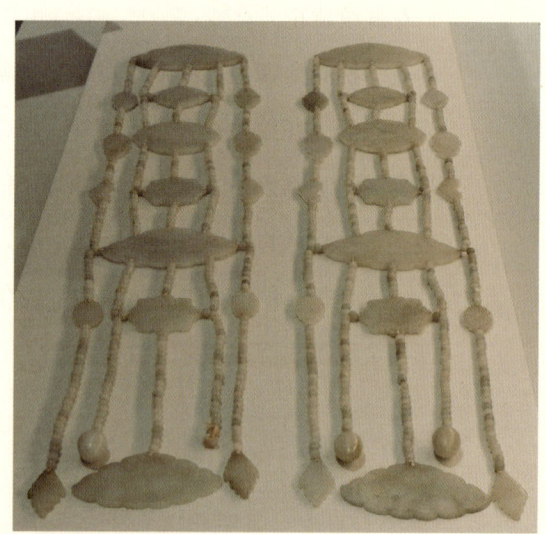

图1.13 明 玉佩

图1.14 清 乾隆时期 香色缎绣金龙纹女夹龙袍(局部)

图1.15 清 康熙时期 青色四季花折枝百花蝶纹妆花缎女帔(局部)

翡翠撒花洋绉裙

绿色的真丝裙,裙面上有撒花纹样。

图1.16 清 红色暗花罗彩绣镶带阑干裙

绉是一种丝织物,通过对经纬线加捻处理后,❶ 织物表面光泽柔和,富有弹性。明清时期的绉以浙江湖州南浔镇辑里村的丝纺成的织物为最上等,称湖绉。清人记述指出,洋绉就是湖绉。❷ 清朝同治年间《湖州府志》明确提到湖绉"俗名洋绉"。❸ 撒花即中国古代花纹的一种排列方式,小碎花纹样呈散点排列状。翡翠源于鸟名,翡指赤羽雀,翠指青羽雀,后延伸指代为翠羽色的矿石。翡翠色彩丰富,有绿、红、紫、黑、黄、白等颜色,但从明清宫廷所使用的翡翠制品来看,以绿色居多。❹

此外,明清时期最常见的女裙款式是马面裙,前后叠合有两个

---

❶ 加捻:对线进行弯曲扭转,使之形成纱线,纱线更紧实,织出来的织物也更有弹性。
❷ 卫杰:《蚕桑萃编》卷七,织政,缎绸类,清光绪刻本。
❸ 宗源瀚、郭式昌修,周学濬、陆心源等纂:《同治湖州府志》卷三十三,上海书店1993年,第640页。参见张丽玲:《〈红楼梦〉中的舶来织物察考》,广东省社会科学院硕士学位论文,2018年。
❹ 参见虞海燕:《翡翠刍议》,《文物天地》2023年第6期。

马面，两侧打褶，裙下端缀以裙襕，绣上各种吉祥图纹，如清代红色暗花罗彩绣镶带阑干裙（清华大学艺术博物馆藏，图1.16）。王熙凤身上所穿的，很有可能也是这样一款裙子。

五彩刻丝石青银鼠褂

深蓝色的长款外套，用银鼠皮毛做成里子，衣面上有刻丝工艺织成的彩色图案。

褂是一种长款外套，银鼠褂是以银鼠毛为里子的外套。银鼠是一种鼬科动物，毛短洁白，也称白鼬，以其皮毛做成衣服，极其贵重。文艺复兴时期，意大利著名画家达·芬奇曾以贵夫人为模特，画有《抱银鼠的女子》（波兰克拉科夫市恰尔托雷斯基博物馆藏，图1.17），女子怀中所抱的正是白鼬，它一度因皮毛昂贵成为欧洲贵族的宠物。王熙凤穿银鼠褂，从侧面反映了清代贵族的喜尚。明代以穿绒为贵，而清代以穿皮为尚。❶ 考其缘由，或许是因为清贵族集团从东北入关，对寒冷故乡的记忆留存在他们的服饰选择中，故而喜好穿裘皮大衣以御寒，银鼠皮衣就是一种非常珍贵的冬衣。故宫博物院收藏了若干银鼠皮褂袍，如石青色素缎银鼠皮行服褂（图1.18），里子所用之毛洁白丰厚，即银鼠毛。清皇室如此喜爱银鼠大衣，足见其珍贵奢华。银鼠皮衣在《红楼梦》中多次出现，也可见贾府贵族生活的骄奢。

石青是深青色，类似今天的深蓝色。明代官服以红色为尚，青次之，所以有明一代，石青之类的颜色并非贵族服色的首选。但清代制度规定，所有官员的朝服都必须是石青色，后宫嫔妃、朝廷命

---

❶ 参见邓云乡：《红楼风俗谭》之"明清服饰差别点滴"，中华书局2015年。

妇等也不例外，石青色成为清代官方规定的正式服色。❶ 故宫博物院收藏了多件石青色的衣服，如清康熙时石青色金龙纹妆花纱男夹朝袍等（图1.19）。石青色既然是帝王的心头所好，自然也会成为贵族们的首选，王熙凤穿石青色正是清朝贵族生活的真实写照。

刻丝也称缂丝，是一种纺织工艺，即运用通经断纬的技法，❷ 在竖行的经线上，用各种彩色纬线织成图案纹样，它不是刺绣，而是直接在纺织过程中在面料上织出图案，全程只能手工操作，费时费力，所以也有一寸缂丝一寸金之说。

有学者认为清代的女褂就是明代的披风。❸ 明代的披风是对襟，从现存的清代女褂来看，也多见对襟，❹ 故而王熙凤的这件褂子，也很可能是对襟款式。

梳理曹雪芹对王熙凤的服饰描述，我们发现其中不少物件都有着历史的原型，也能看到《红楼梦》的女性服饰有着明清服饰混合的特点。❺ 结合原文对王熙凤服饰的描写，我们对王熙凤的服饰进行了复原：她头戴金丝八宝嵌珠髹髻，头顶发髻正中插一支累丝凤形金簪，两鬓插两支凤凰掩鬓，脑后垂髻上再插两支小凤凰金簪，凤嘴都有衔珠垂下，凤头都朝上，以表现昂扬饱满的精神状态。她

---

❶ 嘉庆朝《钦定大清会典》卷四十八，中国第一历史档案馆《清会典》全文检索数据库，https://fhac.com.cn/fulltext_detail/1/50896.html?kw=石青色，2024年8月15日。

❷ 通经断纬：即以本色生丝作为经线，纵向贯穿纺织物幅面，同时以不同颜色的熟丝作为纬线，围绕经线，在经线的不同区域缂丝，织成不同图案。蚕丝包括丝素与丝胶，通过脱胶处理后，即变为熟丝，未经过脱胶处理的就是生丝。

❸ 参见董进（撷芳主人）微博：《披风与红裙》，2016年4月3日，https://blog.sina.com.cn/s/blog_49fa63870102w8zl.html，2024年7月6日。

❹ 高文静：《清华大学艺术博物馆馆藏清代对襟女褂考——以整体装饰风格为探讨》，《东华大学学报》2023年第1期。

❺ 参见邓云乡：《红楼风俗谭》，中华书局2015年，第173页。郭若愚：《〈红楼梦〉人物的服饰研究（上）》，中国社会科学院文学研究所编《红楼梦研究辑刊第十辑》，上海古籍出版社1983年。

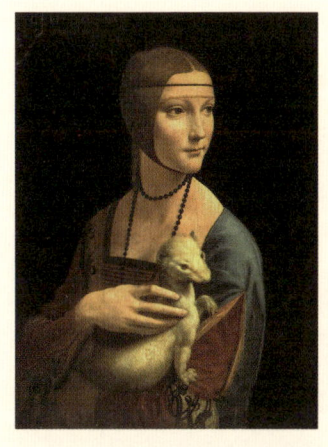

图1.17 达·芬奇 《抱银鼠的女子》　　图1.18 清　石青色素缎银鼠皮行服褂

图1.19 清　康熙时期　石青色金龙纹妆花纱男夹朝袍

脖子上戴着金璎珞圈，上刻螭纹，上身穿着大红色的百蝶穿花袄，下着绿色撒花马面裙，外罩一件石青色缂丝八团瓦领披风褂，❶系一粒牡丹花型金纽扣，下摆两侧开衩，露出豆绿宫绦和双衡比目红宝石佩。此外，对原文并未提到的其他装饰，我们也结合明清文物进行了一定的想象，如石青褂上的团花纹是凤穿牡丹纹，牡丹为花中之王，凤凰是鸟中之王，二者结合，寓意着高贵、吉祥、如意。这个纹样一方面和她的名字相呼应，另一方面则更加衬托了王熙凤的高贵身份。她戴着一对金镶宝蝶赶菊耳环，蝶赶菊也称蝶恋花，该纹样往往寓意着对幸福甜蜜生活的向往，也比较符合正值青春妙龄的王熙凤的心境。总体而言，王熙凤的整体造型风格以奢华贵重为主，配合着头颈微昂、双眉上挑、眼角上扬等身体姿势，突出了她蓬勃昂扬的生命力。(图 1.20)

从一定程度上来讲，服饰是媒介，是人们建构自我身份并对外沟通的工具，也就是说，每个人都活在自己的衣服里。对小说家而言，赋予笔下人物色彩缤纷、风格各异的服饰，是帮助塑造人物形象的最佳手段之一。综合来看，王熙凤的这身衣服，透露出来最重要的一个关键词是"贵"，从服饰的材质、面料、款式都能看得出来价值不菲。而从洋缎等也能看出清代贵族生活的丰富，"洋"字分明昭示了从海外转运而来的进口之义。第十六回里，王熙凤不无骄傲地说起家事，"那时我爷爷单管各国进贡朝贺的事，凡有的外国人来，都是我们家养活。粤、闽、滇、浙所有的洋船货物都是我们家的"，都说明了王家生活资料来源的丰富性和开放性，在王家大小姐、贾府少奶奶身上出现进口货自然不足为奇。

❶ 披风一般为直领，在直领上再缝一个半截领，即为瓦领。

图1.20 王熙凤出场

① 金丝八宝攒珠髻
② 蝶赶菊耳环
③ 赤金盘螭璎珞圈
④ 纹样:凤穿牡丹
⑤ 双衡比目玫瑰佩
⑥ 朝阳五凤挂珠钗
  ⑥—1 主凤:累丝凤形金簪
  ⑥—2 掩鬓:金凤掩鬓
  ⑥—3 脑后:凤凰金簪
⑦ 牡丹花形金扣
⑧ 发髻背面示意图

王熙凤服饰透露的另一个关键词是"傲"。当我们说到《红楼梦》，一般会想到林黛玉的"孤高自许，目无下尘"（第五回），是一个特别骄傲的女孩子。但事实上，《红楼梦》的作者在第一回就说过，"今风尘碌碌，一事无成，忽念及当日所有之女子，一一细考较去，觉其行止见识，皆出于我之上。何我堂堂须眉，诚不若彼裙钗哉"，这意味着在作者的生命里，曾经出现过一群才能出众的优秀女性，让他心悦诚服、甘拜下风，其中自然包括熙凤。第五回中王熙凤的判词是"凡鸟偏从末世来，都知爱慕此生才"，他对她的评价首先是有才。王熙凤的才能是齐家管理之才，这位年轻的贵夫人管理荣国府井井有条，后又协理宁国府，办事妥帖，上下叹服。她的能力得到了公认，自己也引以为傲，不以一般闺阁女子自许。第十三回写贾珍闯入内堂，众婆娘都唬得藏之不迭，唯有王熙凤"款款站了起来"，在她的内心深处，很少被女性身份约束而自我设限。她贪财揽权，管辖丈夫，治家严酷，还一度将手伸到贾府之外惹是生非，如此种种，都折射了她骨子里的自信刚强。所以在服饰颜色搭配上，她的外衣选择了石青色这种高贵的色彩。石青色在《红楼梦》全书中多次出现，穿着最多的就是王熙凤和贾宝玉，能与被贾府众人视为美玉的宝玉相比肩，足见王熙凤的心性之傲。

王熙凤的服饰中，还蕴含着一个关键词——"美"，大红袄搭配翡翠裙，强烈的撞色对此，折射出她身上流动着热烈的生命力和激情。她是美丽的，身量苗条、体格风骚，华服与美人可谓互相映衬、相得益彰。高贵典雅的服饰中流动着青春跳跃的热情，隐喻着她徘徊在理性和感性、身份与天性之间，而她的行为举止，也为这种矛盾张力添加了生动的诠释。如第十一回她去探望病重的秦可卿，心中十分难过，临别时又眼圈儿一红，但她离开可卿卧室后，在宁国府内悠闲散步看园中风景，居然"一步步行来赞赏"。小说家毕飞宇曾评价此处描写出其不意，曹雪芹以生活的反逻辑给小说留下了大片飞白，对此，毕飞宇认为王熙凤"心里头并没有别人，包括秦可卿"。[1] 类似的突兀在第十四回又出现了一次，秦可卿的五七之日，王熙凤知道这天一定人客不少，诸事繁杂，一大早就过宁府来，看见棺材"那眼泪恰似断线之珠，滚将下来"，但她很快就从悲痛的情景中抽离出来，并有条不紊地张罗各种事宜，还重罚了迟到的仆人。生活之于她，仿佛是不同舞台空间的转场，她或哭或笑，或悲或喜，能瞬间入戏，也能瞬间抽离。所以，回到黛玉进府的这个场景，她的一言一笑，仿佛演出中的唱念做打，各种本色当行，我们能看到她的言笑晏晏，却难以把握她内心究竟有几分深情，但说到底，日渐衰亡的贾府，需要的不正是熙凤这种高级职业经理人吗？或许，贾府的舞台成就了她，也让她在忘却本心的路上越走越远……

◎ 第三节
明清女性服饰的传承与发展

从王熙凤的服饰，也能梳理出明清时期女装的一种基本搭配样式，即上袄（衫）下裙，再外搭一件连身袍衫。事实上，明亡清兴，清统治者强制要求男性剃发易服，但明代女性服饰得以保留传承。清代徐珂《清稗类钞·服饰类》记载，"国初，人民相传，有生降死不降，老降少不降，男降女不降，妓降优不降之说。故生必从时服，

---

[1] 毕飞宇：《小说课》，人民文学出版社2017年，第43页。

死虽古服无禁；成童以上皆时服，而幼孩古服亦无禁；男子从时服，女子犹袭明服。盖自顺治以至宣统，皆然也"。❶ 由此看来，清代前中期贵族女性的服饰装扮，都能在晚明的流行时尚中找到痕迹。《红楼梦》的年代背景虽然被作者架空虚写，但女性服饰的传承并未被明清易代的历史变更完全截断，因此，我们考察《红楼梦》中的女性服饰，仍然要立足于明清时期主要的汉族女性服饰装扮进行梳理，而要探究这个历史时期的服饰特点，则不可避免要追溯到朱明王朝以衣冠治国的制礼初衷。

从王朝更替的角度来看，明朝是最后一个由汉族主导建立的封建政权，夹在元朝和清朝两个少数民族主政的王朝之间，服饰制度在建立之初和坍塌之际，其中包含的意蕴内涵都值得关注。❷ 明代开国皇帝朱元璋出身草莽，驱元帝于漠北后，重新建立了汉族为主导的大一统王朝，为强调大明王朝的正统性，他下诏要求"复衣冠如唐制"，建立了一整套服饰制度，对皇帝及皇室、贵族、文武官及命妇、宦官及锦衣卫、军士、吏员及皂隶公使、四民❸、三教九流等群体的冠服使用都作了详细规定，强调上下有等、尊卑有别，其核心概括起来就是别华夷，明尊卑。❹ 如明前期官员各按等级穿衣，命妇的褙子上加补子，补子图纹需与丈夫品级规定的图纹完全保持一致，❺ 乡绅、举人、贡生、秀才等戴巾，百姓戴帽等。不仅官民有别，士庶有别，良民和贱民之间的区别也相当严格。如伶人只能戴绿头

---

❶ 徐珂：《清稗类钞》第十三册"服饰类·诏定官民服饰"，中华书局1984年，第6146页。
❷ 参见张志云：《明代服饰文化研究》，湖北人民出版社2009年，第30页。
❸ 皂隶公使指在衙门工作服务的差役。四民即士、农、工、商。
❹ 参见张志云：《明代服饰文化研究》，湖北人民出版社2009年，第80—133页。
❺ 叶梦珠：《阅世编》卷八《内装》"命妇之服，绣补从夫，外加霞帔、环佩而已"，上海古籍出版社1981年，第180页。

巾，腰系红褡膊，脚穿布毛猪皮靴，不能在道路中间行走，只能在路两边走。朱元璋甚至一度非常关心臣民的袖子、鞋子、帽子，亲自与官员商讨定议，规定了若干细节。从某种程度上，可以说，朱元璋制定的衣冠制度，其中所包含的以礼制教化、驯服民众之意，影响深远，甚至直接延续到辛亥革命，将每个身处于衣冠包裹之中的个人，都裹挟严控于社会网络之中。

在朱元璋的设计草图里，天下万民都应遵守本分，各安其责，各行其是，各守其位，如此则大明江山可以一劳永固，延祚万世。但他忽略了两点，一是世界本身处于动态变化中，明初细密如网的规定，并不能覆盖不断冒出的新事物；二是人之天性皆爱美，只要有机会，人人都想尝试体验新鲜事物。如此，以呆板僵硬的成文规定，来限制无时无刻不在流动的社会风尚，无异于螳臂当车，徒劳无益。

事实上，即使在服饰管理最严苛的明洪武年间，朱元璋也并未做到使天下万民服膺，而在他之后，明朝的君王们更是力不从心，往往只能采取不断打补丁的方式，以应对各种层出不穷的"服妖"现象。如成化年间，朝鲜使团入京，使节内着马尾衬裙，将外面穿的下裳撑开，类同欧洲中世纪贵妇们所穿的裙撑，能扩大腰臀视觉比例，肥胖者穿着也能显瘦。这种马尾裙引起京城官员们关注效仿，到成化后期，满朝文武都穿马尾裙，这显然违背了国初以服饰彰显贵贱的初衷，但祖制虽然厉害，却找不到穿马尾裙的处罚依据，所以皇帝也无可奈何，最后只能找其他理由施以禁止。待到嘉靖万历时期，随着商品经济的发展，消费主义兴起，设置于明初的服饰制度更是受到了来自朝野上下的多种挑战，不仅官员胡乱穿衣，连皇

帝本人也不遵守祖宗成法违制滥赏，破坏了服饰规定。❶

明初服饰制度的严苛和晚明服饰风格的自由开放之间形成了强烈的对比，其间生成的罅隙，为我们了解明晚期的社会变迁提供了很好的观察视角。服饰制度被破坏的最直接表现就是各种僭越穿衣，不仅官员不守规矩，商人也肆无忌惮，流风所及，良贱区分也逐渐消失。如成书于明中晚期的《金瓶梅》写从五品官员西门庆的妻妾做衣裳，妾室的衣服补子居然用二等文官的"锦鸡补子"。而妓女李桂姐穿着红罗裙子，公然违背了明初民间妇女不得穿大红、鸦青、黄色的规定。服饰制度的松动，一方面导致尊卑有别的服饰隔离界限日渐模糊；另一方面也使得晚明社会的服饰风格呈现出多元包容的特点，女性的服饰穿戴日渐丰富生动。

而到清代初期，由于满族统治者的区别对待，女性服饰一方面继承了明制，另一方面则吸收融合了满族的部分特点，形成明清交融的风格，而这些，都必然会在清代前中期的文学书写中得到相应反映。

基于此，倘若我们要给《红楼梦》中的群体，尤其是女性群体来量体裁衣，则首先需要对明清女性服装的基本款式有所了解。

明代服装仍然传承唐宋旧制，可分为袍衫、上衣、下裳、裤等四大类。❷ 袍衫为连身长衣，长度一般过膝到脚，明代女性的袍衫有长袄、披风、褙子、褂等称呼。上衣和下裳，合在一起叫两截穿衣。上衣没有连身袍衫那么长，长度一般不过膝，有袄、襦等称呼。下裳包括裙、裤等，有马面裙、百褶裙、膝裤、套裤等称呼。清初，

---

❶ 参见陈大康：《遮阳帽·襴衫·马尾裙——明代的服饰制度及被冲垮》，《文汇报》2015年7月18日。

❷ 参见蒋玉秋：《明鉴：明代服装形制研究》，中国纺织出版社2021年。

汉族女性和满族女性（包括在旗汉女）的服饰装扮各有特色，泾渭分明，但清中叶以后则呈现出相互影响、融合的特点。《红楼梦》的人物，大致生活在清朝康乾时期，故女性的服饰以明为主，也杂糅了部分清代元素。如书中写到芳官扎辫子，无疑受到清代男性发式的影响；又如黛玉、湘云等闺秀穿靴，也从侧面反映了旗女不缠足的习俗；再如王熙凤送给袭人石青刻丝八团天马皮褂子，石青八团褂也是典型的清代满族贵族服装。而在王熙凤身上，明清杂糅、满汉交融的服饰特色也很突出。如前文提到她穿石青色银鼠褂是清代贵族的喜尚，又如第十一回写到她"款步提衣上了楼"，俞平伯先生在其所藏嘉庆甲子百二十回刻本此句下有清代人批语"上楼提衣是旗装"。因为汉女的典型着装是上衣下裙，而旗女穿上下连体的袍褂，故而提起下摆即为提衣。由此可见，要复原或想象《红楼梦》中的贵族女性服饰，不妨先对明清常见的女性服装穿搭作基本整理。

以文献记载和图像绘画为基础，可以梳理出几类常见的明清女性服装搭配类型：

第一类就是王熙凤所穿的竖领袄 + 马面裙 + 披风。如前文所述，清代褂子、明代披风都是对襟，明前期称褙子❶，晚明称披风，但披风和褙子最大的区别就是领子，"'褙子'是合领，从上到下一直通下来，而'披风'是重新攒的瓦领"。❷ 如《雍正十二美人图》(故宫博物院藏，图1.21)，美人或坐或站，都可清晰看到内穿竖领袄，外搭披风。

第二类是交领袄衫 + 马面裙或者百褶裙。如《明宪宗元宵行乐图》(中国国家博物馆藏，图1.22)中的宫女。

第三类是交领袄衫 + 马面裙 + 外罩圆领袍。如明代唐白云夫人

---

❶ 褙子流行于宋明时期，是一种直领对襟、两侧开衩的衣服。
❷ 陈芳：《明代女子服饰"披风"考释》，《艺术设计研究》2013年第2期。

图1.21 清 佚名 《雍正十二美人图》（局部）

图1.22 明 佚名 《明宪宗元宵行乐图》（局部）

图1.23 明 《唐白云全夫人画像》（局部）

图1.24 明 陈洪绶《补衮图》（局部）

画像（安徽省博物馆藏，图1.23）。

第四类是交领襦+抹胸式长裙。如明陈洪绶《补衮图》（大英博物馆，图1.24）中的仕女。

第五类是竖领大袖衫+马面裙。如明六十五代衍圣公孔胤植夫人陶氏画像（山东孔子博物馆藏，图1.25）。

以上五类服装搭配，常见于明清时期的画像和历史文献记述中。当然也还有其他的搭配款式，囿于篇幅所限，不再赘述。而如果我们要进一步了解《红楼梦》中贵族女性的服饰搭配，则不妨将这常见的五类款式与书中人物进行相应建构。

⦿ 第四节
荣国府女眷群像的复原与想象

既然已经了解了常见的几类明清女性服装搭配，那么，还是让我们回到林黛玉进贾府的具体情境中。在内宅迎接黛玉的基本都是女性，上到鬓发如银的老祖宗贾母，下到平辈迎、探、惜三春姊妹，以及邢、王夫人，

图 1.25　明　六十五代衍圣公孔胤植夫人陶氏画像（局部）

王熙凤和李纨妯娌等，包括林黛玉在内，金陵十二钗的六钗都已经出场，这是荣国府女眷的一次集体亮相。在荣国府迎接远方贵宾的一派和谐景象中，作者以如椽之笔对每个人的表现展开了栩栩如生的描绘，一方面以登场亮相的方式直接交代人物的身份性格，另一方面则以侧面烘托、委婉暗示的手法，将人物之间的复杂关系进行了巧妙的勾勒。那么，在这样的场景中，荣国府中的贵族夫人、小姐们，都是何种装束？而服饰作为符号又传达了哪些信息呢？

我们不妨仍然以林黛玉的视角为线索展开现场观照，并建构艺术的想象。首先要考虑的是，林黛玉进贾府时究竟多大？由于《红楼梦》在传抄过程中出现了多个版本，前后不乏相互矛盾之处，书中主要人物年龄迄今并未形成定论。关于黛玉进府时的年龄，有六岁、七岁、九岁、十三岁等多种说法，❶但无论如何，她进府时还只是一个未成年的女孩子，这点基本可以成立。那么，从小女孩的视角来观看周围环境，她最关注的人都有谁呢？想来，首先应该是同龄人或岁数更接近的年轻人，王熙凤的穿着给她留下了深刻印象，这是符合人物心理和现场情况的。而除了熙凤之外，应该还有三春姊妹。

书中写三春姊妹的妆扮"钗环裙袄，三人皆是一样的妆饰"。曹公从写作的角度考虑，对现场人物采取了详写、略写和不写三种方式，他对王熙凤是详写，对三春姊妹则是略写，所以我们要想象复现三位娇小姐的服饰装扮，首先就需要对她们的身份、性格有基本的了解。迎春是贾赦的女儿，非嫡出；探春是贾政的女儿，宝玉同

---

❶ 参见邹宗良：《初进荣国府，黛玉是多大？——关于〈红楼梦〉创作与版本问题的探讨》，《红楼梦学刊》2014年第1辑。樊志斌：《〈红楼梦〉中年龄、时间叙述不误——兼谈〈红楼梦〉传抄中出现的"数字错讹"与故事讲述的"模糊化书写"》，《曹雪芹研究》2020年第2期。

父异母的妹妹；惜春是宁国府贾敬的女儿，年纪很小，被贾母接过来养在身边。贾赦、贾政、贾敬虽然都是文字辈的三兄弟，但他们住在不同地方。贾赦住在荣国府旧花园，贾政住在荣国府，贾敬的府邸则在宁国府。❶ 说到这儿，我们可以发现，除了探春是真正住在自己家里，迎春、惜春都是住在亲戚家。现代儿童心理学研究表明，童年经历会在个体生命里留下不可磨灭的烙印，对个体性格培养也起到至关重要的作用。迎春、惜春寄居于亲戚家的童年经历，对她们的性格和人生造成了什么影响呢？

先看迎春，书中对她的外貌描写是，"肌肤微丰，合中身材，腮凝新荔，鼻腻鹅脂，温柔沉默，观之可亲"，翻译成大白话，就是微胖、脾气好、不爱说话。迎春有个诨号叫"二木头"，言下之意，她是一个被针扎都不会叫出声的老实人。迎春的老实懦弱多有体现，如第七十三回，奶妈把迎春的攒珠累丝金凤首饰偷出去当掉，事发后，迎春的贴身丫鬟司棋、绣橘等和奶妈媳妇对骂吵架，迎春反而不闻不问，置身事外。贵为千金小姐，迎春为何如此软弱，以至于邢夫人恨铁不成钢地痛斥她呢？从邢夫人的斥责中，或许能略窥一斑："总是你那好哥哥好嫂子，一对儿赫赫扬扬，琏二爷凤奶奶，两口子遮天盖日，百事周到，竟通共这一个妹子，全不在意。但凡是我身上掉下来的，又有一话说——只好凭他们罢了。况且你又不是我养的，你虽然不是同他一娘所生，到底是同出一父，也该彼此瞻顾些，也免别人笑话。"这段话透露了两个关键信息：第一，作为亲

---

❶ 贾府分为宁国府和荣国府两房，宁府为长房，宁公去世后，贾代化袭官，生子贾敬，一味好道，不管府中事情。贾敬生有子贾珍，女贾惜春，宁国府中事务实际由贾珍和妻子尤氏打理。荣国府中荣公去世后，贾代善袭官，娶金陵史家的小姐，即后来的贾母，生有子贾赦、贾政，女贾敏。关于荣国府和宁国府空间的安排，可参见黄云皓：《图解红楼梦建筑意象》，中国建筑工业出版社2006年。

哥亲嫂子的贾琏王熙凤对她不闻不问。第二，嫡母邢夫人对她不管不顾。那么，亲爹亲祖母亲叔叔呢？第七十九回，贾赦将迎春许配给孙绍祖，后文孙绍祖骂迎春时透露出来：贾赦欠他五千两银子，以女儿的婚姻抵债，说来竟是卖了女儿。而贾母心中不称意，但也不想出头多事。至于贾政，虽然极其厌恶孙家，也知道侄女所托非人，但劝过贾赦两次，贾赦不听，他也就罢了。如此看来，迎春身边的亲人虽不少，却都对她冷漠无情，长期处于被忽视、被冷落的环境中，虽然珠围翠绕、锦衣玉食，这千金小姐的内心世界却是一片荒芜。她的懦弱，或许是千百次求助却被无视后形成的自保，但即使如此退缩、隐忍，她最后也未能落得个好结果，年纪轻轻就被狼子野心的丈夫虐待至死。

这样一个被忽视的女孩子，在迎接远方表姊妹的隆重场合，会怎么穿戴呢？或许，她发髻上斜插着攒珠累丝金凤钗、银镀金嵌珠莲花纹结子、银镀金镶珠宝莲池璎珞，戴着明清时期常见的金镶宝八珠耳环，内着白色交领中单，外罩黄色圆领袍，下搭翠绿色马面裙，裙上织着灵芝方胜纹（图1.26）。她的攒珠累丝金凤首饰曾经被奶妈偷走当掉，❶ 该首饰虽然贵重，却更多是在正式场合使用，并非每天都需要佩戴，不然根本无法向长辈交代。奶妈正是利用这个时间差，为自己儿子弄点周转的急钱。迎春对此置之不理，固然是懦弱无能的表现，但或许也从另一个层面折射了她内心深处的柔软。她是如此地缺爱，而在幼年时，或许只有贴身陪伴的奶妈曾给过她少有的温情，所以即使奶妈犯下如此大错，她却仍然不忍心责罚，唯恐失去生命中仅有的这么一点亮色。这个缺爱的女孩子，也会格

---

❶ 有学者认为迎春的攒珠累丝金凤首饰是金项圈。参见郭若愚：《〈红楼梦〉人物的服饰研究（上）》，中国社会科学院文学研究所编《红楼梦研究集刊第十辑》，上海古籍出版社1983年，第429—430页。

图 1.26 迎春出场

① 纹样：折枝花卉纹
② 纹样：方胜灵芝纹
③ 银鎏金嵌珠莲花纹结子
④ 银鎏金镶珠宝莲池璎珞
⑤ 金镶宝八珠耳环
⑥ 攒珠累丝金凤钗

外珍惜和远方表妹相见的机会吧，在这个备受贾母重视的重要场合，作为三春之长，想来她会戴上贵重的凤钗，以表现诗礼之族千金小姐的知书达礼和对表妹到来的期盼。虽然满头珠翠昭示了贵族小姐的不凡出身，但她却微垂双眸，仿佛要尽量在热闹的人群中隐藏自己的存在，将满腔心事，都化作无声沉默。她衣服上的灵芝纹寓意着这个鼎盛家族对女儿的祝福期待。古人称灵芝为瑞草，认为它需要很长的生长周期，只要耐心等待，就能收获千年仙芝。或许这正是迎春的命运：如果她能得到家人更多的关爱，又得遇良人，在安详平静的家庭生活中，她也能慢慢成长，最后从木头蜕变成灵芝。但生活里没有那么多假如，她的家族出身，彼时的社会环境，注定了迎春的悲剧结局，这个可怜的女孩子最终还是化作朽木，徒然换得世人几声叹息！

　　再看惜春。惜春和迎春有点像，纵观全书，她的亲爹贾敬、亲哥贾珍、亲侄子贾蓉基本就没和她有任何往来，似乎这些血亲自从把她送到荣国府后，就完全忘了她的存在。而她在书中极少见的和嫂子尤氏互动一次，就闹到了断绝关系的程度，是何原因呢？第七十四回，抄检大观园时，从惜春的丫鬟入画处搜出金银锞子和男人的贴身衣物，在男女严格禁绝往来的贵族之家，入画可谓明知故犯，所以惜春要撵走她。这时尤氏帮着劝解，姑嫂之间说着说着，竟然唇枪舌剑起来，这段对话的高潮，是惜春冷冷说出"我清清白白的一个人，为什么教你们带累坏了我"，尤氏"羞恼激射"，双方不欢而散。尤氏是宁国府的当家少奶奶，被小姑子劈头盖脸指责，恼了很正常，但这个"羞"字，却很值得推敲。曹雪芹写《红楼梦》，往往以隐笔曲笔暗藏机锋：贾珍和秦可卿的暧昧情事，可以从焦大口中和秦可卿丧事的诸多细节中窥见一斑；贾珍、贾蓉和贾蔷说不清道不明的关系，则是奴仆们茶余饭后的谈资。宁国府的种种荒唐，用柳湘莲的话说，就是"你们东府里除了那两个石头狮子干净，只怕连猫儿狗儿都不干净"。连隔了好多层关系的外人柳湘莲都知道宁国府的烂账，惜春怎会不知？而柳湘莲的诛心之论，在一定程度上更代表了彼时社会舆论对宁国府的宣判，其中自然也包括惜春。这意味着，作为贵族小姐，她的名誉已经被家人的荒唐行径连累，在当时的社会中已经没有可以期待的未来了。只有从这个角度，才能更好地理解惜春对宁国府、对哥嫂的痛恨，她当面抢白，不仅没给嫂子留半分面子，还对尤氏与贾珍等人表达割席之意。这一回回目就叫"矢孤介杜绝宁国府"，惜春行事如此狠绝不留余地，世人皆以为四小姐天性孤僻，但一个人如何对待世界，在某种程度上就是世界如何对待她的反射，也就是说，从来没被爱过的人，终究也学不会爱人。天知道冷漠孤僻的惜春，看了多少冷眼、听了多少冷语，才会最后变得无情无爱，一意断绝尘缘！

　　此时，这个小女孩安安静静立于众人之中，看到远方来的林表姐被贾母一把搂入怀中，或许也在内心深处涌起复杂感受吧！她两髻上各插一个金镶玉嵌宝万字簪，和堂姐迎春一样插戴着银镀金嵌珠莲花纹结子、银镀金镶珠宝莲池璎珞，耳戴嵌绿松石金耳环，内穿白色交领中单，外罩绿色圆领袍，织如意万字纹，下搭红色马面裙，绣万字纹（图1.27）。万字纹是最常见的中国传统纹样之一，寓意着万福万寿，辟邪消灾。万字在纺织物上常被呈现为"卍"，代表着佛教所指喻的轮回。可惜贾府虽然尽量用珠翠珍宝装扮着闺中小姐，万字纹也寄寓着家族的吉祥祝福，但无情少爱的土壤终究开不出丰盛的花朵，惜春在府中向来少人陪伴，第七回周瑞送宫花给她时，她正在和小尼姑智能一起玩耍，还戏语道："我这里正和智能儿说，

图1.27 惜春出场

① 纹样：卍字纹
② 纹样：月白地蝠磬如意卍字纹
③ 银镀金嵌珠莲花纹结子
④ 银镀金镶宝莲池璎珞
⑤ 嵌绿松石金耳环
⑥ 金镶玉嵌宝万字簪

我明儿也剃了头同他作姑子去呢，可巧又送了花儿来；若剃了头，可把这花儿戴在那里呢？"仿佛一语成谶，与她的判词"勘破三春景不长，缁衣顿改昔年妆。可怜绣户侯门女，独卧青灯古佛旁"形成了前后呼应。也就是说，在目睹了元春、迎春、探春三位姐姐的人生遭际之后，排行最小的惜春大彻大悟，最终选择剃发出家。昔日的金钗银钏、绮罗绫缎，乃至花容月貌都化作浮生一梦，她最后的结局是陪伴青灯古佛，了却残生。衣饰上的万字纹，早已昭示了她未来的命运！

和迎春、惜春相比，探春要稍微幸运一些，不仅因为她住在自己家里，她还和自己的亲人有着比较正常的互动。她的父亲贾政俨然是贾府的一股清流，虽然总在后辈子侄们面前板起面孔，对小女孩们却相对温和，也偶尔参与孩子们的猜谜拟诗活动。第二十二回众人猜灯谜，贾政道"这是风筝"，探春笑道"是"，一个"笑"字，说明探春与父亲的关系至少保留了场面上的融洽。探春和哥哥宝玉的往来也比较密切，比起贾琏、贾珍等对妹妹毫不在意，宝玉对探春显然好得多。书里透露宝玉经常从外面买些小玩意捎给探春，在探春发起海棠诗社时，宝玉也是第一个响应支持的。可见，来自兄长的关爱扶持，对探春养成开朗舒阔的性格，应该有一定影响。但生性要强、才能出众，被誉为玫瑰花的三小姐，心头也有难言之隐，不得不长出周身之刺以自全，那就是她的生母赵姨娘。赵姨娘是贾政的宠妾，又生下一对子女，按理来说在府中已经有了安身立命之本，但在宗法制社会，正室夫人对妾室操有生杀予夺之权，从王夫人对李纨和其他看不顺眼小丫头们所施展的雷霆手段可以想象，赵姨娘在她管辖下讨生活，处境何等煎熬。人皆以为赵姨娘愚笨不堪，但她也曾对女儿倾吐心声，"我这屋里熬油似的熬了这么大年纪"，按照当时贵族大家庭的规矩，探春只能认王夫人为母亲，相比庶子贾环，探春对宝玉不构成威胁，未来还能成为家族联姻的棋子，故而王夫人对探春也相对和善，但赵姨娘毕竟是探春的亲生母亲，她也想在自己力所能及的范围内，为母亲争取到一些空间，但愚钝的赵姨娘唯恐失去对女儿的控制，频频生事，甚至公然要求女儿直接表态为她撑腰，探春倘若处理不当，必然会引起王夫人对她和赵姨娘的恶感。因此，夹在嫡母和生母之间的探春，竭尽全力周旋想求得平衡，却总被裹挟着卷入各种是非，怎一个累字了得!

同样面对复杂的生活环境，如果说迎春的策略是忍，惜春的策略是冷，探春的策略则是硬，庶女出身让她格外敏感，转而格外强硬地捍卫自己名门千金的身份。所以在管家过程中，她痛斥前来搅局的生母；抄检大观园时，面对邢夫人陪房的挑衅，探春果断出手，以一记响亮的耳光再次昭告她千金小姐身份的不可撼动。强硬的处事风格和闺阁少女的青葱年龄形成了强烈对比，让我们感受到埋藏在三小姐心中的痛苦和不甘。这样一个女孩子，在迎接远道而来的表姐时，是什么心态呢？书里写她"削肩细腰，长挑身材，鸭蛋脸面，俊眼修眉，顾盼神飞，文彩精华，见之忘俗"，想来，在这种重要场合，探春既是淡定自如的，也是敏锐细心的，眼睛看着表姐，心里却无时无刻不在关注着老祖宗和王夫人吧。在迎接黛玉的众裙钗中，她的装扮令人眼前一亮：发髻上插金海棠嵌紫宝石簪，和堂姐、堂妹一样戴银镀金嵌珠莲花纹结子、银镀金镶珠宝莲池璎珞，耳戴八珠环。内穿白色交领中单，外罩深红色圆领袍，衣面上织着海棠纹；下搭米色马面裙，裙面上是杏花纹（图1.28）。

海棠明艳灿烂，正如探春其人。她头上的海棠发簪，衣身上的海棠纹，都对应着她发起海棠诗社的首功和写作海棠诗的诗才。

图1.28 探春出场

① 纹样：海棠纹
② 纹样：写生杏花图
③ 银镀金嵌珠莲花纹结子
④ 银镀金镶珠宝莲池璎珞
⑤ 八珠环
⑥ 清金海棠簪

在大观园的一众女儿中，除黛玉、宝钗、湘云外，探春的诗才也不容小觑，第三十七回中，作者只记述了这四位闺秀的海棠诗，可见他对探春才华的赞赏。此外，作者巧妙将琴、棋、书、画等四项才艺分别赋予了元、迎、探、惜四位小姐，探春正以擅长书写而称，她的丫鬟一名侍书，一名翠墨，合称为书墨。第二十三回提到元春省亲回宫后，"便命将那日所有的题咏，命探春依次抄录妥协"，说明探春的书写才华得到了家族认可。第四十回贾母引众人游赏大观园，来到探春居住的秋爽斋，只见房中"当地放着一张花梨大理石大案，案上磊着各种名人法帖，并数十方宝砚，各色笔筒，笔海内插的笔如树林一般"，墙上挂着宋代著名画家米芾的《烟雨图》和唐代书法家颜真卿手书对联，都足以说明探春对书画有着超凡的审美品位。而张俊先生曾提到探春所住的秋爽斋，其命名也很可能来自老北京习俗，清代京师的学堂为鼓励京城子弟们读书，立秋时节在学堂门口挂牌子，写一个大字"学"，旁边还有四个小字"秋爽来学"，意思是天气凉快，应抓紧读书。❶如此，作者将秋爽斋分给探春，差可说明他对探春勤奋好学品格的欣赏。

除海棠纹外，我们还将杏花纹样赋予了探春。第六十三回中，探春抽到的花签是"瑶池仙品"杏花，签上的诗是"日边红杏倚云栽"，旁注"得此签者，必得贵婿"等。杏花娇俏，且在清明节前后开放，而探春的判词是"才自精明志自高，生于末世运偏消。清明涕送江边望，千里东风一梦遥"，结合来看，这位美丽才女最后的结局是在清明时节远嫁贵婿，从此与家人天各一方，难再相见。在贾府三春中，探春最关心家族命运，最有责任感，她曾经勇敢站出来进行经济改革力图革除弊端，也曾在王夫人下令抄检大观园之时沉

---

❶ 参见曹立波：《红楼十二钗评传》，人民文学出版社2018年，第99—100页。

痛说出"可知这样大族人家，若从外头杀来，一时是杀不死的，这是古人曾说的'百足之虫，死而不僵'，必须先从家里自杀自灭起来，才能一败涂地"等有见地的话，可见这位三小姐头脑敏锐、视野开阔，虽是一朵娇艳的闺阁富贵花，却具有不输于须眉男子的心胸眼光。《红楼梦》的作者若干年后回首往事，才领悟到"今风尘碌碌，一事无成，忽念及当日所有之女子，一一细考较去，觉其行止见识，皆出于我之上。何我堂堂须眉，诚不若彼裙钗哉"，其中应该包含着他对探春等一干裙钗发自内心的欣赏。如果《红楼梦》故事的确折射了作者本人的家族记忆，那么，探春就是那颗他午夜梦回时闪闪发光的家族明珠，寄寓着他深切的忏悔和深沉的思念。

迎、探、惜三位小姐除去各自的金凤钗、海棠钗、万字钗之外，其他的首饰都是相同的，即戴银镀金嵌珠莲花纹结子、银镀金镶珠宝莲池璎珞，和八珠耳环，呼应着原书中的描写"其钗环裙袄，三人皆是一样的妆饰"。但迎春的首饰以黄色为主色调、惜春以绿色为主色调、探春则以红色为主色调，一方面彰显差异，另一方面则是以首饰和身上衣服的主色调相呼应。

除了三春姊妹外，黛玉的视线，应该还会投射到李纨、王夫人和贾母身上。两代婆媳之间，或许始终存在某种微妙的张力。青春守寡的李纨，本来丈夫的早逝已经带给她莫大打击，而那应当顺理成章接过来的管家权又被强势婆婆夺走，处境可谓相当尴尬。她的应对策略是万事不理，一心只教导幼子，希冀在荣国府窒息的环境中勉强觅得安身立命之处。她的穿衣搭配可能和王熙凤比较接近，只不过服装的色彩更黯淡些罢了。或许，她头上挽起高髻，略插一支金兰花簪子、金镶珠宝梅花鬓边花，戴一对金镶宝珠梅花耳环，内穿白绫袄，袄面绣着龟背纹，外罩月白方领比甲，上绣着如意云纹,下搭蓝缎马面裙,裙面织着落花流水纹(图1.29)。龟背纹和如意云纹,都暗含着青春年华的她对吉祥幸福的期待,而落花流水纹又暗指过去的美好时光已经一去不复返,寄寓着她对过往幸福的思念。她的装扮整体色调冲淡优雅、素净端庄,比较符合她大家闺秀的出身和孀居的身份。而她鬓上所插兰花簪子、耳上所戴金镶宝珠梅花耳环,包含了兰花、宝珠等元素,则寄寓着妻子对丈夫贾珠的思念和对儿子贾兰的期待;梅花纹样,则对应着她在第六十三回抽到的梅花花签"竹篱茅舍自甘心",她看似已经心如枯槁,但对丈夫的思念和对儿子成长的盼望,实则是支撑着她度过漫漫长夜的内心支撑。正如她在元春省亲奉旨题诗时写道:"秀水明山抱复回,风流文采胜蓬莱。绿裁歌扇迷芳草,红衬湘裙舞落梅。珠玉自应传盛世,神仙何幸下瑶台。名园一自邀游赏,未许凡人到此来",以神仙比喻元春,以珠玉指代元春的哥哥贾珠和弟弟贾宝玉,一方面符合了省亲场面的隆重氛围;另一方面则巧妙将贾珠与宝玉相提并论,表达了对亡夫的思念,可见她内心深处的情思并未被寡居生活完全泯灭。

  这种情与礼的冲突,在李纨身上表现得并不明显,但也偶有流露。如三十七回诸闺秀集结海棠诗社时,李纨主动请缨张罗诗社细节,和小姑子妯娌们说说笑笑,居然显出一点活泼。又如第六十三回怡红院中开夜宴为宝玉庆祝生日,正值凤姐生病,李纨、探春、宝钗三人担任管家职务,严禁大观园中夜饮。此刻众人喝酒行令,毫不避讳在场的三位管家人,黛玉更是打趣说"你们日日说人夜聚饮博,今儿我们自己也如此,以后怎么说人",探春宝钗皆不答,唯有李纨笑道"这有何妨。一年之中不过生日节间如此,并无夜夜如此,这倒也不怕",更主动参与抽签喝酒。在谨守规范中带着几分圆融活泛,这或许是李纨立足于贾府的安身之道,也是她本人性情的

图1.29 李纨出场

① 金镶珠宝梅花鬓边花
② 纹样：龟背纹
③ 金兰花簪子
④ 金镶宝珠梅花耳环
⑤ 银锭型纽扣
⑥ 金镶宝蝶赶菊纽扣
⑦ 纹样：如意云纹
⑧ 纹样：落花流水纹

自然流露，为她的行为举止平添了几分烟火气，也让这位孀居少妇的形象显得更生动丰富。

按照当时贵族大家庭的规矩，有婆母在场的场合，李纨要恭恭敬敬地伺候。那么，顺着黛玉的视线，在李纨旁边就能看到王夫人。书中第六回刘姥姥回忆她见过年轻时的王夫人"着实响快，会待人，倒不拿大……听得说，如今上了年纪，越发怜贫恤老，最爱斋僧敬道，舍米舍钱的"，如此说来，出身军功世家的王夫人，有着性格爽利、礼佛修行的一面，她看起来应该眉目间带着几分和善吧。但贾母又曾评价她"不大说话，和木头似的，在公婆跟前就不大显好"，曾经伶俐爽快的王二小姐，嫁入规矩多、深似海的侯门，上奉公婆，下抚幼子，要处理府中大小事务，还曾经历刻骨铭心的丧子之痛，岁月的变迁、世事的磨砺让她曾经的少女情怀消逝得无影无踪，唯有牢牢抓住荣国府主母的权柄才能感受到自己的存在吧。她为何明知不合规矩，却一定要排斥李纨管家呢？这或许涉及荣国府的核心利益斗争，如果李纨的丈夫贾珠没有早逝，他们夫妻俩和儿子贾兰，将是王夫人最有力的未来臂膀，但贾珠的去世，反而将这对婆媳推到对立的位置。因为倘若李纨接掌管家权，待到贾兰长成，嫡系长孙承接荣国府资源名正言顺，从名分上，感情上，他都会更偏向自己的母亲而不是祖母。但如果宝玉接班，那么荣国府的核心权力还会掌握在王夫人手中。或许在现代人看来，不管贾兰还是宝玉接棒，王夫人作为祖母和母亲都能安享富贵，又何必多事。但王夫人恰恰不是那种感情至上母性强烈的女性，为了未来的权力博弈，王夫人宁可推举儿子排挤孙子，在她的身上，对权力的渴望压倒了骨肉亲情，当寡媳独孙碍事时，她会无情地扫清他们，当儿子不听话时，她也会挥起权力大棒进行打压。细细考究，在前八十回中，宝玉生命里的挫折起伏，如逼金钏，撵晴雯，暗推金玉良缘等，多半都来于他的亲生母亲，何其可悲！

　　这位中年贵妇头戴鬏髻，插金镶宝花钿，额头裹着蓝色珠子箍，戴一对金镶玉葫芦耳环，身穿秋香色立领对襟大袖衫，系莲花双鱼形金扣，蓝锦缘边，锦上织菊花纹，下搭蓝色马面裙。鬏髻的挑心是佛像，大袖衫上织着佛教八宝吉祥纹样，包括宝伞、金鱼、宝瓶、莲花、白海螺、盘长、胜利幢、金轮等，马面裙上平织松竹梅岁寒三友纹和万字纹（图1.30）。王夫人的服饰比较符合原书对她吃斋念佛的描述，葫芦寓意福禄，佛教八宝吉祥纹和万字纹都寓意着智慧和慈悲，但综合来看，身处末世，感受到贾府倾颓之势的王夫人诸事繁忙，虽有向佛之意，却身心困顿，行事混乱，抄检大观园即为一例。而七十七回更提到，抄检大观园后，王夫人将芳官等人撵出怡红院，让她们的干娘领去嫁人，芳官等则闹着要做尼姑，王夫人的第一反应是不允许，原来她觉得芳官等太年轻，进入佛门恐非了局。但水月庵和地藏庵的老尼姑们想要徒弟使唤，反复进言，又正逢邢夫人接回迎春以备人相看、官媒求说探春之时，王夫人心绪烦恼，因此不在意芳官等出家小事，最后还是让她们随老尼姑去了。在这段交流过程中，王夫人态度反复，情绪在不忍心和不在意之间波动，对芳官等小丫头们始终存着一丝善念，矛盾之中显出她人性的复杂。她或许并不是存心要置金钏、晴雯、芳官等于死地，只是在那无趣的人世间，她能抓住的东西实在太少，唯有牢牢抓住宝玉，以寻求最后的安全感。为此，所有在她看来妨碍他们母子前程的人事都要被清扫隔离，当她得知那些被赶走丫鬟们的不幸下场时，或许也会闪过一丝不忍吧，但终究荣国府小姐公子们的事情，才是她心头要紧之事，那些丫头们如同小猫小狗，也就随她们去吧。佛说众生平等，

图1.30 王夫人出场

① 金镶宝花顶簪
② 金坐佛挑心
③ 小插
④ 金镶宝花钿
⑤ 金镶玉葫芦耳环
⑥ 莲花双鱼形金扣
⑦ 蓝色珠子箍
⑧ 纹样：佛教八宝
⑨ 纹样：菊花纹
⑩ 纹样：松竹梅岁寒三友纹

一心向佛的王夫人终究还是没有参透佛理，但说到底，置身于滚滚红尘被名枷利锁拘住的，又何止她一人呢……

越过王夫人，黛玉的眼光最后会定在贾母——她最亲的外祖母身上吧。当年金陵史侯家的千金小姐，如今已是两鬓斑白的老太君。表面上，老太君被儿孙们簇拥着安享尊荣，仿佛诸事不理，但事实上，她却比任何人都明白贾府此时面临的困境。贾府宁荣二公以军功起家，第二代、三代都以袭爵为主，在朝中并未担任实际重要官职，且"国朝"开创已近百年，对武将的重视不比开国之初，通过科举考试让子弟入仕已经成为越来越多世家的选择。贾府也曾尝试过转型，如让贾敏嫁给探花林如海，让贾珠读书入仕并娶李纨，但这两步妙棋策划随着贾敏、贾珠的早逝都付诸流水。于是，在子弟中选出能读书的接班人着力培养，并为他们选择合适的联姻对象，是贾府高层念兹在兹的当务之急。从书中细节来看，贾母和贾政在这点上达成了一致，将史湘云、林黛玉先后接入贾府，也是基于未来贾宝玉联姻的考虑。从老太君的布局可以看出，她头脑清醒，具有高度的政治智慧，并且处事灵活。如她当初把管家权交给次子贾政而不是袭爵的贾赦，后来又默许长房孙媳妇王熙凤接手管家；又如为长房嫡孙贾琏娶妻于武官集团的王家，又为次房嫡孙娶妻于文官集团的李家，如此种种，都能看到她对荣国府的长房和次房采取的平衡之术，足见政治手腕高超。

这样一位老祖宗，我们为她设计的造型是：头戴鬏髻，上插金镶宝慈姑叶分心和金镶宝小插，❶裹着绛色箍儿，外罩一件蓝色缕金八团花立领对襟大袖衫，下搭淡紫色马面裙、蓝灰色缘边，外表仿

---

❶ 扬之水先生将插在鬏髻正中的簪称为挑心，但撷芳主人认为应该叫分心，本书根据撷芳主人的考证统一称分心。

佛慈祥观音，内中不乏霹雳手段。她衣身上的团花纹是鸾凤纹，马面裙上是五湖四海纹，都有吉祥和睦之意。为迎接心爱的外孙女，老人家特意戴上了一对金玉喜相逢耳坠，分明映衬着老祖宗内心的喜悦和期待（图1.31）。黛玉进府，不仅能让爱女贾敏的亲生骨肉继续陪伴膝下以慰老怀，更是贾府未来转型的一步好棋，怎能不让她喜上眉梢呢！

  在这个场合里，最重要的女主角——林妹妹，那个被慈爱的老祖宗一把搂入怀中，被众人怀揣着各种心思默默打量着的娇小姐，她是何种妆扮呢？从《红楼梦》成书至今，众多文人雅士们都画出了他们心目中的林妹妹，如清朝的改琦、费丹旭、孙温等。改琦画中的林黛玉梳堕马髻，穿对襟长披风（图1.32）；费丹旭画的林黛玉也梳低髻，穿上襦下裙（《十二金钗图》，故宫博物院藏，图1.33）；孙温笔下，初进荣国府的林黛玉梳着高高的双螺髻，后颈有垂髫图，❶穿上襦下裙（图1.34），都是晚明至清代前中期江南汉族女性的典型装扮。他们画笔下的黛玉，都弱不胜衣，楚楚可怜，折射出封建时代男性文人对才女的想象和规训，即又美又弱又惨，与其说这是真实的林黛玉，不如说他们是借才女之酒杯，浇自己心中各种不平之块垒。

  自有现代媒介以来，更多的林妹妹活跃在剧场、银幕和荧屏中。据学者整理，清末北京京剧舞台上的林黛玉，还是采用传统戏曲表演中小姐梳大头穿帔的造型，出场时引得观众发笑，认为不是真正的黛玉。这种状况一直持续到梅兰芳对古装扮相进行改革后才改善。1915年，梅先生排演了京剧《黛玉葬花》，参考古画仕女造型，让黛玉"穿玫瑰紫的软绸对襟小袄和白色长裙，腰系软纱短围裙，系

❶ 垂髫：将头发在脑后或后颈梳成束，并挽成发髻。

图1.31 贾母出场

① 金玉喜相逢耳环
② 金镶宝慈姑叶分心
③ 金镶宝小插
④ 金镶宝顶簪
⑤ 珠子箍
⑥ 纹样：鸾凤
⑦ 纹样：五湖四海

图1.32 清 改琦 《红楼梦图咏》之林黛玉（局部）

图1.34 清 孙温 《红楼梦》之"接外孙贾母怜孤女"（局部）

图1.33 清 费丹旭 《十二金钗图》之黛玉葬花（局部）

丝带，两边挂玉飒。回房后加上一件绣着八个五彩团花的软绸素帔。头上正面梳三个髻，上下叠成品字形，旁边戴珠花或翠花，发式清丽淡雅"❶。该戏演出后大受欢迎，而黛玉的戏曲造型也影响了此后的《红楼梦》电影。如1924年京剧《黛玉葬花》的纪录片（图1.35）、1944年华联版《红楼梦》电影（图1.36）、1977年《金玉良缘红楼梦》电影（图1.37）等，林黛玉梳高髻、佩云肩等，其服饰和发型都参考戏曲元素，平添了几许古典意蕴。这几部电影的人物造型，也为后来诸多的《红楼梦》电视剧、电影人物的服饰设计奠定了基础。如1987年《红楼梦》电视剧中，初进贾府的林黛玉内穿白色交领中衣和浅紫绣折枝梅花上襦，下着白色百褶裙，外罩白底绿萼梅刺绣斗篷（图1.38）；1989年版《红楼梦》电影中，林黛玉身穿淡黄底子连枝花叶纹样镶边披风、蔚蓝绸面偏襟对眉立领袄子和银白绸面细褶裙（图1.39）；2010年版《红楼梦》电视剧中，林黛玉的造型吸取了不少昆曲元素，更在发型上采用了大柳和小弯的设计（图1.40）❷。她们的形象既有对传统戏曲文化的吸纳，也折射出现代受众对古典才女的想象。

当然，无论是清代文人的绘画，还是现代电影、电视剧的画面展示，女性人物形象更多反映了不同时代对理想女性的想象。那么，当我们脱离此前的众多版本，展开自己的想象去建构林黛玉时，她大概会是什么模样呢？

首先立足于文本展开梳理，黛玉必然是很美的。第三回巧妙地以

---

❶ 马铁汉：《梅兰芳与黛玉葬花》，《红楼梦学刊》2002年第4辑。
❷ 大柳和小弯都是戏曲演员所戴的发片名称。大柳是贴在两鬓的发片，用以修饰下颌。小弯是贴在额上的圆弧形的小发片。

图1.35 京剧《黛玉葬花》剧照

图1.36 1944年电影《红楼梦》海报

图1.37　1977年电影《金玉良缘红楼梦》剧照

图1.38　1987年电视剧《红楼梦》剧照

图1.39　1989年电影《红楼梦》剧照

图1.40　2010年电视剧《红楼梦》剧照

虚写的方式展现了她的美，"闲静时如姣花照水，行动处似弱柳扶风"，动静之间，美人意致宛然，跃然纸上。这种虚写，从旁人的感受和评价处都得到了进一步印证。如第二十五回，凤姐宝玉姐弟被邪魔作祟危在旦夕，众人忙乱不堪，而薛蟠"忽一眼瞥见林黛玉风流婉转，已酥倒在那里"，薛大傻子阅美女无数，见到林黛玉还有惊艳之感，可见其美。第六十五回，尤二姐等和兴儿聊天，借兴儿之口说出林黛玉是"多病西施"，在贾府众多美丽的夫人小姐中，格外推崇其美，可见黛玉的容貌出类拔萃。

黛玉还很强。这种强，并不是外在的刚强，而是才华出众，聪慧过人。书中记述黛玉自幼多病，幼秉父母庭训，后来又跟着贾雨村断断续续读了一阵子书，从严格意义上来讲，她并未受过系统完整的教育。但即使如此，在大观园的多次诗社诗会中，她的诗作独出一格，赢得众人交口称赞，可见她极其聪明。不仅诗才突出，黛玉还有着通晓人情、机灵达变的另一面。如贾府财政面临越来越大的压力，安享尊荣者如宝玉犹然不觉山雨欲来，黛玉旁观却说出"我虽不管事，心里每常闲了，替你们一算计，出的多进的少，如今倘不省俭，必致后手不接"之类的忧心之语。又如府中各位公子小姐的丫鬟嬷嬷，各种钩心斗角闹得家宅不宁，首当其冲者如怡红院，丫鬟们之间的争夺已经趋于白热化，宝玉还始终懵懂。可潇湘馆内人手不少，却一直呈现出一派和谐安宁的局面，从未见过类似闹剧，可见她管理到位。这说明黛玉的聪明是通实务接地气的，天仙般的林妹妹，倘若给她机会，又何尝不会成为一位治家有道、御人有术的得力当家人呢！

更重要的是，黛玉心中有爱，也懂得表达爱，这是非常宝贵的品质。黛玉有一位非常优秀的父亲，给了她莫大的支撑关怀，来自父亲的爱，使得黛玉书卷气质格外突出，浑然不似普通闺秀。幸运的是，来到贾府后，她更得到了贾母、贾政和宝玉等人的爱。贾母和宝玉对黛玉的偏爱在书中俯拾皆是，不用多说，而贾政对黛玉的偏爱，则是隐藏在字里行间。如建设大观园之时，贾政格外喜欢潇湘馆，而这处院子最后给了黛玉。又如第七十六回黛玉和湘云在凸碧堂和凹晶馆联诗，湘云赞叹馆名取得好，黛玉说道"实和你说罢，这两个字还是我拟的呢……谁知舅舅倒喜欢起来，又说：'早知这样，那日该就叫他姊妹一并拟了，岂不有趣。'所以凡我拟的，一字不改都用了"，可见贾政对黛玉的欣赏。再如第二十三回宝黛共读西厢，宝玉一时失言冒犯了黛玉，黛玉的反应是"我告诉舅舅舅母去"，少年人吵架，往往会把家长搬出来，黛玉的第一反应是脱口说出"舅舅"，可见在失去父亲之后，贾政给了她一定的父爱，成为她的现实支撑。如此看来，在充满算计和倾轧的荣国府，从上到下，有贾母、贾政、宝玉的保驾护航，就算有小人有心生事，那些麻烦却绝对牵涉不到黛玉，比起三春姊妹，她是何等幸运！或许正因为她得到了足够多的爱，她在表达爱的时候，往往肆无忌惮。世人只看到了黛玉在宝玉面前的各种矫情娇气，但反过来想想，倘若不是感受到了足够多的安全感，黛玉又怎会如此不知收敛呢！要知道，她刚进荣国府的时候，可是"不肯轻易多说一句话，多行一步路，惟恐被人耻笑了他去"，最初的小心翼翼，变成后来的有恃无恐，正说明她是被偏爱的那个特别存在。或许正因为她太完美了，所以作者为她设计了另外两点不足,一是父母早亡,二是身体羸弱,但这又反过来强化了贾母贾政宝玉等人对她的关爱怜惜。黛玉性格中的若干矛盾之处,如感性又善思,多疑又痴情,计较又豁达,如此种种,正是复杂的现实环境在她身上的折射和反应。

如此可爱的才女,千言万语都难以尽述她的美好。或许,她梳着明清江南女性最流行的三绺头,发髻在头部左侧堆起一个小巧的堕马髻,下垂一缕小垂髻,点染几分深闺少女的娇羞。斜插金玉梅花簪,戴桃花纱头花,耳佩金镶宝梅花耳环,腕上是松石珍珠金手镯,指戴金镶珍珠宝珠戒指(图1.41)。

金玉梅花簪和金镶宝梅花耳环的设计中,梅花都是主纹样。黛玉曾在咏海棠诗中写到"偷来梨蕊三分白,借得梅花一缕魂",梅花孤傲、清冷的气质正如黛玉灵魂的写照,所以这两样首饰的设计是以白玉衬其美好,梅花点其清丽。

桃花纱头花,则以桃花暗喻她发起桃花诗社的诗情和春天葬花的慧心。这种纱头花参考了清代贵族女性所戴的宫花造型,也和第七回中周瑞家送宫花故事相呼应。薛姨妈拿出十二支新鲜样法堆纱的宫花,让王夫人的陪房周瑞家的送给荣国府的几位年轻女眷,顺序是"你家的三位姑娘,每人一对,剩下的六枝,送林姑娘两枝,那四枝给了凤哥罢"。薛姨妈远来是客,送花给贾家女眷,当然要首先送给三位小姐,这是礼仪常情。而林黛玉是贾府的客人,但又是贾府小姐贾敏的女儿,老太太养在膝下视同亲孙女,所以安排在第二位的顺序。王熙凤是薛姨妈的内侄女,从关系上更亲密,有几分自己人的意思,先疏后亲的顺序,也符合中国社

图 1.41 林黛玉进贾府

① 金镶宝象牙梅花耳环
② 金镶宝象牙梅花耳环底部示意图
③ 金玉梅花簪
④ 墨兰图手帕
⑤ 梅花纱头花
⑥ 清金镶珠翠戒指
⑦ 象牙手镯
⑧ 荷花纹

会的送礼习惯。并且，从空间位置来看，三春住在王夫人处，黛玉和宝玉住在王夫人旁边，王熙凤的住处则离得更远，周瑞家的从梨香院薛姨妈处出来，直奔王夫人住所，可以一路送下去，这个安排也比较合理。但在现实操作中，周瑞家的却更改了送花路线，先送给三春，然后绕路去了王熙凤处，最后才把两支花送给黛玉。从周瑞家的角度来说，她是王夫人的陪房，和王家人天然更亲近，王熙凤又是荣国府的当家少夫人，她表现得更殷切周到，再是自然不过。但林黛玉聪慧过人，且心思细腻，看到最后两支花，很快得出"别人不挑剩下的也不给我"的结论。她当着周瑞家的说出这句话，一方面说明周瑞家的仗着是王夫人陪房，平日里没少高低看人，让黛玉已有不满；另一方面则说明贾母的确对这个外孙女儿各种宠溺，从物质到精神，都给予了她充分的关爱，故而薛姨妈送来的宫里新鲜样儿的宫花在黛玉看来不过平常，并未觉得是甚稀罕物件。并且，她对周瑞家的当面撂话，丝毫不顾忌其背后的王家，和她刚进贾府时小心翼翼生怕多说一句话多行一步路、唯恐被人耻笑的样子形成了鲜明对比，只能说明被满满爱意包围着的她，已然呈现出完全松弛的状态。

松石珍珠金手镯，则参考了陕西西安隋代李静训墓出土的手镯文物（现藏中国国家博物馆）。该手镯分四节，相互之间由青绿玻璃珠相连，开口处为镶嵌六颗宝珠的花朵形扣环。李静训又名李小孩，是北周太后、隋朝公主杨丽华的外孙女，九岁夭亡，杨丽华伤心之际，用众多珠宝陪葬外孙女以寄托哀思。这件手镯做工精致，价值连城，不仅展现了皇家雄厚的财力，更寄寓着外祖母对早亡外孙女的无尽思念。我们对《红楼梦》人物进行复原和想象时，所参考的首饰大多出自明清时期，但这件则出自隋代。每个朝代的首饰都有其特色风格，但也会对前朝的特点加以继承，故而隋代首饰被后人所传承，就情理而言，应该也能成立。这件尊贵的皇家手镯，充分展现了外祖母对外孙女的宠溺思念，将它戴在黛玉腕上，正堪表现她集万千宠爱于一身的尊荣。

她上身穿浅粉色交领袄，衣领上绣着荷花纹，下衬蓝色百褶裙，裙上织着龟甲纹，垂下的一方素帕上画着墨兰，衬出大家闺秀幽静娴雅的仪态。她手托香腮，眉尖若蹙，一副弱不胜衣的娇俏模样，仿佛唐寅《美人思春图》中的仕女。这样的仕女走出美人图，走进贾府，纵然荣国府内一众女眷早已见过无数出色闺秀，但看到这般气质出众的女孩儿，仍然免不了会夸赞一句"这通身的气派，竟不像老祖宗的外孙女儿，竟是个嫡亲的孙女"，虽然有讨老祖宗欢心之意，但也从侧面肯定了林黛玉的卓尔不凡。衣领上的那些缠枝荷花纹，色泽鲜艳，光彩照人，让人想起那句浅浅嗔怪，"我最不喜欢李义山的诗，只喜他这一句：'留得残荷听雨声'。偏你们又不留着残荷了"，一个才华横溢、孤傲自许的小才女形象跳出纸面，栩栩如生。

纵观《红楼梦》全书，对林黛玉的外貌、服饰、妆造等，基本都是虚写，只能从旁人眼中口中印证她姿容出众、气质绝尘。或许，于作者而言，林妹妹是他少年时代最美好的梦，他实在不忍心、也不愿意以俗套笔墨破坏他心中美好天使的形象。但这种不写而写、以虚印实的书写方式，不仅在中国文学史中建构了一个光彩照人、难以超越的女性形象，也为后人想象、勾勒林黛玉的模样提供了更多空间。数百年以来，无数人以文字、画笔、雕刻等多种方式展现他们对林黛玉的喜爱，也让林黛玉成为知名度最高、最受认可的古典才女之一，冥冥之中，这或许就是作者对他的缪斯女神最好的致意吧！

第二章 金玉缘、木石盟与明清男性服饰

红楼梦服饰图鉴

Dream of Red Mansions
Costume Illustrations

在《红楼梦》的众多名场面中，宝黛初会无疑是最动人的篇章之一。绛珠仙草和神瑛侍者前世相逢于灵河岸上三生石畔，以灌溉之情未偿，下凡再续前盟。在中国传统故事里，那些结下宿缘的冤家们转世为人后，虽然已经不怎么记得前生往事，却很难完全忘记曾经的约定，他们在此世的缠绵牵惹，往往由似曾相识的熟悉感觉引发，如三生石的故事。❶《红楼梦》借鉴吸收了轮回转世的传说，将宝黛之间分拆不开的美好情缘界定为木石前盟，既为他们的纯真爱情抹上了几分浪漫的色彩，也为这份相知相许的新型知己之爱的爱情书写开辟了新的篇章。而宝黛初会则是这一世情缘的开端，他们对彼此的观照遂成为作者格外用心描述的重点。有意思的是，作者对宝玉眼中的黛玉基本采用虚写，却用重彩浓墨的笔法详细刻画了黛玉眼中的宝玉，这位翩翩佳公子的登场不仅给黛玉留下了深刻印象，他那"天然一段风骚，全在眉梢；平生万种情思，悉堆眼角"的风姿面貌，也构成了中国文学史中非常独特的一类男性书写。他不仅在《红楼梦》中别树一帜，和明清时期其他经典名著中的男性人物相比，似乎也难见同类。可以说，贾宝玉的横空出世，为中国文学里人的书写以及男性的书写，都提供了全新的经验模式。那么，贾宝玉的特别之处究竟是什么呢？

---

❶ 唐代袁郊《甘泽谣·圆观》记载，僧人圆观与士人李源为知己，圆观圆寂前告诉李源，会转世为王家新生儿并在见到李源时对他一笑，此后会再次转世，并与李源相约十二年后在杭州天竺寺外相见。李源如约前往，果然两次见到了转世的圆观。

第一节
贾宝玉究竟有何特别？

《红楼梦》第二回，贾雨村曾与冷子兴谈到宝玉等人秉性，提及天地间有正邪二气，前者为仁者所禀，后者为恶者所禀，而多余的正气与邪气相交，互不相让，附着于人，那便是"在上则不能成仁人君子，下亦不能为大凶大恶。置之于万万人中，其聪俊灵秀之气，则在万万人之上；其乖僻邪谬不近人情之态，又在万万人之下"。介于正邪之间，是解读贾宝玉和与他同气相投者的一把关键钥匙，他们集聪俊灵秀和乖僻邪谬于一身，绝不肯按世俗所界定的路径循规蹈矩，处处显出与周围环境扞格不入的一面。第三回中，作者更借用《西江月》词二首，表达了他对宝玉的看法：

> 无故寻愁觅恨，有时似傻如狂。纵然生得好皮囊，腹内原来草莽。　潦倒不通世务，愚顽怕读文章。行为偏僻性乖张，那管世人诽谤！

> 富贵不知乐业，贫穷难耐凄凉。可怜辜负好韶光，于国于家无望。　天下无能第一，古今不肖无双。寄言纨袴与膏粱：莫效此儿形状！

细品词中之意，乖张与无用，构成了宝玉的核心性格特点。何谓乖张？大意是怪异，不通情理，与常人不同。何谓无用？即无法满足家族和社会的期待，成为某种尴尬的存在。在传统中国社会，男性如果不能承担外在秩序所赋予的责任，即被认定为无用的弃子。宝玉的乖张和无用，即与世俗所认定的男性角色格格不入，是游离于主流男性世界之外的一个多余人。这种多余，源于那无用于补天的顽石本性，而他衔玉入世，则是在现世接续承袭了此种无用根性。他周岁时的抓周举动，便是一个明显的符号标志，"那年周岁时，政老爹便要试他将来的志向，便将那世上所有之物摆了无数，与他抓取。谁知他一概不取，伸手只把些脂粉钗环抓来。政老爹便大怒了，说：'将来酒色之徒耳！'因此便大不喜悦"。"将来的志向"就是社会为男性所设定的主流发展路径，而宝玉独取脂粉钗环，意味着他无意也无缘于男性世界，生子如此，作为父亲的贾政又焉得不怒呢！

从根本上，贾宝玉就排斥主流的男性世界。他不喜欢四书五经。传统儒家社会为男性设定的发展模式是修身齐家治国平天下，通过科举入仕从而荣身荣家是深植于许多男性内心深处的执念，所以贫寒如贾雨村，豪富如贾府子弟等，无不将科考求仕视为人生的最高理想，而贾宝玉却独独厌弃举业，排斥时文，被家族视为不肖子弟。

他不喜欢结交上进之人。贾宝玉对举业的厌弃甚至延伸到对上进之人的排斥，他讨厌见到那些兢兢经营社交圈、热衷于仕途经济的男性，如贾雨村等，一度称他们为禄蠹；他虽然爱惜闺中良伴，但倘若她们说出劝诫之语，即毫不留情地翻脸，正如他冷怼宝钗、湘云，后来也与袭人渐行渐远。

他不喜欢扮演世俗的男性角色。传统社会设定了男尊女卑、男高女低的性别秩序，要求男性遵守一系列性别规范，如在女性面前表现出刚强、冷硬等上位者特质，也不能轻易流露内心情绪。作为荣国府嫡孙，宝玉的身份地位远远高于府中一干女性，但他长期厮混于内帏，在女孩子们面前做小伏低，一点刚性也无；没人在跟前，就自哭自笑，有人在眼前，也动不动眼中滴下泪来；他看见燕子、鱼儿都忍不住要说话，看见星星月亮，更是长吁短叹、咕咕哝哝。

宝玉这样的做派，不仅父母长辈免不了絮叨责备，连贾府的下人，如兴儿、婆子们等也对他不以为然。而他本人则全然不以为非，反而日夜厮混于闺中，所朝思夜想者，就是和女孩儿们相伴，生死都在一处。宝玉所最盼望者，莫过于能为女儿们尽一点心意，所以他为平儿理妆，送香菱茜裙，看晴雯撕扇，而在黛玉面前，更是千种体贴、万般柔情。回溯到前世，在离恨天中，作为神瑛侍者的他为绛珠仙草布施甘露，原本出于"情不情"，即如学者所说，"神瑛侍者长期对绛珠小草的灌溉是人（神）对非人之情，是不图回报的施惠与恩泽。因此贾宝玉的'情不情'带有神性的成分，具有两个鲜明与罕见的特点：此情所施所泽的广泛性和无私性"。❶因此，此世他在人间对女儿们的各种爱惜呵护之举，也全然出于不求回报的本心，爱人、爱世间一切美好的事物，就是他投胎转世、经历人间的出发点。

这样一个宝玉，出现在十八世纪的古代中国，是何等现代，何等超前，何等与环境格格不入！以至于始终陪伴着作者，目睹了《红楼梦》成书过程的脂砚斋，在批语中直言不讳地说，"其宝玉之为人，是我辈于书中见而知有此人，实未目曾亲睹者。又写宝玉之发言，每每令人不解；宝玉之生性，件件令人可笑；不独于世上亲见这样的人不曾，即阅今古所有之小说传奇中，亦未见这样的文字"。❷那么，对于这等奇人，作者如何将胸中无限郁结难消之意投射于其身，又将如何刻画他的初次登场呢？

---

❶ 周思源：《红楼梦创作方法论》，文化艺术出版社1998年，第175页。
❷ 吴铭恩：《红楼梦脂评汇校本》，清华大学出版社2019年，第252页。

第二节
理解贾宝玉服饰的三个关键词

我们且追随着黛玉的眼光,来观看贾宝玉的登场。初见时,他从庙里还愿回来,还不曾脱外衣,就先来给贾母请安。只见他:

> 头上戴着束发嵌宝紫金冠,齐眉勒着二龙抢珠金抹额;穿一件二色金百蝶穿花大红箭袖,束着五彩丝攒花结长穗宫绦,外罩石青起花八团倭锻排穗褂;登着青缎粉底小朝靴。面若中秋之月,色如春晓之花,鬓若刀裁,眉如墨画,面如桃瓣,目若秋波。虽怒时而若笑,即瞋视而有情。项上金螭璎珞,又有一根五色丝绦,系着一块美玉。

这些服饰描述非常细致,从头到脚展示了贵族公子的穿戴气派。且让我们跟着这些描述,一起来整理荣国府嫡孙公子的衣箱:

头部:束发嵌宝紫金冠、二龙抢珠金抹额

束发嵌宝紫金冠

一种用来束头发的冠饰。

嵌宝,即镶嵌有各式珠宝。紫金冠之名,则历来有不同解释,如有学者认为指其材质,紫金是合金,含有金、铜、铁、镍等多种元素，紫金冠是束发冠的一种。❶但紫金冠也是昆曲、京剧演出中常见的一种头盔，有紫金冠（太子盔）和小紫金冠（都子头）两种。小紫金冠即银色点翠束发冠，饰有红色绒球、白色光珠等饰品，左右两侧有翎管，由年幼的太子或大臣的幼子所戴；紫金冠由前后两扇组合而成，后扇圆形，加小紫金冠；前扇有额子，有绒球、火焰纹团寿面牌修饰。金胎紫金冠的绒球、丝穗为金黄色，银胎紫金冠的绒球、丝穗为粉色，都由少年将军所戴。此外，京剧中还有猴紫金冠，软冠底，饰莲花，由孙悟空专戴。❷但无论紫金冠是指冠的材质而言，还是指一种专门的戏曲头盔，它的结构都以束发冠为基础。由此，考证束发冠之源流演变，即自有其必要性。

束发冠约创始于五代，是固定在发髻上的发罩，也被称为矮冠或小冠。宋代的束发冠可以单独戴，也可以戴在巾帽之内。明代束发冠的情况则变得比较特殊，按照明朝制度，官员朝服戴梁冠、公服戴展脚幞头、常服戴乌纱帽；士庶戴四方平定巾。既然有头巾，一般而言，明代男子日常戴束发冠，也应遮盖在头巾之下，如明代《御世仁风》版画中的男子（图2.1）。❸除了道士、神像、戏台演出时，男子在公开场合直接戴冠，已经被视为不合礼制的装束。❹虽然如此，但日常生活中，人们并不会时时紧绷、谨守礼制，在明代画像中，也能见到直接戴冠的男子，如明万历刻本《元曲选》"铁拐李渡金童玉女"的配图还展示了另外两种束发冠：左边男子戴方形束发冠，右

---

❶ 王彬：《试析凤姐、宝玉服装的时代背景与人物形象》，《红楼梦学刊》2021年第2辑。
❷ 参见刘月美：《中国昆曲衣箱》，上海辞书出版社2010年，第102页。刘月美：《中国京剧衣箱》，上海辞书出版社2002年，第65页。
❸ 金忠：《御世仁风》，明万历刊本。
❹ 孙机：《明代的束发冠、䯼髻与头面》，《文物》2001年第7期。

边男子戴分梁束发冠(图2.2),❶ 而分梁冠在《三才图会》中能看到更清晰的样子:冠顶分缝起梁,冠身可刻各种纹样或镶嵌珠宝,左右各有一冠孔以供插簪,冠前方有一簇红绒球(图2.3)。❷ 从南京江宁将军山沐瓒墓出土的明代金束发冠(南京市博物馆藏)来看,样式比较简单,即冠顶分梁,两侧有孔以插簪(图2.4)。

从图像和出土文物来看,明代的束发冠有方形、半圆形、长条形等不同形状,一般要分梁,两侧插簪,冠前有红绒球。但根据晚明刘若愚《酌中志》记述,明代宫廷内臣的束发冠还有另外一种形状,即用金累丝打造而成,镶嵌睛绿珠石,有四爪蟒龙蟠绕其上,下面加有额子一件,左右还要插上长长的锦鸡翎,明代的皇帝和随行内侍,出行时都喜欢戴这种冠,❸ 如台北故宫博物院所藏《出警入跸图》(图2.5)内侍所戴,可能就是这种束发冠。

刘若愚的记述还提到,戴束发冠的内臣们"各穿窄袖,束玉带,佩茄袋、刀帨,如唱'咬脐郎打围'故事。惟涂文辅、高永寿年少相称,其年老如裴昇、史宾等戴之,便不雅观"。❹ "打围"故事出自元代南戏《刘知远白兔记》,戏中戴束发冠的是十六岁少年咬脐郎。另外,明末清初时人宋荦曾记载,晚明人出入崇祯皇帝宫廷,见到太子朱慈烺"束发冠缨前一珠差小,碧焰照耀如盘,似铜青投火中,

---

❶ 臧懋循:《元曲选》,明万历刻本。

❷ 本书所选用《三才图会》插图均出自王圻《三才图会》,明万历刊本,余者不再说明。原图为黑白,看不出红色,据学者考证为红樱。参见董进(撷芳主人)微博:《少年头上"紫金冠"》,2018年9月10日,https://weibo.com/ttarticle/p/show?id=2309404282800479011119,2024年7月6日。

❸ 明代刘若愚《酌中志》卷十九记述束发冠"其制如戏子所戴者,用金累丝造,上嵌睛绿珠石……四爪蟒龙在上蟠绕。下加额子一件,亦如戏子所戴,左右插长雉羽焉",北京古籍出版社1994年,第172页。

❹ 刘若愚:《酌中志》卷十九,北京古籍出版社1994年,第172页。

图2.1 明 《御世仁风》版画中的男子

图2.2 明 万历刻本 《元曲选》"铁拐李渡金童玉女"配图

图2.3 明 王圻 《三才图会》中的分梁冠

图2.4　明　金束发冠

图2.5　明　佚名《出警入跸图》(局部)

绿烟郁勃,不知何名"，❶ 这款束发冠有缨有珠,款式更接近《三才图会》所示,而明亡时朱慈烺约十五岁,戴束发冠时年龄应更幼。综合来看,明代的束发冠大概有两种基本款式,一种是《三才图会》所示,另一种则是《酌中志》所记,而无论戏曲演出中,还是实际生活中,少年戴束发冠,都得到了人们更多的认可。

事实上,明清易代后,日常生活中汉族成年男性剃发,已不能戴冠,而束发冠在戏曲演出和男童发饰中仍然得以延续。戏曲演出中的束发冠,保留了上文提到的两类明代束发冠基本样式,《三才图会》中的样式被称为小紫金冠,有绒球,配长条抹额,《酌中志》中的样式则发展为太子盔,配有翎管,可插长翎。而清代男童无论满汉都可以戴束发冠,清代绘画中也往往能看到戴束发冠、缀红缨绒球的男童。❷ 周汝昌先生更明确提到,束发紫金冠就是清代实物,是小男孩戴的,长大后就不再戴。❸ 如清代雍正乾隆时期姑苏版画《美人童子图》(现存于法国菲利埃尔城堡,图2.6)中的童子,大部分头发剃光,只保留头顶头发扎成束,戴束发冠。又如清代郎世宁所画《弘历雪景行乐图》(现藏于故宫博物院,图2.7)中,乾隆和皇子们剃掉大部分头发,仅头顶正中束发,并戴束发冠。从画中能看到,清代束发冠和明代束发冠在形制上并无根本区别,但男子和男童头顶的头发已经大部分剃光,显然是为剃发梳辫做准备。

在清代剃发易服之前,根据中国古代习俗,男子十五岁至二十岁期间可戴冠,也称弱冠,是男性成人礼的标志。也就是说,如果

---

❶ 宋荦:《筠廊偶笔》卷上,清康熙刻本。
❷ 参见董进(撷芳主人)微博:《少年头上"紫金冠"》,2018年9月10日,https://weibo.com/ttarticle/p/show?id=2309404282800479011119,2024年7月6日。
❸ 参见周汝昌:《红楼服饰谈屑》,《北京晚报》1992年9月21日。

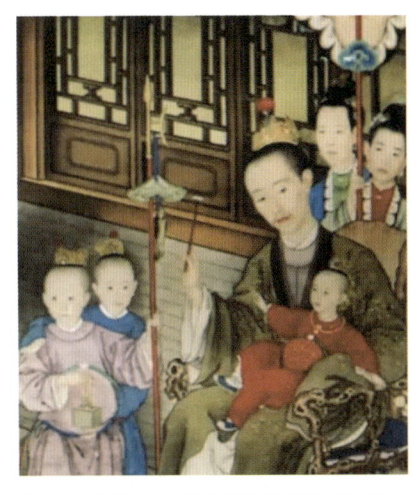

图2.6 清 姑苏版画 《美人童子图》（局部）　　图2.7 清 郎世宁 《弘历雪景行乐图》（局部）

男子戴冠，通常年龄为十五岁至二十岁之间。从上图姑苏版画大致可以判断束发冠童子十岁左右；而乾隆皇帝抱在怀里的束发小皇子则看起来年龄更小。从上文提到十六岁的咬脐郎和十五岁的朱慈烺戴束发冠来看，晚明男子束发戴冠的年龄似乎略早一些，据《明史》记述，皇太子行冠礼之年为"近则十二，远则十五"，庶人冠礼则为十五至二十之间，❶ 虽然也偶有例外，如明英宗朱祁镇即位后封弟弟朱祁钰为郕王，随后年仅十岁的郕王举行了加冠礼，但总体而言，明代似乎并未出现幼童行冠礼并戴冠的普遍情况。为何清代却出现了幼童戴束发冠这种奇怪的情状呢？

这或许还得回到明清易代的语境中寻求答案。清初剃发令下，激起了民间的激烈反抗，为缓和民族矛盾，满族统治者实施了"十从十不从"的折中方案，此外，还有成人从孩童不从之说。❷ 到清顺治四年（1647）十一月以后，江苏男子都已经是"箭衣小袖，深鞋

---

❶ 张廷玉等：《明史》卷五十四，中华书局2000年，第920页。
❷ 徐珂：《清稗类钞》第十三册"服饰类·诏定官民服饰"："成童以上皆时服，而幼孩古服亦无禁。"中华书局1984年，第6146页。

紧袜"的装扮，而"幼童，亦加冠于首，不必逾二十岁而始冠矣"。❶
考虑到清初汉族知识分子一度将汉女缠足视为坚持民族气节的表征，他们会不会也将男童戴冠看作另一种委婉反抗的服饰符号，从而促进了束发童冠的广泛流行，甚至风气所及，连满族男童也戴起了束发冠呢？在看到更多可信的历史资料之前，我们姑且为束发童冠在清代的流行提供了一种基于时代背景而做出的推断。回到《红楼梦》本身，戴束发冠的贾宝玉，究竟是以十五岁左右的明代少年男子为原型？还是以年龄更小的清代束发幼童为模板呢？

在清代改琦的绘画中，宝玉束发戴冠，身量长大，一副青春少年的模样（图2.8）。但倘若如此，按照古代社会礼俗，少年时期的宝黛二人同床共枕、说笑嬉戏等情况（第十九回）几乎不可能发生，唯有在更幼小的儿童时期才能不分性别、不介意男女之大妨。但宝玉如果是幼童，则难以解释他巧妙周旋于众多姊妹之间，一心只想做护花使者的行径了。或许，曹雪芹原本就有意混淆人物年龄，以留给读者更多想象空间；又或许，《红楼梦》原本就讲述着少年成长的故事，宝玉和黛玉相识于孩提，在大观园中无忧无虑地成长，年龄也逐渐变化不一。而贾宝玉的年龄不明，和明清易代导致的男性服饰混杂多元等因素叠加，使得自《红楼梦》成书以来，展现或搬演贾宝玉形象的诸多画手名家，都不约而同地采用了另外一种方式，即让宝玉披发戴冠。如孙温所绘《红楼梦》，从宝玉的背影能明显看到披发（图2.9）；民国时期梅兰芳先生搬演《黛玉葬花》，由姜妙香出演贾宝玉，也是披发的装扮（图2.10）；而此后各版《红楼梦》电影、电视剧和戏曲演出中，如1977年李翰祥导演《金玉良缘红楼梦》电影（图2.11）和1987版《红楼梦》电视剧（图2.12）中，宝玉都是披发戴冠的

❶ 徐珂：《清稗类钞》第十三册"服饰类·诏定官民服饰"，中华书局1984年，第6146页。

图2.8 清 改琦《红楼梦图咏》之贾宝玉

图2.9 清 孙温《红楼梦》之"贾宝玉至王府贺寿"（局部）

图2.10 京剧《黛玉葬花》剧照

图2.11 1977年电影《金玉良缘红楼梦》剧照

图2.12 1987年电视剧《红楼梦》剧照

样子。束发戴冠意味着成年，但介于儿童和成年之间的年龄段，如十至十五岁的少年，即使戴冠，因头发留得不长，故而难以完全束起。让宝玉采用这种发型，既是对曹公原著的尊重，也反映了《红楼梦》文本本身的丰富可诠释性。

二龙抢珠金抹额

一种裹在头上的额饰，一般用貂皮或布帛制成，上面用金线绣着二龙抢珠纹样。

抹额也称额子、勒子，大概是一款长条形贴额饰物，可与束发冠配合使用，以包裹额部头发。据说抹额起源于北方，因天气寒冷，需要以貂皮额子附于额头保暖，后演变为额饰。抹额的材质包括布帛、貂皮、金、银等，上可以绣刻蝙蝠、桂花、二龙戏珠等各种纹样，以表达吉祥寓意。抹额早在秦代就已出现，为军士所戴。宋代以后，由于男子多戴头巾，逐渐变成女性的常用额饰。❶ 明清时期，抹额在女性群体中格外流行，女性不论尊卑、年龄，都佩戴抹额以装饰，如《雍正十二美人图》也有美人戴着抹额（故宫博物院藏，图2.13），而明代陈

图2.13 清 佚名 《雍正十二美人图》

---

❶ 王忆雯等：《传统眉勒发展流变研究》，《内蒙古艺术学院学报》2019年第4期。

洪绶《童子礼佛图》（现藏故宫博物院，图2.14）中，跪着插佛塔的儿童，头上也戴着长条红色抹额。相较而言，宋明时期，男子的抹额多见于戏装，常与束发冠配合使用，如元代郑德辉杂剧《三战吕布》有"紫金冠分三叉，红抹额，茜红霞"等描述，又如上文刘若愚《酌中志》提到内侍的束发冠下搭抹额，"亦如戏子所戴"。可见，贾宝玉的抹额仍然与戏装有一定关联。

图2.14 明 陈洪绶 《童子礼佛图》（局部）

抹额上的二龙抢珠纹样，是明清常见的吉祥纹样。二龙抢珠，也称二龙戏珠，一般以盘曲的双龙和火珠构成，双龙位置或一条在上，一条在下；或一条在左，一条在右，火珠在双龙中间，形成双龙争抢之势。如故宫博物院所藏清代嘉庆时期蓝色缂丝金龙纹男夹朝袍（图2.15）的腰部纹饰，双龙即为一左一右，呈现出争抢中间宝石的活泼姿态。这样看来，宝玉的抹额也参考了现实生活中的服饰元素。

身：二色金百蝶穿花大红箭袖、五彩丝攒花结长穗宫绦、石青起花八团倭缎排穗褂

二色金百蝶穿花大红箭袖

大红色的窄袖外衣，衣上用金线和银线织成百蝶穿花纹样。

箭袖有两层意思，一说指箭衣的袖子，因清代箭衣装有马蹄袖，故有学者认为，箭袖也称马蹄袖，"袖身窄小，紧裹于臂；袖端裁为弧形，上长下短仅覆手，以便射箭"。❶清代统治者崇善骑射，将马

---

❶ 孙晨阳、张珂：《中国古代服饰辞典》，中华书局2015年，第829页。

图2.15 清 嘉庆时期 蓝色缂丝金龙纹男夹朝袍(局部)

图2.16 清 嘉庆时期 明黄色缂丝金龙纹男单朝袍(局部)

蹄袖用于礼服，故宫博物院藏有多件马蹄袖衣服，包括男款、女款，时间覆盖清初和清末，如清嘉庆时期明黄色缂丝金龙纹男单朝袍所示（故宫博物院藏，图2.16），可以参看。

箭袖还指箭衣。箭衣明代已经出现，其名曾见诸多种明代文献。张岱《陶庵梦忆》提到明崇祯戊寅（1638）年，他和隆平侯等人在南京牛首山打猎，"取戎衣衣客，并衣姬侍。姬侍服大红锦狐嵌箭衣"[1]，可见箭衣在晚明人眼中就是明军的军服。钱䵻《甲申传信录》卷六记述李自成攻破西安后命令"其乡民不得穿箭衣，以别军民"，而李自成带军队迎战吴三桂时，他的装扮是"羯帽蓝布箭衣"[2]。计六奇《明季北略》卷二十一记述李自成撤出北京时"仍穿箭衣"[3]。如此看来，晚明两支主要作战队伍的士兵和将领都穿箭衣，箭衣应该是一种军服。箭衣在清代更为普及，上文提到《清稗类钞》记述，清顺治四年（1647）十一月，江苏男子已经是"箭衣小袖"，不复晚明宽衣大袖模样，此处的"箭衣小袖"显然指的是清代箭衣。清代箭衣最初应该也是源于清军的军服，也只有从军服的角度，才能更好地理解明清箭衣的流变。晚明天下大乱，多个军阀集团混战厮杀，清军曾长期在辽东与明军作战，入关后又与大顺农民军交手，箭衣既然便于骑射，很可能由此成为多方军队采用的军服。而东北天气寒冷，清军对箭衣略作改进，将袖盖加长并遮住手背，形成马蹄袖，也是很自然的设计。清军入关后，随着满族统治者强制性地推行剃发易服高压政策，这种清军特有的箭衣款式逐渐传播开来，不仅成为箭衣的主流，并且逐渐从军服演变为常服。

[1] 张岱：《陶庵梦忆》卷四"牛首山打猎"，中华书局2020年，第149页。
[2] 钱䵻：《甲申传信录》卷六，上海书店1982年，第112页，第121页。
[3] 计六奇：《明季北略》卷二十一"四月三十日自成西奔"，中华书局1984年，第490页。

明清虽然都曾使用过"箭衣"的称谓，但明清箭衣的区别仍然是显而易见的。《中国古代服饰辞典》解释明代箭衣是"明代射箭之服，其式为小领大襟，疙瘩扣绊，窄袖，衣长至足"，❶ 这种箭衣迄今并未看到实物。所以，我们如果要了解明代箭衣的基本样式，不妨参看戏装。昆曲衣箱的箭衣形制是圆领、斜襟右衽、前后左右四侧开裾、衣长到足。❷ 但这种箭衣的袖子都是马蹄袖，和京剧表演中的箭衣是一样的形制，"京剧舞台上的箭衣为圆领大襟，右衽，紧腰瘦袖，腰部以下四面开衩，袖口有袖盖，下翻时遮住手背，形如马蹄，称马蹄袖。这种带马蹄袖的箭衣最早出现于清同治、光绪年间的戏箱中，式样源于清代的四开衩蟒袍、行褂。在此后的舞台上，两式并为一式，一衣二用，表演清代戏时用马蹄袖，演明代戏时则将马蹄袖上翻齐腕不用"。❸ 也就是说，今天在戏剧舞台上仍然能够看到的箭衣，款式源于清代男子的行褂，而是否使用马蹄袖，是戏剧表演中区分明、清箭衣的关键所在，如故宫博物馆藏白色彩云金龙纹妆花缎箭衣（图2.17）。由此，也大致可以推断，明代箭衣和清代箭衣的关键区分在于是否装有马蹄袖。

既然清代箭衣的突出特色是马蹄袖，❹ 从时代而论，贾宝玉的箭袖应该是装有马蹄袖的衣服。❺ 从清代画像可以看到，清代画家采用了不同的服饰形制，如改琦画大袖（图2.8），孙温是大袖和马蹄袖兼而画之，宝玉初见林黛玉时穿大袖（图2.23），路谒北静王时则穿马蹄袖（图2.18）。

❶ 孙晨阳、张珂：《中国古代服饰辞典》，中华书局2015年，第829页。
❷ 刘月美：《中国昆曲衣箱》，上海辞书出版社，第73页。
❸ 孙晨阳、张珂：《中国古代服饰辞典》，中华书局2015年，第829页。
❹ 孙晨阳、张珂：《中国古代服饰辞典》，中华书局2015年，第829页。
❺ 中国社会科学院文学研究所编：《〈红楼梦〉人物的服饰研究（上）》，《红楼梦研究辑刊》第十辑，第418页。

图2.17 清 白色彩云金龙纹妆花缎箭衣

图2.18 清 孙温《红楼梦》之"贾宝玉路谒北静王"(局部)

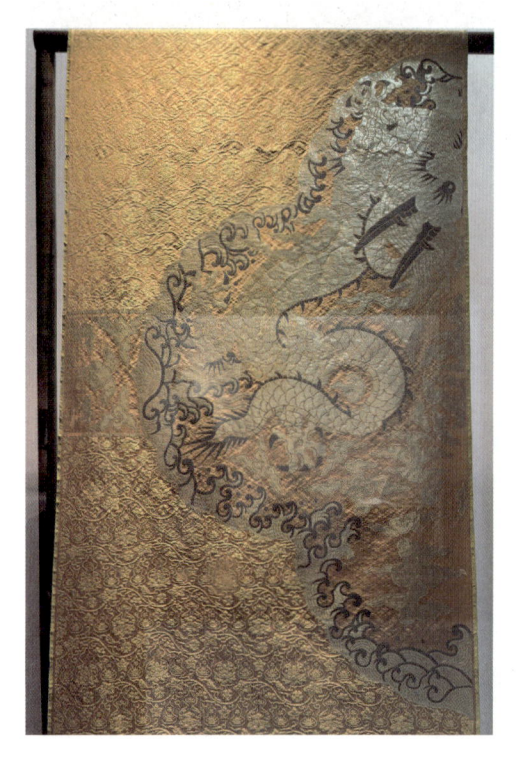

图2.19 明 三色金龙袍料复原件（局部）

二色金，也称二色金库锦，指金线为主、银线为辅，以织出纹样的工艺。[1]如南京云锦博物馆藏明代三色龙袍复原件（图2.19）所示，其织造过程中使用了金线、青金线、银线三种线，交织而成纹样，可以参看。百蝶穿花，指百蝶穿梭在花丛中的纹样。

五彩丝攒花结长穗宫绦

用红、青、黄、白、黑五种丝线编成的宫廷样式的丝带。丝带上端编成花结，下端是垂下的长穗。

[1] 参见王宝林：《南京云锦》，文化艺术出版社2012年，第236页。王永泉：《云锦大师徐仲杰的红楼情结》，《红楼文苑》2014年第4期。

攒的意思是聚集，这里可以理解为编织。宋明时期，男性多穿道袍，腰间系丝绦，一般搭配带钩或绦环，也可以直接打结。如安徽省博物馆藏唐白云先生画像（图2.20），绦带打结系在腰部正中，两端垂穗。而清代乾隆皇帝喜好穿汉人衣冠并作写真，如《乾隆观孔雀开屏贴落》图（故宫博物院藏，图2.21），其中内侍的绦带，也是在腰部正中打结垂下。可见，宝玉的绦带，自有现实原型。

石青起花八团倭锻排穗褂

用倭缎做成的石青色褂子，褂上绣着八团花纹，下端垂着长穗。

排穗是衣服下端垂有长穗。有研究者认为，宝玉的排穗褂和清代戏装的排穗铠都是从明代士兵的排穗罩甲演变而来。❶排穗罩甲，可以参看明代《出警入跸图》中的万历皇帝（台北故宫博物院藏，图2.22），他所穿罩甲下缀双排排穗，有红、青、黄、绿等多种颜色，而清代孙温所绘宝玉之褂（图2.23），其形制确实和明代的排穗罩甲有几分相似。清代排穗铠在当代仍然有传承，如京剧衣箱中的排须甲，也是无领、对襟，衣长至足，排须甲一般和箭衣配套使用，给年轻英俊的武将穿。❷这样看来，贾宝玉的服饰，在写作时的确掺杂了诸多戏装元素，而箭衣和排穗褂的配套，还暗示了贾府军功起家，家族的尚武传统仍然潜移默化地影响着子孙。

倭锻，原指日本织成的缎子，后也用来指福建漳州、泉州等地仿照日本织法制作的缎子。❸明代宋应星《天工开物》记载，倭缎起自东夷，

---

❶ 参见董进（撷芳主人）微博：《清代戏装中的"排穗铠"》，2019年10月3日，https://weibo.com/1241146247/I9QhDDsgw?type=comment，2024年7月6日。

❷ 刘月美：《中国京剧衣箱》，上海辞书出版社2002年，第154—155页。

❸ 冯其庸、李希凡主编：《红楼梦大辞典》，文化艺术出版社2010年，第107页。

图2.20 明 《唐白云先生画像》(局部)

图2.21 清 郎世宁 《乾隆观孔雀开屏贴落》(局部)

图2.22 明 佚名 《出警入跸图》(局部)

图2.23 清 孙温 《红楼梦》之"贾宝玉初会林黛玉"（局部）

传到中国东南沿海地区后，福建的漳州、泉州等地纷纷效仿，很快制作出高质量的缎子，也称漳缎。到清代，这种缎料的主要产地已经转移到南京、苏州等地，清皇室一度在江宁织造衙门内设立了专门织造倭缎的机构"倭缎堂"，还有专业工具倭缎机。也有研究者指出，以日本的纺织技术，在明代时无法制造这种缎料，很可能日本也只是中转站，把来自欧洲的缎料传入了中国。❶清初王士禛也曾提到，康熙年间荷兰国的贡礼中就包括倭缎。❷但无论倭缎的原产地在哪里，它进入中国后迅速本土化并进入人们的日常生活中，则是不争的事实。漳缎被称为"丝绸上的浮雕"，提花线立体地"浮"在缎面，是一种立体感很强的面料。从苏州丝绸博物馆所藏清代苏州织造臣织款粉橙色折枝牡丹纹漳缎（图2.24）来看，牡丹花纹浮在缎面，栩栩如生。

　　八团，指衣服上用缂丝或者刺绣等工艺做成的八个彩色团花纹样。起花，起是凸出的意思，因纺织或刺绣纹样后，衣面会呈现凹凸不平的状态，或者说花团纹样会凸出衣面，所以叫起花。❸团花是清代常见纹样，即衣服上分布着不同数量的对称团花纹，常见的有八团、十团、十二团等。故宫博物院藏有多件团花褂，团花多为龙纹，也有花卉，如清代乾隆时期的紫色纱绣八团金龙纹女夹龙袍，袍子的正面、反面绣着八个彩云金龙海水团花纹（图2.25）。

---

❶ 参见徐波：《〈红楼梦〉中海外物品探源——基于中外交流史的考察（之一）》，《社会科学论坛》2019年第1期。

❷ 王士禛：《池北偶谈》卷四，中华书局1987年，第80页。

❸ 冯其庸、李希凡主编：《红楼梦大辞典》，文化艺术出版社2010年，第47页。

图2.24　清　苏州织造臣织款粉橙色折枝牡丹纹漳缎（局部）

图2.25　清　乾隆时期　紫色纱绣八团金龙纹女夹龙袍

脚：青缎粉底小朝靴

方头靴子，鞋面用黑缎做成，鞋底为白色。

青缎，就是黑色的鞋面。粉底，指白色的鞋底。宝玉所穿的靴子，是明清时期男靴的常见款，是穿着入朝的正式足衣。徐珂《清稗类钞》载"凡靴之头皆尖，惟着以入朝者则方，或曰，沿明制也"，❶ "靴之材，春夏秋皆以缎为之，冬则以建绒，有三年之丧者则以布"。❷ 靴子的样式，《红楼梦大辞典》有配图（图2.26），❸ 也可以参看中国国家博物馆藏石青缎地钉云头靴，都是厚底尖头，有镶边（图2.27）。

项：金螭璎珞、五色丝绦、美玉、寄名锁、护身符

金螭璎珞

刻着螭纹的金项圈。

五色丝绦

用红、青、黄、白、黑五种丝线编成的丝带。

将五色丝绦佩戴于颈部、臂部，是汉代以来流行的社会习俗。汉代阴阳五行观念盛行，人们将五色与金、木、水、火、土五行和

青缎粉底小朝靴
图2.26 清 靴子

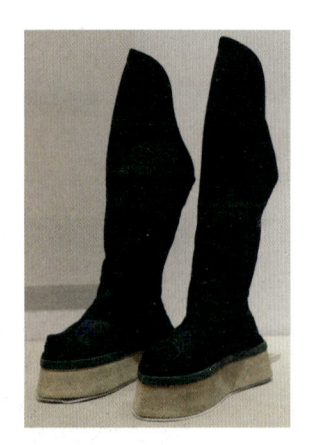

图2.27 清 石青缎地钉云头靴

---

❶ 徐珂：《清稗类钞》第十三册"服饰类·朝靴"，中华书局1984年，第6206页。
❷ 徐珂：《清稗类钞》第十三册"服饰类·靴"，中华书局1984年，第6206页。
❸ 冯其庸、李希凡主编：《红楼梦大辞典》，文化艺术出版社2010年，第48页。

东、西、南、北、中五方相比附，赋予了五色丝更多吉祥含义，包括辟毒祛邪、延年益寿等寓意。❶在哥哥贾珠因病早逝后，贾宝玉承担了家族和父母更多的期待，确保他的平安顺遂也是祖母和母亲时刻系念在心的头等大事，以五色丝挂颈，折射出贾府对宝玉的高度重视。

美玉

丝绦下方系着的这块美玉，第一回提到它鲜明莹洁，且又缩成扇坠大小，可佩可拿。第八回作者又借宝钗之目说出了美玉的一些特征，即"大如雀卵，灿若明霞，莹润如酥，五色花纹缠护"。雀卵是麻雀蛋，和鹌鹑蛋体积相似；明霞即云霞，大概是红橙色；五色花纹是形容玉上有各种颜色的纹路，美玉正反面还有文字。《红楼梦》第三回，作者曾借袭人之口说出美玉的大致情形，"上头还有现成的眼儿，听得说，落草时是从他口里掏出来的"。那么，五色丝绦究竟是单独挂在脖子上？还是挂在金螭璎珞上，整体形成一套颈饰呢？关于这点，清代画家有不同看法，形成了不同的处理方式。如改琦画美玉，就是让丝绦系玉后直接挂在脖子上（图2.8），而孙温则是让美玉挂在璎珞的项圈上（图2.28）。但清代姚燮的《增评补图石头记》则是让宝玉同时戴着项圈和丝绦，项圈下挂长命锁，丝绦下系鹅卵形美玉（图2.29）。究竟哪种情况更符合明清时期的社会生活习俗呢？

---

❶ 参见周进：《长命缕映现的中国人祈福心理》，《北方美术》2000年第1期。

图2.28 清 孙温 《红楼梦》之"贾宝玉初会林黛玉"（局部）

图2.29 清 姚燮 《增评补图石头记》插图

在明代最杰出的世情小说《金瓶梅》第三十九回中，恰恰为我们了解这一细节提供了弥足珍贵的历史资料。小说写到西门庆让儿子官哥儿寄名在玉皇庙中，依着庙里道士吴道官之姓，取了寄名叫吴应元，吴道官送给官哥儿若干礼物，其中就包括"一道三宝位下的黄线索，一道子孙娘娘面前紫线索，一付银项圈条脱，刻着'金玉满堂，长命富贵'，一道朱书辟非黄绫符，上书着'太乙司命，桃延合康'八个字，就扎在黄线索上"❶。有学者曾考证，银项圈条脱就是挂在脖子上的银项圈，下挂符牌。❷ 这符牌就是寄名锁，也即长命锁，正面刻着"金玉满堂，长命富贵"，反面刻着"吴应元"寄名三字。而这护身符也是从庙里求得，即黄绫符扎在黄线索上，用朱笔写着"太乙司命，桃延合康"八个字。

从《金瓶梅》的细节描述，我们大致可以推断贾宝玉的寄名锁、护身符等，和官哥儿的项圈条脱、黄绫符等在形制上有相似之处。所以，宝玉的脖子上应该同时戴着金项圈（下挂寄名锁）、五色绦带（下系美玉）、黄线编成的挂带（下挂护身符）。

寄名锁

一种长命锁。

古代儿童夭折率很高，为保幼儿平安成长，家人会给寺庙或道观一些财物，为幼儿求一个法名，作为名义上的弟子，即"寄名"，并在其颈上戴项圈，挂一个小金锁或小银锁，将法名刻在上面，也称寄名锁。

---

❶ 兰陵笑笑生：《金瓶梅词话》，人民文学出版社1985年，第490页。
❷ 孟晖：《宝钗的项圈》，《紫禁城》2013年第1期。

护身符

一般是从道观领来的符箓，带在身上以辟邪消灾。

原书里此处并未提到寄名锁和护身符，但宝玉多次出场时，都写到美玉和寄名锁、护身符挂在一起。护身符，材质一般用黄纸或黄缯，其上多用朱砂画符。因为道教信仰黄色，并且在中国传统民间社会习俗中，黄色被认为有通灵和禳解的功能，❶而朱砂有驱鬼避邪的作用，所以黄色和朱砂常见于道符。上文提到官哥儿的护身符为黄绫符，用朱笔书写，如实反映了明代社会幼儿护身符的基本情况。此外，还有桃木符、木版符、铁符、铜符、瓦器符等。佩戴方式一般是放在锦囊之中，戴在头、颈、肘等部位。❷护身符、美玉、寄名锁三件宝物挂在贾宝玉的脖子上，分明折射出家族对这位小公子的千般宠爱和万般重视。

值得注意的是，从贾宝玉的这套服饰来看，束发戴冠，显然是典型的清代之前汉族男性装扮，但束发冠、箭袖、排穗褂等，都带有一定的戏服元素。可见，曹雪芹在描述书中第一男主角时，并未对清代男子剃发扎辫的形象进行如实写照，而是将背景虚置，将清以前汉族男性的主要服饰和戏剧舞台上的男子造型相结合，并掺杂部分清代满族服饰元素，综合塑造了贾宝玉的形象。曹雪芹如此操作，也是对当时社会现实的委婉反映。入清后，男性尤其是读书人必须严格遵守服饰规范，但女性、优伶、僧道等则可以保留明代以来的服饰装扮，为汉族衣冠的传承留下罅隙。事实上，有清一代，

---

❶ 禳解是人通过向神灵祈求的方式，以消除灾殃。

❷ 参见刘晓明：《中国符咒文化研究》第三章《画符的材料、技法和禁忌》，中央编译出版社2013年。

满汉服饰并行不悖，即构成了清代服饰体系的一大特色，汉族服饰不仅没有被完全抹去痕迹，反而深刻地影响了满族服饰，如清代旗女一度模仿汉女缠足，又如雍正、乾隆皇帝等喜好穿汉衣，还留下多幅身穿汉衣的写真图像。上有所好、下必甚焉，如此，则《红楼梦》让男性穿戴汉族服饰，并掺杂部分戏服和满族服饰元素也就自在情理之中了。

根据书中描述，并结合明清文物，我们对贾宝玉的这套服饰进行了复原：他披发，头戴束发嵌宝紫金冠，勒着二龙抢珠金抹额，穿着二色金百蝶穿花大红箭衣，袖子挽起，以突出其服饰的明清混杂特色。他外罩一件石青八团排穗褂，八个喜相逢团花纹❶均匀分布在两肩、前胸、后背和前后衣襟的下端，以表达他与黛玉初见的喜悦心情。他脖子上挂着金螭璎珞圈、美玉和护身符等，腰系五彩丝打成的花结，两端垂穗，穿一双青缎粉底的方头靴，看起来正是一位风度翩翩的少年佳公子（图2.30）。

第三回里还写到了贾宝玉的另外一套装扮，他先进入贾母房中请安，然后去见母亲王夫人，待回到贾母处时，已经换了冠戴：

> 头上周围一转的短发，都结成小辫，红丝结束，共攒至顶中胎发，总编一根大辫，黑亮如漆，从顶至梢，一串四颗大珠，用金八宝坠角；身上穿着银红撒花半旧大袄，仍旧带着项圈、宝玉、寄名锁、护身符等物；下面半露松花撒花绫裤腿，锦边弹墨袜、厚底大红鞋。

---

❶ 喜相逢纹样，是中国传统的吉祥纹样，通常是两蝶、两鱼、两龙、两鸟等相对相接，含有成双成对的吉祥寓意。

图2.30　贾宝玉出场

① 束发嵌宝紫金冠　　③—1 金螭璎珞　　④ 青缎粉底小朝靴
② 二龙抢珠金抹额　　③—2 寄名锁　　　⑤ 纹样：喜相逢团花纹
③ 金螭璎珞、五色丝绦、美玉、寄　③—3 美玉　　　⑥ 纹样：百蝶穿花纹
名锁、护身符　　　　③—4 护身符

我们依然可以按照从头到脚的顺序，梳理宝玉的服饰：

头：小辫、大辫、大珠、金八宝坠角
小辫、大辫

将头上周围一转，包括两鬓、额前、脑后的头发都编成小辫，系上红丝。然后将若干小辫，和头顶留着的胎发合在一起，再编成一根大辫子。

从发顶到辫尾，总共系有四颗大珠子，辫梢用金八宝坠角压住。既然有辫子和坠角，原书中宝玉的发型应该参考了清代男性辫子的元素。但清人的辫子是将额前一大片头发剃光，从头顶到脑后总梳一根大辫子，而宝玉的头发则是前额、两鬓等部头发梳成若干小辫子后，和头顶余发汇总，再梳成一根大辫子，这在清代图像中都很少见。这个奇怪的发型，在第二十一回中又出现过一次，书中写湘云给宝玉梳头编发，对宝玉的这个发型做了更详细的解释：

> 湘云只得扶过他的头来，一一梳篦。在家不戴冠，并不总角，只将四围短发编成小辫，往顶心发上归了总，编一根大辫，红绦结住。自发顶至辫梢，一路四颗珍珠，下面有金坠脚。

宝玉请湘云为他梳头，说"横竖我不出门，又不带冠子勒子，不过打几根散辫子就完了"。言下之意，出门才需要戴冠和勒子，在家中发型可以更随意，打辫子就属于居家发型。而第六十三回写到怡红院小丫鬟芳官的发型"头上眉额编着一圈小辫，总归至顶心，结一根鹅卵粗细的总辫，拖在脑后"，惹得众人笑说"他两个倒像是双生

的弟兄两个"，可见芳官当时的发型和宝玉一模一样。这个发型在全书总共出现过三次，男性和女性都能梳，说明它可能在现实生活中有其原型，而作者在此基础上再进行了艺术加工。87版《红楼梦》电视剧化妆师杨树云先生曾参考藏族妇女发型、敦煌壁画中文殊"反绾髻"和清人发辫，创造性地设计出了这个发型（图2.31）。❶

图2.31　1987年电视剧《红楼梦》剧照

大珠、金八宝坠角

大珠，一般就是指珍珠。

金八宝坠角，是金质坠角镶嵌着各种珠宝。

坠角，也称坠脚，一般指挂在朝珠、手串上的压脚。如故宫博物院所藏清代迦南香带珠宝喜字纹十八子手串，下端即挂着两个坠角（图2.32）。清代男性梳发辫，逐渐重视对辫子的修饰，以各种坠角挂在辫尾，既可以压住发辫，也能增加美感。❷ 清代坠角常见的样子有錾金花托下嵌宝石，如山东博物馆藏清代朝珠的坠角所示（图2.33）。87版《红楼梦》将坠角放置于宝玉后脑的小辫上，左右各有

❶ 杨树云：《装点红楼梦》，东方出版社2012年，第107—109页。
❷ 参见冯其庸、李希凡主编：《红楼梦大辞典》，文化艺术出版社2010年，第48页。

图 2.32 清 迦南香带珠宝喜字纹十八子手串

图 2.33 清 朝珠与坠角（局部）

四个，合起来共八个。但八宝之意，向来有多种含义，可能泛指玛瑙、珍珠等饰品，也可能指儒教、佛教或道教的八宝吉祥图纹。❶

身：银红撒花半旧大袄、松花撒花绫裤

银红撒花半旧大袄

银红色的半旧长袄，袄上的纹样是撒花纹。

大袄是长袄，一般长度过膝盖。❷ 撒花，指花朵呈散开排列状，可参考第一章对王熙凤服饰的说明。银红色是在粉红色颜料里加银朱调成的颜色，浅淡的红中泛白。

袄，是明代男子的常穿之服。如《金瓶梅》第一回写武松穿鹦哥绿纻丝衲袄，第五十六回写常时节买了一件鹅黄绫袄子。《水浒传》第二回写史进穿青锦袄，第二十回写阮小二等都穿着红罗绣袄，第三十二回写孔明穿着鹅黄纻丝衲袄。可见袄在明代日常生活场景中的普遍运用。《金瓶梅》《水浒传》还写到了缙绅贵族的着装，如《金瓶梅》第七十八回写西门庆约会贵妇"一面唤玳安脱去上盖，里边穿着白绫袄子、天青飞鱼氅衣，粉底皂靴，十分绰耀"❸。可见，对上层人而言，袄更多是内穿，需要有更豪华的外衣来遮盖，而社会中下层人士则把袄衣外穿，袄衣的内外穿搭，折射出鲜明的身份区隔。从明代容与堂《水浒传》刻本第三十二回插图中（图2.34），能看到宋江面对着锦毛虎燕顺三兄弟，燕顺穿枣红纻丝衲袄，王英穿驼褐衲

❶ 参见第一章王熙凤的服饰。
❷ 参见冯其庸、李希凡主编：《红楼梦大辞典》，文化艺术出版社2010年，第48页。
❸ 兰陵笑笑生：《金瓶梅词话》，人民文学出版社1985年，第1174页。

袄锦绣补，郑天寿穿绿衲袄，都是交领，长度到腰部以下。这版《水浒传》的多张插图中，显示男袄均为交领，两侧开衩。由此，可以作出推断，明代男袄基本形制为交领，两侧开衩。

回过头再来看看宝玉的袄，第三回宝玉的大袄，是回家后换上的便服，所以贾母看他换衣服后，会笑着说"外客未见，就脱了衣裳"，说明第一套衣服是见客的正式衣服，而这套更随意。《红楼梦》第七十七回，写到宝玉和晴雯交换贴身之袄。第七十八回，宝玉陪父亲招待客人回来，见了贾母后，回到怡红院，"一壁走，一壁便摘冠解带，将外面的大衣服都脱下来麝月拿着，只穿着一件松花绫子夹袄，袄内露出血点般大红裤子来"。综合来看，宝玉的袄需要搭配更正式的外衣，是居家之服，这是符合明清贵族穿衣礼制的。

图2.34 明 容与堂 《水浒传》刻本插图

松花撒花绫裤

浅黄绿色的绫裤，裤上的纹样是撒花纹。

绫裤，是用轻薄柔软光滑的绫织物做成的裤子。松花色，是松花绿，松树花的浅黄绿色。明代男裤的款式，从留存的出土文物来看，主要分为收腰裤和宽腰裤两类，前者如山东鲁荒王墓出土，后者如北京定陵出土的万历皇帝裤。❶ 宝玉之裤，应该也是其中一种款式。

脚：锦边弹墨袜，厚底大红鞋

锦边弹墨袜

一种做得很精致的袜子，以锦镶边，袜上用墨色喷成图案纹样。

弹墨是一种吹染工艺，以镂空剪纸或者花叶放置于织物上，用吹管将颜色喷弹在镂空部分，形成有色花样，称白地色花。还有一种方法是将颜色喷弹在剪纸、花叶覆盖之外的地方，形成对比，称色地白花。锦，是用彩线织成各种图纹的丝织品。❷

宝玉的袜子，也和明清时期贵族之袜保持了一致风格。最早的袜子在后跟处有开口并需要系带，但唐朝时这种系带袜就已经消失不见。❸ 明清时期，随着手工业发展和棉花的普遍应用，贵族和普通人都能穿羊绒袜，而清皇室的袜子多用金缎镶边，上绣文彩，以凸显身份尊贵。❹ 如故宫博物院收藏清康熙时期石青色江绸绣金龙纹高腰棉袜（图2.35），以金线包边，精致奢华。明清男子穿袜时，习惯将裤脚扎在袜子里面，所以黛玉眼中能看到宝玉"半露松花撒花绫裤腿"，正是当时生活细节的反映。

❶ 参见蒋玉秋：《明鉴：明代服装形制研究》，中国纺织出版社2021年，第174—175页。
❷ 参见冯其庸、李希凡主编：《红楼梦大辞典》，文化艺术出版社2010年，第48页。
❸ 杨琳：《古代袜子考述》，《中国典籍与文化》1999年第3期。
❹ 余淼：《中国古代鞋履趣谈之——鞋履文化视域下的中国古代袜子》，《西部皮革》2019年第17期。

厚底大红鞋

装着厚鞋底的红色鞋子。

男性穿大红鞋是明末清初时期的流行时尚，晚明曾羽王《乙酉笔记》记载松江（今上海一带）富豪子弟的装扮是"绒袍红履"。❶ 从历代画像来看，穿大红鞋的男子并不少见。如清代画家根据古画底本绘制的乾隆帝仿古行乐图《是一是二图》(故宫博物院藏，图2.36)。而清代《李煦四季行乐图》(山东博物馆藏，图2.37)中，李煦也穿着红鞋。李煦曾任苏州织造，与曹雪芹祖父曹寅为莫逆之交。这种着装风格，或许在一定程度上能代表明清江南士族的服饰风尚。由此，贾宝玉所穿的大红鞋，俨然体现了几分江南士人的衣尚风流。

根据书中描述的细节，并结合明清文物、画像等，我们对宝玉的这套服饰也进行了复原：他头发梳成若干小辫，在头顶结成一根大辫，辫上四颗大珠，辫尾用一个金八宝坠角压住，坠角的花托上刻着佛教的八宝纹样，也暗寓着这位贵公子弃绝尘世、遁入空门的最后结局。他身穿银红色撒花袄子，交领，两侧开衩，长度略过膝，袄身的撒花纹样主要是松、梅、竹等，一方面照应宝黛相见于冬季的时令背景，另一方面则与林黛玉服饰的梅花纹相呼应（参见林黛玉服饰的设计）；下搭松花色撒花绫裤，裤上的撒花纹是团花牡丹纹，暗寓这个少年在情感世界里也将会一度沉迷于宝钗的温柔。他脚穿锦边弹墨袜，以黑锦镶边，踩一双厚底大红鞋，袜子主花纹是莲花纹，以和黛玉的服饰遥相呼应（参见林黛玉服饰的设计）。这身装扮

---

❶ 参见邓云乡：《红楼风俗谭》，中华书局2015年，第187页。

图2.35 清 石青色江绸绣金龙纹高腰棉袜 　　图2.36 清 佚名 《是一是二图》（局部）

图2.37 清 周道、上睿 《李煦四季行乐图》（局部）

看起来比较休闲，具有更明显的居家风格(图2.38)。

就贾宝玉出场时的这两套服饰而论，其中所蕴含的信息非常丰富。如果同样以关键词来提炼贾宝玉的服饰特色，那么，第一个关键词当然还是"贵"。

贵即贵重。宝玉的服饰，从材质而言，包括金、玉、珍珠等，格外贵重；以色彩而言，包括石青、银红、松花等，格外多彩；以款式而言，包括箭袖、褂、袄等，格外丰富。即使发辫上的坠角、袜子的镶边等，都富丽贵气，如此种种，无不显示了贾府对这位万千宠爱集于一身贵公子的无比重视。曹雪芹出身江宁织造曹家，耳濡目染，对明清贵族织物的细节想来相当了解，如宝玉衣服上的起花八团或采用了缂丝工艺，缂丝的织物在图纹和素地接合处微显高低，仿佛镂刻而成，其成品两面如一，仿佛双面绣，堪称中国古代纺织工艺的珍品。❶ 用起花二字，形容花团的微凸感，可谓精到凝练，非亲眼所见、亲手触摸，不能得其神韵。

贵，还意味着礼节繁缛，需要谨守贵族服饰礼仪。如宝玉的两次出场，第一套衣服石青褂的纹样是八团花纹，色彩也更端庄凝重；第二套衣服以银红搭配松花，颜色更明丽轻快，且都使用了撒花纹。和团花纹相比，撒花纹构图更自由，而团花纹需要在固定框架结构内进行构图，稳重中略带拘谨。❷ 所以这两类纹样，团花纹适用于外出见客以及其他更正式的场合，撒花纹则更适用于居家日常装束，作者以团花纹和撒花纹对应宝玉外出和回家后的不同场景，在不经意间生动展现了贵族服饰的功能和意义，为我们了解传统服饰所包

---

❶ 参见李泽静：《从〈红楼梦〉中看清乾隆时期上层社会的服饰文化》，《名作欣赏》2010年第11期。
❷ 参见解晓红：《纹饰之美，意蕴之深——试析〈红楼梦〉中装饰纹样的人文内涵》，《红楼梦学刊》2007年第4辑。

图2.38 宝玉便服说明

① 金八宝坠角
② 纹样：牡丹纹
③ 贾宝玉发型背面示意图
④ 纹样：松梅竹纹
⑤ 纹样：勾莲纹
⑥ 锦边弹墨袜

蕴的贵族礼仪规训之意提供了更多细节。

贾宝玉服饰的第二个特色是"虚"。虚，首先指作者的虚写。如前文所述，明清易代之际，清统治者在全国推行野蛮的征服压迫政策，强制男性剃发易服，由此，男子服饰即与政治形成了强相关关系，清初人但凡提及服饰，即有触碰政治红线的危险，无不需要小心翼翼，在小说书写中也如是。并且，江宁织造曹家与清代康熙、雍正、乾隆三代帝王都有千丝万缕的联系，即使后来曹家被抄，这个家族依然与高层保持着一定频率的互动，这可能使得作者在书写男性服饰时有一定顾虑，力求尽量淡化它们与彼时现实环境之间的关联。所以，作者不仅有意隐去小说的时代背景，更进一步对书中主要男性的服饰采用了一定的虚写手法，如增添戏曲服饰元素，以强调不过满纸荒唐言，"毫不干涉时世"之意（第一回）。

虚，还隐含着另一层意思。根据原书交代，贾宝玉本系赤瑕宫神瑛侍者，凡心偶炽，下凡造历幻缘。从这个角度而言，贾宝玉入世历劫的意义就是传情入色、由色悟空，即穷尽各种生命体验，以领悟世间真谛。也就是说，他投胎于人间，即意味着要以戏中人的身份，演绎一出早已预定结局的大戏，宁荣二府是他的小舞台，世界是他的大舞台，他所邂逅的一切因缘际合，所遭遇的一切悲欢离合，于他而言，不过一场场折子戏不断上演。所以他的服饰中包含若干戏装元素，正是作者以其中寓意暗示读者，宝玉本为戏中人，《红楼梦》全书不过戏说人间故事，假语村言，不必当真。

宝玉服饰的第三个特色是"灵"。宝玉曾经衔玉而生，美玉作为贴身饰物，一直陪伴着他，也成为他身上最明显的服饰符号。这块灿若明霞，莹润如酥的美玉，前身是大荒山无稽崖的一块顽石，女娲为补天炼造了三万六千五百零一块石头，但只用了三万六千五百块，剩下一块未用，弃于青埂峰下，此石"灵性已通，因见众石俱得补天，独自己无材不堪入选，遂自怨自叹，日夜悲号惭愧"（第一回）。为弥补不得补天的遗憾，它特地央求一僧一道将其携入人间，去红尘中经历一番荣华富贵。作为顽石，它灵性已通，即使它后来以美玉的幻象置身于花柳繁华地、温柔富贵乡并一度忘却自己的来处时，它却始终不曾泯灭其自有的灵性。何谓灵性？灵性就是抛开了外在所有的桎梏和规训之后，直指生命的内在本质，探寻自我的价值和意义。被抛置于青埂峰下的顽石，如同庄子在旷野遇到的髑髅，髑髅诉说死亡的快乐是无君于上，无臣于下；无四时之事，以天地为春秋；即使人间的王侯之乐，也不能与这份全然超脱的逍遥相比。由此而论，美玉的灵性和它不能补天的属性仿佛一枚硬币的两面，看起来是不能补天的废材，但当这块废材被抛出补天行列时，也意味着它割舍了一切外在的身份及和固定秩序之间的联系，反而获得了某种独属于自我的自由。

将宝玉这块美玉与其他的人间之玉们相比，贾府的众多玉字辈兄弟，如珠、珍、琏、环等，或兢兢举业，或沉溺色欲，或忙于敛财，或耽于内斗，他们都在忙碌着，忙着做那个时代里男人应该做的各种事情，以求在那个竞争激烈的男性世界占据一席之地。他们或许从来不曾琢磨人生的来处，也不思考人生的去处，更谈不上质疑现实秩序的合理性，虽然也被命名为各种玉，他们却早已失去玉的灵性。唯有宝玉，始终以局外人的身份，看天地、看众生、看自己。

这样的宝玉，又如何看待自己生命里那些重要的女孩子们？尤其是与他有着金玉良缘之说的薛宝钗、史湘云，以及有木石前盟之约的林黛玉呢？

第三节
金玉良缘

有着美玉灵性的贾宝玉格外喜欢亲近女孩子，他曾说过，"女儿是水作的骨肉，男人是泥作的骨肉。我见了女儿，我便清爽；见了男子，便觉浊臭逼人"（第二回）。"女儿"二字，究竟作何解？我们还得回到宝玉的言行中寻找答案。第三十六回，宝玉因"在外流荡优伶、表赠私物，在家荒疏学业，淫辱母婢"等罪名被父亲贾政暴打后，贾母让他在内帏安心养病，不用外出，宝玉"本就懒与士大夫诸男人接谈，又最厌峨冠礼服贺吊往还等事"，所以日日只在园中游卧，偶尔宝钗等相劝，他反而生气说"好好的一个清净洁白女儿，也学的钓名沽誉，入了国贼禄鬼之流。这总是前人无故生事，立言竖辞，原为导后世的须眉浊物。不想我生不幸，亦且琼闺绣阁中亦染此风，真真有负天地钟灵毓秀之德"。也就是说，"女儿"代表了某种未曾被世俗世界所污染的天真本性，在贾宝玉看来，男性因为承担了更多的社会责任，所以不得不压制本性去迎合外在社会秩序，而女性身处深闺，不必加入男性世界的竞争，故而得以保全天性，是谓性灵。宝玉喜欢和女孩子们接触，在一定程度而言，是他的美玉不曾忘却本性，引导他寻找同道中人，在男性世界里遍寻不得，因此只能在女儿国里寻求知音。

（一）宝玉与宝钗的金玉良缘

从美玉寻求世间知己的角度来理解金玉良缘，我们才能觉出其中的无奈和荒诞。金玉良缘之说从何而来？金与玉原本都是贵重材料，在世俗眼中看来正堪相配，宝钗进入贾府后，她所戴的金锁和宝玉的美玉正堪为配的呼声日益高涨，二十八回写宝钗看到宝玉，想到"因往日母亲对王夫人等曾提过'金锁是个和尚给的，等日后有玉的方可结为婚姻'"，可见，正是在薛姨妈和王夫人的暗中推动下，金玉良缘之说才在贾府不胫而走，而在最初，金玉之论给宝玉和黛玉带来的冲击却各有不同。

《红楼梦》第八回写宝玉去梨香院探望因病宅居的薛宝钗，两人寒暄之后，相看彼此的金玉，宝钗从里面大红袄上将那珠宝晶莹黄金灿烂的璎珞掏将出来，上面有八个字是"不离不弃，芳龄永继"。宝玉看后，念了两遍，又将自己美玉上"莫失莫忘，仙寿恒昌"八个字念了两遍，笑问"姐姐这八个字倒真与我的是一对"。这时，宝钗的贴身丫鬟莺儿笑道"是个癞头和尚送的，他说必须錾在金器上——"，宝钗不待说完，便嗔怪莺儿不去倒茶，一面又问宝玉从那里来。

这个场景写得非常精彩，莺儿的话被宝钗截断了，这里作者采用了中国古典小说写作中常见的"横云断山"法，将话语或故事表述暂时中断，留给读者无尽遐想空间。莺儿究竟要说什么，癞头和尚送了八字之后，还交代了什么？第三十四回里，我们从薛蟠口中听到了答案："好妹妹，你不用和我闹，我早知道你的心了。从先妈和我说，你这金要拣有玉的才可正配，你留了心，见宝玉有那劳什骨子，你自然如今行动护着他。"癞头和尚当初可能交代过，有金的宝钗，要选择有玉的男子为正配。放眼宁荣二府，有玉之人，非宝玉莫属，众人对此，都是心知肚明。金玉良缘之说传出，黛玉对此很是不满，各种和宝玉闹别扭，如第十九回里，黛玉和宝玉一起午睡玩耍，开玩笑对他说"你有玉，人家就有金来配你；人家有'冷香'，你就没有'暖香'去配？"，玩笑话折射出少女对恋人心意无法把握的忐忑和试探。

既然金玉良缘牵系着《红楼梦》中最重要的宝、黛、钗三人，那么，金玉良缘之说究竟起于何时？而有玉的宝玉和有金的宝钗，对金玉良缘又分别是何态度呢？

如前文所述，黛玉进贾府，本身就折射了贾、林两家长辈对家族再次联姻的考量。在林如海生前，出身清贵的黛玉在父亲家族的支撑和贾母的支持下，已经成为未来宝二奶奶的最佳人选。所以，虽然薛宝钗后来寄居贾府，但她的出身背景显然无法与黛玉相抗衡；并且，宝钗此次来京是为选秀女，未来有可能成为"皇上的女人"，所以薛、贾两家在一开始并不会考虑钗玉联姻。因此，彼时的贾府，基本不存在金玉良缘发展的空间。但林如海的去世和宝钗的落选，改变了黛玉和宝钗在联姻天平上的分量，从世俗的角度来考量，黛玉成为孤女，对于贵族公子而言，已经失去了大部分的婚姻价值；而宝钗的落选，则让薛、王两家看到了宝钗嫁给宝玉的可能性，这些因素叠加，金玉良缘之说于是在贾府有了一定呼声。

回到梨香院探望这幕场景中，当时林如海还在世，宝钗还是待选之身，金玉良缘之说还完全没有发酵，所以在宝玉眼中，宝钗只是表姐，他们之间就是正常的表姐弟关系。因此，宝玉笑问宝钗，一个"笑"字写出了此刻的少年心性，在他心里，林妹妹固然始终被放在最重要的位置，但面对其他青春可爱的少女时，他仍忍不住想靠拢、亲近她们；他此时不知道什么是金玉良缘，后来当金玉良缘之说兴起时，他也并不在意。如第二十八回，宝玉要看宝钗的香串，看着宝钗雪白的胳膊，不觉动了羡慕之心，忽然想起"金玉"，再凝神细看宝钗的美貌，情不自禁呆住了。但即便是他在瞬间被宝钗的美貌打动，心中所想却仍然是"这个膀子要长在林妹妹身上，或者还得摸一摸，偏生长在他身上"，只恨自己没福。可见，宝姐姐是外人，林妹妹是自己人，对表姐表妹亲疏远近的区分早已深植于这个多情少年的内心深处，"金玉"之说完全不能动摇林妹妹在他心中的地位。但是，虽然宝玉内心始终坚定地维护着黛玉，可青春少艾的他，还不能完全分清爱情与亲情、钟爱与好感之间的差别，也不能完全给予林妹妹安全感。

如此看来，在金玉良缘的一端，宝玉还处于情感的懵懂时期；那么，另一端的宝钗，对金玉良缘是何态度呢？

通览《红楼梦》全书，宝钗虽然很关心宝玉，却很少直接流露心意，这个年方豆蔻的少女总是那么冷静、理智，流露出某种和年龄不相称的成熟，或许和家庭环境有关吧。书中写到薛父生前酷爱女儿，让她读书识字，比起哥哥薛蟠竟然高过十倍，在重男轻女的古代中国社会，作为女儿的宝钗居然能得到远超于儿子的宠爱和待遇，可见她的聪明灵秀、乖巧可爱。她才华出众，诗词、绘画等无所不通，虽然曾批评黛玉看禁书《西厢记》，说来也是"我也是个淘气的。从小七八岁上也够个人缠的"，自己也曾偷偷看过《西厢记》《琵琶记》等杂书。"淘气"是她童年的底色，想来在父亲的万般呵护下，宝钗度过了快乐的童年，那是她生命里最美好的记忆。但这份纯粹的幸福随着父亲的逝世消失得无影无踪，"自父亲死后，见哥哥不能依贴母怀，他便不以书字为事，只留心针黹家计等事，好为母亲分忧解劳"（第四回）。可见，父亲的早逝，是宝钗生命中的分水岭，那个曾经无忧无虑的女孩子瞬间结束了童年，她被逼着长大，迅速进入了成年人的世界。

在古代社会，成年男性才是家里的顶梁柱，一旦顶梁柱倒下，孤儿寡母必然难以支撑家业。如《金瓶梅》中西门庆去世后，寡妻吴月娘带着儿子孝哥儿艰难度日，伙计家人等各种欺瞒拐骗，家业很快凋零。映照到《红楼梦》里的薛家，也不例外，父亲去世后，薛蟠不成器，总管伙计等趁机拐骗，京中生意渐渐消耗，所以薛家不得不进京，一方面是为了送宝钗入宫待选，另一方面也存着依靠王家、贾家等姻亲，重新收拾生意、支撑门面的意思，这也是薛家入住贾府的真正原因。凭借宝钗的容貌才情，倘若能选入宫禁，或许终有出头之日，还能帮着母亲哥哥重振家业。但薛家进贾府时，薛蟠十五岁，宝钗十三岁，等到元春省亲后，贾母即出面为宝钗张罗了十五岁的生日宴，紧接着宝钗等又奉元春旨意住进了大观园。一晃两年倏忽而过，宝钗入选之事，已经悄无声息，说明她可能已经落选了，而落选后的她，仿佛被一只看不见的手推动着，让她离宝玉越来越近，试图将她和宝玉撮合在一起，这只手究竟来自何处呢？

宝钗既然未能进宫，就已经无缘于皇家，那么，倚仗家中财富和王、贾两家在京城的声望，在众多世家子弟中选择良人，才是她未来的人生希望。但她又能选择谁呢？家中生意已经日渐凋零，哥哥薛蟠不学无术，不断挥霍败坏家产，甚至毫无顾忌打死冯渊惹下人命官司，幸亏王贾两家出面才了结后事。这样的薛家，家产越来越少，名声越来越差，对宝钗的婚配更是不利。通览《红楼梦》前八十回，第二十九回清虚观打醮张道士为宝玉提亲，第三十一回提到有人家相看史湘云，第五十回提到宝钗堂妹薛宝琴已许梅家，第五十七回提到宝钗堂弟薛蝌聘定了邢夫人的侄女邢岫烟，第七十七回提到有人家相看贾迎春，官媒婆说亲贾探春等。这些弟弟妹妹们的年龄都比宝钗小，他们的婚事都已经提上日程，而更年长的宝钗，虽然贤名传遍荣国府，却并无任何名门贵家前来相看，好好一个女儿家，分明是被声名狼藉的哥哥带累了，她还有多少指望能攀附世家公子并帮助薛家呢？

这些心事，她作为女儿家不好说出口，薛蟠糊涂度日，只有她的老母亲薛姨妈看在眼里，急在心里！放眼望去，或许唯有在身边亲戚家选择靠谱子弟，才是上上之策，正好王夫人有心选娘家女儿嫁给宝玉，以图继续掌控荣国府，双方一拍即合，金玉之缘于是在贾府内传得尽人皆知。王家军功起家，王家人做事都带着几分蛮劲，做事方式俨然是树立目标后一步步打攻坚战，为争夺宝二奶奶位置，他们先以舆论造势，正是兵法所云"车马未动，粮草先行"。殊不知，这样的粗鄙作风，本身难入贾政之眼，在贾母看来更是不合规矩，所以迟迟不肯点头这门亲事。事实上，当宝钗等奉旨搬入大观园后，围绕宝玉婚事，已经形成了以贾母为核心的挺黛派和以王夫人、薛姨妈为核心的挺钗派，双方之间不动声色的较量，在元春端午节赐礼时一度达到高潮。元春赐给宝玉和宝钗的节礼一模一样，且包括凤尾罗、芙蓉簟等家居床上用品，❶她所属意的弟媳妇，已不言自明，元春对宝钗和黛玉两人都不熟悉，只在回家省亲时匆匆见过，她的意见，显然更多来自母亲王夫人的授意。但紧接着，贾母带贾府众人赴清虚观打醮，当张道士有意为某位十五岁的小姐向宝玉提亲时，贾母即说出"上回有和尚说了，这孩子命里不该早娶，等再大一大儿再定罢"等语（第二十九回）。姜还是老的辣，众多闺秀中，唯有宝钗已满十五岁，且金玉之说，最初系薛姨妈向王夫人提起，贾母这番话说出，想来在场的薛姨妈和宝钗是何等难堪！

❶ 凤尾罗是饰有凤尾吉祥纹样的罗织物，罗质地轻透，古人多用来制作夏天的衣服或被面；芙蓉簟是饰有芙蓉纹样的席子。元春将这两种床上用品赏赐给宝玉和宝钗，指婚之意不言自明。

对于母亲和姨母的热切，宝钗可能也是无奈的。第二十八回，书中曾写到宝钗的心理活动：她因为金玉之说，总远着宝玉，见元春所赐，独她与宝玉一样，心里越发没意思起来。她幼年丧父，寡母无力，兄长无行，这些因素叠加，仿佛封印，已将那些少女天然的可爱纯真都压抑住。她仿佛生活在礼教套子里的人，内心纵有再多热情，也只是一味罕言寡语、藏愚守拙。第七回写她胎里带来热毒，唯有吃一味冷香丸，才能将先天热火压住，分明是曹公的明示，宝钗也是女儿国中若干薄命红颜中的一员，她承受了太多青春本不该承受的压力，压力之一就是金玉良缘吧，她对宝玉，或许也有一点青春少女对少年的淡淡好感，但并无之死靡它之情，却被姨母和母亲拼命造势施压，身不由己地卷入贾府内部斗争的漩涡中，成为姨母争权的一枚棋子，所谓金玉良缘，固然是宝黛二人的魔障，又何尝不是宝钗的悲哀呢！

话说回来，荣国府中众人交口称赞宝姑娘，都以为黛玉不及。这样的好女孩，为何却偏偏难以打动宝玉的心呢？从文中描述来看，宝钗应该是很美的，第八回宝玉探望宝钗时，她是如此装扮：

> 头上挽着漆黑油光的鬏儿，蜜合色棉袄，玫瑰紫二色金银鼠比肩褂，葱黄绫棉裙，一色半新不旧，看去不觉奢华。唇不点而红，眉不画而翠，脸若银盆，眼如水杏。罕言寡语，人谓藏愚；安分随时，自云守拙。

她淡淡梳妆，头上只挽着一个鬏儿，内穿大红袄（"从里面大红袄上将那珠宝晶莹黄金灿烂的璎珞掏将出来"），外穿蜜合色棉袄，外罩玫瑰紫二色金银鼠比肩褂，下搭葱黄绫棉裙。从头到脚，这是一套怎样的装扮呢？

鬏儿

一般指女子挽在脑后的发髻。

宝钗穿得比较居家，尤其是头上只挽着一个鬏儿，和第七回周瑞家的探望她时所梳发式一样，见仆妇和表弟都梳着同样发型，说明宝钗面对宝玉时是比较放松的状态。《红楼梦》第六十三回写众丫鬟为宝玉庆祝生日，"一时将正装卸去，头上只随便挽着鬏儿，身上皆是长裙短袄"，说明鬏儿通常为内宅女性卸妆后的发式。如清代冷枚所作《雪艳图》(上海博物馆藏，图2.39)中的持伞侍女，头上所梳的可能就是这种鬏儿。

图2.39 清 冷枚 《雪艳图》(局部)

大红袄

大红色的袄子。

大红袄是穿在里面的袄子。如上文提到，丫鬟们脱去外衣后，里面都是长裙短袄，说明内穿短袄是清代女性的普遍着装。

蜜合色棉袄

浅黄白色的棉袄。

蜜合二字，本是中药用语，在做丸药时，用蜂蜜和药，蜂蜜的颜色会随着温度而变化，一种是"微黄而带红色"，一种是"浅黄白色"，黄荣华先生认为宝钗的蜜合色是浅黄白色。蜜合色棉袄是何款式呢？明清时期的女性，习惯外穿立领大襟长袄，女子所穿之外袄，长度到膝盖，宽袍大袖，比较正式。但此处宝钗正在做针线活，并且身处内宅，似乎更应穿着方便活动的袄衣。因此，可参考清代更常见的女袄款式，如苏州丝绸博物馆藏清代蓝色漳缎暗八仙纹女袄(图2.40)，小立领，大襟，显得更利落。

玫瑰紫二色金银鼠比肩褂

坎肩，颜色是紫中带红，坎肩的里子是银鼠毛，外面的衣面上用金线和银线织成纹样。

比肩褂是一种短袖皮衣，有表有里，类似半袖衫。❶ 这种褂子有对襟、大襟、琵琶襟等多种款式，清早期常见款式为对襟，如故宫博物院藏清雍正时期石青色缎绣彩云金龙纹夹朝褂(图2.41)，即为对襟、无袖款式。二色金即用金线和银线织成纹样，银鼠指比肩褂的里子是银鼠皮毛。❷ 玫瑰紫是紫中带红，偏紫色。1989年北影版对宝钗的还原度较高，可以参考(图2.42)。

葱黄绫棉裙

淡黄色的裙子，面料是绫，里面加了棉。

葱黄色是一种淡黄色，稍微带绿。❸ 绫棉裙，从字面意思来看，

---

❶ 冯其庸、李希凡主编：《红楼梦大辞典》，文化艺术出版社2010年，第49页。

❷ 关于二色金和银鼠，详情见本章宝玉服饰和第一章王熙凤服饰。

❸ 参见黄荣华编：《红楼梦日历·锦色版》，中信出版社2019年。

图2.40 清 蓝色漳缎暗八仙纹女袄

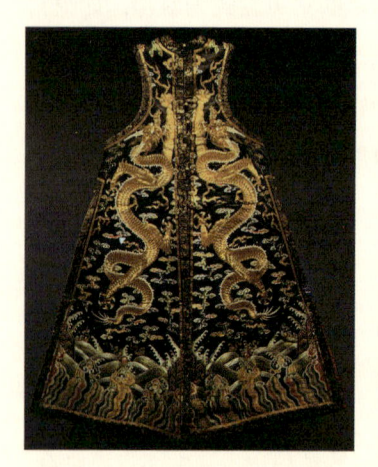

图2.41 清 雍正时期 石青色缎绣彩云金龙纹夹朝褂

图2.42 1989年电影《红楼梦》剧照

有两种解释：一是裙为单裙，裙面为绫，裙里子为棉；二是裙面为绫，但裙面和裙里子之间添加了棉絮，以抵御严寒。此处是从宝玉的视角观察宝钗，不太可能看到裙里子，所以第二种可能性更大，即宝钗穿着一条略显厚重的绫棉裙。

璎珞

黄金项圈，下挂金锁。

宝钗所戴的璎珞，和王熙凤、宝玉所戴的金螭璎珞，应该款式比较接近。孙温绘全本《红楼梦》中，宝玉手握金锁，看起来非常小巧（图2.43）。

图2.43　清　孙温　《红楼梦》之"贾宝玉奇缘识金锁"（局部）

综合来看，蜜合、玫瑰紫、葱黄等三种颜色都是暖色调，比较适合故事发生的冬天时令背景，也衬托出宝钗低调的性格。虽然色彩不显奢华，但她身上那件玫瑰紫二色金银鼠比肩褂仍然彰显了她皇商之女的身份。在我们的复原设计中，她穿一件蜜合色的袄子，圆领、大襟、袖口稍窄，身长到膝，左右开襟，袄身上织着牡丹花纹样；外罩玫瑰紫的比肩褂，内里是白色的银鼠毛，褂身上用二色金织成缠枝牡丹纹；下搭一件葱黄色的马面裙，裙上是撒花牡丹纹、有云纹缘边，裙门绣平安富贵纹，有花瓶、如意、牡丹等吉祥纹样，既呼应着宝钗独有的那份"任是无情也动人"的牡丹雍容之美，也照应着她所书写的"好风凭借力，送我上青云"的内心企图（图2.44）。

虽然是家常装扮，但表弟毕竟是外男，所以她略作插梳，以示礼貌。除了书中提到的金锁之外，她还头插镶宝石碧玺芙蓉花簪，戴点翠荷花纹头花，插金镶玉嵌宝牡丹花头银脚簪，戴金镶珠宝蝶赶梅耳环，这四件首饰包括芙蓉、荷花、牡丹、梅花等四种元素，正对应着她所服用冷香丸的四种成分，分别是春天的白牡丹、夏天的白荷花、秋天的白芙蓉、冬天的白梅花。制作冷香丸需要雨水、白露、霜降、小雪四个节令中的雨、露、霜、雪作为药引，加入蜂蜜、白糖，服用时以黄柏煎汤送服。曹公或许只是用游戏笔墨调侃冷香丸的难得，但也暗示着宝钗自从丧父之后，就已经失去了少女那种天然的发自内心的单纯和热情，她在漫漫岁月里经着四季变迁，在雨露风霜中煎熬，经历着甘苦，淹蹇了人生。

而蝶赶梅耳环的蝴蝶纹样，又暗指宝钗扑蝶的故事。她还戴着金镶珍珠戒指、金托莲子手镯，莲子为玉质，与金合起来，对应着金玉（金玉良缘），莲子也暗喻莲子清如水的少女情怀，在她的刻意低调之下，分明也隐藏着了几分淡淡的少女心性，她原本可以以更

图2.44 宝钗金锁

① 点翠荷花纹头花
② 金锁项圈
③ 金镶珠宝蝶赶梅耳环
④ 金镶玉嵌宝牡丹花头银脚簪
⑤ 镶宝石碧玺芙蓉花簪
⑥ 金镶珍珠戒指
⑦ 金托莲子手镯

轻松舒展的心态展望自己的人生，但自甘套上振兴家族重任枷锁的宝钗，已经主动放弃了对爱和热的追求。

她曾经对自我有极高的期待，倘若真能走出家门，凭借她的能力才华，也自会绽放人生的光彩，又何必被囚禁在金玉良缘的婚姻桎梏中被耽误一生呢！

她的心思，一直都不在宝玉身上吧，或者说，除了母亲和兄长，她的内心世界对其他人都是封闭的，她的心灵，始终缺少对他人的共情。金钏儿投井自杀，王夫人落泪，宝玉心内如焚，她却淡淡说或许金钏儿只是失足落水，淡然相待，也全然不忌讳用自己衣裳装裹尸体；尤三姐自刎，柳湘莲出家，连薛姨妈和薛蟠都伤感不已，她却漠不关心，全不在意，反倒关心起从江南打回来的货物。这样的宝钗，连表姐王熙凤都对她颇有微词，认为她拿定了主意，"不干己事不张口，一问摇头三不知"。她的冷漠是如此的一以贯之，她或许也曾经对俊秀清朗的表弟有过一点好感，但那种情意太稀薄，那种敞开太少见，以至于宝玉几乎始终感受不到表姐的真性情。尤其是宝钗不仅严于律己，更严于律人，如第四十四回王熙凤过生日，贾琏偷情被发现，夫妻俩都拿平儿撒气，平儿无比委屈，宝钗却说"他可不拿你出气，难道倒拿别人出气不成？"而宝玉的反应则是第一时间向平儿道歉，理由是"我们弟兄姊妹都一样。他们得罪了人，我替他陪个不是也是应该的"。比较起来，宝钗会天然站在上位者的角度考虑，只一味要求身处下位者压抑情绪以配合上位者的管教，而宝玉则会用更多的深情体贴他人，不论高低贵贱，二人待人待物，可谓云泥之别。因此，虽然宝玉也曾一度被宝钗的美貌吸引，但宝钗却始终无法走进他的内心世界，而当宝钗一次次劝他读书上进，一次次在他面前收敛少女天性并表现出女教师般的严谨刻板时，他的心门逐渐对她封闭，他本身厌恶道学头巾气，也绝不愿意日日对着胸中自怀十万道理、却不表现半分女儿真情的女先生，他和宝钗，情不投意不合，终究难成佳偶。根据第五回的判词来看，后来出于各种原因，他们最后可能还是结合为夫妇，但也不过换来宝玉"空对着山中高士晶莹雪，终不忘世外仙姝寂寞林"的感叹。说到底，他不过是假宝玉、真顽石，纵得所谓贤妻如宝钗，却只恨生命里缺少一起吟风弄月、抛洒性情的闺中知己，这桩金玉良缘，到头来不过是镜花水月，闺中一梦罢了！

（二）宝玉与湘云的金玉良缘

在《红楼梦》里，和宝玉有着金玉良缘之说的女性，并非只有宝钗一人，还有一位豪门千金史湘云，也因所佩的金麒麟引起宝玉关注，并引发了宝黛钗三人之间的暗潮涌动。

第二十九回，贾府众人在清虚观打醮，❶ 张道士送来一盘礼物，贾母看见有一个点翠金麒麟，因问"这件东西好像我看见谁家的孩子也带着这么一个的"，薛宝钗回答说史湘云有，惹得林黛玉抢白"他在别的上还有限，惟有这些人带的东西上越发留心"。这个场景，将在暗中关注金玉良缘和宝玉的两位少女之间的交锋写得异常生动有趣。第三十一回，湘云再次来到贾府，宝黛钗三人再次面对湘云，反应各不相同：黛玉揶揄宝玉"你哥哥得了好东西，等着你呢"，暗刺湘云"他的金麒麟会说话"，诸人都不明所以，唯有宝钗抿嘴一笑，宝玉原本不敢说话，见到宝钗微笑，也由不得笑了，说明宝玉也隐约察觉了姐姐妹妹之间那不见硝烟的暗自较劲，而他也明显感受到了备受佳人瞩目的压力。史湘云能同时引起钗黛的关注，可见她在

---

❶ 打醮是一种宗教仪式活动，道士设坛做法事，祈福禳灾。

大观园女儿国世界里的重要性，她是何许人呢？

史湘云，是贾母的侄孙女，金陵史家的嫡出大小姐，虽然父母早亡，依庇于叔父，但身份依然尊贵。她性情豪爽，喜穿男装，曾深受贾母宠爱，也一度是贾家密切关注的未来联姻对象。事实上，在黛玉进贾府之前，湘云曾备受贾母的厚爱和宝玉的关心。她曾经养在贾母身边，贾母的大丫鬟珍珠（袭人）曾一度将湘云视为主子，说明贾、史两家也曾围绕儿女亲事展开过试探和交流。所不同者，不比于薛家热切攀附贾家的姿态，史家对贾家却一直保持着距离。史家虽然名列四大家族，但除了史湘云，其他人与贾府往来并不频繁，明确记述的往来，只有两次，分别是第十三回忠靖侯史鼎的夫人拜祭秦可卿和第十四回忠靖侯史鼎的名字出现在给秦可卿送殡的名单里。而四十九回则提到"保龄侯史鼐又迁委了外省大员，不日要带了家眷去上任。贾母因舍不得湘云，便留下他了，接到家中"。如此看来，史家有两位侯爷，且圣眷正隆，比之江河日下、族中无人担任地方大员的贾家，政治地位已不可同日而语。湘云作为史家的千金小姐，轻易不外出，多次都是贾府奉贾母之命前去接来，且每次居住的时间并不长。如此种种，都说明史家并无念头继续与贾家结亲，宝玉倘若想迎娶湘云，前景不容乐观。

虽然贾家和史家再次联姻的前景已经黯淡，却并不妨碍贾母以湘云的金麒麟为由，来反击在贾府已经甚嚣尘上的金玉良缘之说，既然是金玉，有金之室女，却不是只有薛宝钗一人。她老人家那句看似无心的提醒，让宝钗和黛玉都倏然意识到湘云的存在，对不在场的王夫人又何尝不是一种巧妙暗示，而王夫人又会做出何种反应呢？第三十一回，贾府众人在清虚观打醮后，端午节过后的第二天，湘云再次来到贾府，众人相见，说了些闲话，聊到湘云的大大咧咧，王夫人便说"只怕如今好了。前日有人家来相看，眼见有婆婆家了，还是那们着"。有意思的是，王夫人说完这句话后，贾母紧接着问湘云，"今儿还是住着，还是家去呢？"按理来说，长辈当面提到被人相看、即将出阁的重要话题，晚辈应该要作出回应，但此处，居然被贾母马上截断，湘云相亲这一话题，就此被轻轻带过。贾母和王夫人的交锋，长辈们之间那些不动声色的较量，这些小儿女们或许还不能完全看懂，小小金麒麟，让黛玉和宝玉又闹起别扭，让宝钗抿嘴而笑，而金麒麟的女主人湘云，却还懵然不知，相比较心细如尘的黛玉和沉稳守拙的宝钗，她又是什么性格、什么心性呢？

依旧回到湘云再次入贾府的场景：她带着众多丫鬟媳妇们走进贾母院中，穿得非常正式，因此贾母让她把外面衣服脱掉，湘云笑道"都是二婶婶叫穿的，谁愿意穿这些"。时逢初夏，天气热了，但古代贵族家的千金小姐们，但凡出门都要正式着装，以彰显教养出身，湘云身上可能也是里外穿了好几层。从二婶婶嘱她穿衣，和被丫鬟媳妇们簇拥着等细节来看，史家家教相当严格，小姐出门该有的礼仪，一样都不能落下。但在这样严格环境中成长起来的湘云，却并不拘束。她爱说爱笑，常叫宝玉"爱哥哥"；她不拘小节，常穿男装；她没有架子，对丫鬟们都是姐妹相称，曾和丫头们玩耍，一跤跌进沟里；她生性洒脱，在大观园内各位闺秀都谨守闺范，行为举止务求端重，她居然喝酒后醉卧芍药花丛，分明没将闺范女教等放在心上；她心直口快，心里想什么就说什么，贾府诸闺秀和新入府的薛宝琴闲聊，她居然交代宝琴少往王夫人屋里去，说那屋里人多心坏，都是要害人的，让宝钗不得不嗔怪她嘴太直。从这些细节来看，史家虽然对湘云管教严格，却也给予了她一定的宽松和自由，这种豁达随份的性格，说明在她成长的环境里，始终存在着一些爱和善意，让这个父母双亡的小女孩，能够身心健康地长大。因此，她不像黛玉和宝钗那样，身上始终有着某种紧绷感，她的安全感明显更多，也更恣意地享受着青春喜乐。

有家族作为后盾，湘云并不需要过多考虑未来终身依靠，反正有史家长辈为她安排，且显然会是不错的安排。也正是基于这份安全感，她多次往来贾府，心心念念关切的却是和宝钗黛玉等做诗社，较诗才，而她的海棠诗虽然不及薛林二姝，却也一度赢得众人的交口称赞。湘云的判词有"幸生来，英豪阔大宽宏量，从未将儿女私情略萦心上。好一似，霁月光风耀玉堂"之语，说明她未将儿女私情放在心上，被众多闺中少女关注的宝玉，在她眼中，只是可亲可乐的二哥哥，却并非爱恋对象。正是因为心中并无私情，湘云和宝玉相处时，彼此都很放松，他们更像一对正常的表兄妹，吵架斗嘴，嬉戏玩耍，却并无相互猜忌试探。虽然三十一回的回目是"因麒麟伏白首双星"，宝玉将从清虚观拿到的金麒麟给了湘云，和她本就拥有的金麒麟正好配成一对，但这对金麒麟却埋伏着湘云与他人结成美满姻缘的草蛇灰线，❶ 她和宝玉却算不得相思一派。

在这个因麒麟而与宝玉再遇的场景中，湘云和丫鬟翠缕行走在大观园内，正要去向怡红院。书中并未提到她的着装细节，只是提到时值初夏，她已经脱去了正式的外衣。所以，在我们的想象设计中，史湘云穿着家常衣服，内着白色交领中衣，上穿丁香色圆领上襦，下搭白色撒芍药花长裙，外罩大红云纹镶领撒海棠金花绸面披风，系一颗双鹤衔灵芝玉扣。她头戴点翠海棠花纹头花，插银点翠如意云头嵌珠簪和嵌宝石行龙银镀金簪，耳戴攒珠海棠花耳环，腕戴玳瑁手镯，上刻海棠纹和云纹。(图2.45) 海棠纹对应着她在第

---

❶ 脂砚斋第三十一回总评提到："后数十回若兰在射圃所佩之麒麟，正此麒麟也。提纲伏于此回中，所谓'草蛇灰线，在千里之外'"。吴铭恩：《红楼梦脂评汇校本》，清华大学出版社2019年，第429页。

图2.45 史湘云金麒麟

① 银点翠如意云头嵌珠簪
② 嵌宝石行龙银镀金簪
③ 攒珠海棠花耳环
④ 白玉双鹤衔灵芝玉扣
⑤ 点翠海棠花纹头花
⑥ 玳瑁手镯
⑦ 点翠金麒麟（公母一对）

六十三回抽到的海棠花签"只恐夜深花睡去",云纹对应着她名字里的"云",芍药花对应着她醉卧芍药花丛的韵事,双鹤玉扣则对应着她与黛玉中秋联诗时脱口说出的那句"寒塘渡鹤影"。此刻,这个锦心绣口、才华横溢的少女在蔷薇花下捡到了宝玉遗失的金麒麟,和自己宫绦上系着的金麒麟相比,"又大又有文采",她将之擎在掌上,默然不语。她在想什么呢?

图2.46 清 孙温 《红楼梦》之"史湘云翠缕谈阴阳"(局部)

麒麟,在自然界中并不存在,是一种中国神话传说中的瑞兽,象征和平、吉祥。❶一般认为,公麒麟代表阳刚和力量,母麒麟代表柔顺生育,所以一对麒麟,往往也寄托着夫妻和谐、子孙满堂的祝福。孙温绘全本《红楼梦》中,湘云手心中端着一个小麒麟,通体绿色(图2.46),并不符合原文中对金麒麟的描述。湘云在这个场景中捡到公麒麟,和她身上所佩戴的母麒麟正好合成一对,所以我们的设计复原绘制了公母两个金麒麟,湘云腰间所佩为母麒麟,体型略小,与她手中的公麒麟两两相对。联系上文中王夫人提到史家正在为湘云议亲,而方才耳畔丫鬟翠缕絮叨着万物各种阴阳,此时,这个豁达的千金小姐,或许也意识到自己即将许下亲事,在不久的未来也会为人妇、为人母吧。从脂砚斋的评语能推断,湘云后来应该

---

❶ 参见孙机:《从历史中醒来》中"麒麟与长颈鹿"部分,生活·读书·新知三联书店2016年。

是和名门公子卫若兰结为夫妇，结合她的判词来看，"好一似，霁月光风耀玉堂。厮配得才貌仙郎，博得个地久天长，准折得幼年时坎坷形状。终久是云散高唐，水涸湘江。这是尘寰中消长数应当，何必枉悲伤！"意思是说，湘云虽然得嫁佳婿，暂时弥补了幼失怙恃的痛楚，但这份婚姻却很快走向尽头，她最后也不过是落了个孤单寂寞的结局。如此可爱美好的女孩子，却始终被悲剧命运的阴影笼罩，作者念及于此，想来也是无比伤感，所以，在这个阳光明媚的初夏，他让这个女孩暂且停留在花荫中，手拿麒麟，憧憬着未来的幸福，那是她人生中最美好的一段时光，而麒麟，分明寄寓着作者对她的无限同情和怜惜。

（三）金玉之说助推宝黛爱情

在贾宝玉因金玉良缘而与宝钗、湘云相遇的两个重要场合，黛玉恰恰都在场。这种在场，显然是作者有意安插的笔墨，金玉良缘对黛玉来说，究竟意味着什么？它对宝黛爱情的发展又有何影响呢？

回到第八回，宝玉在梨香院欣赏宝钗的金锁，氛围很是融洽温馨，黛玉却摇摇的走了进来，此处，作者书写了一段中国文学史的名场面，堪称经典：

（黛玉）一见了宝玉，便笑道："嗳哟，我来的不巧了！"宝玉等忙起身笑让坐。宝钗因笑道："这话怎么说？"黛玉笑道："早知他来，我就不来了。"宝钗道："我更不解这意。"黛玉笑道："要来一群都来，要不来一个也不来；今儿他来了，明儿我再来，如此间错开了来着，岂不天天有人来了？也不至于太冷落,也不至于太热闹了。姐姐如何反不解这意思?"

语言,是人物的第二张面孔,此处,黛玉和宝钗说话,口齿犀利,毫不相让,宝钗基本处于守势。当时林如海还在世,黛玉出身清贵,非商家小姐宝钗可比;而女孩子们都还未搬进大观园,金玉之说,尚且还在酝酿阶段。所以,此时钗黛双方尚未形成明显的情场对峙局面,但自从宝钗进府后,人多谓黛玉不及,黛玉心中便有些悒郁不忿之意。而宝玉还在孩提之间,且"天性所禀来的一片愚拙偏僻,视姊妹弟兄皆出一意,并无亲疏远近之别",只因与黛玉同在贾母处"故略比别个姊妹熟惯些。既熟惯,则更觉亲密"(第五回)。可以看到,在贾母的刻意安排下,宝黛培养起来了更深厚亲密的感情,但孩提时的宝玉并未认定黛玉为此生不可割舍的爱人,他的爱情,仍然需要更长的时间来确认。

如何从两小无猜的亲密,发展为生死不弃的爱侣?从梨香院这出戏中,我们能看到黛玉的争取:她跟着宝玉的脚步,也来到梨香院中;她巧妙地微嘲两人,毫不顾忌地宣示她和宝玉更亲密;她当着薛姨妈和宝钗的面,督促宝玉与她同行离开,并不顾礼教之大妨,亲自为宝玉戴好斗笠。她向薛姨妈告辞的说辞是"咱们来了这一日,也该回去了。还不知那边怎么找咱们呢"。"咱们",指她和宝玉,黛玉用她的语言和行动,将她和宝玉牢牢牵系在一处,不可分割。在爱情的萌发阶段,最需要、最宝贵的,是努力争取的勇气,它需要一个人完全敞开自我,在对方面前全部打开,无论迎面而来的是什么,都毫不退缩。这一回的回目是"探宝钗黛玉半含酸",含酸,对十八世纪的名门闺秀而言,是不恰当的情绪流露,是不合礼教的失当行为,但黛玉就这样不管不顾地表达了醋意,她在宝玉面前展现的，是某种勇敢的、真实的、敞开的存在；而宝玉的爱情，也正是在这种强烈情感的召唤下，才逐渐被唤醒。

如果说梨香院宝钗和宝玉的金玉初相见，让黛玉吹响了爱情保卫战的号角；那么，当金麒麟登场时，虽然它连接着湘云和宝玉，却一度成为宝黛感情发展的助推力。在第三十一回，脂砚斋的评语提到"'金玉姻缘'已定，又写一金麒麟，是间色法也。何颦儿为其所惑？故颦儿谓'情情'"。❶ 间色，是中国画的一种技巧，画画时以基本色为底色，再涂上过渡色，使得画面效果更突出。此处，间色法意味着在宝钗宝玉的金玉良缘之上，又加了一层宝玉湘云的金玉缘的可能，以凸显金玉对宝玉黛玉的刺激，而两人也的确在反复刺激之下互表心意，最后确定了彼此爱情的归属。

在《红楼梦》中，宝玉黛玉多次因为金玉产生误会。在宝黛初见时，因黛玉没有玉，宝玉即摔玉，以示与黛玉同进退之意。如果说，初次见面时摔玉，不过是孩童宝玉表示与妹妹亲近的自然行为，那么，此后宝黛二人年龄渐长，互相有心，而贾府高层出于各种考虑，两人的亲事迟迟定不下来，还一直受到金玉良缘的干扰，遂免不了彼此误会，产生矛盾。如第二十九回因张道士为宝玉提亲，两人心里都不痛快，一番口角之后，演变为宝玉摔玉、黛玉剪通灵宝玉的穗子，甚至惊动了贾母王夫人等一干人，贾母急得说出了"不是冤家不聚头"之语。两人听得此话，"好似参禅的一般，都低头细嚼这句话的滋味，都不觉潸然泣下。虽不曾会面，然一个在潇湘馆临风洒泪，一个在怡红院对月长吁，却不是人居两地，情发一心！"至此，冤家聚头，前世宿缘被忆起，再续木石前盟之意，已经呼之欲出。

❶ 吴铭恩：《红楼梦脂评汇校本》，清华大学出版社2019年，第419页。

因金玉良缘之说愈演愈烈，在第三十一回、三十二回中，湘云的金麒麟，也一度成为黛玉所焦虑担心之物。第三十二回明确写到"林黛玉知道史湘云在这里，宝玉又赶来，一定说麒麟的原故。因此心下忖度着，近日宝玉弄来的外传野史，多半才子佳人都因小巧玩物上撮合，或有鸳鸯，或有凤凰，或玉环金珮，或鲛帕鸾绦，皆由小物而遂终身。今忽见宝玉亦有麒麟，便恐借此生隙，同史湘云也做出那些风流佳事来。因而悄悄走来，见机行事，以察二人之意"。而也恰恰在这个场合，林黛玉听到了贾宝玉所吐露的肺腑之言，让她确定了宝玉的心意，金玉再次助推了宝黛感情的发展。

那么，在这个场合里发生了什么故事呢？

原来，贾雨村要见宝玉，宝玉不住口地抱怨，湘云劝他"该常常的会会这些为官做宰的人们，谈谈讲讲些仕途经济的学问，也好将来应酬世务，日后也有个朋友"，宝玉听了这些话，立刻发作说"姑娘请别的姊妹屋里坐坐，我这里仔细污了你知经济学问的"，而袭人在旁边又赶紧劝解，提到之前宝钗也劝过宝玉，但宝玉"也不管人脸上过的去过不去，他就咳了一声，拿起脚来走了。这里宝姑娘的话也没说完，见他走了，登时羞的脸通红……那要是林姑娘，不知又闹到怎么样，哭的怎么样呢"。袭人这段话透露了不少信息：首先，怜香惜玉的贾宝玉居然完全不给薛宝钗面子。湘云虽然也说了他不爱听的话，但他只是用语言还击，并未起身离开；但当宝钗说出类似言语时，他立刻转身离开。孰轻孰重，孰疏孰亲，一目了然。其次，与宝钗、湘云比起来，宝玉从未对黛玉有过任何不敬言行。而宝玉的解释揭开了答案："林姑娘从来说过这些混帐话不曾？若他也说过这些混帐话，我早和他生分了。"

宝玉的这番评价，得到湘云袭人的认同，也被此刻正在偷听的林黛玉听到。她的反应是又喜又惊，又悲又叹，"所喜者，果然自己眼力不错，素日认他是个知己，果然是个知己。所惊者，他在人前一片私心称扬于我，其亲热厚密，竟不避嫌疑。所叹者，你既为我之知己，自然我亦可为你之知己矣；既你我为知己，则又何必有金玉之论哉；既有金玉之论，亦该你我有之，则又何必来一宝钗哉！所悲者，父母早逝，虽有铭心刻骨之言，无人为我主张……"，这喜惊悲叹四个字，将宝玉黛玉彼此的知己之爱和他们所面临的风刀霜剑严相逼的现实境况表露无遗。至此，木石已经完全确立相互的爱情，此后再有更多的插曲，也再难动摇他们的坚定之心。所以第三十四回，宝玉挨打养伤之际，还不忘给黛玉送去旧手帕以表相思，第三十六回，宝玉午睡时宝钗在旁缝制肚兜，即使美人在侧柔情如斯，宝玉依然喊出了"和尚道士的话如何信得？什么是金玉姻缘，我偏说是木石姻缘"之类的梦话。言为心声，至此，金玉良缘已经完全破产，宝玉和黛玉是如此地亲密相依，只有死亡才能彻底将他们分开！

也就是说，生来就拥有灵性的宝玉，他在尘世间寻求那份独特的知己之爱。这种爱，此前常见于男性世界，如伯牙子期的高山流水，如子猷子敬的人琴之叹，如梁山泊众豪杰对宋江的哥哥之呼，如桃园刘关张三兄弟的结义举事……似乎男性之间的感情才是值得被书写、被讴歌的，而女性即使偶尔作为爱情的客体出现，她与男性的精神交流却不值得被重视。但自从《红楼梦》出现，那种传统的写法就被打破了。纵然有三千弱水、万千粉黛，可如果不是宝玉心里唯一认定的知己，就都可以割舍掉。玉的品质是如此纯粹，玉的世界是如此简单，他追寻的，是一个完完全全认可他、百分之百接受他的女人。

第四节
木石前盟

在闺阁中寻求心灵知己、灵魂伴侣，而不是依凭世俗所界定的外在条件匹配一个合适的婚配对象，这是《红楼梦》中最动人的爱情故事，这种对个人心灵世界的重视和对理想爱情的期待，出现于十八世纪的古代中国，不啻石破天惊的呼喊。

爱情是一个现代意义上的概念，它意味着两个独立平等的人，彼此之间有强烈的吸引力，并在灵魂深处相互理解、互相接纳。古代有门当户对的婚姻，有勾栏瓦舍的流荡，但却缺少心心相印、平等相处的爱情。这种爱情的出现，必须是生活世界里已经出现了相对独立的个体，并生发了对精神伴侣的强烈渴求。

聚族而居、家国同构是中国古代社会的基本形态，家族掌握了占据绝对优势的资源，个人很难脱离家族的掌控而独立生存。但《红楼梦》成书于十八世纪，彼时全球贸易体系正在形成，新的经济秩序和新的社会结构正在成型，也影响了东亚大陆的中国。事实上，中国的转型开始得更早，晚明以来大量白银流入中国，从根本上动摇了大一统社会的经济基础，明清易代的历史更迭也不能阻止这一进程，即古代社会正在逐渐向现代社会转型，古代人正逐渐向新型个人转变。《红楼梦》以写实的笔墨提取了中国古代社会末期，文明范式即将转型过程中的巨变，作者于有意无意间敏锐地感受到传统社会秩序即将坍塌的末世混乱，捕捉到个人处于历史转型时期的茫然和痛楚，并以艺术的形式，对新型个人和新型爱情模式展开书写，对历史横切面进行了生动的还原展示。

(一) 顽石入世与新型爱情模式的书写

费孝通先生曾将传统社会的婚姻关系界定为经济和生育的合作共同体，为保持稳定，夫妻之间不需要有激情，双方遵循男女有别的原则，"认定男女间不必求同，在生活上加以隔离。这隔离非但有形的，所谓男女授受不亲，而且是在心理上的，男女只在行为上按着一定的规则经营分工合作的经济和生育的事业，他们不向对方希望心理上的契洽"。❶ 在这种社会结构里，心灵相通、灵魂相慰的恋爱不仅是不需要的，甚至是有害的，因为真正的恋爱是生命意义的创造，是在他人的世界里不断探索、推陈出新，它不仅无助于实现家族合作、繁衍后代等实际功能，甚至因为感情的激荡起伏使得双方关系不稳定，反而可能有碍于那些功能的实现。❷ 所以，在古代中国，婚姻以门当户对、瓜瓞绵绵为要务，联姻由双方家族决定，个体不但没有基本自主权，其内心感受更是完全不在考虑范围内。

但贾宝玉的特别之处，正如他所佩戴的通灵宝玉本是青埂峰下一块顽石，石性坚硬，虽然入世后也曾一度被繁华世界遮蔽眼目，却始终不曾忘却初心。他在内心建构了另外一个坚硬的世界，在那个世界里他尽情体验着生活的喜怒哀乐，叩问个体生命的意义。有学者曾提到浪漫主义叙事在西方现代性建立的过程中发挥了作用，"早期现代是一个符号学范式转移的时代，个人身份的概念发生了从宇宙学向心理学建构的变化，或者换一个说法，原本将意义置于表达之上，本体设置于认识论之上、符号置于自我之上的客观性符号

---

❶ 费孝通:《乡土中国》，北京出版社2004年，第65页。
❷ 参见费孝通:《乡土中国》之"男女有别"，北京出版社2004年。

秩序，变成了一种主观性的符号秩序，将内部的心理空间构想为个人身份和自我表现的核心所在"。❶ 贾宝玉的状态也类似于此，他不再将外部的评价视为自我价值建构的标准，而是转向自己的内心，叩问"我是谁？"而在追寻个体生命价值的过程中，他不断与外部世界发生碰撞，在碰撞中不断明确自己真正的心之所喜，情之所系，他和黛玉之间的精神恋爱，事实上也是两个全新的个体生命在探索世界的过程中生发的新的生命体验。曹雪芹如何以手中这管生花妙笔，来表述这种全新的个体经验感受呢？

如果把身体视为媒介，那么，曹雪芹首先写出了全新的恋人之间的视觉感受，比如宝黛的初见。在中国文学里，向来不缺少情人初见的精彩描写，如《西厢记》写张生在佛殿初见莺莺，连用几支唱曲表达惊艳之感：

【元和令】颠不剌的见了万千，似这般可喜娘的庞儿罕曾见。则著人眼花撩乱口难言，魂灵儿飞在半天。他那里尽人调戏䩥著香肩，只将花笑捻。

【上马娇】这的是兜率宫，休猜做了离恨天。呀，谁想著寺里遇神仙！我见他宜嗔宜喜春风面，偏、宜贴翠花钿。

【胜葫芦】则见他宫样眉儿新月偃，斜侵入鬓云边。[旦云]红娘，你觑：寂寂僧房人不到，满阶苔衬落花红。[末云]我死也！未语前先腼腆，樱桃红绽，玉粳白露，半晌恰方言。

【幺篇】恰便似呖呖莺声花外啭，行一步可人怜。解舞腰肢娇又软，千般袅娜，万般旖旎，似垂柳晚风前。

---

❶（美）李海燕：《心灵革命：现代中国爱情的谱系》，北京大学出版社2018年，第36—37页。

……

【后庭花】若不是衬残红芳径软，怎显得步香尘底样儿浅。且休题眼角儿留情处，则这脚踪儿将心事传。慢俄延，投至到栊门儿前面，刚那了一步远。刚刚的打个照面，风魔了张解元。似神仙归洞天，空馀下杨柳烟，只闻得鸟雀喧。❶

这几支曲子从张生的观感出发，对莺莺的脸、首饰、眉毛、语声、腰肢、小脚进行了细致描摹，在刻画出莺莺绝世姿容的同时，也将男主角一见钟情、继而相思的痴态点染得栩栩如生。对莺莺的表现，却写得极为克制，只提到"旦回顾觑末下"，并从张生之口说出"怎当他临去秋波那一转"，强调莺莺只是回头看了张生一眼。虽然是两人初见，但作者从男性本位出发，对女性作凝视观看的视角已经表露无遗。

再如《金瓶梅》写西门庆和潘金莲初见时的描述：

妇人便慌忙陪笑。把眼看那人，也有二十五六年纪，生得十分博浪。头上戴着缨子帽儿，金玲珑簪儿，金井玉栏杆圈儿；长腰身穿绿罗褶儿；脚下细结底陈桥鞋儿，清水布袜儿，腿上勒着两扇玄色挑丝护膝儿；手里摇着洒金川扇儿，越显出张生般庞儿，潘安的貌儿。可意的人儿，风风流流从帘子下丢与奴个眼色儿。

这个人被叉杆打在头上，便立住了脚。待要发作时，回过

❶ 王实甫：《西厢记》第一本第一折，人民文学出版社1954年，第9—10页。

脸来看，却不想是个美貌妖娆的妇人。但见他黑鬒鬒赛鸦鸰的鬓儿，翠湾湾的新月的眉儿，清冷冷杏子眼儿，香喷喷樱桃口儿，直隆隆琼瑶鼻儿，粉浓浓红艳腮儿，娇滴滴银盆脸儿，轻袅袅花朵身儿，玉纤纤葱枝手儿，一捻捻杨柳腰儿，软浓浓粉白面脐肚儿，窄多多尖趫脚儿，肉奶奶胸儿，白生生腿儿……❶

此处分别从男女双方视角出发，写出了彼此所看到的那个人。两相比较，可以发现作者对西门庆基本只作服饰白描，却明显更关注潘金莲的容貌妆扮，津津乐道于她的头发、眉毛、嘴巴、鼻子、腮、脸、身、手、腰、肚、脚、胸、腿，其笔墨如同探照灯，从上到下扫过女人的身体，并肆无忌惮地进行点评，其用笔固然极为生动，但居高临下赏玩女性的态度却是毫不遮掩。

可见，雅致如《西厢记》，世俗如《金瓶梅》，在这两部最优秀的中国古典名著中，无论是才子佳人的一见钟情，还是市井男女的邂逅起意，作者都采用了直观的男性视角对女性作完全凝视，这在一定程度上能代表《红楼梦》之前中国文学的常见爱情书写模式，即主要是男性慕色生情，女性基本呈现为被凝视、被意淫、被驯服的客体。这种书写模式，在后来的才子佳人小说中甚至成为一种套路，曹雪芹曾经借贾母之口对此进行了严厉批评："这小姐必是通文知礼，无所不晓，竟是个绝代佳人。只一见了一个清俊的男人，不管是亲是友，便想起终身大事来，父母也忘了，书礼也忘了，鬼不成鬼，贼不成贼，那一点儿是佳人？"（第五十四回）。如此看来，这种套路书写，将两性爱情简单归因于生理冲动，对男性作脸谱般刻画

---

❶ 兰陵笑笑生：《金瓶梅词话》，人民文学出版社1985年，第24—25页。

的同时，也弱化遮蔽了女性的主体感受。而《红楼梦》的出现，将相知相许的知己之情作为男女爱情生发的基础，不仅解构了此前爱情书写的模板套路，更为中国文学的爱情书写提供了全新的经验表述。对宝黛初见，《红楼梦》即采用了不落流俗的新型书写，对林黛玉的身姿面貌全用虚写，只从宝玉眼中写出她"闲静时如姣花照水，行动处似弱柳扶风"的意态，对黛玉的关注、欣赏，已经跃然纸上。书中曾多次写到宝玉眼中的黛玉，基本都以虚写其风格气质为主，如第十六回宝玉看到刚从扬州回来的黛玉"越发出落的超逸了"；第二十六回宝玉看到刚睡醒的黛玉"星眼微饧，香腮带赤"。这种虚写手法，一方面突出了林黛玉的气质风华，另一方面则颠覆了以往将女性视为欲望客体作凝视观照的刻板笔墨，另出手眼，别具一格。

（二）还泪与题帕

从宝黛初见来看，宝玉对黛玉是全然的欣赏和认可，但身处众芳环绕的大观园，初见的好感并不足以让宝玉识分定情，他对黛玉的钟情不二经历了漫长的发展过程。如第二十九回明确写到，宝玉"从幼时和黛玉耳鬓厮磨，心情相对；及如今稍明时事，又看了那些邪书僻传，凡远亲近友之家所见的那些闺英闱秀，皆未有稍及林黛玉者"，所以才存了心思，想试探黛玉的心意。

可见，宝玉所爱者，是众多闺秀中最优秀、最特别的那个女孩子，他的内心也有过徘徊，如同美玉在领略人间繁华时曾一度迷失本性，宝玉也曾在感情世界里饮遍弱水三千，才最后确定自己的心灵归宿，而在这个探寻自我内心世界的过程中，两次摔玉，标志着宝玉的感情选择从懵懂到坚定，具有非常重要的符号表征意义。也就是说,美玉有两面,它既是假宝玉,也是真顽石,顽石最后通灵,是宝玉经历繁华色相,以证不忘前盟的外在媒介呈现。那么,反过来看,身无长物,只凭一腔缠绵幽怨之情来到尘世间的绛珠仙草,又用什么来表述她的满心痴情呢?或许,就是一生的眼泪吧。

仍然回到宝黛初见的场景,宝玉对黛玉的感觉,已经不用多言,而黛玉对宝玉,又是何种感受呢?从文中表述来看,黛玉看待宝玉,经历了心理上的几层变化:未进贾府前,听到母亲贾敏提及宝玉"衔玉而诞,顽劣异常,极恶读书,最喜在内帏厮混;外祖母又极溺爱,无人敢管",评价颇为负面,黛玉对这位表哥,想来并无好感;进入贾府后,王夫人的一番嘱咐,甚至激起了她对宝玉的负面感觉,心中暗自揣测:"不知是怎生个惫懒人物,懵懂顽童?——倒不见那蠢物也罢了";待见到宝玉后,她却大吃一惊,心想:"好生奇怪,倒像在那里见过一般,何等眼熟到如此!""眼熟"二字,表明在相见的瞬间,她之前对宝玉的负面想象已经烟消云散,一种似曾相识的亲切感,在少女心中荡漾开来。心理学研究曾表明,当印象反差形成时,人类大脑会感受到比较强烈的情绪波动,而这种情绪波动,在适当的时候更容易转化为好感。曹公采用这种欲扬先抑的写作手法,一方面比较符合人类认知客体对象的普遍心理规律,另一方面则为读者提供了生动鲜活的恋人初见细节,宝黛初见的熟悉感,让两颗稚嫩纯洁的心灵悄然贴近,更为此后两小无猜真挚爱情的萌发生长埋下了伏笔。而在这个场景中,宝玉第一次摔玉后,黛玉自责不已,淌眼抹泪,即开启了不断还泪的生命历程。

有研究者曾统计过前八十回中林黛玉流泪的次数共三十七次,

其中有二十二次是为宝玉而哭。❶ 有学者认为，黛玉的眼泪为报恩而来，第四十九回中写到黛玉感觉自己的眼泪越来越少，对应着甘露越来越少，报恩逐渐完成。❷ 事实上，在宝黛前期爱情发展的过程中，黛玉的眼泪多为宝玉感情的不确定而流，她始终无法明确宝玉的心意，唯有以一次次落泪表达内心的不安全感，而当两人最终互诉肺腑、心意相通之后，黛玉的泪水才逐渐收住。值得注意的是，黛玉的眼泪，往往也会招来宝玉的眼泪，如两次摔玉中，宝玉都有落泪；又如宝玉听《葬花吟》、看《桃花行》，都会忍不住滴泪。正如第三十六回宝玉深悟人生情缘各有分定，暗伤"不知将来葬我洒泪者为谁"，黛玉的眼泪为宝玉而洒，宝玉的眼泪也为黛玉而流，黛玉以眼泪点醒宝玉成长，宝玉又何尝不是以眼泪让黛玉明白：人间自有知己，她并不孤独。

是的，宝玉之于黛玉，不仅是恋人，更是知己。世人往往只看到宝玉的离经叛道，但反观黛玉，才会发现她的种种离群寡合之处，并不少于宝玉，只不过这里的离群之群，指的是主流女性群体。如果说宝玉是一个不符合当时男性主流规范的少年，那么，黛玉也是一个不符合当时女性主流规范的少女。从一开始，黛玉就不是按照传统的大家闺秀模式被培养的，书中写到林如海夫妇无子，对黛玉爱如珍宝，"且又见他聪明清秀，便也欲使他读书识得几个字，不过假充养子之意，聊解膝下荒凉之叹"（第二回），点明黛玉自小是被父母当作儿子教养的。无独有偶，第三回提到王熙凤"自幼假充男儿教养"，暗暗与之形成呼应。众所周知，幼年时期的教育环境，尤其是性别教育，对个体影响至深，根据精神分析学女性主义的理论，

❶ 马经义：《从红学到管理学》，四川大学出版社2015年，第142—143页。
❷ 参见卜喜逢：《"木石前盟"神话中的"还泪"浅析》，《青海师范大学学报》2018年第2期。

小女孩在成长过程中，如果不能完全认同母亲式的传统女性角色，将很难顺利融入社会认可的主流女性性别规范中，她将在男性和女性两种性别角色中游移，自我矛盾，自我冲突，王熙凤如此，林黛玉其实也是如此。

王熙凤的飒爽刚强、杀伐果断，曾经让贾府众人一度侧目，而林黛玉对传统女性角色的偏离，则表现得更为隐蔽，但曹公仍然在行文中留下了若干线索，让我们得以勾勒特别的林黛玉：

黛玉很好学。她的父亲林如海是三甲探花出身，老师贾雨村也是科举名士，他们教出来的女弟子，虽然不能科考入仕，却表现出超强的学习能力。黛玉写诗，并非一般吟风弄月的闺秀诗，而往往凝结着深沉的身世感慨，折射了对人生、世界的深刻理解，前者如《菊花诗》《葬花辞》，后者如《五美吟》等，视野开阔，将个人体验与自然宇宙相联系，已经完全跳出了闺阁诗的狭窄范围，而彰显出"士"的高度。

黛玉很好强。传统女德强调女性应该具备谦卑、柔顺、服从等品德，但黛玉则是反其道而行之。通览全书，黛玉始终是闺秀群中那个最心高气傲的女孩子，众人联咏菊花诗，她力压群芳拔得头筹；大观园题咏，她一心只想着大展奇才，压倒众人，因贵妃只命一匾一咏，她"未得展其抱负，自是不快"，唯有给宝玉做枪手，聊且舒展闷怀。如此种种，完全有违于传统女德闺范。

黛玉很叛逆。《西厢记》之类的古今传奇，在当时是家长严禁少男少女阅读的禁书。黛玉明明看到表哥宝玉在阅读禁书，不仅不劝阻，反而和他共读《西厢》，并且将曲词默记在心，日常不忘吟诵。在家族聚会的隆重场合，她甚至一度忘形，将《牡丹亭》《西厢记》的曲词脱口而出，引得淑女宝钗侧目，还专门找时间与她谈心，叮嘱她谨言慎行。

这些细节的叠加，建构了一个活泼生动的、完全有别于传统封建淑女形象的新女性。曹公对她是如此喜爱，以至于通篇很少实写黛玉的外貌服饰，而全从旁人眼中、口中验证她的超凡脱俗，如第四十回贾母带着众人游览潇湘馆，只见窗下案上都设笔砚，书架上也是图书满满，让大开眼界的刘姥姥不由得感慨"这那像个小姐的绣房，竟比那上等的书房还好"！如果说宝玉身为男子却心向女儿国，黛玉则是身为女子而有士之品格。这样一位穿着裙子的"绅士"，外表虽然如姣花照水，其见识和胸襟却远超于一般女子。在那个以丈夫为天、信奉夫贵妻荣的时代，黛玉却从未将自己的人生寄托于未来丈夫的功名之上，所以她虽然钟情于宝玉，却尊重他的选择，从不劝他读书科考、追求仕途经济。不妨将黛玉与《儒林外史》中的鲁小姐做对比：同样出身书香门第，鲁小姐嫁了名士蘧公孙，一心只想促他上进，丈夫却完全无意于科考，鲁小姐大失所望，只能将希望转到儿子身上，每日将四岁的儿子拘在房里讲《四书》、读文章。

比较起来，鲁小姐的行为才是古代社会女性的常见选择，也是被社会主流认可、鼓励的选择。但黛玉的择偶标准具有石破天惊的超时代性，她要寻找的，是灵魂知己，不是一个女人要寻找未来人生的依托，而是一个内心独立的个体，寻找另一个心灵相通、精神平等的伴侣，而宝玉正是在这点上，满足了她内心最深切的需求。他们有很多相似之处，都爱好诗词歌赋，都平等对待下人，都不被俗礼所拘等，在某种程度上，黛玉就是另一个宝玉，虽然她没有美玉，但名字中的玉，昭示了冥冥之中的宿缘，他们拥有共同的精神世界，你中有我，我中有你，已经不需要再通过金玉这些外在媒介确认彼此名分。

虽然金玉之说与宝黛爱情无涉，但曹公是擅长写恋爱故事的高手，他将宝黛的恋爱过程写得精彩纷呈，又怎会漏掉重要的爱情信物呢，那么，在这段魂牵两世的木石前盟故事中，神瑛侍者和绛珠仙子靠什么信物最终确定了彼此是对方的不二选择呢？

且让我们还是回到文本：第二十九回，宝玉再次摔玉；第三十回，两人互诉衷肠，泪流满面，以帕拭泪；第三十二回，黛玉想到宝玉近来所看外传野史，才子佳人都由鸳鸯、凤凰、玉环、金佩、鲛帕、鸾绦等小物件撮合而定终身，因此放心不下宝玉和湘云，赶来怡红院中观察，不承想居然听到宝玉的一番肺腑之言，两人之间误会基本澄清，心意基本确定；第三十四回，宝玉挨打后，身体遭受着巨大的痛楚折磨，他还是念念不忘记挂着黛玉，一心想着给她表达思念。此处，曹公写得非常精彩：宝玉顾忌袭人，先让袭人去宝钗处借书，将她支走；然后让晴雯送两条旧手帕给黛玉，却并无一语捎及。黛玉先是不解，思忖后才大悟，不觉"神魂驰荡"，喜、悲、笑、惧、愧等多种情绪涌上心头，尤其是最后满心愧意"我自己每每好哭，想来也无味，又令我可愧"。意思是说，黛玉之泪，都为不放心而流，待到明确宝玉心意，顿觉以往种种不放心之举，都属多余，黛玉顿时为自己对爱人的猜疑敏感生出惭愧之意。而黛玉在种种情绪的激荡之下，更忍不住在帕上题诗三首，以题帕之举结还泪之债。

那么，在题帕定情这个重要场景中，黛玉会是何种服饰装扮呢？晴雯送帕过来时，黛玉已经睡下，拿到帕子后，重新掌灯，披衣坐起，想来她的装扮不会特别复杂，应以简单为主。她或许坐在炕上，手执素帕，面晕浅春，低头陷入沉思。她梳着坠马髻和小垂髻，头上插银镀金点翠竹叶流苏、银镀金嵌珠宝松鼠纹簪，竹叶流苏对应着她所居住的潇湘馆内的竹子，松鼠纹簪则让人想起她和宝玉两小无猜讲大耗子偷香芋的温馨故事。她耳戴银镀金点翠钉珠梅花耳环，腕戴青玉莲子手镯，指戴银镶珊瑚石戒指，梅花纹和莲子纹都和她高雅超逸的气质相互映衬。她内穿白色交领中衣，外搭粉色交领衫，领口和袖口用葱黄色缘边，上绣梅竹纹，下穿葱黄色百褶裙，裙面是龟甲纹和水芙蓉团花纹，对应着她所抽到的水芙蓉花签"莫怨东风当自嗟"（图2.47）。这样一身装扮，素雅淡秀，能更好地点染出黛玉作为闺阁之"士"的气质和风韵。

宝玉送来这两方旧手帕，一则为安慰黛玉，不要为他挨打之事太难过，在他遭受皮肉之苦耽于床榻之际，他仍然将黛玉的感受放在心头，可谓体贴入微。二则以手帕传情，手帕本为贴身之物，宝玉将留有自己体温气息的旧手帕赠予黛玉，暗含两人之间毫无禁忌、亲密无间之意。且手帕多为丝制，丝即思，正如明代冯梦龙所编山歌《素帕》写道："不写情词不写诗，一方素帕寄心知。心知接了颠倒看，横也丝（思）来竖也丝（思）。这般心事有谁知？"❶宝玉通过手帕，大胆地向黛玉表达了深爱相思之情。再则，回到神瑛侍者和绛珠仙子的木石前盟故事，宝玉赠帕，意味着他已经完全懂得了黛玉的心意，明白她的眼泪都是为不放心而流，两方旧手帕，是神瑛侍者向绛珠仙草坚定表明心意：今生他只属于她，她的眼泪，从此以后都不用再流了。这两条旧手帕，固然照应着此前才子佳人小说的信物定情套路，但推其深意，则是宝黛互明心意，忠贞不渝之见证，至此，两人的爱情完全稳定，黛玉的眼泪也越来越少，

---

❶ 冯梦龙：《山歌》卷十《桐城时兴歌·素帕》，《冯梦龙全集》第十集，凤凰出版社2007年，第102页。

图 2.47 黛玉题帕

① 点翠竹叶流苏
② 纹样：梅竹纹
③ 纹样：龟甲芙蓉纹
④ 珠宝松鼠纹簪
⑤ 银珊瑚石戒指
⑥ 梅花点翠钉珠耳环
⑦ 青玉莲子镯
⑧ 墨兰图手帕

木石前盟完全击败了金玉良缘，而曹公对宝黛之间相知相恋、倾心钟情故事的细节描述，展现了爱情生动细腻的动人之处，堪称中国古代文学中的一段绝唱！

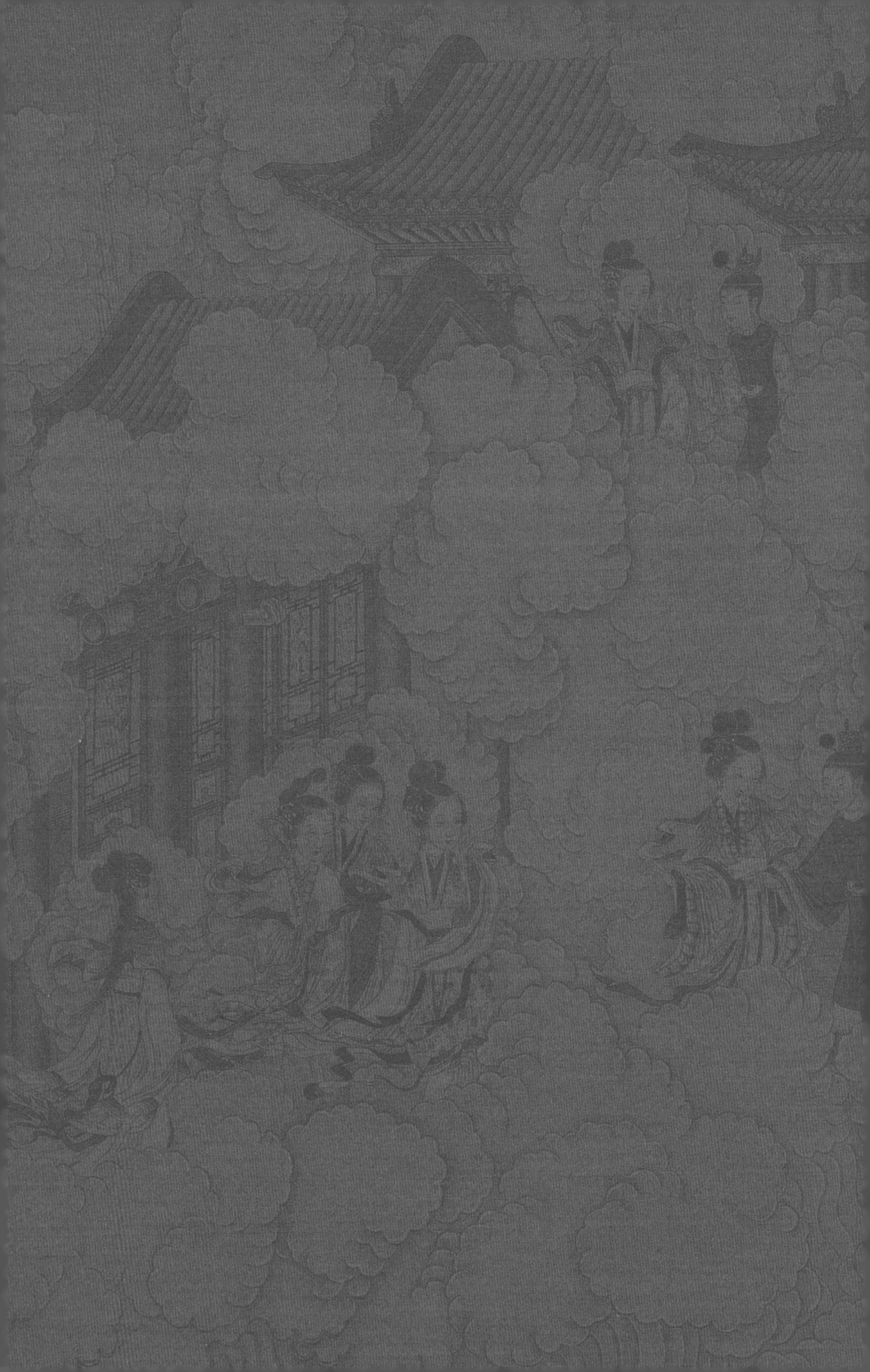

红楼梦
服饰图鉴

第三章

四大家族与明清官员服饰

Dream of Red Mansions
Costume Illustrations

《红楼梦》一书，以儿女痴情观照家族兴衰，以贾、史、王、薛四大家族为切入口，展现了封建贵族大家庭一荣俱荣、一损俱损的政治生态。在书中，纨绔子弟薛蟠两次牵涉人命官司，分别是第四回的葫芦案和第八十五回的太平命案。葫芦案被贾雨村轻轻按下，反映了四大家族结党营私、气焰嚣张的乱象；而太平命案屡生波折，薛家到处使钱妄求开脱却处处碰壁，则折射了四大家族江河日下、势力衰微的没落。在一定程度上，四大家族的荣辱浮沉与其所处的政治环境休戚相关，也为我们了解明清时期的官吏制度和官场运作等细节提供了丰富的社会资料。

⊙ 第一节
葫芦案与四大家族

在四大家族的政治圈子中，有一个人不能不提，那就是贾雨村。贾雨村，名贾化，江南湖州人，出身诗书仕宦之家，家族没落，孤身一人流落苏州、寄居葫芦庙，得到当地名绅甄士隐的资助，得以进京赶考，考中进士后升了知府，却因"有些贪酷之弊""且又恃才侮上"很快丢官，不得已又攀上了林如海和贾家，并在他们的帮助下被重新启用，被授予金陵应天府知府（相当于南京市市长）一职。他新官上任，即碰上一件棘手的官司：豪族阔少薛蟠和小乡绅冯渊争着从人贩子处抢买少女英莲（贾雨村恩人甄士隐的女儿），双方争执不下，薛蟠于是喝令手下豪奴打死冯渊，抢走英莲。虽然惹下人命官司，他却毫不在意，带着母亲妹妹进京去投亲，只留下奴仆料理官司。这起案件并不复杂，但很难办，因为薛蟠之母薛夫人出身金陵王家，并且姐姐王夫人是贾家荣国府的当家主母，王、贾两家势必不会袖手旁观。也正因为这个案子牵涉到豪族大户和当朝势家，之前的审案官员碍于情面，一直拖延，直到贾雨村上任，接下了这个烫手山芋。

此时的贾雨村，已经在官场几经浮沉，也略微知道了一些官场运作的潜规则，却依然显出几分书生气。刚听完案件，他勃然大怒，立即要发签让公人将案犯缉拿归案，却被案边站着的门子不断使眼色阻住，他心中疑惑，只得暂停审案，将门子唤到内室交谈。原来门子便是当年苏州葫芦庙的小沙弥，后还俗做了衙门的门子，专事牵揽诉讼、就中取利。贾雨村科举出身，上任伊始，对如何处理复杂的刑事案件并无经验，全靠这门子为他出谋划策，最后把这件葫芦案胡乱了结，因门子曾是葫芦庙的僧人，这一回的回目于是有"葫芦僧乱判葫芦案"之说。人命关天的大案，却系于小小门子之手，官员之颟顸，吏治之腐败，可见一斑。清代孙温绘《红楼梦》中，将贾雨村、门子、苦主在同一张画面呈现（图3.1），雨村和门子各怀鬼

图3.1 清 孙温 《红楼梦》之"贾雨村荣任应天府"（局部）

胎，苦主跪在堂前，堂上高悬"此之谓民之父母"匾额，充满讽刺。

在这起案件中，门子最初说动贾雨村的，便是那张护官符。何谓护官符？如门子所说，"如今凡作地方官者，皆有一个私单，上面写的是本省最有权有势、极富极贵的大乡绅名姓，各省皆然；倘若不知，一时触犯了这样的人家，不但官爵不保，只怕连性命还保不成呢！所以绰号叫作'护官符'"（第四回）。官场之凶险，贾雨村早已领教，所以这次被授官后，他充分吸取了之前的教训，对盘根错节的官场关系网格外关注，听门子这样说，他于是认真地观看这张护官符，上面写着：

贾不假，白玉为堂金作马。宁国荣国二公之后，共二十房分，除宁荣亲派八房在都外，现原籍住者十二房。

阿房宫，三百里，住不下金陵一个史。保龄侯尚书令史公之后，房分共十八，都中现住者十房，原籍现居八房。

东海缺少白玉床，龙王来请金陵王。都太尉统制县伯王公之后，共十二房，都中二房，馀在籍。

丰年好大雪，珍珠如土金如铁。紫薇舍人薛公之后，现领内府帑银行商，共八房分。

护官符交代了贾、史、王、薛四家的来龙去脉，四大家族初次登场亮相，即展现了一幅"连络有亲，一荣俱荣"的官场生态图。

能让堂堂应天府知府在审理案件时如此投鼠忌器、深怀顾虑，四大家族究竟有何能量呢？

先说说贾家，他们是宁国公、荣国公后人。宁国公和荣国公显然是公爵，古代封爵分为公、侯、伯、子、男五等，公爵列于首位。

清代宗室封爵有十二等，❶异姓封爵中公爵有一、二、三等之分。❷《红楼梦》第十四回中，为秦可卿送殡的名单上，还出现了镇国公、理国公、齐国公、治国公、修国公、缮国公等名，加上宁荣二公，即为"八公"；还有东平郡王、南安郡王、西宁郡王、北静郡王，即为"四王"。四王在八公之上，这十二家世家，有"相与之情，同难同荣"，是政治世家的代表。

史家是保龄侯尚书令史公后人。清代侯爵也有一、二、三等之分，❸保龄侯与十三、十四回提到的襄阳侯、川宁侯、平原侯、定城侯、景田侯等，都为侯爵。尚书令，是官职名，秦汉时掌管奏章文书，魏晋唐时期等同宰相，明朝时被废除。❹此处显然是作者虚拟的官名，大致等同于宰相，相当于文官之首。

王家是都太尉统制县伯王公后人。王公为伯爵，清代伯爵也分一、二、三等，伯爵列于五爵中间，晋代以后常常以县名为伯爵封号，称某某县伯，清代直接称伯。❺十三、十四回中还提到了寿山伯、锦乡伯等伯爵，正是清代封爵的反映。太尉，秦汉时位列三公之一，掌管全国军事，明代废除。都统制、统制是宋代官名，为高级军事长官。但历代并无都太尉统制之类的官职，此处应为作者虚拟，相当于非常重要的武臣。

薛家是紫微舍人薛公后人，现领内府帑银行商。帑指金库，帑

---

❶ 光绪朝《钦定大清会典》卷一"凡宗室封爵之等十有二：曰和硕亲王、曰多罗郡王、曰多罗贝勒、曰固山贝子、曰奉恩镇国公、曰奉恩辅国公、曰不入八分镇国公、曰不入八分辅国公、曰镇国将军、曰辅国将军、曰奉国将军、曰奉恩将军"，中国第一历史档案馆《清会典》全文检索数据库，https://fhac.com.cn/fulltext_detail/1/53036.html?kw=凡宗室封爵之等十有二，凡宗室封爵之等十有二，2024年8月15日。

❷ 冯其庸、李希凡主编：《红楼梦大辞典》，文化艺术出版社2010年，第139页。

❸ 冯其庸、李希凡主编：《红楼梦大辞典》，文化艺术出版社2010年，第140页。

❹ 冯其庸、李希凡主编：《红楼梦大辞典》，文化艺术出版社2010年，第140页。

❺ 冯其庸、李希凡主编：《红楼梦大辞典》，文化艺术出版社2010年，第140页。

银即金库中的银钱。内府是掌管宫廷事务的机构，清代称内务府。领内府帑银行商，意思是从宫廷内库领取银子做生意的商人，即皇商。紫微舍人，也称中书舍人，是唐代官职名，掌管诏令、侍从、宣旨、接纳上奏表文等事宜，属于皇帝近臣，但品衔不高。❶ 此处的意思是，薛家品级虽然不高，但为皇家服务，相当于朝廷授权的在垄断行业经营的皇商，有身份地位，也有钱。❷

综合来看，在开创之初，贾家爵位最高，在四家中居首。但根据清代的封爵制度，非铁帽子王的爵位，要按照降等袭爵的方式来继承，也就是说，下一代继承爵位之时，爵位要降等。《红楼梦》第五回，宁荣二公对警幻仙子提到"吾家自国朝定鼎以来，功名奕世，富贵传流，虽历百年，奈运终数尽，不可挽回者"，如此看来，从宁荣二公开创家族基业至贾宝玉成为家族期待的继承者，已历百年。经过百年传承，四大家族子孙们的爵位官职是何状况？四大家族的势力起伏又有什么变化呢？

还是从贾家说起。《红楼梦》第二回提到宁国公与荣国公是两兄弟，宁公居长，死后由贾代化袭官；荣公死后，长子贾代善袭官。❸ 宁国府的世袭传承，在书中可以列出清晰的线索：第一代贾演为宁国公；第二代贾代化世袭一等神威将军，曾任京营节度使❹；第三代

---

❶ 冯其庸、李希凡主编：《红楼梦大辞典》，文化艺术出版社2010年，第140页。

❷ 如曹雪芹祖上世任江宁织造（相当于南京市纺织行业最高管理者），在清代便属于专门为皇家服务的皇商。

❸ 代字辈之后，有贾敬、贾赦、贾政、贾敏等文字辈，其后又有贾珍、贾琏、贾琮、贾珠、贾宝玉、贾环等玉字辈，后又有贾兰、贾芸、贾蔷等草字辈，共计五代。

❹ 京营节度使，历代不见其官职名，但京营指布置在京城、拱卫京城的军营，节度使设于唐代，在边境地区划出一镇，设节度使总管该镇军事财务等事宜，是实际上的地方一把手。因此，京营节度使虽为虚构，但顾名思义，将之理解为首都军区最高长官，可能比较贴切。参见冯其庸、李希凡主编：《红楼梦大辞典》，文化艺术出版社2010年，第141页。

贾敬考中进士，书中虽未明写袭爵细节，但按照规矩，应该是二等将军；第四代贾珍世袭三品爵威烈将军；第五代贾蓉捐官为五品龙禁尉。荣国府的世袭传承则相对复杂：第一代贾源为荣国公；第二代贾代善仍袭公爵，也是荣国公；第三代长子贾赦袭一等将军，次子贾政是从五品工部员外郎，后外放学政；第四代贾琏捐官五品同知；第五代贾兰等年幼无职。也就是说，从第二代开始，宁府的政治走势已经不及荣国府，贾代化降等袭爵，贾代善却还是公爵，这也在一定程度上影响了宁荣二府的权力格局。是以，宁府虽然居长，贾珍固然被推为族长，在家族中却并无多少话语权；而贾母，作为贾代善的夫人，是唯一还保有公爵爵位的国公夫人，维系着宁荣二府的体面，所以她实至名归，成为被众人高高奉起的老祖宗。

史家的情况相对简单。第十三回、十四回提到忠静侯史鼎，第四十九回提到保龄侯史鼐，从名字结构来看，史鼎、史鼐应该是两兄弟，也就是说，从"国朝"开国至此，史家的爵位一直未变，不仅没有降等，还出现了同辈中两人封侯的情况，而且史鼎的封号以"忠"开头，足见圣眷之隆。《红楼梦》第七十一回，贾母八十大寿时，南安太妃来贺寿，要见贾府的小姐们，贾母让湘云、黛玉、宝钗、宝琴、探春等五人出来相见，太妃却和湘云最熟，笑道："你在这里，听见我来了还不出来，还只等请去。我明儿和你叔叔算账"，这说明湘云平时往来的都是郡王公侯家的内眷，规格之高远远超过贾府的其他小姐们，贾家的社交圈已经不能与史家相颉颃，这或许也是湘云虽然和宝玉青梅竹马，史家却全无和贾家再次联姻之意的深层原因。作为对照，第七十回提到王子腾之女嫁给保龄侯之子，在一定程度上能看到这几家彼此势力的消长。

《红楼梦》全书很少正面写王家，事实上，在王夫人、薛姨妈、王熙凤等王家女眷的身后，虽然也能偶尔看到王子胜、王仁等男性的身影，但常常被提到的，却只有王子腾一人。王子腾历任京营节度使、九省统制、九省都检点等职务，他的升迁盘旋，不仅直接影响了王家女眷在夫家的生活状态，更决定了四大家族的浮沉异势。京营节度使解释见上文。统制，如上文所述，是宋代军事长官之名，九省统制，就是九省的最高军事长官。都检点，也是武官名，后周世宗设殿前司，以都检点为长官，统帅禁军，宋太祖赵匡胤曾任该职。❶ 从王子腾的任职来看，他的势力一直在军界，并且起初深得皇帝信任，掌握着首都地区的最高军事权力，用天子近臣、权倾天下来形容，也不为过。

正因为王家背后有王子腾撑腰，所以贾府的王家女眷，也一度仗势欺人。王熙凤各种管辖丈夫，甚至当着丈夫之面说出"我们王家可那里来的钱，都是你们贾家赚的。别叫我恶心了。你们看着你家什么石崇邓通。把我王家的地缝子扫一扫，就够你们过一辈子呢。说出来的话也不怕臊！现有对证：把太太和我的嫁妆细看看，比一比你们的，那一样是配不上你们的"（第七十二回），全然不顾及夫家颜面，也为她后来被休埋下伏笔。而王夫人则一意孤行，强推金玉良缘、不禀告贾母而收买袭人、抄检大观园，日渐对贾母不敬。虽然王夫人、王熙凤等如此做派，但贾家上下，却唯有忍耐，说到底，也无非是看在王子腾的面上罢了。

至于薛家，祖上官职原本不高，似乎和贾、史、王等三家不在共同的圈子里。但第十六回，赵嬷嬷讲起江南甄家四次接驾时，王熙凤提到祖父曾单管各国进贡朝贺的事，"粤、闽、滇、浙所有的洋

---

❶ 冯其庸、李希凡主编：《红楼梦大辞典》，文化艺术出版社2010年，第141—142页。

船货物都是我们家的"，说明王子腾的父亲曾经主管外交朝贡、对外贸易方面的事务，薛家是皇商，势必会和王家打交道，在这个过程中，双方建立联系并缔结亲事，也就顺理成章了。也是基于此，薛家通过和王家结亲挤进了四大家族的圈子，但无爵位无实职的状态，使得薛家只能依仗姻亲关系在贵族交际圈的边缘徘徊，这也解释了为何薛蟠打死人命需要靠贾、王两家来平事，而宝钗即使贤名在外，却始终无高门大户来相看。

梳理书中细节，历经百年，四大家族的势力此消彼长，王家已经取代贾家成为势头最强劲的大家族，王家乃至四大家族的荣辱，都系于王子腾一身。他的势力究竟大到什么程度，以至于其他几家，尤其是贾、薛两家都要事实上听命于王家呢？

在书中若干重要事件中，我们都能看到王子腾的布局和插手。如薛宝钗入宫选秀。按照清代制度，选秀女分两种：一种是选秀女，每三年一选，选拔八旗官员家的少女充实皇帝后宫或者指配给宗室子弟；另一种是选宫女，选择内务府包衣家庭的女儿，一年一选，主要供内廷役使。❶ 选秀女是强制性的，符合规定的贵族少女，必须待选，那也就是说，如果元春是选秀出身，另外迎春、探春、惜春等都必须待选，但从《红楼梦》行文来看，并非如此，所以元春入宫，不妨看作是皇帝对贾家的某种恩赐。❷ 而宝钗出身商家，其家世背景远远不如贾府诸春，她如果想走选秀路径入宫，没有家族支持，

---

❶ 八旗贵族管辖之下，都有专门的奴仆，也称包衣，来源比较复杂，包括战俘、罪奴或出于各种原因被典卖为奴者。正黄、镶黄、正白三旗的领主是皇室，称上三旗，上三旗的包衣，由于服侍的主子是皇室，也称内三旗，这些人专门贴身伺候皇帝及其身边人的各种事宜，后来在此基础上形成庞大的皇家内务服务机构，即内务府。

❷ 参见郭丹曦：《"宝钗待选"解谜》，《红楼梦学刊》2020年第6辑。

胜出希望渺茫。书中也提到"近因今上崇诗尚礼，征采才能，降不世出之隆恩，除聘选妃嫔外，凡仕宦名家之女，皆亲送名达部，以备选为公主郡主入学陪侍，充为才人赞善之职"（第四回），宝钗并非名宦显贵家族之女，唯有王家力推，才有可能侥幸入选。从薛家人急忙入京送宝钗待选来看，很有可能是得到了王子腾的允诺。但王子腾很快升职离京，宝钗入选之事也就不再提起，反而是金玉良缘之说兴起，但那都是后话。但推究宝钗进京待选之起，期待在舅舅的支持下能够直上青云，应该是薛家和王家达成了一致。

如贾雨村旧员起用。贾雨村凭着林如海的推荐，搭上了贾家这条线，但贾政虽然赏识他，以区区从五品工部员外郎之位，[1] 显然不能为贾雨村谋得应天府知府（明代正三品、清代从四品）的官职，这背后起着关键推动作用的，应该是王子腾。所以第四回，贾雨村还未看完护官符，忽听人报"王老爷来拜"；而贾雨村胡乱判完案子后，连忙修书两封写给贾政和王子腾，都暗示了王家对贾雨村的提携。贾雨村投靠贾、王两家后，直接坐上了升职快车，到第五十三回，王子腾升了九省都检点，贾雨村补授了大司马（相当于兵部尚书），协理军机参赞朝政，已经进入军界的核心权力圈，无疑出自王子腾的手笔。

又如王熙凤智取尤二姐。王熙凤将尤二姐骗入大观园，然后唆使她那已经被退婚的未婚夫张华反复状告贾琏，意图通过官府势力介入，逼迫贾琏休弃二姐。张华不敢告，王熙凤甚至说出"便告我们家谋反也没事的。不过是借他一闹，大家没脸。若告大了，我这

---

[1] 员外郎，按照明清制度规定，六部下设置诸司，员外郎是司官的一级，一般是从五品。参见吕宗力：《中国历代官制大辞典》，商务印书馆2015年，第462页。

里自然能够平息的",直接安排下人旺儿、王信等人去察院❶挑唆。堂堂察院,居然成为贵夫人宅斗的工具,可见王熙凤之骄悍,以及王家家风之不正。王熙凤如此有恃无恐,和王子腾的纵容包庇脱不开关系,如第四十四回,鲍二家的和贾琏通奸被抓后,羞愧自杀,娘家亲戚闹着要告状,贾琏也是通过王子腾的关系,最后才将事情压了下来。但凡涉及人命案,薛、贾两家都要依靠王子腾平事,足见王子腾为人为官的风格。

值得注意的是,宁国府的贾代化也曾担任过京营节度使一职,但其子贾敬则考中进士,应该是更希望从科举出身。从古代王朝运作政治逻辑来推测,最高统治者对于开国功臣,往往防备多于倚重,贾家在第三代即卸甲从文,也正是顺应君心政情的识时务之举。但王家则反其道而行之,权力的接力棒传到第三代王子腾处,反而离核心军权越来越近。王家人驽马恋栈,却未窥透君心,也不懂月满则亏、登高必跌重之理,从王熙凤的判词来看"一从二令三人木,哭向金陵事更哀",她最后是被贾琏休弃,而贾琏能做出如此举动,也必然是她背后的王家势力已经一败涂地。王子腾虽然一度气焰熏天,但天子一怒,即亡身败家,说到底,在封建皇权的淫威逼迫下,普天之下的臣民都不过尘埃而已。

王家最后一败涂地,从常理来推测,作为姻亲的贾、史、薛三家也会受到牵连,目前通行的一百二十回《红楼梦》写到了贵妃薨逝、贾家被抄;而从八十回的脂评本来看,也有抄没、狱神庙等批语,

---

❶ 察院,即都察院,明清时期中央监察机关之称。主要职掌规谏皇帝、监察政治得失、纠弹官吏违法失职、听取百姓申诉等。与刑部、大理寺合称三法司,遇到重要案件,需要这三个部门一起会审,也称"三司会审"。参见冯其庸、李希凡主编:《红楼梦大辞典》,文化艺术出版社2010年,第146页。贾琏是五品同知,所以王熙凤让张华去都察院告状。

暗示了贾家败落的结局。既然王、贾等豪族大厦倾倒，攀附豪门的投机分子贾雨村又是何种结局呢？回到第四回，贾雨村已经知道被拐卖的少女英莲是昔日恩人甄士隐之女，士隐虽然出家，他却早已得知甄夫人的下处，就算他迫于权贵压力胡乱判案，但只要知会甄夫人一声，这对苦命母女能在茫茫人海中知晓彼此音讯，也算能为苍凉人生留下一点心灵慰藉，如此举手之劳，贾雨村却全然不顾，让人齿冷心寒。不仅如此，对那个为他出谋划策、卖力奔走的门子，他却担心门子说出昔日贫贱事，后来寻了个不是，将门子远远充发了。对甄家，他是背恩；对门子，他是负义，如此忘恩负义之徒，后来却直上青云，正说明了《红楼梦》所描绘的官场生态的黑暗和丑陋。审理薛蟠的案子，是王、贾等豪族给贾雨村列出的一道致命考验题，不然，何以那么巧，他偏偏被空投到金陵，又恰好遇上了此案？在这道官场考题面前，贾雨村出卖自己的良知和灵魂，用英莲的人生和冯渊的性命，向豪门大族递交了一份投名状。或许，作为读书人，此时的他内心还有几分不安，还需要用冯渊英莲前世孽障之类的说辞，来化解良知被吞噬的尴尬。而通过了这次官场大考后，贾雨村彻底抛下了读书人的清高自矜，变得越发油腻圆滑，在官场如鱼得水。他社交娴熟，常常拜望贾家，每次都要见宝玉，让宝玉好生厌烦；他趋炎附势，为讨好贾赦，罗织罪名将无辜的石呆子投入牢狱，抢走石呆子视若生命的扇子献给贾赦。如此做派，不仅被宝玉斥为"禄蠹"，就连向来不怎么守规矩的贾琏也看不上他，认为实在过分。贾雨村的黑化，在一定程度上，可以视为传统社会里一心向上攀升的寒酸书生的真实写照，他唯有将灵魂出卖给魔鬼，才能与之签下同升同落、休戚一体的卖身契！贾雨村的结局，自然也好不到哪里去吧，王、贾等豪族既然最后皮之不存，贾雨村又毛将焉附呢！一百二十回本《红楼梦》提到贾雨村被革职，想来，这既是曹公的本意，也是对封建社会官场的残酷写照。

第二节
四大家族与索隐红学

虽然《红楼梦》开篇就提到，作者所写不过是"假语村言"，并无朝代年纪可考，但因为它写官场生态、世家政治无不入木三分，所以自它成书以来，在读者群中始终存在一种声音，即认为《红楼梦》的书写，就是对清代真实历史的如实再现，书中的人与事，都可以找到对应的历史原型。这种看法和中国传统学术研究的"解经"思路相结合，就促生了索隐派红学的兴起和发展。❶

所谓索隐，即对"隐"的考证求索；索隐派红学所求索之"隐"，则主要强调探寻《红楼梦》文字所指代的历史人物、事件等原型。索隐派红学的兴起，固然离不开中国传统的史官文化中心观念，即认为小说也是信史之补，担负着针砭时弊、匡俗救世的责任；而托名为脂砚斋、畸笏叟等评点者的评语，❷则更引发了读者对《红楼梦》故事其来有自的猜想。脂评曾多次提到"真有是事""真有是语"，如第三回黛玉进贾府，按照规矩应该拜见大舅舅贾赦，却被婉拒，原文写到"老爷说了：'连日身上不好，见了姑娘彼此倒伤心，暂且不

---

❶ 关于索隐派红学，详见陈维昭《红学通史》，上海人民出版社2005年。

❷ 《红楼梦》版本众多，主要分为八十回的脂评本和一百二十本的程高本。脂评本主要是传抄本，附有大量脂砚斋、畸笏叟等人的评语。关于脂砚斋、畸笏叟等人是谁，学术界形成了很多意见和看法，但总体而言，他们应该都是对曹雪芹本人和曹家家族往事非常熟悉的人，所以他们的评语，对于红学研究有很高的价值。

忍相见。劝姑娘不要伤心想家，跟着老太太和舅母，即同家里一样。姊妹们虽拙，大家一处伴着，亦可以解些烦闷。或有委屈之处，只管说得，不要外道才是"。这里甲戌本有眉批"余久不作此语矣，见此语未免一醒"❶；第八回写到众人向宝玉讨要斗方儿，甲戌本的眉批有云"余亦受过此骗，今阅至此，赧然一笑。此时有三十年前向余作此语之人在侧，观其形已皓首驼腰矣，乃使彼亦细听此数语，彼则潸然泣下，余亦为之败兴"❷；第十六回贾琏的奶妈赵嬷嬷说到江南甄家曾接驾四次，庚辰本的脂评即批注有"真有是事，经过见过"等语❸；第二十二回贾母为宝钗过生日，戏班子演出，凤姐点戏《刘二当衣》，庚辰本眉批感慨"凤姐点戏，脂砚执笔事，今知者聊聊矣，不怨夫？""前批'知者寥寥'，今丁亥夏只剩朽物一枚，宁不痛乎！"❹靖藏本的眉批则详细列出了更多人名，"前批知者聊聊不数年芹溪脂砚杏斋诸子皆相继别去今丁亥夏只剩朽物一枚宁不痛杀"❺。如此种种，说明《红楼梦》的故事，确实有很多细节都是作者从其熟悉的生活环境中提炼后加工而成。从这个角度而言，将《红楼梦》界定为一部作者及其家族的自传体小说，是说得过去的。

　　正是基于此，从清代到民国，有大量爱红者、读红者，不断猜测《红楼梦》所影射的清代政治实事，并给出了自己的判断。如清代乾隆时期学者周春提出"相传此书为纳兰太傅而作。余细观之，乃知非纳兰太傅，而序金陵张侯家事也"，❻也就是说，当时有说法认

---

❶ 吴铭恩：《红楼梦脂评汇校本》，清华大学出版社2019年，第42页。
❷ 吴铭恩：《红楼梦脂评汇校本》，清华大学出版社2019年，第113—114页。
❸ 吴铭恩：《红楼梦脂评汇校本》，清华大学出版社2019年，第209页。
❹ 吴铭恩：《红楼梦脂评汇校本》，清华大学出版社2019年，第297页。
❺ 吴铭恩：《红楼梦脂评汇校本》，清华大学出版社2019年，第1086—1087页。
❻ 周春：《红楼梦记》，参见朱一玄编《红楼梦资料汇编》，南开大学出版社2001年，第565页。

为《红楼梦》写的是康熙时权臣纳兰明珠家中事，但周春则认为故事原型源于清代靖逆侯张勇家族。张勇为明代降将，降清后凭战功封侯，其子张云翼、孙张宗仁、曾孙张谦都继承了靖逆侯爵位，在南京、北京都有府宅。张云翼和曹雪芹祖父曹寅有交情，幼子张云翰曾任宁国府知府，周春认为荣国府、宁国府即指代张云翼、张云翰兄弟，而林如海的原型则是曹寅。虽然周春有自己的看法，但纳兰明珠家中事一说还是更为流行，如学者俞樾认为贾宝玉的原型就是纳兰明珠之子纳兰容若，❶陈康祺《燕下乡脞录》则将金陵十二钗与纳兰明珠的十二门客一一对应，进一步肯定了明珠家事说。❷当然，在众声喧哗中，也有多人提出"曹家本事说"，如乾隆时大学者袁枚就认为曹雪芹是曹寅之子，撰写了《红楼梦》❸；富察明义则指出曹雪芹是江宁织造府的后人，所谓大观园，就是袁枚在南京的私家花园随园的故址。❹裕瑞则提到曹雪芹"其先人曾为江宁织造，颇裕，又与平郡王府姻戚往来"，❺进一步补充了曹雪芹生平细节。这些观点已经比较接近新红学考证的结果，但在当时却并未形成主流。直到民国时期，在以胡适为代表的新红学崛起之前，传统的索隐派红学依然拥有广泛的受众群体，并结合清末民初的反清思想，在《红楼梦》本事中嫁接了反清复明等主题，被众多红迷奉为圭臬，其中最有代表性的，当推王梦阮、沈瓶庵、蔡元培等人。

1916年，王梦阮、沈瓶庵合作的《红楼梦索隐》出版，他们认

---

❶ 俞樾：《曲园杂纂》卷三十八，参见朱一玄编《红楼梦资料汇编》，南开大学出版社2001年，第35页。
❷ 陈康祺：《燕下乡脞录》卷五，参见一粟编《古典文学研究资料汇编·〈红楼梦〉卷》，中华书局1963年，第386—387页。
❸ 袁枚：《随园诗话》卷二，参见朱一玄编《红楼梦资料汇编》，南开大学出版社2001年，第28页。
❹ 富察明义：《题红楼梦》，参见朱一玄编《红楼梦资料汇编》，南开大学出版社2001年，第25页。
❺ 裕瑞：《枣窗闲笔》，参见朱一玄编《红楼梦资料汇编》，南开大学出版社2001年，第30页。

图3.2 清 周序 《董小宛像》（局部）

为，《红楼梦》影射了清代顺治皇帝和董鄂妃的爱情故事，董鄂妃就是晚明名列"秦淮八艳"之一的江南名妓董小宛❶（图3.2，董小宛像，南京博物院藏）。董小宛从良嫁给了江南才子冒襄为妾，数年后早逝，得年二十八岁。王梦阮等人认为董小宛不仅没死，反而摇身一变为董鄂妃，成为顺治的宠妃。故而，贾宝玉影射顺治和冒襄，秦可卿、薛宝钗、薛宝琴、晴雯、袭人、妙玉、黛玉等七人合起来影射董小宛。贾赦、邢夫人、贾政、王夫人等四人的姓名合起来就是"摄行政王"，影射摄政王多尔衮。因此，《红楼梦》一书，实则讲述了明清易代的历史，并影射了清初皇室的前朝后宫诸事。

  1917年，蔡元培《石头记索隐》出版，他认为，《红楼梦》是一部政治小说，其索隐基本沿着反抗清朝的思路展开：红即朱，影射朱明王朝。甄士隐就是明代崇祯皇帝，葫芦庙失火影射明朝灭亡；贾宝玉是满族人，爱吃红色胭脂，影射清初统治者爱好汉族文化；《石头记》又名《情僧录》，情即清，古人常常合称清风明月，合起来就是明清故事，曹雪芹在悼红轩中对该书增删多次，即表达反清吊明之意。在此基础上进行对照，可以得出一些结论，即贾宝玉和巧姐合起来影射康熙的废太子胤礽，林黛玉和薛宝钗分别影射清初名士朱彝尊、高士奇等人。《石头记索隐》为当时社会涌动着的批判清

---

❶ 董鄂妃是清代顺治皇帝的宠妃，出身满洲正白旗，内大臣鄂硕之女。封皇贵妃，死后追谥孝献皇后。董小宛则是晚明秦淮名妓，后从良嫁给江南名士冒襄为妾，因操劳过度，年纪轻轻就去世了，冒襄作有《影梅庵忆语》一文悼念她。

朝统治者的思潮提供了出口，出版后引起很大反响，但新文化运动的旗手们却对此不以为然。如胡适毫不客气地批评蔡元培的索隐是"大笨伯猜笨谜"，选择了错误的研究方向；而鲁迅则表示一部《红楼梦》"经学家看见《易》，道学家看见淫，才子看见缠绵，革命家看见排满，流言家看见宫闱秘事"❶，表达了对索隐派的不满和批评。

此后，随着新文化运动的推进，科学研究的观念深入学术界、思想界，以胡适、俞平伯等学者的研究为发端的新红学奠定了红学研究的基本范式，索隐派红学由此没落，虽然在大众文化市场还有一定拥趸，但已基本沦为红学学术研究的边缘。但考索《红楼梦》成书以来索隐红学的主流观点，仍然对了解《红楼梦》与清代时事背景以及成书环境有一定裨益。

第三节
四大家族与明清官员服饰

既然《红楼梦》的成书与明清政治环境有千丝万缕的联系，并且书中若干细节确实源于作者及其家族的日常生活，那么，具体到四大家族中官员们所穿的官服，究竟是什么样子呢？

还是让我们回到明清历史语境下，来了解官服的基本情况。

明朝官员的服饰体系，分为朝服、祭服、公服、常服、便服等几种基本类型。其中，朝服、祭服、公服、常服更为重要，被称为明代品官四服。

---

❶ 鲁迅：《〈绛洞花主〉小引》，《鲁迅全集》第八卷《集外集拾遗补编》，人民文学出版社2005年，第179页。

朝服，也称具服，是举行节庆、颁诏、进表等活动，百官需要穿戴的正式礼服。朝服包括梁冠、赤罗衣、白罗中单、赤罗裳、蔽膝、绶、革带、玉组佩、牙牌、笏板等。❶ 如明代于慎行《东阁衣冠年谱画册》(现藏于山东省平阴县博物馆，图3.3)所示。于慎行是明代万历时期重臣，曾任礼部尚书、太子少保、东阁大学士等职务。他六十岁时，请人画成《东阁衣冠年谱画册》，并亲自为每幅画撰写了文字说明。在图中，他戴二梁冠，身穿大红色朝服，正在等待参加大朝会。

祭服，主要用于祭祀场合。祭服和朝服的基本款式相同，唯上衣颜色有差，衣色为青，如《东阁衣冠年谱画册》所示，该图名为"国学遣祭"(图3.4)，并附有说明，是于慎行担任礼部尚书期间，被派往太学主持祭祀。他头戴七梁冠，穿青衣，着红裳，手执笏板，气宇轩昂。

公服是文武官员每日早朝奏事、谢恩、见辞时所穿，后主要在每月朔望日（每月初一、十五）穿戴，包括幞头、❷ 大袖圆领袍、革带、靴、笏等。一品到四品为红袍，五品到七品为青袍，八品到九品为绿袍。除服色外，腰带的区分也很明显，一品官员用玉带，二品用犀带，三、四品用金带，五品以下用乌角带。如《东阁衣冠年谱画册》所示，于慎行穿大红袍，戴展脚幞头(图3.5)，俨然一副朝廷重臣的气派。

常服是日常上朝及官员在衙署内办公时所穿，也是最常穿的衣

❶ 梁冠是一种传统冠饰，前低后高，冠上刻梁，梁数与官员官职高低相关（明制：一品七梁，二品六梁）。赤罗衣是红色礼服，交领右衽，两侧开衩，领口袖口用皂色缘边。白罗中单是穿在里面的交领衣。赤罗裳是红色下裳，下摆用皂色缘边。蔽膝是遮盖腿腹之间部位的饰物，上窄下宽。绶是带，用以系官印或者玉佩。牙牌是明代官员出入宫禁的通行证，用象牙或者金属等制成，上方有孔，可穿线系挂于腰。笏板是官员随身携带的记事工具。

❷ 幞头：官员戴的帽子，前低后高，左右插有两根展脚。

图3.3，图3.4，图3.5　明　金生　《东阁衣冠年谱画册》(局部)

服，包括乌纱帽、贴里、褡护、圆领袍、革带、皂靴等。❶ 明朝常服的创举，是在圆领袍的前胸和后背缀上了补子，以区分官员的品级，文官用飞禽，一品到九品文官的补子图案分别是仙鹤、锦鸡、孔雀、云雁、白鹇、鹭鸶、鸂鶒、黄鹂和鹌鹑，象征文采；武官用走兽，一到九品武官的补子图案分别是一二品狮子、三四品虎豹、五品熊、六七品彪、八品犀牛、九品海马，象征勇猛。

如《赵秉忠画像》(山东省博物馆藏，图3.6)，赵秉忠在万历年间考中状元，曾任礼部尚书，为正二品。画像中的他，头戴乌纱帽，穿大红色锦鸡补子圆领袍，手扶玉带，威容赫赫，正是二品大员的写照。而明代佚名画像《武官牵马图》(现藏于土耳其托卡帕宫博物馆，图3.7) 中的两位武官，穿圆领狮补袍，袍子被拉起，能看到里面的衣

---

❶ 乌纱帽是幞头的一种形式，帽子仍然是前低后高，但两侧的展脚变得更宽了。贴里，交领衣，衣身前后片都是分裁，腰部以下打褶，穿起来更宽松舒适。褡护是交领无袖衣，两侧开衩，在明代很流行。

服下摆打褶，正是贴里。

除了正式的官服之外，在居家闲居时，官员往往穿燕居之服。明朝初年一般是戴小帽，穿曳撒。❶ 嘉靖年间制定群臣燕居穿忠静冠服的规定，这套冠服包括忠静冠、忠静服、深衣、素带、袜、履等。❷ 忠静冠的实物，可参看王锡爵墓出土之冠（图3.8，苏州博物馆藏）。又如《东阁衣冠年谱画册》所示，于慎行戴忠静冠，穿深青色补子忠静服（图3.9）。到明朝末年，制令松弛，官员燕居也常穿直身、道袍等便服，❸ 与一般士人无异。

明清易代后，男子剃发易服，清代的官员服饰也有了很大的变化，冠、袍等都与明代截然不同，却继承发展了明代的补子，并形成了独具特色的清代补子。清代文官的补子分别是一品仙鹤、二品锦鸡、三品孔雀、四品云雁、五品白鹇、六品鹭鸶、七品鸂鶒、八品鹌鹑、九品练雀（八九品替换了明代的黄鹂和鹌鹑）；武官的补子分别是一品麒麟（替换了明代的狮子）、二品狮、三品豹（替换了明代的虎）、四品虎（替换了明代的豹）、五品熊、六品彪、七品八品犀牛（七品替换了明代的彪）、九品海马。并且，明代文官的补子一般为双禽，而清代文官补子则为单禽。不仅补子纹样有所不同，更明显的差异是前胸的补子，明代前补在官袍上，自成一个整体；清代的前补在外褂上，褂为对襟，这意味着分别要用左右半个补子，在前胸拼成一个补子纹样，对纺织匠人的工艺提出了更高要求。如清

---

❶ 小帽，也称瓜皮小帽，用六片布缝合成圆形帽子，一般属于平民装束。曳撒是一款明代流行的男服，交领，衣身前片分裁，后片不断开，腰部以下打褶。

❷ 忠静冠，一款明代的帽子，方形，铁丝为框，乌纱为表，冠上有分梁，冠后有两个小翅，四品以上，梁翅都用金线缘边，以下用浅色丝线。忠静服，明代中后期制定的官员燕居服，交领，服色为深青，缘边用蓝青。

❸ 直身和道袍都是明代常见的男子之服，都是交领长袍，两侧开衩有摆，区别在于直身之摆是外摆，道袍之摆是内摆。

图 3.6 明 《赵秉忠画像》（局部）

图 3.7 明 佚名 《武官牵马图》（局部）

图 3.8 明 忠静冠

图 3.9 明 金生 《东阁衣冠年谱画册》（局部）

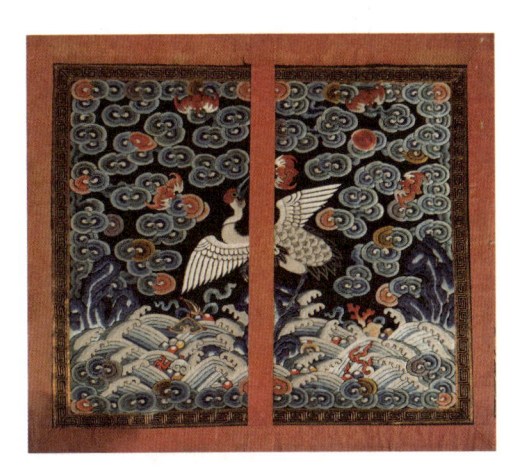

图3.10 清 青绸彩绣云蝠仙鹤方补

代青绸彩绣云蝠仙鹤方补（山东孔子博物馆藏，图3.10）。

总体而言，清代官服体系分为朝服、吉服、常服、行服、便服等类型。❶ 朝服，一般在举行重要典礼、祭祀时所穿，分冬、夏两式，包括朝冠、补褂、朝袍、端罩、披领、朝珠、朝带、朝靴等。❷ 如清代冬朝冠（图3.11）、珊瑚朝珠（图3.12）、蓝地金蟒妆花缎披领（图3.13）、青绸绣云蝠金蟒皮朝袍（图3.14）和《六十八代衍圣公孔传铎衣冠像》（图3.15）所示。（以上文物均藏于山东孔子博物馆）

吉服，一般在举行喜庆典礼时所穿，迎接皇帝诏书、做寿等重要场合，都要穿吉服。品官吉服也分冬、夏两式，包括吉服冠、补褂、蟒袍（吉服袍）、朝珠、吉服带、靴等。蟒袍用蓝或石青色，马蹄袖，用织锦片金缘边。蟒袍和朝袍的区别是直身、无披领。如清代蓝色织金妆花绸蟒袍（山东孔子博物馆藏，图3.16）和清代石青色鸂鶒补褂（山东孔子博物馆藏，图3.17）。

常服，用于公事谒见，平时办公时在衙署里也要穿常服。品官

❶ 参见山东省孔子博物馆"清代服饰展"，2023年10月。
❷ 朝冠分冬冠和夏冠，冬冠用貂狐等动物皮毛制成，夏冠用玉草、藤、竹等材质制成，覆盖红缨，冠顶安有帽顶，用以镶嵌各种宝石。补褂为石青色的外褂，圆领、对襟、平袖，前胸后背都有补子，通常穿在朝袍、蟒袍、常服袍等外面。朝袍以蓝色、石青色为主色，上衣下裳相连，马蹄袖，颈部加披领，绣四爪蟒纹。端罩是貂皮制成的外褂，圆领、对襟、平袖，冬天可以替代补褂穿在最外面。披领，一种搭配朝服的领子，系在颈部，披于两肩。朝珠是搭配朝服、吉服所戴的颈饰，共108颗珠子穿成一串大珠，旁边配三串小珠，称记念。

图3.11 清 冬朝冠

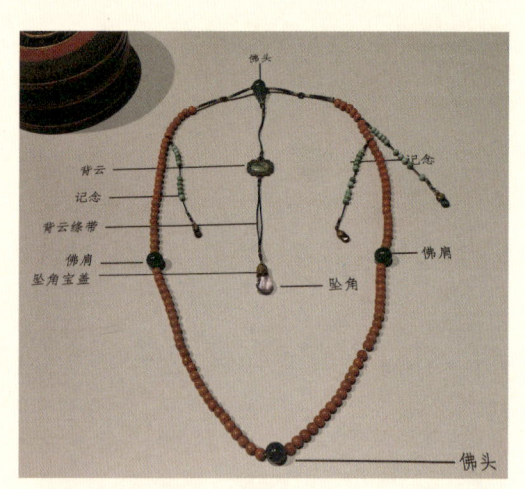

图3.12 清 珊瑚朝珠

图3.13 清 蓝地金蟒妆花缎披领

图3.14 清 青绸绣云蝠金蟒皮朝袍

图3.15 清 六十八代衍圣公孔传铎衣冠像

图3.16 清 蓝色织金妆花绸蟒袍

图3.17 清 石青色鹌鹑补褂

常服分冬、夏两式，包括常服冠、常服袍、常服褂、常服带、靴等。袍为圆领、右衽、马蹄袖，如清代蓝暗花绸常服袍（山东孔子博物馆藏，图3.18）。

行服，是清代特有的一种服饰。清贵族以游牧起家，入关后仍穿行服以强调不忘本之意。行服是征战、打猎和皇帝巡幸、官员出差时所穿，分冬、夏两式，包括行冠、行袍、行褂、行带、行裳等。如清代姜黄色暗花缎行服袍（山东孔子博物馆藏，图3.19）。

便服，即官员日常燕居时所穿的衣服，一般有长袍、衫、褂等款式。如清代蓝色团蟒暗花纱袍（山东孔子博物馆藏，图3.20）。

《红楼梦》中很少直接写官员服饰，只是偶尔流露线索。如第一回写到贾雨村出任知府，是正四品官员，按照明朝公服规定，服色为红色，娇杏看到轿中坐着"乌帽猩袍"的官员，也就是说当时贾雨村身穿大红官服，头戴乌纱帽，正是明代官员服饰的如实写照。又如第四回写王老爷来拜访贾雨村，雨村"忙具衣冠"出去迎接，当时他在内宅和门子密谈，所穿应该是便服，但有官员来访时，则必须穿上更正式的衣服去迎接。第十七回贾政带着宝玉和相公清客们游赏大观园，孙温绘本对此进行了生动的写照，他头戴便冠，外穿披风褂，正是常见的明代官员燕居便服（图3.21）。如此种种，都为我们了解明清社会的官员服饰和官场运作礼仪提供了丰富翔实的细节。

正因为《红楼梦》对官服的直接描写较少，倘若要对书中人物进行视觉还原，如何表现官服则成为难点。尤其是进入到现代社会后，随着大量《红楼梦》题材的影视产品被制作出来，它们对官服的展现，也一度被众多红迷们所关注。而1987版《红楼梦》电视剧、1989版《红楼梦》电影和2010版《红楼梦》电视剧中，高坐明堂的贾雨村都是头戴乌纱帽、穿大红官服、胸前有方补，主要参考了明

图3.18 清 蓝暗花绸常服袍

图3.19 清 姜黄色暗花缎行服袍

图3.20 清 蓝色团蟒暗花纱袍

图3.21 清 孙温《红楼梦》之"贾政游大观园图景"(局部)

代官员常服的服饰细节。

  由此，在各版影视剧的基础上，并结合《红楼梦》原书的写作背景，我们复原了两套文官服饰，分别是明代的一品文官常服和清代的一品文官吉服。明代文官常服包括乌纱帽、红色圆领袍、胸前有仙鹤补子、腰挂玉带、系牙牌（图3.22）。清代文官吉服包括夏式凉帽、内着袍、外穿褂、胸挂朝珠，袍袖为马蹄袖、下摆有海水江崖纹，褂上缀仙鹤补子。旁边附加一顶冬暖帽吉服冠，以期展现更多清代吉服细节（图3.23）。对这两套官员服饰的还原再现，既能帮助今天的读者了解明清官员服饰体系，也为《红楼梦》所涉及的官员服饰提供了更多细节支撑。

图3.22　明代官员常服

① 玉带　　　② 一品仙鹤补子　　　③ 牙牌

图3.23 清代官员吉服

① 冬朝冠　　　　② 一品仙鹤补子

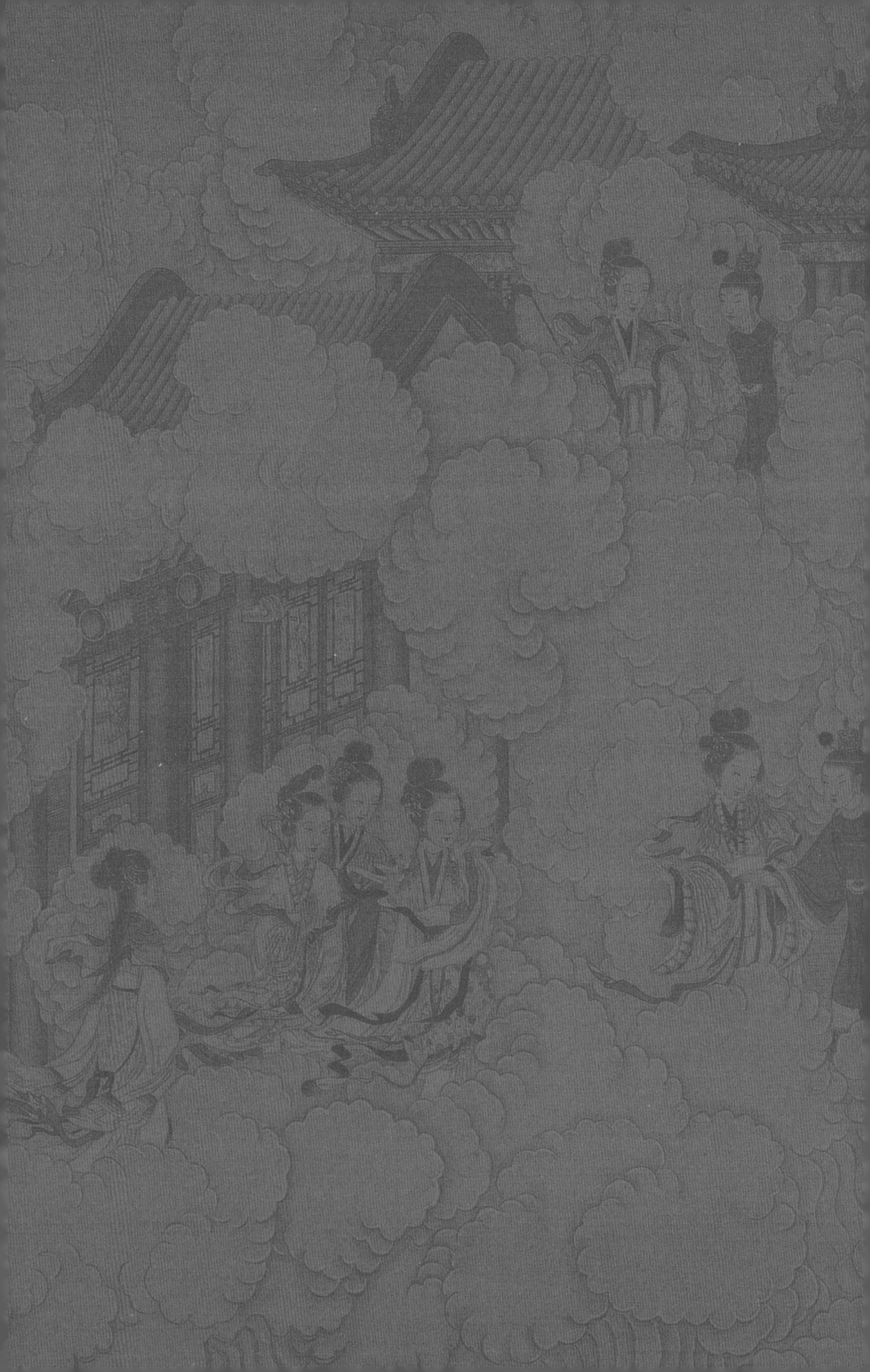

红楼梦服饰图鉴

Dream of Red Mansions
Costume Illustrations

第四章 科举制度与明清士人服饰

传统中国的科举制度，在隋唐登上历史舞台，到宋代已经基本成熟，至明清时期则发展到登峰造极的程度，让普天之下的读书人如痴如醉、日复一日地将时光和精力投入其中。科举制度的推行，在一定程度上为封建王朝选拔人才提供了方便，但在实际执行中，僵硬苛刻的规定、漫长的求学过程、高额的经济投入、超低的录取比例等，合在一起，仿佛打造了一台高速运转的机器，不断将参与者淘汰出局，使得无数才子折戟沉沙、郁郁终身，成为他们内心挥之不去的痛苦和梦魇。科举制度决定了士人的荣辱浮沉，也是明清小说书写基本无法回避的时代背景，作为千古奇书的《红楼梦》，自然也不会缺少对科举制度的精彩描述和深刻反思。

◉ 第一节
四大家族的士人众生相

四大家族在"国朝"定鼎之际积累了丰厚的原始股，靠着老祖宗的功绩，后人一直过着大树底下好乘凉的好日子。但按照明清两代的袭爵规定，四大家族的爵位只能降等继承，[1]这必然导致一代不如一代的情况，在书中故事展开的时候，四大家族已经呈现出入不敷出、捉襟见肘的局面，那也是现实中君子之泽五世而斩的真实写照，而如何克绍箕裘、踵武赓续，也成为摆在四大家族主事人面前的当务之急。

---

[1] 降等继承指继承人每承袭一次爵位，就要降一等。

应该说，四大家族中的贾家显然已经有了危机意识。如前文所述，宁国府的第二代贾代化世袭一等神威将军，曾任京营节度使（相当于首都军区最高长官），但第三代贾敬即转型科举，考中进士；荣国府第二代贾代善仍袭荣国公公爵，第三代长子贾赦袭一等将军，次子贾政"自幼酷喜读书，祖、父最疼，原欲以科甲出身"，后被皇帝恩赐六品工部主事，升迁为从五品工部员外郎。可见，贾家虽然军功起家，但从后代担任的职务来看，他们早已经从军界急流勇退，试图转型科举，走科甲之路以重振家声。

也正因为贾家制定了如此路线，在四大家族中，贾家与当时的科举文官集团建立了更多联系。贾家曾多次与文官集团联姻，如将千尊万贵的嫡小姐贾敏嫁给林如海，林如海虽然出自世代封侯之家，本人读书却极其厉害，曾殿试考中探花；又如让贾珠娶了李纨为妻，而李纨的父亲李守中是金陵名宦，曾任国子监祭酒，是封建时代的最高学官，即全天下读书人的共同导师。贾家如此煞费苦心，连家中下人们都知道"我们家从祖宗直到二爷，谁不是寒窗十载"（第六十六回），自然也能培养出一些读书人：如宁国府的贾敬曾考中进士，荣国府的贾政一直酷爱读书，长子贾珠年纪轻轻就考中秀才，按照后四十回所写，次子宝玉和孙子贾兰都考中了举人。

为了更好地培养子弟，选拔科举人才，贾家更是不惜成本，除延请名师外，还在家族内开设家塾义学，"原系始祖所立，恐族中子弟有贫穷不能请师者，即入此中肄业。凡族中有官爵之人，皆供给银两，按俸之多寡帮助，为学中之费。特共举年高有德之人为塾掌，专为训课子弟"（第九回），而现今司塾是贾代儒，❶是名声在外的老

---

❶ 与贾代化、贾代善是同辈兄弟，在族中德高望重。

儒。从家塾的招生情况来看，除贾家子弟外，亲戚朋友的孩子都可以来上学，如秦可卿的弟弟秦钟、王夫人的姨侄薛蟠等都在塾中学习。书中提到，秦家送了二十四两贽见礼，薛家也送了若干束脩，❶可见贾家家塾既有名师，也不缺办学经费，所选学生又多为世家子弟，并且管茶管饭，学生上学连生活费用都可以节省下来（第十回）。综合来看，场地、名师、学生、经费、后勤补给等这些重要要素都齐全了，家塾的办学成果如何呢？

◉ 第二节
宝玉闹学

从第九回"恋风流情友入家塾 起嫌疑顽童闹学堂"的内容来看，家塾的管理很差，老师贾代儒常常溜号，维持课堂纪律的是临时工贾瑞（贾代儒孙子）。贾瑞持身不正，人品不端，曾在光天化日下调戏嫂子王熙凤，❷这样的人来管理家塾，效果可想而知。事实上，他曾在学中以公报私，敲诈勒索学生，又一门心思巴结有钱人家，甚至助纣为虐、一起霸凌他人。如此作为，在学生之间必然失去威信，所以一旦老师缺位，家塾早晚都会闹出大动静，第九回的故事，正是在这种背景下展开。

第九回讲述了宝玉和秦钟搭伴上学，结果却在家塾中和同学打

---

❶ 束脩，脩是干肉，十根干肉扎成一束，是古人见面时的薄礼，后用以指代学生送给老师的礼物，即学费。

❷ 王熙凤前往宁国府看望病重的秦可卿时，曾带着婆子丫头媳妇们在宁府花园中游玩，贾瑞拦住她并出言调戏。详见《红楼梦》第十一回。

闹斗殴的故事。两位翩翩小公子，平时都是文质彬彬，为何在最讲究纪律的学堂反而无法无天了呢？话说回来，这两人约着上学，本就是醉翁之意不在酒。原来，宝玉结识秦钟后，情投意合，只想和他多相处，于是邀请秦钟来家中上学，以得相聚之乐。所以，在他们看来，学堂只是亲密相处的场合，学知识反而退居其次。可巧的是，这样想的并非只有宝、钟二人，连大字不识的薛蟠，听闻家塾中多少年子弟，也动了那龙阳之兴，❶打着上学的旗号，来学堂里找乐子。此外，学堂里上学的还有贾蔷，他是什么人呢？据书中所述，贾蔷是宁国府正派玄孙，父母早逝，从小跟着贾珍一起生活，已经十六岁，与贾蓉"最相亲厚，常相共处"，宁府人多口杂，各种不堪之言，传得沸沸扬扬，贾珍觉得实在不好听，也要避嫌，于是让贾蔷搬出宁府。贾珍是何许人？贾珍是宁国府的实际当家人，从后文细节来看，他毫无廉耻之心，与儿媳秦可卿私通，秦可卿因此羞愧上吊；他在父亲贾敬丧礼期间，不顾人伦礼法，与两个小姨子尤二姐、尤三姐暗度陈仓，间接导致了尤氏姐妹的死亡。贾珍如此作为，连薛蟠都对他起了提防之心，第二十五回宝玉被魔法所魇，众人都来看他，大观园中一片混乱，薛蟠在忙乱之中居然格外注意将家中女眷与贾珍隔离开来"又恐薛宝钗被人瞧见，又恐香菱被人臊皮，——知道贾珍等是在女人身上做功夫的，因此忙的不堪"。可见贾珍和宁国府的口碑何等糟糕。这样看来，从小就在贾珍身边长大，又和贾蓉各种厮混的贾蔷也是不学无术之人，虽然应名来上学，不过掩人耳目，其实依旧过着斗鸡走狗、赏花玩柳的逍遥日子。此处，作

---

❶ 清代严格禁止官员狎妓，于是官员转而与优伶相接，并包养男宠。风气所及，官员对娈童男宠的喜好等也传播到普通人群体中。忠顺王、北静王等都与戏子蒋玉菡交往，蒋玉菡又和薛蟠、贾宝玉等贵公子有往来，贾琏常和清俊小厮过夜等，都是对清代社会风气的真实写照。

者用隐笔写出了宁国府不堪的一面，宁荣二府关于贾珍的非议何其之多，能让久经沙场的贾珍都觉得要避嫌，可想而知，关于贾珍、贾蓉、贾蔷等人的说辞何等丑陋，而贾蔷又是何等心性！一群不想读书，只想打着读书的幌子来"交友"的青春期少年聚集在学堂里，怎么可能不惹是生非呢！

既然这帮少年上学的动力是"交友"，那么，他们的闹腾，自然也由"交友"引发了。事故源于薛蟠曾经在学堂里结交了几个"好朋友"，分别是金荣、香怜、玉爱，这几人相互拈酸吃醋，本就关系不好，而薛蟠喜新厌旧，这几人都失宠后，连带着失去了薛蟠的经济支持，心中都有怨气，只等找到由头发泄。可巧，香怜和秦钟彼此倾慕，被金荣看见，于是说出各种不好听的话，气得香怜、秦钟告到贾瑞处，贾瑞偏偏不肯主持公道，反倒向着金荣，惹怒了一旁的贾蔷。前文说过贾蔷和贾蓉亲密无比，而秦钟又是贾蓉的小舅子，所以贾蔷想着要为秦钟出头，遂挑拨宝玉的书童茗烟，于是茗烟直接和金荣动手了。又有金荣的朋友暗中拉偏架，却误伤了他人，惹得群情激议，宝玉的其他三个小厮都加入战局，大闹起来。贾瑞弹压不住，"众顽童也有趁势帮着打太平拳助乐的，也有胆小藏在一边的，也有直立在桌上拍着手儿乱笑，喝着声儿叫打的。登时间鼎沸起来"。(第九回) 清代孙温的绘画中，以群童乱舞的画面，生动还原了当时的混乱场景 (图4.1)。

此处作者的用笔非常巧妙，以明面上的哄闹，写出了几条暗线。一条是贾兰，当他的好友贾菌看到宝玉被欺负都忍不住要上前相帮，他却劝道"好兄弟，不与咱们相干"。在学堂众童中，论亲缘，他是宝玉的亲侄子，应该与宝玉更亲近，这句"不相干"，分明写出了他和母亲李纨对贾家、对宝玉最真实的态度，而这份疏离，或许源于

图4.1 清 孙温 《红楼梦》之"嗔玩童茗烟闹书房"（局部）

对荣国府当家人贾母、王夫人偏爱宝玉的失望，最后则演化为对贾家落败时袖手旁观的冷漠。

第二条暗线是薛蟠。薛蟠虽然不在场，却是引发事端的罪魁祸首，倘若不是他平日里以金钱结交各种"好朋友"，又喜新厌旧、分配不公，怎会引起众人内心的愤愤不平呢！此回没有明写他对秦钟的态度，但三十三回宝玉因薛蟠引见、结交优伶琪官挨打，被袭人怀疑是薛蟠吃醋告密，宝钗的心理活动是"当日为一个秦钟，还闹得天翻地覆，自然如今比先又更利害了"。可见，学堂闹学事件，还是由薛蟠想结交秦钟不得而引发。

第三条暗线是贾珍、贾蓉。这父子两人的名声实在难听，不仅因为他们专门在女人身上做功夫，从书中隐笔来看，竟然是连清秀的男孩子也不放过。这对父子与薛蟠都有龙阳之好，必然会拈酸吃醋产生纷争，也为后来柳湘莲暴打薛蟠埋下伏笔。第四十七回，柳湘莲出场，他"原是世家子弟，读书不成，父母早丧，素性爽侠，不拘细事，酷好耍枪舞剑，赌博吃酒，以至眠花卧柳，吹笛弹筝，无所不为。因他年纪又轻，生得又美，不知他身分的人，却误认作优伶一类"。薛蟠见到俊美的柳湘莲后，各种纠缠，而贾珍、贾蓉等明明知道柳湘莲性情严厉，却绝不提醒，以至于薛蟠被打，反而被贾珍、贾蓉嘲笑。可见，珍蓉父子虽然和薛蟠往来密切，却不过是酒肉朋友，并且生活糜烂、沆瀣一气。

第四条暗线是贾瑞。作为名儒贾代儒的亲孙子，他行止不端，虽然被祖父管束，受过最严苛的儒家教育，却完全不能阻止他走上邪路。他在宁国府见到王熙凤时，公然上前调戏，后来又借着请安的名义，常去骚扰。被王熙凤教训过一次后，还贼心不死，又被贾蓉贾蔷逮住捉弄。从贾蓉贾蔷的行为可以看出，他们不仅是因为王熙凤位高权重而偏帮她，更源于对贾瑞鄙视不屑而故意羞辱他，而推其根由，固然由于贾瑞出自旁支，在家族中的地位已经远远不如正派玄孙出身的蓉、蔷等贵公子，而他在学堂里的种种不作为、持身不正，也让他在贾家子弟中败光了人缘，以至于完全得不到侄子辈的尊重，体面全无。

当然，还有一条最重要的暗线，则是贾府。前文已经说过，家塾是培养后辈子弟的重要基地，本应风清气正、学风淳厚。但悲哀的是，它却成为贾府藏污纳垢、招惹苍蝇之地。薛蟠何以得知学中多清俊子弟呢？当年他进入贾府避祸时，对犯事还略有畏惧，但来到贾府后，与族中不成器的子弟们常常来往，反而引诱得薛蟠比之前更坏了十倍，包养男宠、调戏优伶这些行为做派，想来也是跟着贾府子弟们学坏的。烂透了的薛蟠，后来将琪官介绍给宝玉，引得忠顺王府前来兴师问罪，导致贾府将过错之柄授予政敌，从而加速走上了败亡之路。推其缘由，又何尝不是因为贾家早已失去了开创时期的锐气，不仅不能继承祖宗荣光，反而逐渐败坏堕落引来祸端呢。"物必自腐而后虫生，人必自侮而后人侮之"，这个教训，对贾家、对贾家子弟们实在太深刻了。

话说回来，贾家家塾管理混乱，贾府子弟们不好好读书，所以在前八十回，他们在科考之路上的收获亦是有限。那么，如果子弟们都发奋读书，勤学不辍，是不是就一定能蟾宫折桂呢？或许，我们还是要回到明清时期的具体历史语境中，考察科举考试的相关流程和细节，才能对当时读书人的处境有更深的了解吧。

第三节
科举考试的基本流程

在《红楼梦》全书中，获得了科举考试最高名次的男性，是林黛玉的父亲林如海，曾考中探花郎。那么，倘若一切顺利，中间无任何耽搁，林如海从少年攻书，到名列三甲，究竟要经历多长时间呢？

明清两代，读书人的科考之路大致分为四个阶段，分别是童试、乡试、会试、殿试。

童试，也称童生试，民间称为考秀才，分为县试、府试、院试三个阶段，是读书人进入县州府学的必由之路。三年两考（每三年举行两次考试），考生必须籍贯在本地、身家清白（属于良家子弟）、无父母祖父母之丧，且有廪生（秀才年度学业考核中的成绩优秀者）为之作担保，才能入考。县试是第一关，考试内容以"四书""五经"为主，这关比较容易，除了部分文理不通者被筛落，大部分考生都能进入到府试环节；府试要求考生集中到州府❶，统一参加考试，考题内容仍然是"四书""五经"，府试录取名额有限制，所以比县试要难。通过府试后，考生被称为"童生"，可以参加接下来的院试。院试仍然在州府举行，由各省学政❷担任主考官，院试的难度显然超过府试，考生通过院试后，即为"生员"，也称秀才。秀才这关相对而言比较好考，但要顺利通过也不是那么容易的事情，如曾国藩的父亲曾麟书也曾寒窗苦读，却在童试这关耗费了漫长时间，直到四十多岁才考中秀才。而清代文学家郑板桥二十四岁考中秀才，《聊斋志异》的作者蒲松龄十九岁考中秀才，他们都是中国历史上赫赫有名的大才子，都是在二十岁左右通过童试，但贾宝玉的哥哥贾珠十四岁就考取秀才，确实难得，有这样优秀的兄长参照对比，也难怪贾政对宝玉、贾环等深感不满了。

　　生员已经具备了参加乡试的资格，但这种资格仍然要通过艰难的考试才能获得。生员有岁试、科试，岁试是对在学生员的年度学业考核，成绩优秀者称廪生，朝廷每年发银子供养，成绩最差的会被黜去生员资格，俗称革去功名；科试是遴选参加乡试的优秀生员的考试。所以，只要踏上了科举之路，考生的岁月里，就充满了一关关的考试，能够一路畅通无阻者，都是名副其实的天之骄子。但总体而言，在科举的诸多环节中，要获得入仕资格，最重要的是必须通过乡试。

　　乡试，是科举考试中最重要的一次考试，通过者称举人，即可被授官。自宋朝以来就形成了三年一考的定例。明清沿袭宋制，每

---

❶ 明清时期，府是省的下一级行政机构。州分为直隶州和散州。也就是说，府相当于今天的地级市，直隶州相当于省直管县，散州相当于地级市下属的县级市。

❷ 学政是明清时期的地方教育行政长官，受皇帝委派，并无固定的行政级别，但必须是两榜进士出身。

逢子、午、卯、酉年，在金秋八月举行，也称秋闱。清贵族入主中原后，为笼络人心，往往在规定的考试时间之外，加设恩科，一般是为庆祝皇帝、皇太后寿辰或者新皇登基而开，有万寿恩科、登基恩科之说。根据统计，清代总共开科举科112次，其中正科84次，加科2次，恩科26次。❶ 虽然有加科、恩科，但录取比率实在不高，所以乡试往往成为考生魂断科考的大难关。如《儒林外史》中的范进，直到白发苍苍才考中举人，听到喜讯后居然喜极而疯，正是现实中无数科场蹭蹬生员的真实写照。正如前文提到的大才子郑板桥，康熙五十五年（1716）二十四岁时就考取了秀才，此后则一直考不过乡试，直到雍正十年（1732）才考中举人，足足用了十七年时间才通过乡试。而蒲松龄虽然在十九岁以第一名的成绩通过县、府、道三级考试，以"小三元"的优秀成绩考取秀才，❷ 此后就屡考不中，直到七十一岁才补为岁贡生，❸ 名场蹭蹬五十年，乡试的难度可想而知。既然乡试如此难考，那它究竟考什么呢？

乡试分三场。首场主要考"四书""五经"，要求考生分别围绕"四书"的三题和"五经"中每一经的四题进行论述，总共23个题目，前者每道回答字数不能少于200字，后者每道回答字数不能少于300字。考生的回答内容也要求在严格的参考书范围内展开，如明代永乐时期颁布的《四书五经大全》，就是官方指定的标准参考书。第二场考九道题，包括论一道，仍然是从"四书""五经"出题，要求考生就某句文字展开论述；诏、诰、表各一道，判语五条，诏、诰、表都是官员需要熟练掌握的文体，❹ 判语是判案时需要书写的文辞，这

---

❶ 参见李世愉、胡平：《中国科举制度通史·清代卷》，上海人民出版社2015年，第74页。
❷ 科举考试中，考生参加县试、府试、院试，都考中了第一名，被称为小三元。
❸ 朝廷选拔优秀生员直接进入国子监读书，称为岁贡生，相当于某种恩赐。
❹ 诏，即以帝王的名义向臣民发布的命令。诰，即以帝王的名义发布的任命或封赠文书。表，即臣民向帝王呈递的用以表述愿望或陈情请求的文体。

些考题主要考查考生对公文写作的掌握程度。第三场考五道题，即策五道。策主要围绕具体问题提问，要求考生给出针对性的意见，重点考查考生灵活应变的能力。如明代成化十年顺天府乡试考题，第二场考了九道题，论的考题是"大哉尧之为君"，出自《论语·泰伯》，要求考生围绕这句话进行论述；诏、诰、表的考题分别是"拟汉遣将军周亚夫等屯兵备边诏""拟唐破突厥擒颉利可汗加李靖左光大夫诰""拟宋司马光进《资治通鉴》表"，考查考生对汉代、唐代、宋代历史的熟悉程度和对公文书写的掌握程度；判语考题则是"举用有过官吏""出纳官物有违""纵放军人歇役""官司出入人罪""失时不修堤防"等，涉及管理、军役、水利等多个层面，考察范围可谓广泛。❶

考生答卷时，统一用墨笔书写，称墨卷。交卷后，有专人糊名并用朱笔誊写答卷，称朱卷，以防止考官认出熟悉考生的笔墨。主考官阅完卷后给出考评，被录取考生的朱卷还需要与墨卷核对，确保无误，再公布录取结果，中选者称举人，有了被授官资格，也可以继续参加下一轮的会试。

会试一般被称为考进士，往往定在乡试的第二年，即丑、辰、未、戌年的春天，也称春闱，考场设在京城。举人进京，在农业时代的中国，可谓相当不易。那考试的难度和录取的比例又如何呢？会试也考三场，考题内容和乡试差不多，依然要经过糊名、誊录、比对这些程序，主考官一般是翰林院出身的大学士或一二品大员。被录取者称"贡士"，第一名称"会元"。根据《明清进士题名录》，明代每场参加者人数为1500—2000人，录取比例为6∶1，即录取

---

❶ 参见龚延明主编：《天一阁藏明代科举录选刊乡试录》，宁波出版社2010年。

人数为250—330人左右。❶ 清代的浮动略大，每场录取人数大约在100余人至300余人的区间浮动，并且为公平起见，清代还进一步确定了分省取士的制度，即根据各省的应试人数，按照大致相同的比例确定录取名额。❷

会试后还有殿试，也被民间称为考状元。所有考中的贡士都要参加殿试，殿试后才能被称为进士。皇帝是名义上的主考官，所以贡士也被称为天子门生。明代殿试只考时务策一道题，要求考生直接陈述对策，字数不能少于1000字；清代殿试稍微复杂一些，如雍正时诏、论、奏议都要考一遍，乾隆时论、奏议、诗、赋各一。殿试答卷不用誊录，只糊名，根据答卷质量，考生被分成一、二、三甲。殿试后，还要举行金殿传胪的典礼，皇帝召见新科进士，并由官员传唱一、二、三甲进士名单，一甲前三名即状元、榜眼、探花，赐进士及第；二甲称进士出身；三甲称同进士出身。相比于之前的乡试、会试，殿试的题目更简单，也更有现实针对性。如山东省青州市博物馆藏有迄今为止唯一一份明代万历二十六年（1598年）状元赵秉忠的殿试答卷（图4.2），殿试题目是"问帝王之政和帝王之心"，赵秉忠从实政、实心等角度阐释了自己的看法，全文共计2460字，全用小楷写成，字迹工整，行文流畅，的确是才子手笔。

从童试、乡试、会试、殿试，一路走来，最后能成为天子门生者，绝对称得上是精英中的精英。比如还是上文提到的郑板桥，有"康熙秀才、雍正举人、乾隆进士"之称，从童试到殿试，历经三代帝王，耗时二十多年，虽然不易，仍属幸运。又如明末东阁大学士兼兵部尚书史可法，十九岁（1621年）中秀才，二十五岁（1627年）

---

❶ 参见杜婉言、方志远：《中国政治制度通史·明代卷》，人民出版社1996年，第414页。
❷ 参见郭松义、李新达、杨珍：《中国政治制度通史·清代卷》，人民出版社1996年，第521—522页。

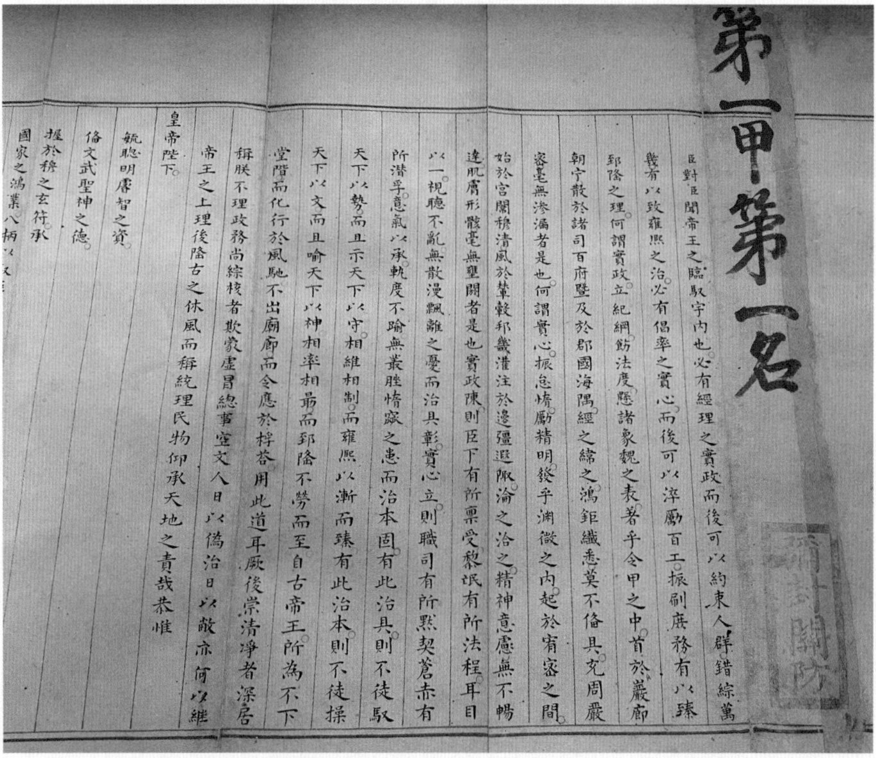

第一甲第一名

臣對臣聞帝王之臨馭宇內也必有經理之實政而後可以約束人群錯綜萬
幾有以致雍熙之治必有倡率之實心而後可以淬厲百工振刷庶務有以臻
郅隆之理何謂實政立紀綱飭法度懸諸象魏之表著乎令甲之中首於嚴嚴
朝寧散於諸司百府暨於郡國海隅經綸之鴻鉅纖悉莫不倶其充周嚴
密毫無滲漏者是也何謂實心振起憤明鼓乎淵微之內起於宥密之間
達肌膚形體毫無壅閼者是也實政陳則下有所稟受黎紙有所法程耳目
以一視聽不亂不散漫飄離之憂而治其寔政實心立則職司有所黙契蒼赤有
所潛孚意氣以承乾度不踰無叢胜憒啟之患而治本固有此治具則不徒駭
天下以勢而且示天下以守相維相制而雍熙以漸而臻有此治本則不徒揉
天下以文而且喻天下以神相率相最而郅隆不勞而至自古帝王所為不下
堂階而化行於風馳不出廟廊而令應於桴鼓用此道耳威後崇清淨者深居
穆朕不理政務尚綜核者欲竭慮冒總事宣文人日以僞治日以敝赤何可以維

皇帝陛下
兢聽明睿智之資
倚文武聖神之德
握於穆之玄符承
國家之鴻業八柄之支

图4.2　明　状元赵秉忠殿试答卷（局部）

中举人，二十六岁（1628年）中进士，七年时间顺利完成科考全过程，可谓天纵之才。《红楼梦》中，能享进士之殊荣者，只有林如海、贾雨村、贾敬等三人。回到开头那个问题，林如海从童试到探花，究竟花了多长时间呢？贾雨村进入林府任西席时，林如海"年已四十"，他是前科探花，明清会试三年一次，如此则他考中探花时大约三十七岁左右。他出身诗礼之家，受过良好的家庭教育，应该在少年时代就通过了童试，如此推算，就算他十七岁考中秀才，到成为探花，也要耗费近二十年时间，还是非常辛苦的。从仕途发展来看，林如海历任兰台大夫、巡盐御史等职务，官衔虽然不高，但担负着监督官员、为皇帝传递消息的重要任务，可谓天子近臣，也比较符合他探花出身、与皇帝亲近的身份。

而贾雨村科甲出身，投靠王、贾两家后，一飞冲天，最后官至大司马，相当于兵部尚书，正二品官员，仕途可谓顺利。但考察贾雨村的科举和出仕情况，还能发现更多作者隐而未宣的细节。《红楼梦》第一回，甄士隐交接贾雨村，两人谈及入京参加会试之事，说明贾雨村早已考中举人功名，但书中描述他"在家乡无益，因进京求取功名，再整基业。自前岁来此，又淹蹇住了，暂寄庙中安身，每日卖字作文为生"，这样看来，贾雨村不仅没能得到一官半职，反而弄得入不敷出，已无立锥之地，只能寄居葫芦庙安身，境况相当糟糕。明清制度规定，举人可以在府州县学任教官，或者进入国子监学习并候选任职。❶ 这两条出仕之道，应该都需要一定的经费和人脉支持，而贾雨村虽然出身仕宦之族，但"父母祖宗根基已尽，人口衰丧，只剩得他一身一口"，无人也无钱，且满身傲气，不肯屈于

---

❶ 张振国等：《论清代的举人拣选与入仕》，《史学月刊》2023年第6期。

人下，想来他这种性格，很难在家乡当地谋得教官职务，唯有上京继续参加会试，寻求翻盘机会。贾雨村的遭遇，是明清时期无数读书人的缩影，没考中的难过，考中的也难熬，也说明了他在进入官场之初，其实还保持着一定的士子傲气，不肯折腰趋附权贵，但这份傲气很快就被雨打风吹去，在现实的逼迫下，他转身得很快，适应得更快。

  这种逼迫，最直观的压力即来自无米下炊。和乡试相比，会试的难度在于经济压力。乡试一般都是在本省省会举行，花销有限，但如果要进京会试，万水千山，路程迢迢，路费住宿费加起来是很大一笔开支。根据清代制度规定，举人进京会试的食宿费用和交通费用由朝廷公费包办，但必须是从原籍省份赶赴京城的举人才能享受这笔优惠。❶ 从《红楼梦》的描述来看，贾雨村原籍湖州，但却流寓苏州，所以并不符合公费进京的规定。也正因为掏不出这笔钱，他只能无奈留在苏州靠卖字撰文攒钱，最后还是依靠甄士隐赞助五十两白银才得以成行。五十两白银相当于多少钱呢？数据显示，清代雍正年间和乾隆初期（1721—1760 年），米价波动较大，从每石 719 文涨到 1381 文，而彼时白银一两合制钱数也一直处于波动状态，大约一两白银平均折算 800 文。❷ 平均算下来，《红楼梦》成书期间的米价大概为一石一两白银。一石大约折算为今天的 150 市斤，❸ 按照 2024 年 7 月国内平均米价 3 元 / 斤来计算，一两白银可以折算为 450 元，五十两白银就是 22500 元。放在基础消费水平不高的清代，这笔馈赠是很丰富的。《红楼梦》第三十九回刘姥

---

❶ 参见李世愉、胡平：《中国科举制度通史·清代卷》，上海人民出版社 2015 年，第 176 页。

❷ 参见彭信威：《中国货币史》，上海人民出版社 2007 年，第 608—609 页。

❸ 参见胡铁球：《清代各地"仓斗"形成的机制考释》，《清华大学学报》2021 年第 2 期。

姥二进荣国府，听闻府内吃螃蟹，说道："这样螃蟹，今年就值五分一斤。十斤五钱，五五二两五，三五一十五，再搭上酒菜，一共倒有二十多两银子。阿弥陀佛！这一顿的钱够我们庄家人过一年了。"二十两银子就能满足京城郊区农户家庭的一年基本开销，而清初朝廷发给浙江、江苏两省进京会试举人的盘费分别是十两和五两，❶相比较而言，甄士隐的私人赞助要大方得多，足见其为人之宅心仁厚，而贾雨村后来攀附权贵，却忍心让恩人之女流落在外，可见其忘恩负义、刻薄寡情。从贾雨村的仕途发达能看到，读书考试的能力和投靠官场网络的能力，二者缺一不可，而科举考试事实上在两者之间建立了稳定的联系。或者说，所谓科举，其实就是为官僚集团网罗自己人所建立的某种固定渠道罢了。

从科举取士和官僚集团招揽人才之间的关系可以看出，纵然才华横溢，但倘若始终得不到官僚集团的接纳，也不过枉然。比如宁国府的第三代主事者贾敬，不仅袭了父亲贾代化之官，还曾考取进士，既有门第支撑，又有科甲背书，按理来说，这样的贾敬应该在官场上如鱼得水、春风得意，何以在《红楼梦》里却是一副"一味好道，只爱烧丹炼汞，余者一概不在心上"（第二回）的状态呢？第六十三回贾敬亡故后，书中写到礼部代奏（贾敬）"系进士出身，祖职已荫其子贾珍。贾敬因年迈多疾，常养静于都城之外玄真观"，所以皇帝格外恩旨曰"贾敬虽白衣无功于国，念彼祖父之功，追赐五品之职"。这样看来，考中进士后，贾敬不仅没有在仕途上有任何进取，反而将祖职也转给了儿子贾珍，撇下家中一切事务，自己飘然一身去了道观修道。能让集贵公子、大学霸、天子门生等多重尊

---

❶ 参见李世愉、胡平：《中国科举制度通史·清代卷》，上海人民出版社2015年，第175页。

贵身份于一身的贾敬看破红尘、了却尘缘，想来他是遭遇了不可抵抗的外力，才不得不放弃荣华富贵，而在封建时代，能对贾敬这样出身的贵族形成降维打击者，那只看不见的手应该来自高层或皇室，至少是得到了皇家的授意或认可。

只有从这个角度，才能理解贾家败亡结局的不可避免。贾敬不可谓不努力，科举制度不可谓不公平，可这种制度本身就是为皇权服务，而皇权始终高高凌驾于制度之上。于是，纵然贾敬曾经有满腔热情、满腹才华，可制定游戏规则的皇权早就为贾府子弟定下了不堪大用的基调，在这种情况下，文官官僚集团是不会真正接受贾家子弟的，那么除了放弃、除了割舍，贾敬还能有什么选择呢？曾经拼搏过的贾敬，最后以白衣身份回归了平静。

从贾府读书人的际遇，也能看到，从本质上来说，科举考试不过是皇家和官僚集团给读书人画下的一张大饼。但无论如何，科举还是为社会的流动开启了一道小小的口子，这就足以让无数士子失魂落魄、之死靡它了。并且，为激励读书人投身科考，明清两代都曾在服饰上特意强调，将读书士子和白衣民众区分开来，以强化读书人身份的荣耀。几百年前的秀才、举人、进士、状元们，都曾穿着怎样的服色呢？

◉ 第四节
明清士人服饰

出身草莽的明太祖朱元璋，可能是中国历史上最关注臣民服饰穿戴的皇帝了，《明史·舆服志》和《明会典》中，记述了大量明初朝廷关于服饰的详细规定，朱元璋如此不厌其烦地强调服饰细节，主要出发点还是在于力图建立一个"辨贵贱，明等威"的等级森严的封建王朝，服饰就是彰显辨别臣民身份的最明显的视觉符号。在朱元璋所建构的帝国体系中，"士农工商"的排序一目了然，士人作为明王朝的实际基层掌控者和管理人才后备梯队，其衣冠服饰更是被统治者加以了严格规范。

《明史》记载，明初朱元璋要求工部尚书秦逵制定士子巾服细节，包括蓝衫、绦带等。❶ 蓝衫，也称襕衫，"用玉色布绢为之，宽袖皂缘，皂绦软巾垂带"。❷ 从明代画像来看，明代襕衫的基本样式为圆领大袖、青色或蓝色、领袖摆襟处都用黑色缘边，还要搭配头巾、绦带等。如《三才图会》(图4.3)和《明状元图考》(图4.4)所示。

考中举人后，仍然能穿这套衣服，可以搭配头巾，也可以搭配大帽。据说明太祖朱元璋曾看见生员们被烈日烤炙，心怀怜恤，特赐他们戴上能遮蔽阳光的大帽，于是相沿成习，成为生员以及举人的常见服饰。如《三才图会》(图4.5)和明代杨茂林神像(加拿大多伦多皇家安大略博物馆藏，图4.6)所示，而记载明代万历时吏部右侍郎徐显卿宦海升迁图的《徐显卿宦迹图》之"鹿鸣彻歌"(故宫博物院藏，图4.7)也显示，他中举后所戴也是大帽。

举人考中进士后，还要穿专门的巾服。按照规定，进士在殿试之后，要统一到国子监领取进士巾服，在传胪那天集中穿上。《明会典》有详细记载，"进士巾，如今乌纱帽之制。顶微平，展角阔寸余，长五寸许，系以垂带，皂纱为之。深色蓝罗袍，缘以青罗，袖广而

---

❶ 张廷玉等：《明史》卷一百三十八，中华书局2000年，第2640页。
❷ 张廷玉等：《明史》卷六十七，中华书局2000年，第1101页。玉色为浅青色。

图4.3 明 王圻《三才图会》中的襕衫

图4.4 明 顾鼎臣《明状元图考》中的襕衫

图4.5 明 王圻《三才图会》中的大帽

图4.6 明《杨茂林神像》(局部)

图4.7 明 余士、吴钺《徐显卿宦迹图》之"鹿鸣彻歌"(局部)

不杀。革带，青鞓，饰以黑角，垂挞尾于后。笏，用槐木"。❶从《明状元图考》❷(图4.8)和《徐显卿宦迹图》之"琼林登第"(故宫博物院藏，图4.9)来看，进士所戴的乌纱帽，形状已经比较接近官员的乌纱帽。而徐显卿帽上还有簪花，脸上洋溢着喜悦的笑容，画面呈现出祥和欢快的气息。

簪花还反映了明代朝廷对进士赐宴的习俗，在传胪典礼结束后，礼部还要赐新科进士恩荣宴，宴上众人都簪花，"进士并各官皆簪花一枝，花剪彩为之，其上有铜牌，钑'恩荣宴'三字；惟状元所簪花，枝叶皆银，饰以翠羽，其牌用银抹金"。❸如此看来，虽然都是天子门生，但在众多进士中，备受瞩目、也备感荣光者，非状元郎莫属，这份独特的恩宠也还要通过特别的服饰来彰显。恩荣宴结束后，状元郎还会收到赐服，包括"朝冠：二梁。朝服：绯罗为之。圆领，白绢中单，锦绶、蔽膝全。槐笏一把。纱帽一顶。光素银带一条。药玉佩一副。朝靴、毡袜各一双。俱内府制造"。❹从赐服细节来看，状元服可以拆分为朝服和常服两套成体系的服饰，朝服包括朝冠、朝服、白绢中单、锦绶、蔽膝、银带、玉佩等，常服则包括圆领、纱帽、朝靴、毡袜等。《明状元图考》中绘制了多位状元形象，身穿朝服(图4.10)和常服的状元(图4.11)都有所表现。从画中能看到，身穿常服的状元头戴乌纱帽，身穿圆领补服，腰系革带，与旁边的两位官员所穿常服的样式基本相似。

综合来看，明清时期读书士人的科考之路极其艰辛，他们在通

---

❶ 申时行等：《明会典》卷六十一，《续修四库全书》，上海古籍出版社2002年。
❷ 参见顾鼎臣汇编：《明状元图考》，明万历刊本。
❸ 申时行等：《明会典》卷七十七，《续修四库全书》，上海古籍出版社2002年。
❹ 申时行等：《明会典》卷六十一，《续修四库全书》，上海古籍出版社2002年。

图4.8 明 顾鼎臣《明状元图考》中进士的乌纱帽

图4.9 明 余士、吴钺《徐显卿宦迹图》之"琼林登第"(局部)

图4.10 明 顾鼎臣《明状元图考》中穿朝服的状元

图4.11 明 顾鼎臣《明状元图考》中穿常服的状元

向成功的路途上需要跨越童试、乡试、会试、殿试四座大山，那些针对不同级别的读书人所制定的服饰规定，固然是对成功者的激励，又何尝不是一道道束缚无数身心灵魂的枷锁呢！根据上文对明清士人服饰的考证细节，我们对生员、举人、进士、状元的服饰进行了复原描绘：如生员服饰为戴黑色头巾，穿蓝色襕衫，青色镶边，腰系绦带（图4.12）；举人服饰为戴大帽，穿淡绿色圆领袍衫，腰系绦带（图4.13）；进士服饰是头戴黑色乌纱帽并簪花，穿蓝色襕衫，手持笏板，腰系绦带（图4.14）；状元服饰则是头戴黑色乌纱帽并簪花，穿大红色圆领补服，缀六品鹭鸶补子，腰系革带，披红（图4.15）。当然，人毕竟是灵活生动的有主体性的个体，在真实的历史生活中，读书人的服饰可能并不仅限于此。我们所做的复原，不过管窥一斑，撷取了历史中的某些横断面进行展示，以期为读者了解明清科举制度提供一定的直观视觉感受。

图 4.12　生员　　　　　　　　图 4.13　举人
　　　　　　　　　　　　　　　① 大帽

图 4.14　进士　　　　　　　　图 4.15　状元
① 簪花　　　　　　　　　　　① 六品鹭鸶补子

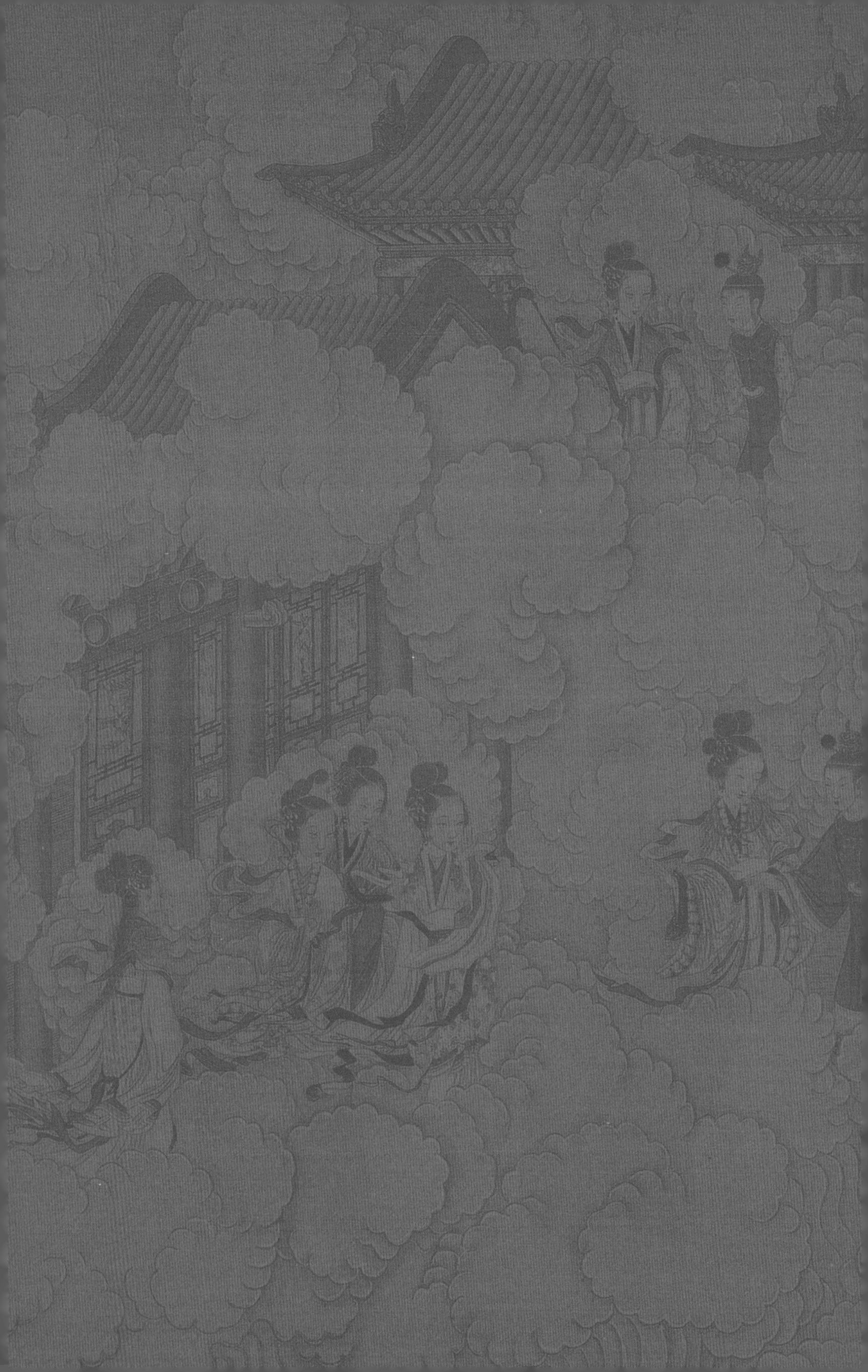

第五章 秦可卿出殡与明清葬礼服饰

红楼梦服饰图鉴

Dream of Red Mansions
Costume Illustrations

在《红楼梦》金陵十二钗中，秦可卿最早离场，离场方式也异常诡异。书中写到秦可卿一直生病，突然托梦给王熙凤交代家族事宜后，便被报"东府蓉大奶奶没了"，而"彼时合家皆知，无不纳罕，都有些疑心"（第十三回）。也就是说，她的死亡，在宁荣二府中人看来，都觉得蹊跷。事实上，在秦可卿身上，凝结了太多的神秘之谜，如她的突然死亡之外，还有她那扑朔迷离的身世，与公公贾珍的不伦关系，与宝玉的缠绵牵惹，以及临终托梦对贾府未来命运的隐喻等等，这些谜团引得学者和红迷们争议纷纷，也让秦可卿成为红楼众钗中争议性较高的一个神秘人物。

根据脂砚斋的评语，他有感于秦可卿临终时赠言于凤姐、策划家族前途，特命作者删去"天香楼"一节情事，以为逝者讳。❶ 天香楼是宁国府内的一处重要建筑，第十一回宁府庆祝贾敬生日，在天香楼排戏演出，王熙凤前来探望病中的秦可卿，离开秦氏房间后，她绕进会芳园的西门，转过一重山坡，就来到了天香楼的后门，可见，秦可卿的住处离天香楼很近，天香楼在她的生命里留下了非常重要的一笔。王熙凤探望秦可卿时，文中用"低低的说了许多衷肠话儿""又眼圈儿一红"等描述来表达她处于沉痛悲伤的状态之中，但紧接着，她进入会芳园中，作者通过王熙凤的视角，用一段近

---

❶ 甲戌本《红楼梦》第十三回批语云"'秦可卿淫丧天香楼'，作者用史笔也。老朽因有魂托凤姐贾家后事二件，嫡是安富尊荣坐享人能想得到处。其事虽未漏，其言其意则令人悲切感服，姑赦之，因命芹溪删去"。吴铭恩汇校：《红楼梦脂评汇校本》，清华大学出版社2019年，第177页。靖藏本的批语与甲戌本基本相同，但后面多出了"因命芹溪删去遗簪更衣诸文是以此回只十页删去天香楼一节少去四五页也一步行来错回头已百年请观风月鉴多少泣黄泉"等几句，吴铭恩汇校：《红楼梦脂评汇校本》，清华大学出版社2019年，第1085页。

百字的韵文,详细描述了园中美景,并提到王熙凤当时的状态是"凤姐儿正自看园中的景致,一步步行来赞赏"。小说家毕飞宇曾认为此处存在反逻辑的大片飞白,并得出结论"心里头并没有别人,包括秦可卿"。❶ 但事实上,此处王熙凤的反常状态,也许还可以从另一个角度展开解读,即秦可卿的秘密已经传遍宁荣二府,出于各种原因,她的死亡已经开启倒计时,唯其一死,才能让陷入漩涡的宁府重归平静。因此,宁荣二府的高层其实都在静静地等待秦可卿最后咽气,作为荣国府实际管理者的王熙凤对此心知肚明,她前来探病,对秦可卿的病情有了了解,知道秦可卿本人和宁府的解脱之日即将到来,所以才能以平静且略带欢快的心情来欣赏园中美景。

秦可卿究竟犯下了何等过错,以至于必须以死谢罪呢?这个身世神秘的女子究竟来自何处,她跻身于金陵十二钗中,又寄托了作者哪些隐秘微妙的情怀呢? 而斯人一去,贾府上下出动,为她举办了一场震动京城的丧礼,一个深闺女子的丧礼居然如此大张旗鼓,又意味着什么呢?

⊙ 第一节
秦可卿的身世之谜

秦可卿第一次出场是在第五回。冬末春初,宁国府内梅花盛开,

---

❶ 参见第一章。

贾珍之妻尤氏、贾蓉之妻秦氏来荣国府面请贾母、邢夫人、王夫人等过府赏花，宝玉也跟着过去了。秦氏招待应对，很是妥帖，深得贾母欢心。书中写道，"贾母素知秦氏是个极妥当的人，生的袅娜纤巧，行事又温柔和平，乃重孙媳中第一个得意之人"。第八回中，又对秦可卿的出身来历作了更详细的交代，"他父亲秦业现任营缮郎，年近七十，夫人早亡。因当年无儿女，便向养生堂抱了一个儿子并一个女儿。谁知儿子又死了，只剩女儿，小名唤可儿，长大时，生的形容袅娜，性格风流。因素与贾家有些瓜葛，故结了亲，许与贾蓉为妻"。从这两处文字来看，秦可卿是孤儿，被秦业收养，长大后因姿色出众，被许嫁给贾蓉。

秦业所任的营缮郎又是什么官职呢？明清时期，工部下设营缮司，有郎中、员外郎等职务，都是有品级的官职，❶ 却并无营缮郎一职。秦业的这个职务名，应该是曹雪芹虚构，所以甲戌本有夹评提示读者，秦业"官职更妙，设云因情孽而缮此一书之意"，❷ 也就是说秦业其人，在书中所起到的功能性作用，就是牵出情孽，而陷入情孽之中的，正是他的一对儿女。顾名思义，可以将营缮郎理解为在工部专门负责营缮工作的基层小官吏，从常理来推测，贾政长期在工部任职，他与秦业应该是旧识，两家或许通过这层关系建立联姻，也未可知。秦、贾两家虽为旧交，但贾家的联姻对象，多选择出身高门大户的女性，如贾母出身金陵贵族史家，王夫人、王熙凤出身军政世家王家，李纨也是金陵名宦之女，邢夫人虽然出身不高，却只是继室，或许就不用那么挑剔门第了。但作为宁国府长房嫡孙的贾蓉，家族为他选中的结发妻子，居然是出身极其一般的秦可卿，

❶ 参见第三章。
❷ 吴铭恩汇校：《红楼梦脂评汇校本》，清华大学出版社2019年，第125页。

就未免透出几分古怪了。第八回曾提到秦业看到秦钟即将进入贾家私塾读书，十分喜悦，为避免儿子被充满势利眼的贾家人看不起，"说不得东拼西凑的恭恭敬敬封了二十四两贽见礼"，送给老师贾代儒。从秦业的举动来看，在和贾家的交往中，他战战兢兢自居下位，完全没有半点老泰山的架子，可见他完全明白秦、贾两家在联姻天平上的实际分量。

在中国古代社会，女性缺少独立的经济地位，更多作为男性的附属而存在，她在婚姻中的地位和价值，相当程度上取决于娘家实力。秦业在贾府勋贵们面前如此卑微，按理来说，秦可卿在贾家的地位应该不高。但从行文来看，从贾母到贾珍，两府上下都对秦可卿很满意，更诡异的是，在秦可卿去世后，宁国府为她举办了隆重的葬礼，居然有四王八公❶等王公贵族集体出动来送殡。对比第六十三回贾敬去世后，皇帝颁下旨意"朝中由王公以下准其祭吊"，也就是说，王公及以上都不能参与祭吊，和秦可卿相比，贵贱高低，昭然若揭。何以出身低微的秦可卿能得到贾府和其他勋贵们的一致重视，以至于她葬礼的规格都超过了宁国府名义上的掌管者贾敬呢？在她扑朔迷离的身世中，究竟隐藏了哪些难以诉说的故事呢？

关于秦可卿的身世，学术界有多种说法，其中广为人知的当推刘心武先生提出的康熙废太子胤礽之公主说。刘先生认为《红楼梦》的情节影射了清代康熙、雍正、乾隆年间的皇家政治斗争内幕，秦可卿的原型是康熙废太子胤礽的女儿，为避祸投奔贾府，所以贾府为她伪造了秦业收养女儿的身份，她与贾蓉只有夫妻之名，与贾珍是畸恋关系。贾府收养她是为政治投机捞取资本，但当她的家族在

---

❶ 参见第三章。

高层政治斗争中再次失利后，贾府为自保不得不逼她自杀。正因为秦可卿出身皇家，所以宁荣二公才会在第五回让化身为警幻仙姑之妹的可卿点化玄孙宝玉；也正因为她一直在为倾覆的家族谋划复起大计，作者才安排她临终托梦给王熙凤，提供帮助贾家度劫的金针灵方。❶ 周汝昌先生在刘心武"秦学"的基础上，进一步发挥，提出秦可卿的原型是康熙废太子胤礽江南巡行伴驾时留下的私生女，寄养在江南曹家，后身世被公开，其葬礼是在皇家默许之下被大肆操办，以彰显皇家天威和仁德。之所以大明宫掌宫内相戴权鸣锣打伞、乘了大轿，亲自来祭吊秦可卿，是代表皇家出面来表态；而四王八公等王公贵族来送殡致礼，也是和皇家高层保持一致。❷ 胡铁岩先生则认为秦可卿的原型是"天香楼上一优伶"，曾被某神秘皇家"惜花人"宠幸，宁府重孙媳妇身份只是掩护，她被贾府供养在会芳园中，以表达对"惜花人"的尊崇。所以秦可卿的死亡，标志着贾府将失去这支隐秘政治力量的支持，贾珍才会发出"我家灭绝无后"的哀号，而贾府大力为秦可卿操办葬礼，也是做给那位神秘"惜花人"看的面子工程。❸ 胡文炜先生则强调，不宜过于解读秦可卿身世，他整理了宁、荣二府的婚配基本情况，指出和荣国府娶妇多求高门相比，宁国府的女主人或者出身卑微，或者来历不明，作者如此安排，是鲜明地表达了对宁国府的不满态度，和第五回判词"漫言不肖皆荣出，造衅开端实在宁"以及《红楼梦曲》"箕裘颓堕皆从敬，家事消亡首罪宁"中流露的倾向基本保持一致。❹

❶ 参见刘心武：《刘心武揭秘红楼梦》第一部，东方出版社2005年。
❷ 参见周汝昌：《一人三名 九谜一底》，《山西大学学报》2007年第3期。
❸ 参见胡铁岩：《天香楼上一优伶：试解秦可卿的身份之谜》，《明清小说研究》2001年第1期。
❹ 参见胡文炜：《秦可卿出身论》，《明清小说研究》1997年第4期。

综合来看，关于秦可卿的身世，可谓众说纷纭。可以推断，秦可卿其人在作者的现实生活中有真实人物原型，她或许不仅有贾蓉妻子这一重身份，其出身背景和更与世家大族有着一定联系，因特殊原因与贾府结亲，但她一直处于某种朝不保夕、战战兢兢的焦虑状态中，其情感生活反而表现得肆无忌惮，从脂砚斋等人的评语来看，在删掉的文稿中，作者曾写到秦可卿和贾珍、贾宝玉等人都发展了不伦关系。世家大族的礼教规范在这个神秘女子的身上荡然无存，她用自己的生命冲撞着禁忌的罗网，提交了一份独特的关于"情"的答卷。

◉ 第二节
秦可卿与"情"

秦可卿与"情"有何关系？如上文所述，明面上，她是秦业抱回家的弃婴。秦业，即"情孽"的谐音，点明了她身份不明，本身即是一段风流孽缘的苦涩结果。在第五回中，秦可卿的判词是"情天情海幻情身，情既相逢必主淫。漫言不肖皆荣出，造衅开端实在宁"，还有一支《好事终》的曲子咏叹秦可卿："画梁春尽落香尘。擅风情，秉月貌，便是败家的根本。箕裘颓堕皆从敬，家事消亡首罪宁。宿孽总因情。"可见，"秦"即"情"的谐音，以秦为姓，暗寓着秦可卿的生命以情感为主基调，这样的女子，青春年华、花容月貌、情感充沛，在那个要求女性三从四德的社会，她可能很难谨守闺阁本分，而是会不断地突破礼教限定，做出种种越礼之举，在自己和他人的生命里掀起轩然大波。

比如她和宝玉的关系。第五回中，宝玉随贾母等人到宁国府做客，困顿想睡午觉，秦可卿主动要求照顾宝玉，便将宝玉引到自己房间休息。旁边有嬷嬷觉得不妥，提出"那里有个叔叔往侄儿房里睡觉的理"，可见，两人名为叔叔和侄媳，宝玉歇在秦可卿屋里，连下人都看不过眼。但秦可卿对此的回答是"嗳哟哟，不怕他恼，他能多大呢，就忌讳这些个"，她以年龄为借口，巧妙地绕开了礼教设下的男女之大妨。但按照传统儒家礼教的规定，七岁男女不同席，宝玉的年龄早已超过七岁，秦可卿此举，足以说明她不将礼法规范放在心上。宝玉进入她房间后，首先闻到了一股细细的甜香，然后看到了明代唐伯虎画的《海棠春睡图》和宋代秦观写的对联"嫩寒锁梦因春冷，芳气笼人是酒香"。紧接着，书中用一连串典故，对房间陈设进行了说明：

案上设着武则天当日镜室中设的宝镜，一边摆着飞燕立着舞过的金盘，盘内盛着安禄山掷过伤了太真乳的木瓜。上面设着寿阳公主于含章殿下卧的榻，悬的是同昌公主制的联珠帐。宝玉含笑连说："这里好！"秦氏笑道："我这屋子大约神仙也可以住得了。"说着亲自展开了西子浣过的纱衾，移了红娘抱过的鸳枕。

对此，甲戌本的侧批是"设譬调侃耳，若真以为然，则又被作者瞒过"，❶说明这些陈设不过是作者的调侃游戏之语，不需当真。但细细推敲这些典故，武则天曾是唐太宗李世民的才人，后成为唐高宗

---

❶ 吴铭恩汇校：《红楼梦脂评汇校本》，清华大学出版社2019年，第69页。

李治的皇后，身侍父子两代皇帝，所以唐代人有聚麀之诮；赵飞燕是汉成帝刘骜的皇后，与妹妹赵合德都有盛宠，被讽刺为倾覆大汉社稷的祸水；太真指杨玉环，曾经是寿王李瑁的王妃，后来被公公唐玄宗纳入后宫，封为贵妃，集万千宠爱于一身。民间传说她曾将安禄山收为义子，但与安禄山发展了奸情，在调情打闹时不慎被安禄山用木瓜掷伤胸乳。寿阳公主是六朝宋武帝刘裕的女儿，相传她曾卧于含章殿下，有梅花落在额头，被宫女效仿作梅花妆；同昌公主是唐懿宗的女儿，出嫁时堂中设有联珠帐；西子即西施，相传她入吴前曾在家乡浣纱；红娘是崔莺莺的丫鬟，曾在莺莺和张生约会时帮着送枕头。武则天、赵飞燕、杨玉环等香艳典故，叠加床榻、帐子、纱衾、枕头等意象，勾勒出少妇闺房的幽微场景，而暗香、图画、对联等，更烘托出一片暧昧氛围，对尚且处于懵懂年纪的宝玉形成了强有力的诱惑。

在这个充满着性暗示意味的环境中，少年宝玉恍恍惚惚地进入了梦乡，由警幻仙姑指引，游历太虚环境，提前领悟金陵十二钗的未来命运。此处作者运用了大量的隐笔和虚笔，欲说还休地对宝玉和秦可卿的关系作了若干暗示。文中写到宝玉睡觉时"秦氏便吩咐小丫鬟们，好生在廊檐下看着猫儿狗儿打架"，而宝玉醒来后，又提到"秦氏正在房外嘱咐小丫头们好生看着猫儿狗儿打架"。"猫儿狗儿打架"在中国民间文化和传统小说写作中，都有着性活动的指涉含义，这种含义在后文也出现过，如第六十六回柳湘莲对宝玉说"你们东府里除了那两个石头狮子干净，只怕连猫儿狗儿都不干净"，即以"猫儿狗儿"指代混乱的性活动。而第七回写周瑞家的送宫花，有两支花送给了秦可卿，脂评本在此回有回前诗云"十二花容色最新，不知谁是惜花人。相逢若问名何氏，家住江南姓本秦"。❶ 也是在第七回，秦钟与宝玉初见，甲戌本的夹批是"设云'情种'。古诗云：'未嫁先名玉，来时本姓秦。'二语便是此书大纲目、大比托、大讽刺处"。❷ 可见，秦钟寓意钟情，秦可卿本名秦玉，合起来就是情欲，她也是引领宝玉进入情欲世界的第一人。作者虽然删去了秦可卿引诱宝玉一事的大量细节，但还是在行文中留下了明显的线索，如警幻仙姑之妹名兼美字可卿者与宝玉共赴云雨，如宝玉听闻秦可卿死讯后心痛到吐血，如宝玉听到柳湘莲指责宁国府污浊不堪时脸都红了。如此等等，都暗示着秦可卿是宝玉生命里非常重要的女人。

或许正因为秦可卿是如此地美丽动人，却又表现出张扬的情欲，使得作者在处理这个人物时，一度呈现出矛盾的态度：一方面肯定她的超凡魅力，如夸赞她的花容月貌、万种风情，又如多次通过贾母、尤氏等人之口表扬她的能力和品格；另一方面则对其风流放荡时或加以鞭挞讽刺，最经典者，莫过于借焦大之口说出宁国府内"爬灰的爬灰，养小叔子的养小叔子"，机锋直接指向秦可卿。爬灰，一般指儿媳妇和公公的不伦关系。作者虽然听从脂砚斋的建议，删除了秦可卿淫丧天香楼的直接笔墨，但从脂砚斋评语来看，原书有"遗簪""更衣"等细节，应该就是表述秦可卿与贾珍私通之事。"遗簪"本事，出自《史记·滑稽列传》"若乃州闾之会，男女杂坐，行酒稽留……握手无罚，目眙不禁，前有堕珥，后有遗簪……"，意思是说乡间集会之时，男女杂坐饮酒，握手、盯着看等行为，都不受约束，妇女的耳环、簪子等首饰纷纷掉落现场，毫无规矩，后来便以

---

❶ 吴铭恩汇校：《红楼梦脂评汇校本》，清华大学出版社2019年，第97页。惜花人，在中国古代文学作品中，常常以惜花人指代怜惜、呵护女子的男人。

❷ 吴铭恩汇校：《红楼梦脂评汇校本》，清华大学出版社2019年，第106页。

遗簪堕珥指代不检点越轨等行为。"更衣"，从字面意思来理解，是更换衣服或者上厕所之意，但"更衣"一词在传统古典叙事语境下，还有另外一重含义：《汉书》记载汉武帝刘彻初遇歌女卫子夫，就看上了她，帝起更衣，卫子夫在一旁伺候，于是得到了宠幸。因此更衣也指代男女之间发生亲密关系。《红楼梦》原文已经遗失，第五回宝玉看到秦可卿的判词和美人悬梁自缢图像，说明秦可卿并非病死，而是不得已上吊自杀。第十三回又提到秦可卿死后丫鬟瑞珠撞柱自杀、宝珠自请为义女，而脂砚斋的批语是"补天香楼未删之文"❶。第十四回又写到"宝珠自行未嫁女之礼外，摔丧驾灵，十分哀苦"，第十五回最后交代了宝珠的结局"宝珠执意不肯回家，贾珍只得派妇女相伴"。如此看来，秦可卿的两个贴身丫环，一个自杀，一个遁入空门，她们似乎宁可付出死亡和遁世的巨大代价，也要执意守住导致秦可卿死亡的某种真相。

如上文所述，学界一度有秦可卿出身政治豪门，受家族失势牵连而自杀之类的猜测，但如果仅仅从文本层面梳理，结合多重信息，还可以做出推论：秦可卿和贾珍在天香楼私会，遗下簪子，瑞珠发现后交给尤氏，被尤氏认出是秦可卿之物，于是私情败露，秦可卿不得不自杀以保全家族名声，瑞珠也以死谢罪，宝珠自请为义女后出家，侥幸留得性命。事实上，87版《红楼梦》电视剧就采用了类似情节来补充秦可卿故事的缺失。如此推理，在逻辑上大致可以成立，但也有说不通之处，既然焦大都已经知道秦可卿和贾珍的传闻，那尤氏没有理由完全听不到风声。并且，第六十三回，贾蓉曾经笑着说"从古至今，连汉朝和唐朝，人还说脏唐臭汉，何况咱们这宗

---

❶ 吴铭恩汇校：《红楼梦脂评汇校本》，清华大学出版社2019年，第172页。

人家。谁家没风流事，别讨我说出来"，可见宁府上下风气不正，对家族丑闻不以为耻，反而洋洋自得。这样看来，就算秦可卿和贾珍的丑事被尤氏坐实，尤氏也只能忍气吞声，何至于逼死秦可卿呢？结合上文诸多研究者的推测进行总结，秦可卿之死有很多种可能性：或许她是某个皇子的私生女，因为各种原因寄养在贾府，后来本家家族败亡，她不得不自杀；或许她是被某个神秘皇家惜花人宠幸过的女人，被贾府供养，但后来被惜花人抛弃，又被贾珍染指，羞愤下自杀；或许她出身低微，嫁入贾府后为维持主母体面耗尽心力，和公公发生不伦关系又被婆母撞破，成为压倒她的最后一根稻草；又或许她只是作者有意设置的一个功能性人物，在男主角贾宝玉的生命里留下了重彩浓墨的一笔后就退场了，所以对她的死亡毋需交代得笔笔分明。但无论如何，秦可卿没有非死不可的理由，却不明不白地早早死亡离场，给红迷们留下了无数想象空间，这或许是作者有意为之，但也足见其人形象立体复杂，充满了生动魅力。

　　话说回来，既然爬灰传闻直接指向贾珍，那养小叔子又指谁呢？在宁国府内，和贾蓉、贾珍往来密切的少年男子，首推贾蔷，他与秦可卿的关系应该不简单。在第九回中，众顽童大闹学堂，贾蔷为庇护秦钟，甚至挑拨宝玉的书童茗烟闹事，表面上是为维护秦可卿丈夫贾蓉的面子，但事实上，此处颇耐人寻味。通览书中涉及秦可卿和贾蓉的文字，就能看出这两人关系无比冷淡，几乎没有互动，简直不像一对正常的少年夫妻，如此则贾蔷所关心、庇佑之人，似乎也可以指向秦可卿。前文曾提到，贾蔷在宁国府内，曾经一度惹得下人们说出各种流言蜚语，连贾珍听到后都觉得实在不堪，于是让贾蔷搬出去住。下人们究竟说了什么？作者并未明言，这风流少年或许与贾珍父子过从甚密，或许与嫂嫂秦可卿往来频繁，都有可能。考虑到贾珍和秦可卿的关系已经违背伦常，倘若贾蔷也牵涉其中，则其中混乱几乎超出正常人的想象，难怪后来柳湘莲会说出宁国府内只有门前石狮子是干净的之类言语。倘若秦可卿与贾蔷之不伦关系也能成立，如此则秦可卿一人与贾珍、贾蓉、贾蔷、贾宝玉等男性都有首尾，宁国府内禽兽聚麀、胡天胡地之混乱，已非常人所能想象。可怜贾家祖上军功起家，到如今却"生下这些畜生"（焦大语）胡作非为，将好端端一座宁国府闹得乌烟瘴气，难怪闻者落泪、听者伤心了。

秦可卿作为文学描述中的"箭垛式"人物，承担了贾府的风月丑闻，但倘若仅仅将她视为放纵性情、耽于风月的一个欲女，则难以解释作者为何将她列入金陵十二钗中，并赋予她"兼美"（兼有宝钗、黛玉之美）的美好品格。第五回，宝玉梦游太虚幻境，与警幻仙姑相遇，作者所有一段"方离柳坞，乍出花房"的长长赋文，在赋文之旁，甲戌本加有眉批"按此书凡例，本无赞赋闲文，前有宝玉二词，今复见此一赋，何也？盖此二人乃通部大纲，不得不用此套"❶，也就是说，宝玉与警幻仙姑二人为全书通部大纲，正是在警幻仙姑的授意下，宝玉与可卿（警幻仙姑之妹）在仙境中成婚，各种云雨恩爱，难解难分。显然，仙境中的可卿是警幻仙子点醒宝玉的符号象征，宝玉在她的引导下进入温柔乡，他在梦幻世界的体验构成了某种自我验证，它们将在未来被一一验证为真，而生活中的秦可卿与太虚幻境的可卿合而为一，幻化为那个梦幻世界的象征。

在太虚幻境中，宝玉进入了一个纯粹的女儿国，他看到了金陵十二钗、十二副钗的判词，听到了十二支《红楼梦》曲子，对每个人

---

❶ 吴铭恩汇校：《红楼梦脂评汇校本》，清华大学出版社2019年，第70页。

未来的命运有了模糊的认识。所谓"通部情案,皆必从'石兄'挂号"（庚辰本第四十六回夹批）❶,这番经历也预言着他将成为人间女儿国——大观园的见证者,他将走进女儿们的生命中,目睹她们的悲欢离合、荣辱浮沉,这份进入迥异于男性世界的异托邦的体验,将让他思考人生和命运的归宿,并最终点化他。

值得注意的是,秦可卿兼具钗黛之美。第五回曾写到可卿的容貌风姿,"其鲜艳妩媚,有似乎宝钗,风流袅娜,则又如黛玉",这种"兼美"的特质,与总括全书的金玉良缘、木石前盟形成呼应,也暗示了此后宝玉的身体和心灵将在宝钗和黛玉二人之间徘徊。他与可卿之间的亲密关系,在一定程度上也可以看作情欲（秦玉）对他的引诱和迷惑,这份孽缘的开启仿佛打开了潘多拉魔盒,从此,他将沉迷于滚滚红尘的色相世界,一度忘却青埂峰下的顽石初心,唯有最后在黛玉眼泪的召唤下,才能重新回归灵性世界。

宝玉在钗黛二人之间做出的爱情选择,也象征着在情的感召下,他最终放弃了充满着欲望引诱的现实世界,选择皈依于精神世界。事实上,在第五回中,宁荣二公之灵曾嘱托警幻仙姑将宝玉归引入正途"万望先以情欲声色等事警其痴顽,或能使彼跳出迷人圈子,然后入于正路",这也符合中国传统文化中常见的色而后空的教育思路,意思是让没有体验过红尘快乐的年轻人先经历各种欲望体验,从而产生免疫力,最后回归平淡生活,并循规蹈矩地按照社会的常规路径安顿日常人生。但事与愿违,宝玉进入太虚幻境后无比欢喜,所想的却是"这个去处有趣,我就在这里过一生,纵然失了家也愿意,强如天天被父母师傅打呢"。从《红楼梦》成书来看,无论是遗

---

❶ 吴铭恩汇校:《红楼梦脂评汇校本》,清华大学出版社2019年,第599页。

失的后四十回,还是目前通行的一百二十回程高本,宝玉都未按照祖宗们的期待,用自己的人生去填充社会规训,在经历种种酸甜苦辣的尘世体验后,他最后归于大荒,不仅抛弃了情欲色相,还超越了世俗人生。也就是说,《红楼梦》借鉴了中国传统世情小说中常见的"沉沦—警醒"的模式化写作套路,最后却一反常规地让男主角选择了离弃尘世之

图5.1 清 费丹旭《十二金钗图》之"秦可卿太虚幻境"(局部)

路。在十八世纪的中国,充斥于流行小说、戏曲等通俗文学中的叙事套路是大团圆结局,而《红楼梦》已经开始思考人生和命运的归途等超验性话题,其思想之深刻、先锋,可谓远超时代。

总而言之,在宝玉红尘历劫的故事中,开启宝玉尘世探索之路的引路人是秦可卿,足见她在宝玉成长历程以及《红楼梦》叙事中的重要性。这个曾经带给宝玉生命初体验的女人会是什么样子呢?清代画家费丹旭《十二金钗图》中有《秦可卿太虚幻境》图(故宫博物院藏,图5.1),她以手支颐,脖颈低垂,面露沉思之状,身姿袅娜纤细,颇有几分楚楚可怜之感。只是,这张画虽然对秦可卿状态的意蕴把握比较到位,对她的着装、首饰等并未细加点染。在我们的想象中,秦可卿应该是风情万种、仪态万千、别具魅力的女性:她右鬓上插银镀金点翠菊花簪和红玛瑙珍珠花单簪,耳戴一对镶宝石海棠耳环,左手腕戴一串白玉手镯,正准备将一支银镀金蓝料珍珠菊花簪插上左鬓。上身穿橘红色杏林春燕纹对襟短袄,下着湖色蝶兰纹裙子,

袄子前襟敞开，露出橘色主腰，蓝色缘边，显得风姿绰约、楚楚可怜（图5.2）。此时的她，或许正在天香楼上梳妆打扮，将要和贾珍私会，杏林春燕纹和蝶兰纹都寓意着高贵吉祥，她已经是尊贵的东府蓉大奶奶，却身不由己地被卷入这段孽情关系。那支将要斜斜插入发鬓的菊花簪，或许就是在这次幽会中不小心遗落，从而导致这段不伦关系的败露，最终逼得她走上绝路。

斯人已逝，但她的死亡也如同一面镜子，折射了贾府内若干秘辛，这种折射功能在她的葬礼上，更是被发挥得淋漓尽致。在秦可卿的葬礼上，那些曾经在她生命里留下痕迹的人都是何种表现，他们又演绎了什么故事呢？

◉ 第三节
秦可卿葬礼上的众生相

秦可卿的死讯传开，首先要禀告宁国府名义上的主事人贾敬，但贾敬"闻得长孙媳死了，因为自为早晚就要飞升，如何肯又回家染了红尘，将前功尽弃呢，因此并不在意，只凭贾珍料理"（第十三回）。在贾敬看来，长孙媳的死亡远远比不上他的修仙大业，任凭家中风浪四起，他的状态就是"躲进小楼成一统，管它春夏与秋冬"。曾经考中进士的贾敬不知遭遇过哪些蹭蹬，以至于直接放弃了繁华富贵，也放下了对家族和儿孙们的责任。对他这种态度，作者是非常不满的，在第五回咏叹秦可卿的那只《好事终》曲子中，就曾感慨"箕裘颓堕皆从敬，家事消亡首罪宁"，表达他对贾敬的愤慨，在他看来，正是由于宁国府的掌舵人贾敬抛弃了应该承担的责任，放纵儿子贾

图5.2 秦可卿

① 银镀金蓝料珍珠菊花簪
② 银镀金点翠菊花簪
③ 红玛瑙珍珠花单簪
④ 镶宝石海棠耳环
⑤ 假白玉手镯
⑥ 金镶宝蝶赶菊纽扣

珍胡作非为，才使得宁国府如同失去了舵手的小船飘荡在茫茫大海中，最终导致了船毁人亡的悲剧。

贾敬既然撒手不管，就只能由宁府的实际管事人贾珍来安排。事实上，贾珍和秦可卿之间的不伦关系，也是通过贾珍的诸多表现有所透露。如早在秦可卿病倒后，贾珍就挂心不已，忙着请医看病；十三回秦可卿死后，贾珍哭得泪人似的，说出"合家大小，远近亲友，谁不知我这媳妇比儿子还强十倍。如今伸腿去了，可见这长房内绝灭无人了""如何料理，不过尽我所有罢了"等种种越礼之言。戚序本此处有批语"'尽我所有'，为媳妇是非礼之谈，父母又将何以待之？故前此有恶奴酒后狂言，及今复见此语，含而不露，吾不能为贾珍隐讳"，❶ 可见，在清代读者眼中看来，贾珍这些言论很是不妥。并且，贾珍坚持为秦可卿挑选最好的樯木棺材，贾政看不过眼，劝说不必用这种非常人可享之物，但贾珍的反应是"此时贾珍恨不能代秦氏之死，这话如何肯听"，秦可卿的去世，让贾珍感到极其痛苦，连生命都可以为之舍去，这已经完全超出了正常公媳之间的关系，作者已经明明白白的点出了两人之间的不伦纠葛。

和贾珍形成了鲜明对照的是贾蓉，还有尤氏。贾蓉作为秦可卿的丈夫，不仅平时和她互动极少，在丧礼这种重要场合，原本就该由丈夫出面张罗各种大小事宜，但贾蓉却基本全程隐身。唯有第十三回，贾珍觉得贾蓉只是黉门监（国子监的在读学生），出殡时灵幡经榜上写着不好看，故而花了一千二百两银子为他捐了五品龙禁尉之职，"贾珍命贾蓉次日换了吉服，领凭回来。灵前供用执事等物，俱按五品职例。灵牌疏上皆写'天朝诰授贾门秦氏恭人之灵位'"，

---

❶ 吴铭恩汇校：《红楼梦脂评汇校本》，清华大学出版社2019年，第171页。

这是贾蓉在丧礼中唯一一次出场。这一回的回目有"秦可卿死封龙禁尉"之说，也就是说，贾珍出钱出力，大费周折，表面上是为贾蓉谋前程，但他的爱、他的钱，实际都指向死去的秦可卿。而贾蓉对此心知肚明，他的冷漠和疏离表明，至此，他已完成了名义上丈夫对妻子应尽的义务，两人之间的这段孽缘就此了断。和贾蓉相比，尤氏表现得更为直接，她以"犯了旧疾，不能料理事务"为由，干脆托病不出，让贾珍不得不请王熙凤到宁府协助办理事务。第十四回有"这日伴宿之夕，里面两班小戏并耍百戏的与亲朋堂客伴宿，尤氏犹卧于内室，一应张罗款待，独是凤姐一人周全承应"等记述，以佐证她"病了"。她这场病来得蹊跷，走得无声，在秦可卿停灵的四十九天内一直病着，却无其他人对她安慰看望，而此前此后，在书中再不见她有类似旧疾发作。这说明尤氏之病不在身，而在心。❶

尤氏的疏远躺平，也将王熙凤推上了主持丧事大局的前台。王熙凤协理宁国府，历来被视为《红楼梦》中最出色的名场面之一，将她杀伐决断、聪明敏锐的个性点染得异常突出。只看她梳理宁府的五大弊端，"头一件是人口混杂，遗失东西；第二件，事无专执，临期推委；第三件，需用过费，滥支冒领；第四件，任无大小，苦乐不均；第五件，家人豪纵，有脸者不服钤束，无脸者不能上进"，并针对这些弊端，有的放矢、有条不紊地安排了对应举措，使得贾府上下心服口服、无不称叹。只是，王熙凤得意于众人的赞扬不绝，沉浸在大权在握的快乐中，却忽略了应该遵守那个时代社会强加给女性的各种规范，以至于埋下四面楚歌的败亡之笔。筹备管理丧礼事宜期间，她还做了两件事情：她惦记正在送黛玉南归的贾琏，在百忙之

---

❶ 参见张润泳：《略论〈红楼梦〉的不写之写——以秦可卿之丧为考察中心》，《红楼梦学刊》2012年第5辑。

中还抽空为他打理衣服行李，却在仆人面前强调"别勾引他认得混账老婆，——回来打折你的腿"，表现出"悍妒"的一面；她性子好强，又贪揽银钱，受铁槛寺老尼姑蛊惑，假借贾琏名义，让长安节度使出面，干涉其属下守备之子和张金哥小姐的婚事，逼得这对青年男女双双自尽，两条人命的代价和贾府名声受损，换来了三千两银子的好处费。于内，她在仆人面前强悍表明管束丈夫的态度，几乎不给丈夫留半点面子，大胆挑衅了夫权；于外，她不守闺范，居然瞒着丈夫介入公门，将贾琏、长安节度使、守备等一众男子玩弄于股掌，挑战了更广泛意义上的父权。这样个性强悍、行事狠辣的女性，在封建社会，无疑会成为男性忌惮的对象。贾府得势时，她的能力能为大家族带来利益，家族还能对她的越轨睁只眼闭只眼；而当贾府败亡时，众人自顾不暇，忙着清理旧账之时，她必然会成为最早被针对、被抛出的牺牲品。

说到底，这就是封建社会里女性的悲哀，她们只能依附于男性为主导的家族，其功过是非、荣辱浮沉，都只能寄托于他人。在这点上，王熙凤和秦可卿处于同样的境遇，秦可卿在临终前交代王熙凤在祖茔附近多买祭田、兴办家塾，以备败落之患，句句在理，如此有才干有眼光有格局的女性却被困于闺帏之中断送一生。在某种程度上，秦可卿如同王熙凤的镜像，她们都具备才华能力，也不乏视野见识，但她们在家族中一直处于被使用又被控制的状态，始终无法真正掌握核心权力。虽然她们偶尔也能在权力的缝隙中施展自己的能力，但一旦触碰到权力核心，即会沦为被宰割的对象。王熙凤此时大权在握，志得意满，或许还未体会到秦可卿的困境，若干年后，当她被家族抛弃、"哭向金陵事更哀"之时，午夜梦回之际，她想起当年那个倾心诉衷肠的闺阁姐妹，会不会觉得她们的真心和才干，终究还是错付了呢！

话说回来，在秦可卿葬礼上，那个曾经和她有过一段缠绵情意的少年贾宝玉是什么状态呢？在刚听到她死讯时，他难过得吐血，足见秦可卿在他内心深处留下了难以磨灭的记忆。只是，这位多情少年对女人的情意，就像荷叶上的露水，这边缺了，那边又圆。葬礼期间，他和秦可卿名义上的弟弟秦钟形影不离，而秦钟钟情于水月庵的小尼姑智能儿，居然昏天黑地里抱住智能行云雨之事，被宝玉逮个正着。宝玉不仅没有指责秦钟的行为于礼不合，反而挑逗秦钟，闹着要和他"细细的算账"。秦可卿的灵柩停放在铁槛寺，而旁边的水月庵内已是一片风月无边的光景，对于逝去的亲人，陶渊明曾感慨"亲戚或余悲，他人亦已歌"，但此处将死者抛在脑后、一门心思找乐子的反倒是这些"亲戚"。说来说去，贾府如此大张旗鼓给秦可卿送殡，更多还是为彰显自家的政治实力和体面，对那个逝世亡灵的悼念反倒退居次要。这真是秦可卿的悲哀，她已经将青春和肉体完全献祭给了这个吃人不吐骨头的世家大族，而她的死亡，也仍然不过是政治家族们呼拥而来，吃完最后一顿饕餮大餐的食材罢了！

◉ 第四节
明清葬礼服饰

正因为秦可卿的葬礼规格，代表着还处于政治高位贾家的体面，所以四王八公们悉数到场，将礼数落到实处。也正是在秦可卿出殡路上，宝玉第一次见到了那位众口交誉的贤王——北静王，《红楼

……《红楼梦》第十五回中,详细写到了宝玉和北静王初见时所穿戴的服饰细节,宝玉眼中的北静王水溶是:

> 头上戴着洁白簪缨银翅王帽,穿着江牙海水五爪坐龙白蟒袍,系着碧玉红鞓带,面如美玉,目似明星,真好秀丽人物。

洁白簪缨银翅王帽

白色的王帽,黑底贴金,缀有金龙,帽前有绒球,帽后有翅角,翅上有银线装饰。

王帽:也称皇帽、堂帽,是传统戏曲演出中皇帝、王爷等角色所戴冠帽。一般为前低后高,帽前正中有面牌、绒球等,后有朝天翅两根,两侧挂流苏。绒球、流苏有黄、红、白等三色,皇帝用黄色,非帝王用红色,戴孝时用白色。❶ 银翅可能指朝天翅上有银线装饰。缨是系冠的带子,系在下颌。簪是固定发髻或发冠的长针。❷ 簪缨后来被用以指冠上修饰物,如宋明时期常见的男性冠上所簪的绒球。《红楼梦》第八回,林黛玉为贾宝玉戴冠,有"将那一颗核桃大的绛绒簪缨扶起"之说,可见北静王的簪缨也是绒球。

清代王族男性所戴的正式之帽有凉帽、暖帽等,❸ 此处北静王的王帽,应该是对戏曲演出中盔帽的借鉴。戏曲演出中的皇帽源于明代的翼善冠,那是一款帝王常戴的冠帽,前屋低、后山高、两个折角在头顶翘起,如明代乌纱翼善冠(现藏于十三陵博物馆,图5.3)。

---

❶ 参见刘月美:《中国京剧衣箱》,上海辞书出版社2002年,第60—61页。
❷ 参见冯其庸、李希凡主编:《红楼梦大辞典》,文化艺术出版社2010年,第50页。
❸ 参见第三章。

经过艺术加工改造，翼善冠变成了戏剧舞台上的王帽，如北京剧装厂所藏王帽(图5.4)。明亡清兴，男性都要剃发易服，翼善冠因失去了存在土壤而消失，人们往往只能通过戏曲演出中的王帽来再造翼善冠。如大英博物馆所藏清代版画(图5.5)，男子所戴之冠的形制与翼善冠比较接近，但帽子正中加了绒球，显然是受到王帽造型影响。❶

虽然北静王的王帽结合了翼善冠和戏曲王帽的特点，但或许考虑到王帽的造型过于戏剧化，1987年《红楼梦》电视剧和1989年《红楼梦》电影中，都对北静王的王帽采用了近似于翼善冠的设计，并在冠上加银色纹饰，以尽量贴近原文描述(图5.6)。

江牙海水五爪坐龙白蟒袍

白色长袍，袍身绣着团龙纹，五爪，龙头偏侧，袍子下摆有江牙海水纹。

白蟒袍是白色的绣着蟒纹的长袍，是戏服。戏曲演出中演员所穿蟒袍一般有十种颜色，上五色为红、绿、黄、白、黑色，下五色为粉色、宝蓝、紫色、湖色、香色。五爪坐龙，传统蟒纹和龙纹比较相像，通常认为五爪为龙，四爪为蟒，但清代尤其是清中后期并不十分强调龙蟒之分，也有五爪蟒。坐龙，所有盘成团形的龙纹都称团龙，龙头在上者为升龙，龙头在下者称降龙，龙头在正中者称正龙，头向侧面即为坐龙。江牙海水也称江崖海水，是常见的吉祥纹样，一般用在蟒袍的下摆，用弯曲的斜线条比喻水脚，水脚上有翻滚的

---

❶ 参见雷文广：《明代翼善冠形制特征、演变及其传播》，《丝绸》2022年第5期。

图5.3 明 乌纱翼善冠

图5.4 王帽

图5.5 清代版画（局部）

图5.6 1987年电视剧《红楼梦》和1989年电影《红楼梦》中北静王的翼善冠造型

水浪，水浪上有祥云，中间有山石挺立，寓意着吉祥如意、一统山河。❶

北静王的江牙海水五爪坐龙白蟒袍显然也借鉴了戏服元素。戏服蟒袍系模仿明代蟒衣而成，明代蟒衣的基本样式为圆领、大襟、阔袖、两侧加摆，衣身上绣蟒纹。蟒衣在明代是皇家赐服，蟒形状如龙，为显示与皇家区别，特减一爪，以四爪为主，晚明沈德潜《万历野获编》提到"蟒衣，为象龙之服，与至尊御袍相肖，但减一爪耳"。❷ 如明代太子太师袭临淮侯李弘济像（中国国家博物馆，图5.7），他穿的便是一件通袖膝襴圆领蟒袍。

入清后，蟒袍的使用范围变得更广泛，从皇家成员到低级官员，都可以穿蟒袍。《钦定大清会典》卷四十七记载，"亲王、郡王，通绣九蟒。贝勒以下至文武三品官、郡君额驸、奉国将军、一等侍卫，皆九蟒四爪。文武四五六品官、奉恩将军、县君额驸、二等侍卫以下，八蟒四爪（趾）。文武七八九品未入流官，五蟒四爪"。❸ 按照清代规定，北静王作为郡王，可以穿九蟒五爪袍。❹ 清华大学艺术博物馆藏有清代蓝色戳纱绣云龙纹蟒袍（图5.8），圆领、大襟，前后开衩，装有马蹄袖，下端饰江崖海水纹，是典型的清代样式。与之相形，清代戏装的蟒袍则兼具明清蟒衣的特色，如中国艺术研究院藏有清代青缎绣平金团龙卍蝠云纹男蟒袍（图5.9），形制为圆领、大襟、阔袖，腋下有摆，是明代蟒衣样式，但下端饰江崖海水纹的立水纹增

---

❶ 参见冯其庸、李希凡主编：《红楼梦大辞典》，文化艺术出版社2010年，第50页。
❷ 参见徐珂：《清稗类钞》第十三册"服饰类·蟒袍"，北京出版社1984年，第6176页。
❸ 嘉庆朝《钦定大清会典》，中国第一历史档案馆《清会典》全文检索数据库，https://fhac.com.cn/fulltext_detail/1/50873.html?kw=通绣九蟒，2024年8月15日。
❹ 虽然明清时期，一度有"五爪为龙，四爪为蟒"的说法，但在实际生活中，龙和蟒的区分并不是那么绝对。事实上，龙纹和蟒纹很接近，相互混淆的情况也很常见，关键是看穿在什么人身上。

多，又展现了鲜明的清代特点。北静王的白蟒袍应该就是这样一件兼具明清蟒衣特色的衣服。

碧玉红鞓带

皮革带，外裹红绫，带身上镶着绿色的玉片或玉块。

红鞓带：外裹红绫的皮革带。碧玉：绿色的玉。❶

穿蟒袍往往要系玉带。北静王的腰带是碧玉红鞓带，在明代画像中也能见到相应呈现。如明仁宗画像（台北故宫博物院藏，图5.10）所示。

书中还写到北静王将手腕上的念珠取下来送给宝玉，并说这是"圣上亲赐鹡鸰香念珠一串"。鹡鸰也称水雀，是一种生活在水边的鸟，《诗经·小雅·棠棣》云"脊令在原，兄弟急难"，意思是鹡鸰（脊令）鸟困在原野，兄弟们会赶来救急，此后鹡鸰便寓指兄弟情深、相互扶持，皇帝将鹡鸰香串珠赐给北静王，期待之意不言自明。香念珠，是用香料制成的念珠，用它们做成香珠串戴在手腕上，散发幽香，能养生提神，因此很受欢迎，在明清时期甚至一度成为备受贵族青睐的时尚达品。如故宫博物院藏有清代伽南香带珠宝喜字纹十八子手串（图5.11），十八颗伽南香珠与两颗红珊瑚结珠相映，彰显了尊贵和高雅的气质。十八子，暗含多子多福之意，也对应着佛教的十八界，寓意着吉祥如意。

曹雪芹对北静王这身装扮的描述是实写还是虚写，学术界历来有不同看法，如邓云乡先生曾和俞平伯先生笔谈交流，两人都认为

---

❶ 参见冯其庸、李希凡主编：《红楼梦大辞典》，文化艺术出版社2010年，第50页。

图5.7 明 《岐阳世家画像》之太子太师袭临淮侯李弘济像

图5.8 清 蓝色戳纱绣云龙纹蟒袍

图5.9 清 青缎绣平金团龙卍蝠云纹男蟒袍

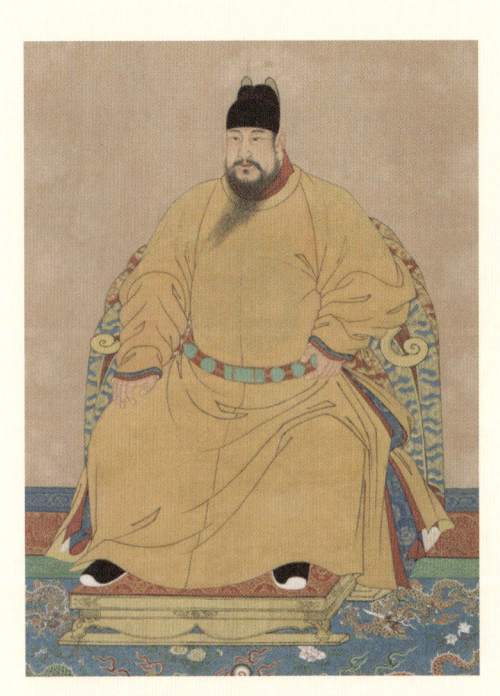

图5.10 明 仁宗画像（局部）　　　　　　图5.11 清 伽南香带珠宝喜字纹十八子手串

北静王穿的是戏服，并指出明代王应奎《柳南续笔》曾记述晚明阉党党徒阮大铖曾"巡师江上，衣素蟒，围碧玉，见者论为梨园装束"，该条记录可以作为佐证。❶ 而郭若愚先生则认为，清代前中期，朝野上下仍然存在男子汉服、满服并穿的情况，皇帝、亲王都穿汉服，北静王的衣服绝非戏服，而是对当时情形的真实写照。❷ 既然存在不同声音，不妨参看明代王爷的丧服装束。根据历史文献记录，明宪宗皇太子夭亡后，"以书讣告天下诸王、天下王府并文武衙门，闻丧易素服，于厅事再拜，举哀，复再拜。次日服布裹纱帽、麻鞋、绖带，设香案举哀行礼，服素服、乌纱帽、黑角带，二日而除"。❸ 这样看来，明代王爷为皇室成员之丧所穿的丧服包括素服、乌纱帽、黑角带等，虽然书中北静王服饰是参加下属官员妻子葬礼所穿，在规格上应该低于上文所述，但也不应相差太远，文中所述"洁白簪缨银翅王帽""江牙海水五爪坐龙白蟒袍""碧玉红鞓带"之类，在历史文献中缺少相应佐证，可见，曹雪芹在写作时更多采用了虚写手法。

综合如上考据资料，我们对北静王的服饰进行了一定还原：他戴着乌纱翼善冠，前缀一颗白绒球，冠檐、折角都用银饰；蟒袍为圆领大襟，蟒纹为九蟒五爪，下摆饰江牙海水纹；腰系红鞓带，镶有碧绿色玉片；手持十八子香念珠手串。仙姿飘逸，超然出尘（图5.12）。

如上文所述，鹡鸰包含着兄弟友爱的含义，因此北静王将手串转送给宝玉，也是表达对他的欣赏认可之意。可见，初次见面，宝

---

❶ 参见邓云乡：《红楼风俗谭》，中华书局2015年，第167—168页。
❷ 参见中国社会科学院文学研究所编：《〈红楼梦〉人物的服饰研究》（上），《红楼梦研究辑刊》第十辑，第419—420页。
❸ 《明实录》：《大明宪宗纯皇帝实录》卷一百，上海书店出版社2015年。

图5.12 北静王

① 碧玉红鞓带 ③ 洁白簪缨银翅王帽
② 鹡鸰香念珠 ④ 纹样：江牙海水五爪坐龙白蟒纹

玉给北静王留下了较好印象。那么，宝玉当时是何种装扮呢？原文写到北静王眼中的宝玉是：

> 戴着束发银冠，勒着双龙出海抹额，穿着白蟒箭袖，围着攒珠银带，面若春花，目如点漆。

束发银冠
银制的束发冠。

双龙出海抹额
抹额，绣着双龙出海纹样。

白蟒箭袖
白色箭袖衣，衣身绣着蟒纹。❶

攒珠银带
腰带，上面镶嵌着银片和其他珠宝。

攒为聚集之意，此处可以理解为银片周围还镶有珍珠宝石等饰物。

从宝玉的这身装扮，也能看到作者采用了虚实手笔结合勾勒的方式。束发银冠，结合《红楼梦》多次写到宝玉的束发冠细节来看，应与其他束发冠形制一致，唯独颜色为银白色。再如双龙出海

---

❶ 束发冠、抹额、箭袖等，详见第二章贾宝玉服饰解释。

抹额，顾名思义，抹额上的纹饰是双龙出海纹，明清时期常见的龙纹样有双龙戏珠、云海蛟龙等。如故宫博物院藏晚清时期的黄色平金绣海水金龙纹荷包（图5.13），荷包上就是用盘金银线绣成二龙与海水纹。所谓双龙出海，应该也有双龙和海水纹。白蟒箭袖，从字面意思来理解，是白色箭袖衣上缀有蟒纹，白蟒袍是戏服，因此白蟒箭袖也有虚写与实写双重含义。故宫博物院藏有清代白色彩云金龙纹妆花缎箭衣（图5.14），圆领、大襟、马蹄袖，可为参看。至于攒珠银带，这种镶嵌多种珠宝的腰带在明清时比较常见，如明宣宗坐像（台北故宫博物院藏，图5.15）中，宣宗腰部即束着一条嵌宝红鞓带。

在已有考据材料的基础上，我们对贾宝玉的服饰装束作了一定复原：他头戴束发嵌宝银冠，冠前绒球也替换为白色；额头裹着双龙出海抹额；身穿白色箭蟒衣，下摆有江牙海水纹；腰系攒珠嵌宝银带；脖子上同样挂着美玉、寄名锁、护身符等三件配饰。在这个初遇的场景中，他接过了北静王赠送的鹡鸰香念珠，意味着接受了这位谦和儒雅王爷对他所表达的善意（图5.16）。

综合来看，北静王、贾宝玉的这两套衣服中，掺杂了较多的戏服元素，可见作者对男性服饰仍然采取了虚实结合的手法。还可以参看一处佐证，第十四回提到北静王当着贾政邀请与宝玉相见，贾政急命宝玉"脱去孝服，领他前来"，也就是说，宝玉原本应该穿着正式的孝服，但与北静王的相见等于在送葬过程中凭空设置了一个正式相见的场合，所以他必须穿着更隆重的衣服登场会客。但这显然出自小说家的虚构，在日常生活中，为亲友送葬，人们往往还要按照礼法规定穿上相应的丧服。中国古代丧服分为五等，每个人需要根据与死者关系的亲疏远近，分别穿斩衰、齐衰、大功、小功、缌

图5.13 清 黄色缎平金绣海水金龙纹荷包

图5.15 明 宣宗坐像

图5.14 清 白色彩云金龙纹妆花缎箭衣

图 5.16 宝玉见北静王

① 束发银冠
② 双龙出海抹额
③ 攒珠银带
④ 纹样：蟒纹
⑤ 鹡鸰香念珠

麻五类丧服，明代《三才图会》对此有详细图绘展示，并对丧服的穿戴细节进行了阐释：

斩衰是穿粗麻布丧服，下不缝边，整体包括斩衰冠、腰绖（腰带）、绞带（与腰带类似）、首绖（用以束发固冠）、前衣、后衣、裳、桐杖等，冠和绳带等都用粗麻制成（图5.17）。子为父母、嫡孙为祖父母、妻子为丈夫服丧等，都要穿斩衰。

齐衰是穿稍粗麻布做的丧服，下缝边，整体包括冠、腰绖、绞带、首绖、前衣、后衣、裳、桐杖等（图5.18）。父母为子、夫为妻、妾为嫡妻服丧等，都要穿齐衰。

大功是穿粗熟布做的丧服，整体包括大功冠、腰绖、绞带、首绖、前衣、后衣、裳等（图5.19）。父母为儿媳、男性为堂兄弟及未嫁之堂姊妹服丧等，穿大功。

小功是穿稍粗熟布做的丧服，整体包括小功冠、腰绖、绞带、首绖、衣、裳等（图5.20）。男性为伯叔祖父母、为堂兄弟之子服丧等，穿小功。

缌麻是穿稍细熟布做的丧服，整体包括缌麻冠、腰绖、绞带、首绖、衣、裳等（图5.21）。男性为堂兄弟子之妇、为堂兄弟之妻，女性为夫堂兄弟子之妇、为夫堂兄弟之妻服丧等，穿缌麻。

贾宝玉是贾珍的堂兄弟，秦可卿是贾珍的儿媳，按照明清社会习俗，贾宝玉应该穿最末等的丧服，即缌麻。宝玉除去丧服，装扮停当后再面见北静王，应该穿上更正式的礼服，但原文对此明显采用了略写，并结合戏服和日常丧服细节，为他拼贴了一套包括银冠、抹额、白蟒箭袖、银带的见客之服，这套衣服既不符合明清两代男子的日常穿衣样式，也不能完全比对上男子戏服，可见出于作者的有意虚写。基于此，我们为北静王和贾宝玉设计的两套服饰，也只

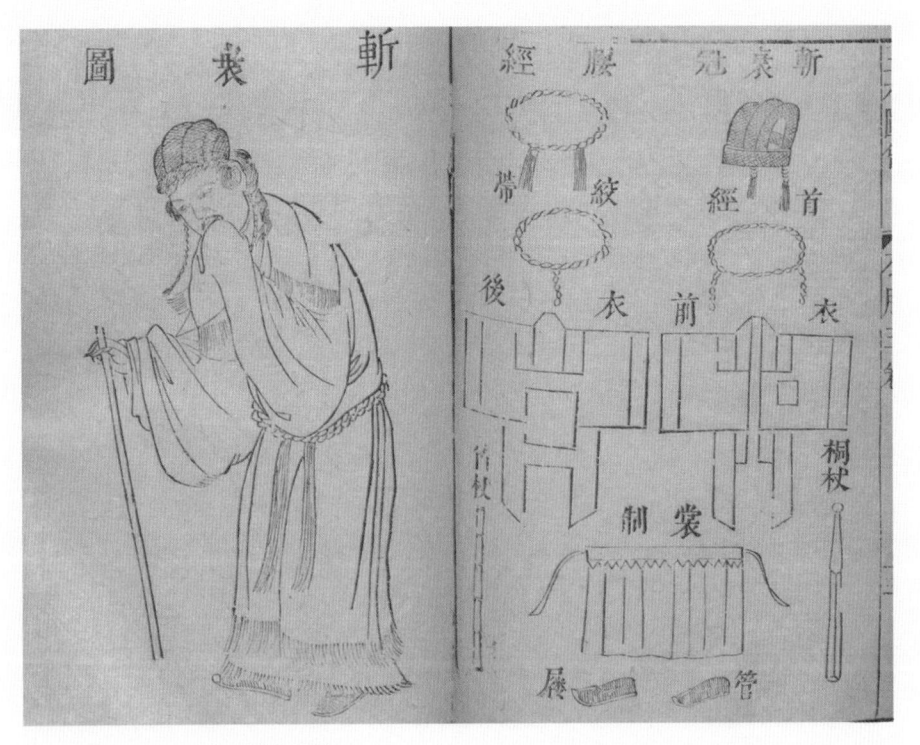

图5.17 明 王圻《三才图会》中的斩衰

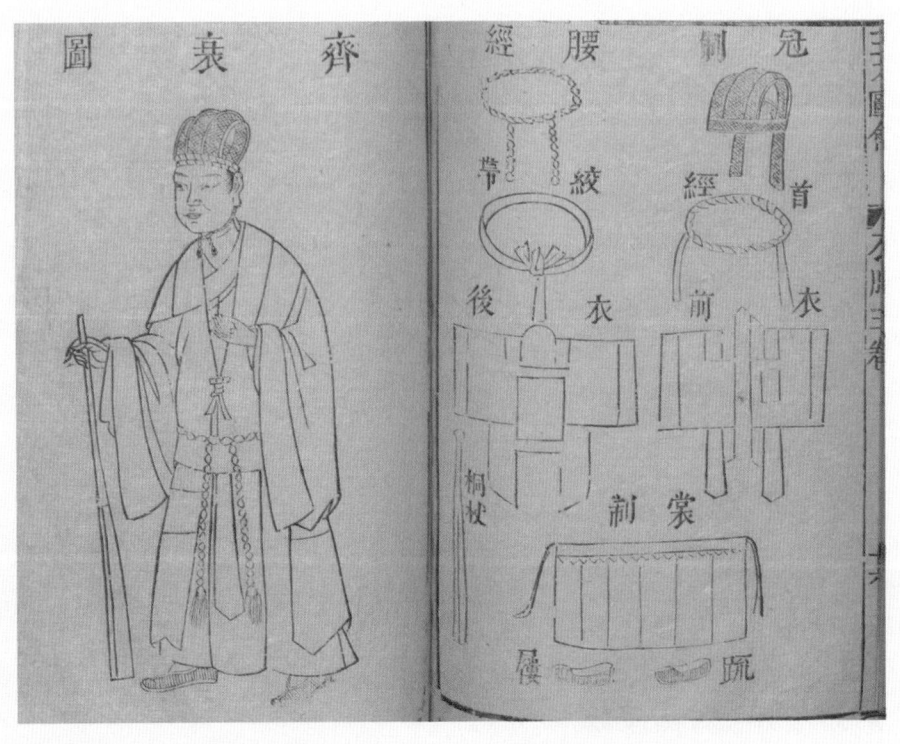

图5.18 明 王圻《三才图会》中的齐衰

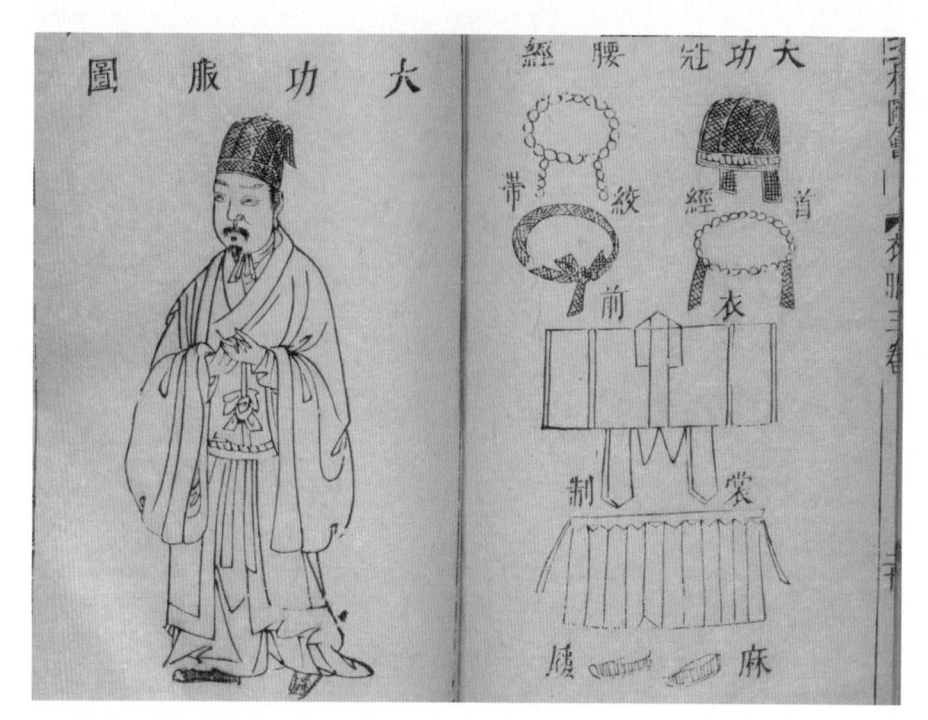

图5.19 明 王圻《三才图会》中的大功

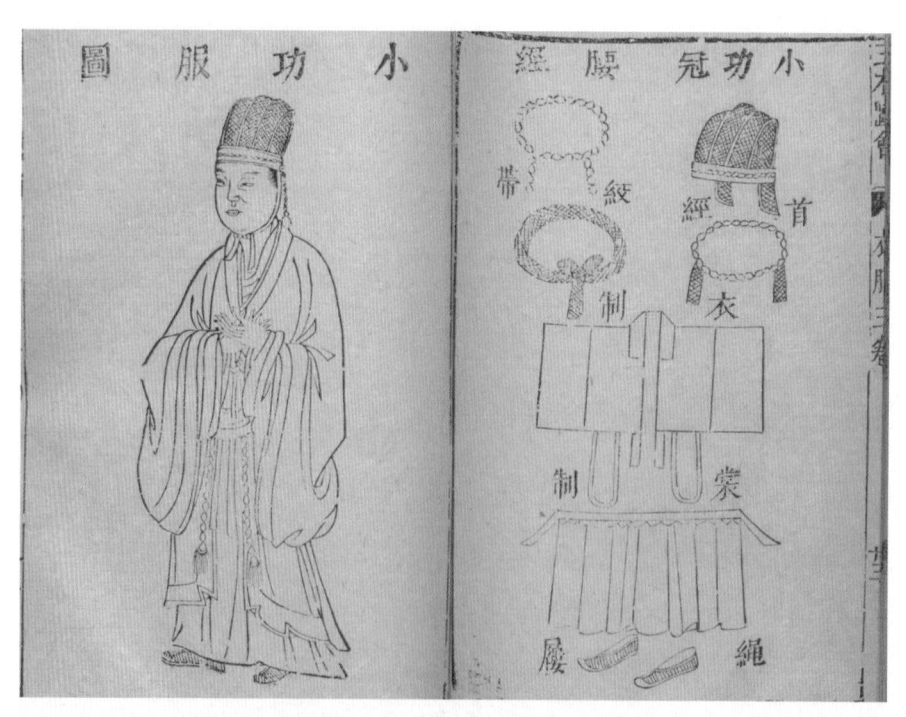

图5.20 明 王圻《三才图会》中的小功

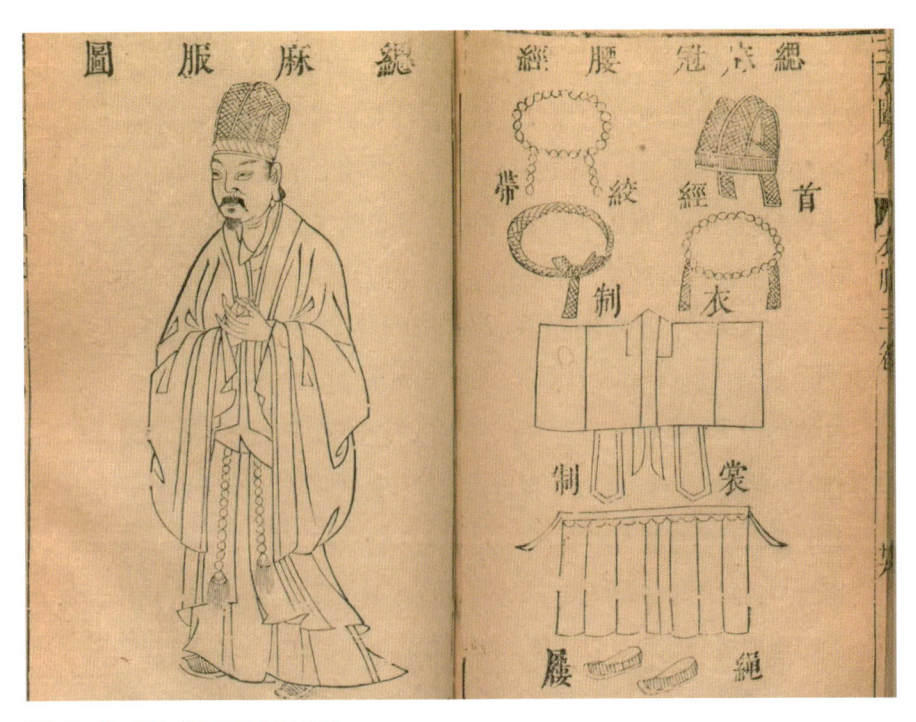

图5.21　明　王圻《三才图会》中的缌麻

　　能参考原文和明清服饰实物，以尽量还原作者笔下虚写的原型人物，也为今人了解明清男子丧服提供一些信息。

　　至于在秦可卿葬礼上大出风头的王熙凤，原文对她的服饰和其他女性服饰都未着一笔，在这个重要场合，她们应该穿什么衣服呢？根据礼法习俗，王熙凤应该穿最末等的缌麻丧服，其他女眷也要根据她们和秦可卿的关系分别穿不同规格的丧服。但事实上，晚明以来，禁令松弛，人们在日常生活中也不会完全按照礼法规范来穿丧服。如《金瓶梅》第六十三回写到西门庆的爱妾李瓶儿去世后，家中女眷包括正妻吴月娘等人的装扮都是"孝髻、头须系腰、麻布孝裙"❶，并未作严格区分。第六十八回写到妓女吴银儿为李瓶儿戴孝，

---

❶ 兰陵笑笑生：《金瓶梅词话》，人民文学出版社1985年，第870页。

"头上戴着白绉纱鬏髻,珠子箍儿,翠云钿儿,周围撒一溜小簪儿,耳边戴着金丁香儿;上穿白绫对衿袄儿,妆花眉子;下着纱绿潞绸裙,羊皮金滚边;脚上墨青素段云头鞋儿"。❶第七十五回提到西门庆的妻妾们仍然为李瓶儿穿丧服,都是白鬏髻珠子箍儿,浅淡色衣服,唯有正室夫人吴月娘"戴着白绉纱金梁冠儿,海獭卧兔儿,珠子箍儿,胡珠环子;上穿着沉香色遍地金妆花补子袄儿,纱绿遍地金裙"❷。而《红楼梦》第六十八回写到王熙凤为宁国府的伯父贾敬戴孝,其装扮为"头上皆是素白银器,身上月白缎袄,青缎披风,白绫素裙"。可见,头戴白鬏髻、插素白银器、裹珠子箍儿、穿浅色衣裙,是明清妇女常穿的丧服搭配。

由此,我们也为王熙凤设计了一套丧服:戴白鬏髻、上镶素白银器,发髻尾部插一支青玉凤头簪,额头裹蓝色珠子箍儿,珠子也都为素色,耳部戴一对翠秋叶耳坠。上身穿淡青色长袄,袄上分布着凤凰牡丹纹,下着蓝色缠枝莲纹马面裙(图5.22)。这套丧服整体风格清淡,但又隐隐透露出几分贵气,比较符合王熙凤豪门贵妇的身份。

---

❶ 兰陵笑笑生:《金瓶梅词话》,人民文学出版社1985年,第947页。
❷ 兰陵笑笑生:《金瓶梅词话》,人民文学出版社1985年,第1094页。

图5.22 王熙凤在秦可卿的葬礼

① 翠秋叶耳环
② 青玉凤头簪
③ 纹样：凤凰牡丹纹
④ 镶玉梵文挑心
⑤ 嵌宝石花簪首
⑥ 银镶宝石钿子
⑦ 珠子箍
⑧ 纹样：缠枝莲纹

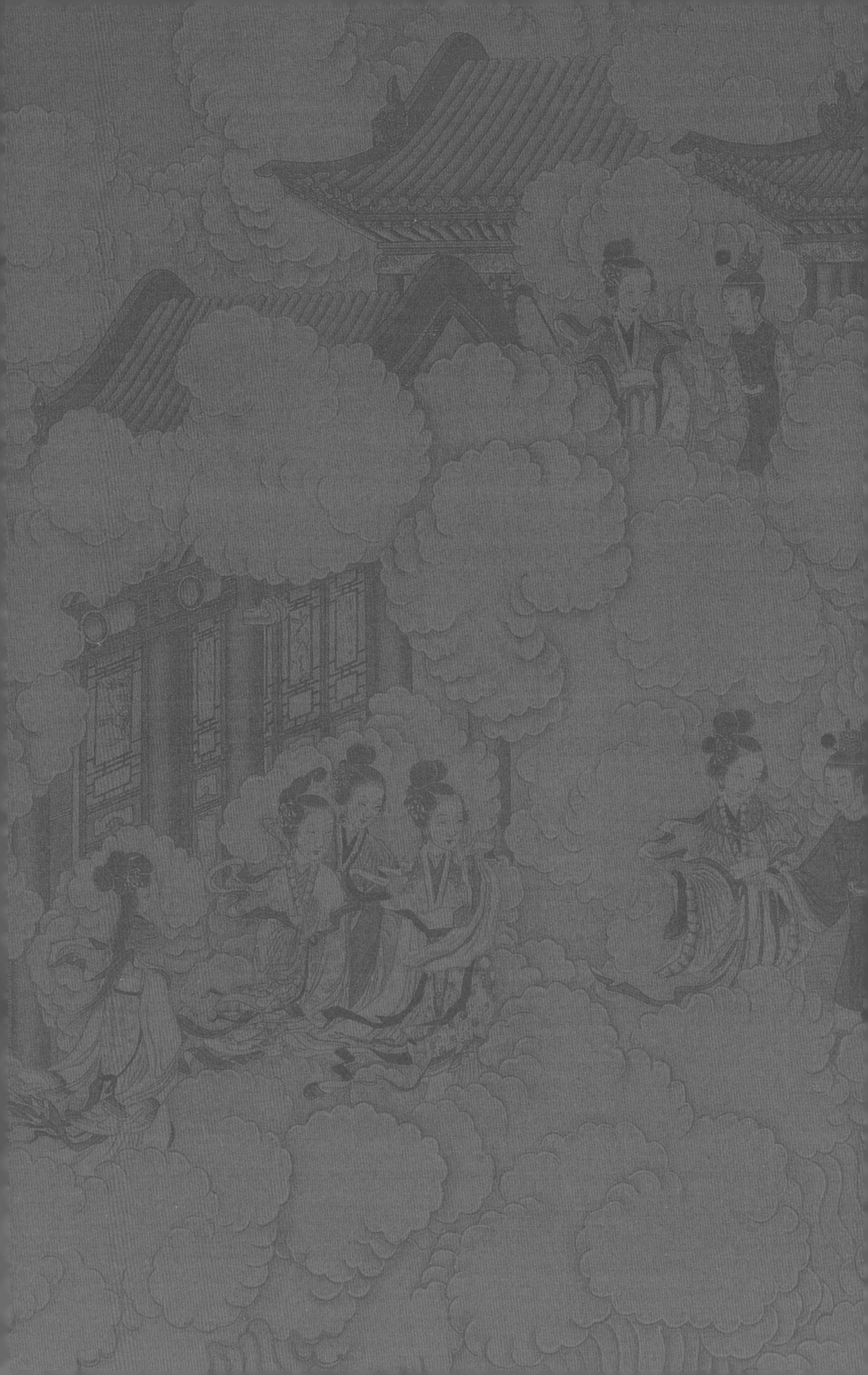

红楼梦
服饰图鉴

Dream of Red Mansions
Costume Illustrations

第六章

元春省亲与明清后妃诰命服饰

秦可卿临终之前，曾经给王熙凤托梦，提到"眼见不日又有一件非常喜事，真是烈火烹油、鲜花着锦之盛"。究竟是何喜事？很快，作者就揭晓了谜底。一日，当贾政正在庆寿，宁荣二府中人齐集庆贺，闹热非常，忽然宫中夏太监带领内监到府，口传特旨宣贾政入朝觐见。合家惊惶，不知何事，大约两个时辰之后，才听到回信，原来是贾元春被封为凤藻宫尚书，加封贤德妃，于是两府上下欣然踊跃、人人得意。不仅如此，太上皇、皇太后还颁下旨意，椒房贵戚之家还可以奏请后妃鸾舆入私第之内，以全骨肉相聚之情。椒房，也称椒室，相传汉代宫廷以椒和泥涂抹墙壁，一方面是保暖，另一方面也有多子的吉祥寓意，后世便以椒房指代后宫。鸾舆指天子乘坐的车舆，此处指后妃之车舆。此处的意思是在皇家的恩旨下，外戚之家可以奏请自家娘娘回府探望省亲。在此背景下，贾府大兴土木，开始营建省亲别院大观园，准备迎接元春回府。

从《红楼梦》中相关记述文字来看，作者对后妃省亲细节刻画生动，如曾目睹，应该是参照了真实历史写作而成。但纵览明清历史，妃嫔入宫后，除了在特别规定的日子里可以偶尔在宫中见到前来觐见的亲人，其他时间都只能局限于禁苑之内，再难出宫。有子嗣的妃嫔，还可以等到皇帝去世后跟随儿子出宫荣养，无子的妃嫔多是老死宫中，枉费青春。她们又何尝不想念家乡亲人，但宫门深似海，高墙隔断的不止是亲情，还有人生的梦想和期待。"白头宫女在，闲坐说玄宗"虽然写的是白头宫女的沧桑人生，但那些曾受恩宠的后宫佳丽，在不得自由、不能自主的层面，与那些宫女们并无实质区别。正因为出宫无比艰难，所以但凡是后妃曾回家省亲，必然会留下珍贵的记述资料。但从现存的历史记述来看，享此殊荣的后妃极少，只有清代咸丰皇帝的懿贵妃，即后来的慈禧太后，曾经独蒙特恩，在生下皇子后被皇帝批准回家省亲。❶ 但懿贵妃省亲之事发生在咸丰年间，此时《红楼梦》早已成书，显然此事并非小说书写的参考本事。那么，如此说来，书中对元春省亲的记述，究竟参考了哪些真实历史呢？

◎ 第一节
元春省亲故事原型梳理

《红楼梦》第十六回中，贾琏和王熙凤说起省亲事宜，王熙凤笑着说："若果如此，我可也见个大世面了。可恨我小几岁年纪，若早生二三十年，如今这些老人家也不薄我没见世面了。说起当年太祖皇帝仿舜巡的故事，比一部书还热闹，我偏没造化赶上。"旁听的赵嬷嬷插话说："那时候我才记事儿，咱们贾府正在姑苏扬州一带监造海舫，修理海塘，只预备接驾一次，把银子都花的淌海水似的！""还有如今现在江南的甄家，嗳哟哟，好势派！独他家接驾四次，若不是我们亲眼看见，告诉谁谁也不信的。别讲银子成了土泥，凭是世上所有的，没有不是堆山塞海的，'罪过可惜'四个字竟顾不得了"。这段对话提供了一些细节："太祖皇帝仿舜巡""把银子都花的淌海

---

❶ 参见徐珂：《清稗类钞》第一册"宫闱类·孝钦后省亲"，中华书局1984年，第382页。

水似的""接驾四次"等，似乎都意有所指。根据目前的研究资料来看，《红楼梦》的作者曹雪芹出身江宁织造曹家，其祖上曹寅曾在江南经营数年，深得康熙皇帝信任，故康熙皇帝六次南巡，曹寅曾以江宁织造的身份接驾四次，书中所云江南甄家接驾四次，似乎与此颇有巧合。而这回回首，甲戌本有批语云"借省亲事写南巡，出脱心中多少忆昔感今"❶，更是明白点出了元春省亲和康熙南巡之间的关联。

有研究者认为，《红楼梦》中修建省亲别院和元春省亲的细节，隐喻着曹寅在扬州修建三汊河行宫和接驾的经历，二者之间的关联包括："它们的兴建都是为了迎接皇家人员的驻跸""它们的营建速度都相当快""它们的规模都无比宏大""它们都极尽豪华奢侈""都预备有戏子并演戏活动"，两个工程都是"书中贾府及现实中的曹家由盛到衰的转折点"。❷ 也有研究者认为，作者曹雪芹曾经参与了乾隆皇帝的南巡，这段经历为他写作《红楼梦》的省亲场面提供了经验。❸ 还有一种说法认为，元春对应着乾隆皇帝的皇后富察氏。证据是第十六回赵嬷嬷听到王熙凤和贾琏谈到元春将要省亲时说："阿弥陀佛！原来如此。这样说，咱们家也要预备接咱们大小姐了？"这里庚辰本的侧批是"文忠公之嬷"❹，文忠公是乾隆时大学士、富察皇后的弟弟傅恒，而《红楼梦》中展现的贵族气象非同寻常，清代人一度就有此书乃是参照纳兰明珠或傅恒家事而写之说。但傅恒于乾隆三十五年（1770）逝世，死后谥为"文忠公"，按照目前学术界的研

---

❶ 吴铭恩汇校：《红楼梦脂评汇校本》，清华大学出版社2019年，第200页。
❷ 张志：《〈红楼梦〉写省亲别院与曹寅建三汊河行宫》，《红楼梦学刊》2013年第5辑。
❸ 参见朱淡文：《红楼梦论源》，江苏古籍出版社1992年。
❹ 吴铭恩汇校：《红楼梦脂评汇校本》，清华大学出版社2019年，第208页。

究还原，曹雪芹在此之前早已病逝，而庚辰本出现在乾隆二十五年（1760），也就是说，《红楼梦》的作者和批注者都不可能提前知道傅恒"文忠公"的谥号，"文忠公"即傅恒之说也不能完全成立。所以，《红楼梦》本事究竟源于何？元春其人究竟有无现实原型？《红楼梦》是如此神秘，以至于离它成书最近的清代人也不过是提供了若干猜测，难以形成定论。

综合而言，在明清尤其是清代官方档案和史书中，并未收有类似元春省亲这种后妃归家的正式记录，只在笔记小说、稗官野史等记述中偶有相关片段呈现，在一定程度上折射了民间对于宫廷生活的某种想象。应该说，《红楼梦》中对元春省亲的详细书写，本身固然建立在作者对皇家礼仪熟悉的基础上，同时也杂糅了若干虚构，而那些民间想象应该也为作者的书写提供了一定素材。❶

第二节
清代选秀制度与元春入宫

虽然元春省亲故事中掺杂了虚构，但元春作为勋贵家族的嫡女被选入宫廷，确是对清代历史的真实写照。

明清两代都有选秀女入宫的制度。朱元璋建立明朝后，为吸取前朝后妃干政的教训，设置了从民间选良家女子入宫的制度，明代人曾有记述，"天子及亲王后妃宫嫔等，必慎选良家子而聘焉，戒勿受大臣所进，恐其夤缘为奸，不利于国也"。❷ 清代赵翼《廿二史劄记》有《明代选秀女之制》条，提到"明史载明祖之制，凡天子亲王之后、

---

❶ 参见毛立平：《从清宫档案考察后妃的归家"省亲"》，《红楼梦学刊》2023年第3辑。
❷ 余继登：《典故纪闻》，中华书局1981年版。

妃、宫嫔，慎选良家女为之，进者弗受，故后妃多采之民间……故每新君登极，有选秀女之谣"❶。所以有明一代，除了开国之初皇家为笼络功臣而屡有联姻之举外，到中后期，后妃都出身不高。这种做法，从制度上杜绝了权贵出身的后妃借助母家势力干预朝政的可能，形成了对阃政的有力约束。

清代的选秀制度，与明代截然不同，也是源于政治考量的角度差异。清王朝推行"首崇满洲"的国策，宫廷女子都从八旗中选入，大致可以分为选秀女和选宫女，前者从外八旗选入，后者从内三旗选入。昭梿《啸亭杂录》记述"按本朝定例，从不拣择天下女子，惟八旗秀女，三年一选，择其幽娴贞静者入后宫，及配近支宗室，其余者任其自相匹配。后宫使令者，皆系内务府包衣下贱之女，亦于二十五岁放出，从无久居禁内者，诚盛德事也"❷，将秀女和宫女二者的来源、区分说得比较清楚。

八旗，是清朝的军事单位，也是基本政治制度，将人丁分别编入正黄旗、镶黄旗、正白旗、镶白旗、正红旗、镶红旗、正蓝旗、镶蓝旗八旗，平时为民，战时为兵，形成了灵活强大的军事动员能力。八旗的领主都是贵族，本无高下之分，但入关后清皇室为加强对八旗的直接控制，亲自统领了正黄、镶黄、正白三旗，凌驾于其他五旗之上，于是有了上三旗和下五旗之分。八旗贵族管辖之下，都有专门的奴仆，也称包衣，来源比较复杂，包括战俘、罪奴或出于各种原因被典卖为奴者。上三旗的包衣，由于服侍的主子是皇室，也称内三旗，这些人专门贴身伺候皇帝及其身边人的各种事宜，后来在此基础上形成庞大的皇家内务服务机构，即内务府。

❶ 赵翼著、王树民校证：《廿二史劄记校证》卷三十二，中华书局1984年，第753—754页。
❷ 昭梿：《啸亭杂录》卷十，中华书局1980年，第324—325页。

正因为外八旗和内三旗，本身有着主子和包衣的身份区隔，这种贵贱之别在选秀过程中也有清晰体现。外八旗的选秀每三年举行一次，由户部主持，中选者入皇帝后宫或者被指婚给近支宗室。内三旗的选秀每年举行一次，中选者需要入宫服侍，以任各种役使，其本质是选宫女。当然，宫女也是皇帝庞大后宫中的一员，也存在着一朝被宠幸，也能飞上枝头的可能性。比如在各种清宫剧中频繁刷脸的乾隆皇帝的令贵妃，本为正黄旗包衣，由内务府选入，得宠后，步步高升为皇贵妃，其家族也被乾隆恩赐抬旗为镶黄旗。但这种成功的例子并不多见，更多时候，皇帝的后宫佳丽和服侍她们的宫女，彼此之间泾渭分明，表明了外八旗和内三旗的主奴之别。

既然清朝的选秀有外八旗选秀女和内三旗选宫女的区分，那元春究竟属于何种情况呢？书中第二回借冷子兴之口提到她"因贤孝才德，选入宫作女史去了"，第十六回又有"咱们家大小姐晋封为凤藻宫尚书，加封贤德妃"之说，由此可见，元春的晋升遵循着"女史—尚书—贤德妃"的路径。明清后宫少见女史之称，但《周礼·天官·女史》记述"女史掌王后之礼职，掌内治之贰，以诏后治内政"，女史就是服务于王后后妃的女官，相当于宫女头目。凤藻宫尚书云云，不见载于历代后宫记述，大致出于作者虚构。综合来看，元春入宫之初，并未充入皇帝后陈，而是从高级宫女开始做起，后来才得蒙恩幸，有封妃之尊。众所周知，江宁织造曹家，本是内务府包衣出身，家中女儿参加选秀，也只能是先从宫女做起，倘若《红楼梦》的写作，在一定程度上参照了作者的家族本事，倘若元春其人的确有现实原型参考，那作者为她设计的入宫升迁路径可能在有意无意间更接近内务府上三旗女儿们选秀的历史事实。❶ 元春省

---

❶ 曹寅的女儿，嫁给了镶红旗平郡王爱新觉罗·纳尔苏。参见《有关纳尔苏的世系及其生平简历的史料》，收入故宫博物院明清档案部编：《关于江宁织造曹家档案史料》，中华书局1975年版。

亲时，曾流泪对亲人说"当日既送我到那不得见人的去处"，说明入宫非她所愿，但又势在必行，只因为但凡旗人之室女，都必须经过选秀后方可再行婚嫁。元春的入宫，固然出自文学虚构，但并不能完全摆脱当时社会真实习俗的影子。也正因为没出嫁的女儿，都有成为皇帝女人的可能性，故而旗人向来重视女儿，有姑奶奶之尊称。从贾府的日常生活细节也能看出，探春、迎春、惜春、黛玉等小姐和凤姐、李纨、尤氏等在一起吃饭时，小姐们往往坐着，嫂子们反而站起各种张罗，正是旗人家族生活习俗的反映。

⊙ 第三节
元春省亲故事的结构功能

正因为元春省亲故事是作者在一定史实基础上杂糅了若干虚构而成，使得这段故事本身虚实相生，扑朔迷离，充溢着神秘色彩。

先看贾府内部为迎接元春所做的准备工作，"各处监管都交清账目；各处古董文玩，皆已陈设齐备；采办鸟雀的，自仙鹤、孔雀以及鹿、兔、鸡、鹅等类，悉已买全，交于园中各处像景饲养；贾蔷那边也演出二十出杂戏来；小尼姑、道姑也都学会了念几卷经咒"，古董文玩、鸟雀、排戏、念经等一应准备俱全。贾府之外的各种配合安排也都有条不紊，"自正月初八日，就有太监出来先看方向：何处更衣，何处燕坐，何处受礼，何处开宴，何处退息。又有巡察地方总理关防太监等，带了许多小太监出来，各处关防，挡围幙；指示贾宅人员何处退，何处跪，何处进膳，何处启事，种种仪注不一。外面又有工部官员并五城兵备道打扫街道，撵逐闲人"，内监、工部官员、五城兵备道等都在各自的岗位上忙碌着，以做好外围安排。省亲的时间最后定在正月十五深夜，原因是当天下午到晚上，元春的日程都排得很满，她"未初刻（13:15）用过晚膳，未正二刻（14:30）还到宝灵宫拜佛，酉初刻（17:15）进大明宫领宴看灯方请旨，只怕戌初（19:00）才起身呢"。清代贵族沿袭了入关前满族的生活方式，每日主餐吃两餐，早膳大约在早晨六点到八点，晚膳大约在中午十二点到两点，所以元春在吃过晚膳（现代社会的午饭）后，要一直忙到傍晚时分，才能回娘家。省亲从傍晚一直持续到丑正三刻（凌晨两点四十五分），从时间安排来看，不仅不近人情，似乎也完全不符合古人的生活习惯。古代社会缺少电力照明，天黑后基本是休息时间，并且皇妃回娘家省亲这一活动安排在深夜，显然也不方便做好安保和接待工作。以夜晚作为省亲时间，这种设置显然出自作者的有意安排：在夜色中，一个神秘的高贵的女人来到贾府，虽然各处灯火通明，喧闹沸腾，但她的形容和身影，始终处于黑暗中，给人某种恍惚迷离的感觉。或许，这就是作者特意安插的一个梦，梦里有繁华绮丽，梦醒后却只余惆怅沧桑。

在这场黑黢黢看不分明的梦中，作者添加了很多细节，省亲活动的各个环节仿佛一帧帧画面依次展开：当时还在正月，傍晚天色已暗，所以有人一担担挑进蜡烛来，各处点灯。然后有一对红衣太监骑马过来，下马后将马赶出围幛，垂手而立。围幛是古代社会贵族，尤其是贵族女性出行时，用以隔离遮挡路人眼目的大块屏障。红衣太监大概列了十来对，才听到隐隐奏乐之声。接下来"一对对龙旌凤翣，雉羽夔头，又有销金提炉焚着御香；然后一把曲柄七凤黄金伞过来，便是冠袍带履"。值得注意的是，这几句话没有主语，作者作为隐身的旁观者，捕捉到了大场面中一些刺激到围观者的符

图6.1 清 孙温《红楼梦》之 "贾母合族迎接贵妃"（局部）

号元素：包括视觉符号 "龙旌凤翣，雉羽夔头"（绣着龙纹的旗帜，绣着凤纹的大掌扇）、"曲柄七凤黄金伞过来，便是冠袍带履"（伞下有人捧着元春的冠袍带履）等映入眼帘和嗅觉符号 "销金提炉焚着御香" 等沁入鼻腔。这些符号元素是如此令人难忘，以至于作者采用了某种类似于意象叠加的方式，将记忆深处的细节一一复原。紧接着，有 "值事太监捧着香珠、绣帕、漱盂、拂尘等类" 登场，最后方是 "八个太监抬着一顶金顶金黄绣凤版舆，缓缓行来"，太监跪请下舆更衣。于是版舆抬进门，昭容、彩嫔等引元春下舆，元春入室后更衣，再登舆进入大观园。清代孙温所画元春省亲图，内监分两列排队（图6.1），阵势隆重，点染出了皇家气象。

己卯本评点元春省亲是 "画出内家风范。《石头记》最难之处，别书中摸不着"，庚辰本的评语是 "难得他写的出，是经过之人也",❶ 所谓"内家风范""是经过之人也",都提示着元春省亲的场面描述背后可能有真实的历史细节支撑。按照清朝制度规定,清初顺治年间,皇贵妃、贵妃仪仗都采用"红段七凤曲柄伞";乾隆十年,皇贵妃、贵妃仪仗"红段曲柄伞"改为"金黄色",乾隆十四年,皇贵妃仪仗改"金黄曲柄伞"为明黄色。❷ 元春所用"曲柄七凤黄金伞",大抵和乾隆时期的规定相吻合。至于元春所乘坐"金顶金黄绣凤版舆",不妨和记载康熙南巡的《惠爱录》相参看,"织造府预备皇轿二乘,用八人抬,轿幔一黄绫,一红绫。宫眷轿二十乘,用四人抬,蓝幔"。❸ 织造府准备了轿子两乘,一黄绫,一红绫,黄绫显然是为皇帝准备,而红绫则应该是为宫闱女性准备。由此来看,《红楼梦》中所写元春所乘之轿,以金黄色作为主色调,难免僭越嫌疑,或许也是作者在故意调和若干元素,有意混淆现实和虚构。

再看元春省亲的过程:在这几个小时的时间里,元春的主要活动包括与母亲祖母等女眷深叙离别情景、家务私情,与父亲隔帘应酬寒暄,与弟弟宝玉相拥垂泪,游览大观园并题字赐名等。值得注意的是,元春作为皇帝的妃子,居然当面考验诸多闺阁姊妹们和弟弟宝玉的诗才,并说出"我素乏捷才,且不长于吟咏,妹辈素所深知。今夜聊以塞责,不负斯景而已。异日少暇,必补撰《大观园记》并《省亲颂》等文,以记今日之事"等话,其行为举止做派,完全不像深宫中的妃嫔,反倒像考察读书人文采的主考官。事实上,清贵族集团入主中原后,吸取历代宫闱干政的教训,在选拔妃嫔时,往往并不

---

❶ 吴铭恩汇校:《红楼梦脂评汇校本》,清华大学出版社2019年,第236页。
❷ 参见允裪等《钦定大清会典则例》卷一百三十八,《钦定四库全书》清乾隆版。
❸ 参见沈汉宗:《圣驾阅历河工兼巡南浙惠爱录》,转引自杨勇军:《论记康熙第三次南巡事迹的〈惠爱录〉兼及〈红楼梦〉》,《南京师范大学文学院学报》2015年第3期。

以才学为尚。虽然由于特殊的历史背景，清初曾有孝庄太后主持大局，晚清也有孝钦太后（慈禧）把持朝政，两人都属于杰出的女政治家，但考察其才华学问，却称不上饱学多识。从目前留存的慈禧太后手书来看，不仅有错别字，还有语句不通的毛病，权倾一时且需要以文辞书写理顺政务的慈禧太后尚且如此，清代后妃的文化素质，可见一斑。反过来看，倘若元春能撰写《大观园记》《省亲颂》等文辞，其文化素养应该远远超过真实历史里的后妃群体，如此，则其原型可能并非参考后宫妃嫔，而是另有其自。如历史上康熙皇帝六次南巡，曾频繁题写匾额、对联，并留下多首御制诗文，这些或许都为《红楼梦》的写作提供了思想火花。❶

从写作风格来看，元春省亲故事掺杂了大量作者虚构细节，不能与真实史事等同观之。但在《红楼梦》全书中，元春省亲一节，却有着至关重要的功能性作用。具体而言，主要体现在三个方面：

第一，通过元春省亲，作者建构了大观园。这个园子，从位置上而言，居于宁荣二府之间，是贾府不可分割的一部分。但它又不完全属于贾府，而是皇家园林，天然拥有部分特权。元春所作那首诗，"衔山抱水建来精，多少工夫筑始成。天上人间诸景备，芳园应锡大观名"，从皇家角度钦定了大观园的归属和特权。正因为大观园有一定特权，作者才能借元春名义，让众多女儿们住进园中，建构了一个纯粹的女儿国，宝玉作为男性，也才能堂而皇之地进入这个女儿国，与姊妹们朝夕相处，充分体验到传统社会里男性完全不具有的另类自由。而宝玉曾在游览大观园时"心中忽有所动,寻思起来,倒像那里曾见过的一般"，"省亲别墅"原名"天仙宝境"，如此则人

---

❶ 参看杨勇军:《论记康熙第三次南巡事迹的〈惠爱录〉兼及〈红楼梦〉》,《南京师范大学文学院学报》2015年第3期。

间的大观园和天上的太虚幻境之间，又建立了映射和联系，大观园内女儿们的命运，早已被写入太虚幻境金陵十二钗、十二副钗的图册之中，她们未来的人生，仿佛都将是某种程度的自我验证，而宝玉作为太虚幻境的游历者和大观园的旁观者，也将亲眼看到这个理想世界的坍塌并最终悟道。

第二，通过元春省亲，宝黛钗三角婚恋的模式被初步建立。宝玉和黛玉两小无猜、青梅竹马的感情，原本是在贾母的大力推动和贾府高层乐见其成的背景下平稳发展；宝钗作为进京待选的秀女，她的人生设计原本和宝玉无关。但林如海的去世和宝钗未能入宫两件事，打破了以往的平衡局面，随着父亲去世，黛玉失去了原有的婚配价值，而元春的封妃，加强了王夫人和王家人在贾府的实际话语权。贾母和王夫人两大阵营的对峙，围绕着未来宝二奶奶的人选角逐，已经越来越尖锐，而元春的站队，将直接决定态势的发展前景。此次省亲也是元春初见薛、林二妹，在她眼中，薛林二妹"亦发比别姊妹不同，真是姣花软玉一般"，看完众人诗作之后，她评价说"终是薛林二妹之作与众不同，非愚姊妹可同列者"，说明她一直在重点关注宝钗、黛玉。元春在祖母和母亲之间偏向于谁，决定着贾府后院势力的消长浮沉，而青梅竹马和天降两种恋爱模式的竞争，自由恋爱和父母之命两种婚姻模式的对阵，也将成为《红楼梦》中最动人心弦的书写篇章。

第三，通过元春省亲，贾府未来的命运已初见端曙。元春省亲当晚"园内各处，帐舞蟠龙，帘飞彩凤，金银焕彩，珠宝争辉，鼎焚百合之香，瓶插长春之蕊，静悄无人咳嗽""香烟缭绕，花彩缤纷，处处灯光相映，时时细乐声喧，说不尽这太平气象，富贵风流"，而元春看到园子内外如此豪华，却"默默叹息奢华过费"。待到省亲结束,和亲人临别时,元春还特意交代"倘明岁天恩仍许归省,万不可如此奢华靡费了"。可见,在一派繁华景象中,元春已经敏锐看到了贾府面临着收支不抵、捉襟见肘的困局。不仅如此,在省亲过程中还有一个重要的环节安排,就是赏戏,元春点了四出戏,分别是《豪宴》《乞巧》《仙缘》《离魂》。《豪宴》出自清初李玉的名剧《一捧雪》,书生莫怀古家中有玉杯"一捧雪",被权相严嵩之子严世蕃觊觎,因而遭到陷害,最后家破人亡。《豪宴》是其中的一出折子戏,演莫怀古和朋友汤勤去拜访严世蕃,三人看戏《中山狼》,隐喻着汤勤为投靠严世蕃而出卖朋友。如此,戏中戏形成了连环寓意,《中山狼》暗示了莫怀古的悲惨命运,《豪宴》则埋下了贾府衰败之笔,己卯本夹批"伏贾家之败",说明这的确是作者有意安排。《乞巧》出自洪昇《长生殿》,杨贵妃与唐明皇七夕之夜在长生殿定情,但两人结局却是在马嵬坡生离死别,是一出大悲剧。己卯本夹批"伏元妃之死",透露了元春的悲惨命运。《仙缘》出自汤显祖《邯郸记》,演邯郸梦故事,卢生在梦中经历各种荣华富贵,醒来却发现只是一场梦,己卯本夹批"伏甄宝玉送玉"。从现存的前八十回和无名氏续写的后四十回都看不到甄宝玉送玉文字,但从邯郸梦的结局能看出,甄家、贾家的繁华终究只是人间一梦。《离魂》出自汤显祖《牡丹亭》,少女杜丽娘青春萌动,相思入骨,因情而死。己卯本夹批"伏黛玉死",直接点明了黛玉最后为情而死的悲惨结局。❶

综合来看,在一片繁华喜悦的景象中,台上的人在演戏,台下的人在看戏,但无论尊贵的贵妃元春,还是集万千宠爱于一身的宝玉,每个人都是戏中之人,都将朝着不可摆脱的预定命运飞速堕落,

---

❶ 吴铭恩汇校:《红楼梦脂评汇校本》,清华大学出版社2019年,第246页。

而此刻花团锦簇的大观园，最后也只会落得一片白茫茫大地真干净！

第四节
明清后妃诰命服饰

在省亲故事中，作为最耀眼的存在，元春会是何种妆扮呢？书中并未细致写到元春的服饰，只借宝钗和宝玉聊天时带出"那上头穿黄袍的才是你姐姐"，点明元春的服色是黄色。事实上，省亲当天，元春至少穿了三套衣服：第一套是进贾府时所穿；第二套是入园下舆后，"入室，更衣毕复出"；第三套则是出园进入贾母正室之前，再次更衣。从生活常理和情理来看，元春代表着皇家体面，在进入贾府时，应该穿正式的礼服；但与贾母王夫人等至亲相见时，"欲行家礼"，此时应当要换下礼服，穿更日常的便服，以孙女、女儿的身份搀扶祖母和母亲。由此可见，元春省亲的服饰，至少包括礼服和便服两种基本款式。

明清两代，对后妃的服饰都有比较明确的规定。最高级别、最隆重的服装是礼服，后妃在朝会、祭祀、受册等重要场合都要穿礼服。《明会典》记述了皇后礼服的细节，主要包括玉圭、凤冠、翟衣、中单、蔽膝、大带、革带、绶、玉组佩、袜、舄等。❶ 凤冠，即有凤凰饰品的头冠，洪武和永乐时期都规定皇后的凤冠是九龙四凤冠，但在后来的实际执行中并不仅仅限于九龙四凤，如定陵就曾出土过

---

❶ 申时行等：《明会典》卷六十，《续修四库全书》，上海古籍出版社2002年。中单、蔽膝等详解参见本书第三章官员朝服部分。

明万历皇后的九龙九凤冠（现藏于明十三陵博物馆，图6.2），冠上饰有九只点翠金凤。翟衣是青色的礼服，因衣服上饰有翟鸟纹而得名。如明神宗（万历）孝端显皇后画像（台北故宫博物院藏，图6.3）所示。

比礼服次一级的服装是常服，也称燕居服。明永乐时期规定，皇后以大衫、霞帔为常服，皇妃则以此为礼服。燕居服包括凤冠、大衫、鞠衣、四袄袄子、缘襈袄子、缘襈裙、霞帔等。❶ 皇后的大衫是黄色、对襟、大袖，里面分别穿着红色鞠衣，圆领、胸背绣云龙纹；深青色的四袄袄子（即褙子），窄袖、大襟，饰金绣团龙纹；黄色的缘襈袄子，窄袖、大襟，织金采色云龙纹；红色的缘襈裙，形制同马面裙，织金采色云龙纹。霞帔，也称披帛，深青色，饰有织金云霞龙纹，从颈部绕过，垂在前胸后背，下端用帔坠固定，帔坠雕刻龙纹。皇后的凤冠是双凤翊龙冠，冠顶一只金龙，左右插两只两支衔珠金凤。如明神宗孝端显皇后的另一张画像（台北故宫博物院藏，图6.4），就是头戴双凤翊龙冠，穿黄色大衫，内穿红色鞠衣，胸前有绣纹，披挂青色霞帔，饰织金云霞龙纹。

皇妃的大衫霞帔主要在色彩和纹样上和皇后有所不同。大衫为红色；鞠衣为青色，饰金霞云凤纹；四袄袄子为桃花色，饰金绣团凤纹；缘襈袄子为青色，织金云凤纹；缘襈裙为红色，织金花云凤纹；

图6.2 明 九龙九凤冠

---

❶ 申时行等：《明会典》卷六十，《续修四库全书》，上海古籍出版社2002年。

图6.3 明 孝端显皇后画像（局部）

图6.4 明 孝端显皇后画像（局部）

霞帔为深青色，织云霞凤纹，帔坠雕刻凤纹。❶ 北京市文物局所藏明代《明宫冠服仪仗图》，收有皇妃大衫霞帔插图（图6.5），首都博物馆藏有明弘治时期的镂空云凤纹金帔坠（图6.6），都为今人了解明代皇妃礼服细节提供了更多参考。此外，皇妃的凤冠是珠翠九翟冠，冠上饰有九只翡翠制成的翟（山雉），两侧分别插金凤簪一对，凤嘴衔珠串垂下，冠底有翡翠口圈一副。

清代后妃的礼服与明代差异较大，主要包括朝褂、朝袍和朝裙。朝褂的常见样式为圆领、对襟、石青色，前后身饰有龙纹，如石青色缎绣彩云金龙纹夹朝褂（故宫博物院藏，图6.7）；朝袍的常见样式为圆领、右襟、披领、马蹄袖，皇后朝袍为明黄色，皇妃朝袍为金黄色，如明黄色缂丝金龙纹女夹朝袍（故宫博物院藏，图6.8）；朝裙形制有两种，一种由上下两半组合而成，上为红缎，缎面平铺织金寿字，下为石青色妆花缎；还有一种是上下相连款，圆领、无袖、大襟、右衽。❷

鉴于清代后妃服饰与明代有明显区别，并且自《红楼梦》成书以来，各种插图和影视改编中，女性服饰尤其元春服饰，都是主要参考了明式，因此本章对元春服饰的还原，也将结合对明代后妃服饰细节的考证展开。在古画和文物的基础上，我们试图还原了元春的第一套礼服：她头戴珠翠九翟冠，冠上有九只翟，左右两侧分别有两只金凤，衔珠串垂下。她耳戴一副金嵌珠梅花耳环，内穿青色鞠衣，胸背饰有鸾凤团纹，鞠衣里面穿着桃红色的四䙅袄子，袄子立领露出，鞠衣外罩红色大袖衫，肩颈披挂青色霞帔，织金云霞凤纹，下端用金帔坠，坠上镂刻凤纹（图6.9）。仪态万千，彰显了皇家风范。

❶ 申时行等：《明会典》卷六十，《续修四库全书》，上海古籍出版社2002年。
❷ 参见故宫博物院编：《清宫服饰图典》，故宫出版社2010年，第3页。

图6.5 《明宫冠服仪仗图》中的皇妃大衫霞帔

图6.6 明 镂空云凤纹金帔坠

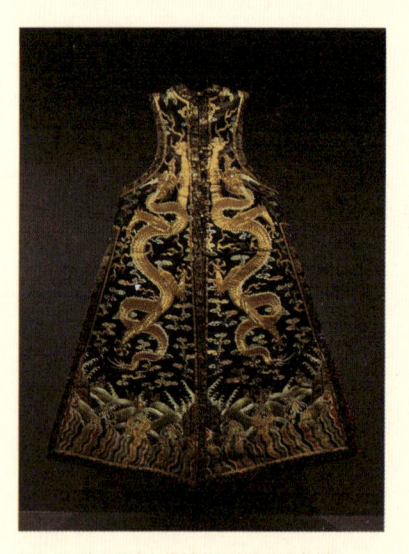

图6.7 清 石青色缎绣彩云金龙纹夹朝褂

图6.8 清 明黄色缂丝金龙纹女夹朝袍

图6.9 元春礼服

① 金嵌珠梅花耳环
② 九翟冠
③ 鸾凤云纹
④ 纹样：织金云霞凤纹
⑤ 云霞舞凤纹金帔坠

书中提到，元春的第二套衣服是黄色，而明代皇妃大衫为红色，显然，元春的着装并不符合规范，应该出自作者虚写。另外，大衫霞帔是正式的礼服，而原书中提到元春在室内与祖母、母亲相互搀扶，相对垂泪，是一种更家常的状态，穿着便服，似乎也无不可。明代后妃的便服，史书中并明确记载，但从《明宪宗元宵行乐图》等明代画像可知，后宫女性头戴鬏髻，身穿袄裙，是比较常见的搭配。参考《金瓶梅》等明代小说，贵族妇女们也常见袄裙之类搭配，由此推知，戴鬏髻、穿袄裙，是明代女性常见的居家服饰，❶元春在自己娘家室内，如此穿搭应该也可以。

由此，我们设计复原了元春的第二套衣服：头戴金鬏髻，上插嵌宝石榴树形金发簪，裹金色额帕，耳戴金累丝灯笼耳环。上身穿黄色短袄，衣身上织石榴牡丹花纹，从上到下都用金嵌宝石绵羊太子纽扣系结，袄子前胸饰双龙抢珠灯笼景团补，下穿深紫色马面裙，裙上绣蟒纹（图6.10）。这一身装扮，富贵吉祥，蟒纹彰显了她的尊贵身份，灯景补子、灯笼耳环映衬着元宵佳节的喜悦，绵羊太子纽扣寓意着吉祥如意和否极泰来。但石榴发簪和石榴花纹则和她的判词相呼应，"二十年来辨是非，榴花开处照宫闱"，石榴隐喻着她作为女人和后宫嫔妃最深切的痛苦：石榴多子，她入宫多年却始终无所出。眼前的这份荣耀，全靠帝王施恩，但君恩如水，在深宫之中，她缺少子嗣傍身，始终战战兢兢、如履薄冰，那种不安全、无依靠的感觉在她的内心深处始终挥之不去，仿佛一片乌云，终究会将那荣耀遮蔽吞噬。

❶ 参见第一章对王熙凤服饰的介绍。

图6.10 元春便服

① 漆纱发冠一套
　①—1 顶簪
　①—2 小插
①—3 挑心
② 纹样：蟒纹
③ 纹样：双龙抢珠灯笼景团补
④ 镶宝石额帕
⑤ 金嵌宝石绵羊太子纽扣
⑥ 金累丝灯笼耳环

在一众迎接元春的贾府女眷中，最关心她、也最理解她内心忧惧的人，应该是贾母。这位国公夫人虽然享尽荣华富贵，但作为久经政治风雨的老人，她始终密切关注着家族的发展前景，而元春作为贾府命运的最关键保障，已经不只是她的孙女，更是贾府投于皇家的一枚重要棋子。由此，元春是否得宠、是否生育子女，不仅是她一人之事，更是老祖宗时刻忧心的大事。对于元春的突然封妃，贾府众人都喜气洋洋，但贾母在喜悦之余，肯定会更多考虑元春在宫中的实际状况，并将这份担忧化作行动力，比如在省亲时与元春近距离交流，又如后文提到，经常进宫探望元春。这些亲密接触中，既饱含着老祖母对最疼爱孙女的关切，更隐含了老人家对家族未来的寄望。正由于贾母对元春的关爱中包含着双重期盼，在省亲这样的重要场合，她当然要隆重打扮、盛装出场，以迎接孙女的归来，那她会是何种着装呢？

明代沿袭了以往的内外命妇制度，内命妇通常指皇族的女性成员，外命妇指品官命妇，即诰命夫人，内、外命妇在服饰细节上也有所不同。概括而言，一套外命妇的正式礼服包括珠翠翟冠、大袖衫、霞帔、褙子等，翟冠上翟的数量、大袖衫和霞帔、褙子上的纹样，都依据品级的高低而有所不同。❶贾母是国公夫人、一品诰命，按照规定，应该戴五翟珠翠冠，穿大红色大袖衫、深青色褙子，披深青色霞帔，金绣云霞翟纹，钑花金坠子。五翟珠翠冠，顾名思义，就是冠上装饰有五只珠翟，上插两只金翟，口衔珠串，冠底有翡翠口圈，镶嵌八个金宝花钿，如明代《岐阳世家画像》李璿妻许秀画

---

❶ 参见申时行等：《明会典》卷六十一，《续修四库全书》，上海古籍出版社2002年。

图6.11 明 《岐阳世家画像》李璿妻许秀画像（局部）

像（中国国家博物馆藏，图6.11）所示。

以明代贵族夫人画像作为参考，我们复原了一套贾母在省亲时所穿的礼服，她头戴珠翠五翟冠，插一对石榴压鬓钗，内穿深青色褙子，外穿大红色大袖衫并搭配霞帔、钑金坠，下搭翡翠裙（图6.12）。为迎接心爱的嫡亲孙女，她特意戴上了金镶宝蝶赶菊耳环，蝶赶菊又名蝶恋花，表达对女性享有美满感情婚姻的祝福，老夫人对孙女的一颗舐犊之心和满满期待，通过这小小细节流露出来。

在迎接省亲的女眷队伍中，始终关注着元春的，除贾母、王夫人之外，还有一个人，那就是宝钗。当元春要求众姊妹各题一匾一诗时，宝钗的题诗是《凝晖钟瑞》："芳园筑向帝城西，华日祥云笼罩奇。高柳喜迁莺出谷，修篁时待凤来仪。文风已著宸游夕，孝化应隆归省时。睿藻仙才盈彩笔，自惭何敢再为辞。"首联先说出大观园的位置所在，颔联点出元春省亲，颈联暗谀省亲事与皇朝教化之间的关系，末联则自谦了一句，将自己的位置谦卑地放在贵妃之下，姿态放得很低。将宝钗之作与其他姊妹们之诗相比，可以看到明显的不同：

如迎春《旷性怡情》"园成景备特精奇，奉命羞题额旷怡。谁信世间有此境，游来宁不畅神思"；探春《万象争辉》"名园筑出势巍巍，奉命何惭学浅微。精妙一时言不出，果然万物生光辉"；惜春《文章造化》"山水横拖千里外，楼台高起五云中。园修日月光辉里，景夺

图 6.12 穿礼服的贾母

① 五翟冠
② 金镶宝蝶赶菊耳环
③ 石榴压鬓钗
④ 霞帔、钑金坠

文章造化功";李纨《文采风流》"秀水明山抱复回,风流文采胜蓬莱。绿裁歌扇迷芳草,红衬湘裙舞落梅。珠玉自应传盛世,神仙何幸下瑶台。名园一自邀游赏,未许凡人到此来",这几人之诗,落脚点都在自身、大观园和元春,但宝钗之诗,却紧扣颂圣主题,围绕大观园、元春和背后的皇家展开,环环相扣,逻辑严密,中规中矩。再与林黛玉所作的《世外桃源》相比较,"名园筑何处,仙境别红尘。借得山川秀,添来景物新。香融金谷酒,花媚玉堂人。何幸邀恩宠,宫车过往频",黛玉的诗虽然也在颂圣,却并未将自我放低,而是采取了更客观的叙事视角来看待贵妃省亲。也就是说,在面对应试作题时,宝钗的关注点在于如何围绕主题,交出一份完全符合自身淑女定位的答卷,她的自我被压得很低很低,而黛玉则选择了平常心应对,哪怕是颂圣,她也基本处于一种不卑不亢、平静陈说的状态。元春对二人诗作的反应也很值得寻味,她看完后,称赏一番,笑道"终是薛林二妹之作与众不同,非愚姊妹可同列者"。"终是"两个字,说明在未见到薛、林二人之前,她已经通过间接信息,了解到两位表妹的基本情况,省亲过程中也始终在留意观察二人,可以推测的是,贾母和王夫人关于未来宝二奶奶人选的不同意见,已经从贾府传到了元春处,使得她开始关注宝贝弟弟的婚配人选。

　　元春在关注宝钗、黛玉,宝钗的眼中也处处看到元春。当宝玉奉命写作"潇湘馆""蘅芜苑""怡红院""浣葛山庄"四首诗,并写出了"绿玉春犹卷"一句时,宝钗转眼瞥见,急忙劝说宝玉"他因不喜'红香绿玉'四字,改了'怡红快绿';你这会子偏用'绿玉'二字,岂不是有意和他争驰了",并建议将"绿玉"改成"绿蜡"。和宝钗不同,黛玉时刻注目的却是宝玉,看到宝玉为作诗大费神思,就索性为他代作,解了他的燃眉之急。两相比较,可以发现,如果说此时钗、黛围绕宝玉的婚姻竞争已经展开，二人走的却是完全不同的路线：黛玉心无旁骛，一心都在宝玉身上，追求的是心心相印的爱情；宝钗却更注重走上层路线，试图通过争取有话语权的关键人物来加大赢面，此时她对元春是如此，后来对王夫人、贾母等亦是如此。她对宝玉，或许也有几分好感，但那并不是最重要的，作为即将没落家族的实际支撑者，她迫切需要一场体面的联姻，以尽快将薛家和母亲、哥哥从泥沼中拯救出来。于是，这个青春少女只能将心中的万千情思都压抑住，全力扮演一个在长辈和上位者眼中合格的淑女角色。这样的宝钗，在省亲当天，大概会是何种装扮呢？

　　我们结合当时的背景，对她的装扮进行了想象设计：她梳着略显成熟的牡丹头，❶插点翠嵌珠宝蝴蝶纹簪、银镀金如意纹流苏步摇、银镀金点翠双喜纹穿珠流苏，戴嵌珠宝碧玺桃子耳环，上身穿粉色缠枝牡丹菊纹短袄，搭配绿色三层式如意云肩，❷下搭湖色胡椒眼必定如意纹马面裙 (图6.13)。粉色显出几分青春的娇俏，蝴蝶簪让人想起她也是个明媚的少女，有着举扇扑蝶的天真一面，牡丹头和云肩又衬出几许不属于她那个年龄的成熟，迫于家族压力，她不得压制少女天性，变得越发老成持重。牡丹纹凸显了贵族女性的富贵身份，很适合当时的环境和氛围，而如意纹则透露出这个少女内心一点悄悄心思：能否借助贾家的好风，直上青云，事事如意呢？只是大厦将倾，连真正位列后妃的元春尚且自身难保，在贾王两家庇佑下的宝钗又岂能遂心如意，这份争荣夸耀之心，终究是要付诸流水罢了！

---

❶ 牡丹头，清初流行的一种高且蓬松的发型。
❷ 云肩，也称披肩，是古代女性用于修饰肩部和颈部的纺织品。最初戴云肩是为了保持肩颈部的洁净，后逐渐演化为装饰物，常用四方四合云纹装饰。

图6.13 省亲当天的宝钗

① 银镀金如意纹流苏步摇
② 点翠嵌珠宝蝴蝶纹簪
③ 嵌珠宝碧玺桃子耳环
④ 银镀金如意纹流苏步摇
⑤ 纹样：必定如意纹

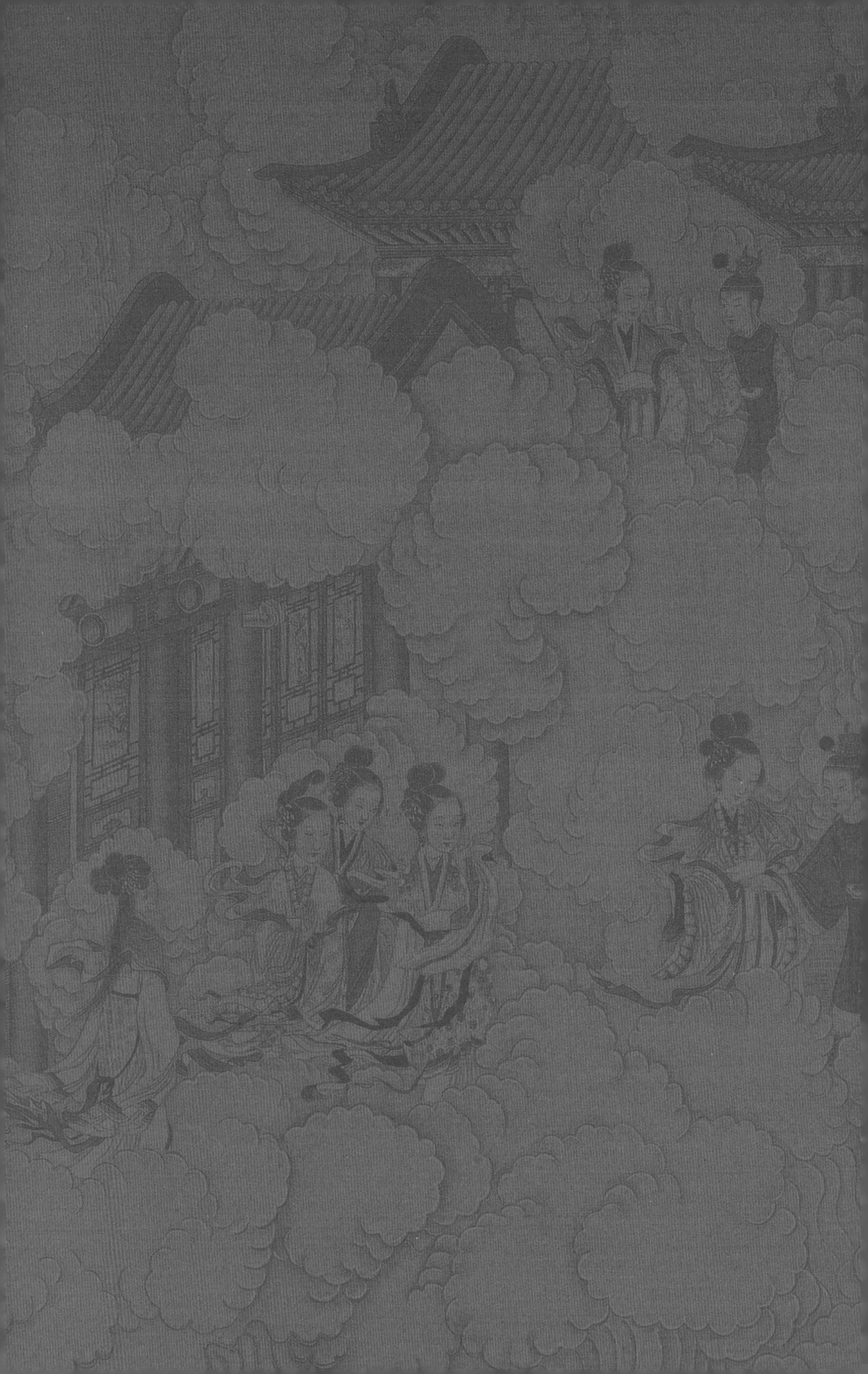

第七章 大观园的四季故事与明清时令服饰

红楼梦服饰图鉴

Dream of Red Mansions
Costume Illustrations

作为一部卷帙浩繁的长篇小说,《红楼梦》的时间线索并不是特别清晰,可能和作者曾在悼红轩中前后多次对原稿进行增删修改,最后又没有统一定稿润色有关。但总体而言,《红楼梦》全书,尤其是前八十回,可以大致划定为前大观园和后大观园两个时间阶段,从第一回到第二十三回,随着众姊妹和宝玉搬入大观园,此前的故事告一段落;从第二十三回到第八十回,宝玉以护花使者的身份,目睹了大观园中从繁花似锦到凋零衰败的发展历程。有研究者曾指出,所谓"三春去后诸芳尽,各自须寻各自门"❶,"三春"一方面指这些少男少女们在大观园中度过的无忧无虑的三个年头,另一方面则指三年内发生了很多故事,每一年故事的基调都各有不同,从万物生发到纷乱四起再到萧瑟零落,分别对应着春、夏、秋三季意象,而时光的流逝也隐喻着大观园这个理想的女儿国由盛而衰。❷

季节在中国古代文学叙事中,有着独特的意义指代,春季意味着万物更新,夏季寓意着生机勃勃,秋季暗指萧瑟落寞,冬季则让人想到凋零和结束。在《红楼梦》中,尤其是在大观园时代,四季轮回,很多故事都在一一上演,如春天的黛玉葬花、夏天的宝钗扑蝶、秋天的海棠诗社、冬天的芦雪广联诗,这些故事在季节背景的衬托下,彰显出丰富的内涵和意旨。而中国古代社会是农业社会,服饰更换与季节有着

---

❶ 这句话出自第十三回,秦可卿临终赠别王熙凤时所说。"三春"在《红楼梦》中多次出现,尤其第五回元春判词有"三春争及初春景",惜春曲子《虚花悟》有"将那三春看破"之语。关于"三春"之所指,学术界有不同看法,或认为指元春的三个妹妹(迎春探春惜春),或认为指春天的三个月,或认为指三个年景。

❷ 参见董梅:《董梅〈红楼梦〉讲义》之《时间维度的〈红楼梦〉》,新星出版社2022年。

高度的关联性，那些应景的时令服饰，穿在故事里那些红楼儿女们的身上，又将演绎出怎样的别致风韵呢？

⊙ 第一节
黛玉葬花和明清春季服饰

春天，是一年中最明媚美好、生机勃勃的时光。大观园的春天，曾发生过很多美好有趣的故事，如第一个春天的黛玉葬花，第二个春天的探春理家，第三个春天的桃花诗社等。从这三个春天的故事，也的确能看到大观园从一片繁华和谐转向嘈杂四起的下跌运势。如果说黛玉葬花，是以花为媒介，串联着宝黛共读西厢、黛玉听曲、潇湘馆春困幽情等故事，用细腻的笔墨摹写少男少女隐微爱情的发展，奏响了大观园青春之歌的动听旋律；那么桃花诗社，则是以花为隐语，承接着柳湘莲冷遁、尤三姐自刎、尤二姐金逝、柳五儿气病等一系列事故，再通过悲咏柳絮、风筝断线等意象，宣告了大观园青春华章的即将谢幕。

第一个春天的故事，以花为起笔，第二十三回说到，春天的二月二十二日，宝玉和众姊妹都搬进了大观园，"登时园内花招绣带，柳拂香风，不似前番那等寂寞了"。在中国古典文学的表述中，花常常被视为青春少女的表征，因为两者都拥有娇艳的表象和短暂的花期，明媚鲜妍的女儿们进驻大观园，与娇花相映照，拉开了众芳之国大观园故事的序幕。而宝玉曾自号绛洞花主，隐含着以护花使者自居、爱惜呵护女性之意，宝玉同住大观园，寓意他将作为旁观者、护花者，亲眼见证大观园从百花齐放到千红一窟的兴废轮回。事实上，在第二十三回中，在黛玉出场葬花之前，首先对飘零落花表达怜惜之意的人，正是宝玉。书中写道：

> 那一日正当三月中浣，早饭后，宝玉携了一套《会真记》，走到沁芳闸桥边桃花底下一块石上坐着，展开《会真记》，从头细玩。正看到"落红成阵"，只见一阵风过，把树头上桃花吹下一大半来，落的满身满书满地皆是。宝玉要抖将下来，恐怕脚步践踏了，只得兜了那花瓣，来至池边，抖在池内。那花瓣浮在水面，飘飘荡荡，竟流出沁芳闸去了。

三月中旬，春色正好，宝玉在桃花树下读《西厢记》，❶ 正看到"落红成阵"，桃花被吹下一大半，宝玉不忍这些落花被践踏，所以兜了花瓣，抖在池内。"落红成阵"，出自《西厢记》第二本第一折崔莺莺所唱《混江龙》，全曲是："落红成阵，风飘万点正愁人；池塘梦晓，阑槛辞春。蝶粉轻沾飞絮雪，燕泥香惹落花尘。系春心情短柳丝长，隔花阴人远天涯近。香消了六朝金粉，清减了三楚精神。"❷ 当时崔莺莺已经对张生动情，因此被落花牵动了一缕相思情丝。此处借用《西厢记》典故，是意含双关：书里的少年少女已经产生爱情，而看书的少年和即将登场的少女也将真正展开两个人之间的恋爱故事。

但显然，宝黛爱情和《西厢记》所写的恋爱模式有明显不同：张

---

❶ 《会真记》一般指唐代元稹所作的传奇，讲述张生与莺莺相爱，却始乱终弃的故事。元代王实甫在此基础上创作了戏剧《西厢记》，将原来的悲剧故事改成了大团圆结局。《红楼梦》此处提到《会真记》，但这回的回目有"《西厢记》妙词通戏语"，后文林黛玉又多次提到《西厢记》的唱词，可见宝黛共读的就是王实甫的《西厢记》。至于曹雪芹为何将《会真记》《西厢记》的名称混用，有人认为在清代曾经出现过以《会真记》指代《西厢记》的情况，曹雪芹不过是遵从惯例；也有说法认为《会真记》最后以悲剧收尾，曹雪芹在此使用《会真记》之名，是暗示《红楼梦》爱情故事的悲剧结局。

❷ 王实甫：《西厢记》，人民文学出版社1954年，第65页。

生和崔莺莺在普救寺初次相见，张生即被莺莺的美貌打动，陷入狂热的相思；莺莺和张生短暂接触后，对他的人品才华略有所知后，也很快建立了对他的好感。也就是说，崔张爱情比较符合陌生人初见，被激情推动迅速进入状态的快速恋爱模式。但《红楼梦》的故事推进到第二十三回，宝玉和黛玉已经彼此熟稔，经过长期相处也奠定了一定的感情基础，但双方的懵懂好感还未完全发酵，他们还没有完全认定彼此。那么，这份青梅竹马的感情是如何发展成之死靡它、忠诚不贰的深厚爱情的呢？或许，我们能从葬花故事中窥见宝黛爱情生长的模样。

在确认黛玉是唯一爱侣之前，宝玉是以护花使者自居的，书里写他搬进大观园后，"每日只和姊妹丫头们一处，或读书，或写字，或弹琴下棋，作画吟诗，以至描鸾刺凤，斗草簪花，低吟悄唱，拆字猜枚，无所不至，倒也十分快乐"（第二十三回）。显然，他非常满足于和姊妹丫头们相处，此时还并未意识到需要区别对待不同女孩。在这种心境下，他闲来无事，在桃树下看书，收拾桃花等，都很符合他将自己定位于护花使者的认知，花如少女，他爱惜落花，如同爱惜园中的每一个青春少女，他的认知是一贯的，他的世界是圆融的。但林黛玉来了，她"肩上担着花锄，锄上挂着花囊，手内拿着花帚"，走进了他的世界。宝玉以为黛玉也是要将落花扫起来后撂在水里，黛玉的回答却是："撂在水里不好。你看这里的水干净，只一流出去，有人家的地方脏的臭的混倒，仍旧把花遭塌了。那畸角上我有一个花冢，如今把他扫了，装在这绢袋里，拿土埋上，日久不过随土化了，岂不干净。"将花葬入土中和抖在水中，是黛玉和宝玉对花的不同处理方式，也反映了他们对花的不同认知：葬花，需要扫花、装花、埋花、立冢，可能后续还会来到冢边凭吊花魂，正如

第二十七回黛玉在花冢旁痛诉《葬花辞》，也就是说，相比于轻轻捡起落花并抛在水中，葬花的成本更高，需要投入的精力更多，但也能让葬花人建立更深的对花的主体性认同。

如果只是做一个护花使者，旁观女孩子的青春如同花开花灭，那无疑是简单的、不需要耗费更多心力的，如同中国文学史上众多传统作者的女性书写，他们提到了女性，但女性之于他们始终只是客体，透过客体的生命，他们关注的始终是自我的存在，即使有过心动、有过同情，但那始终建立在不需要动摇他们自我主体性的基础上，更多的付出，他们想不到，也提供不了。而黛玉葬花，虽然也将自我认同于花，却无法像男性那样，抽离自我作旁观姿态，她将自我投射于落花，在落花短暂的存在中感受女性青春和生命的脆弱。这种感受，在接下来宝黛共读《西厢》和黛玉听曲中表现得更明显。共读《西厢》时，宝玉笑道"我就是个'多愁多病身'，你就是那'倾国倾城貌'"，多愁多病身指张生，倾国倾城貌指莺莺，显然，宝玉此时看待他和黛玉的关系，仍然代入了传统戏文里才子佳人的俗套两性关系。对此，黛玉的反应是"微腮带怒，薄面含嗔"，直接斥责宝玉无礼。从传统的礼法规范角度而言，被表哥当面调戏，黛玉必须做出如此反应才能捍卫贵族闺秀的尊严；从自我认同的角度而言，宝玉看到了才子佳人，黛玉却更多看到了女性乃至人类生命的局限。所以，宝玉离开后，她闷闷回房，经过梨香院，"只听墙内笛韵悠扬，歌声婉转"，接下来这段描述非常精彩，也将黛玉的所思所感表露无遗：

只是林黛玉素习不大喜看戏文，便不留心，只管往前走。偶然两句吹到耳内，明明白白，一字不落，唱道是："原来姹紫嫣红开遍，似这般都付与断井颓垣。"林黛玉听了，倒也十分感慨缠绵，便止住步侧耳细听，又听唱道是："良辰美景奈何天，赏心乐事谁家院。"听了这两句，不觉点头自叹，心下自思道："原来戏上也有好文章。可惜世人只知看戏，未必能领略这其中的趣味。"想毕，又后悔不该胡想，耽误了听曲子。又侧耳时，只听唱道："则为你如花美眷，似水流年……"林黛玉听了这两句上，不觉心动神摇。又听道"你在幽闺自怜"等句，亦发如醉如痴，站立不住，便一蹲身坐在一块山子石上，细嚼"如花美眷，似水流年"八个字的滋味。忽又想起前日见古人诗中有"水流花谢两无情"之句，再又有词中有"流水落花春去也，天上人间"之句，又兼方才所见《西厢记》中"花落水流红，闲愁万种"之句，都一时想起来，凑聚在一处。仔细忖度，不觉心痛神痴，眼中落泪。

她所听到的曲文都出自汤显祖《牡丹亭》，"水流花谢两无情"出自唐代崔涂的《旅怀》（一作《春夕》）诗，"流水落花春去也，天上人间"出自晚唐李煜的《浪淘沙》词，它们和《西厢记》中"花落水流红，闲愁万种"之句一起叠加，建构了一个叩问自我生命意义的艺术想象空间，让黛玉"心痛神痴，眼中落泪"。

不要小看上述这段引文。闺怨，是中国古代文学的常见主题，但崔莺莺、杜丽娘、林黛玉三个人的闺怨显然有明显的层次差异：莺莺见到张生，萌发了爱意，求而不得，她的闺怨为爱情而生；丽娘游园，感慨青春如水，自怜自艾，她的闺怨为女性青春而生；黛玉听曲，想到古往今来所有不得意之人，激发共情，她的闺怨为人类命运而生。比较而言，黛玉的闺怨，已经跳出了传统男作者笔下女人为爱而生、为爱而死的窠臼，她将自我的命运投射于普天下的不幸之人，更显格局和高度，而这份辽阔，才是真正打开宝玉心门，引起他深度共情之处。

从二十三回到二十七回，中间穿插着两人的小打小闹，时间也很快从仲春过渡到初夏。芒种节次日，因前晚被晴雯关在怡红院门外，黛玉与宝玉置气，独自来到花冢哭诉，宝玉为寻她而来，恰恰听到了那首震撼心弦的《葬花辞》，宝玉的状态，非常值得寻味：

> 不想宝玉在山坡上听见，先不过点头感叹，次后听到"侬今葬花人笑痴，他年葬侬知是谁"，"一朝春尽红颜老，花落人亡两不知"等句，不觉恸倒山坡之上，怀里兜的落花撒了一地。试想林黛玉的花颜月貌，将来亦到无可寻觅之时，宁不心碎肠断！既黛玉终归无可寻觅之时，推之于他人，如宝钗、香菱、袭人等，亦可到无可寻觅之时矣。宝钗等终归无可寻觅之时，则自己又安在哉？且自身尚不知何在何往，则斯处、斯园、斯花、斯柳，又不知当属谁姓矣！——因此一而二，二而三，反复推求了去，真不知此时此际欲为何等蠢物，杳无所知，逃大造，出尘网，始可解释这段悲伤。

宝玉刚开始听，只不过点头感叹，仍然是一副置身事外的旁观护花者心态。但听到后来的咏叹，不禁恸倒。黛玉以花喻人，由花思考所有人的命运，宝玉从黛玉想到其他女性，最后终于想到自己的消失，乃至整个环绕世界的消失，不禁悲伤到无以复加。也就是说，黛玉的深情和深思，终于击垮了宝玉向来以护花人自居、生活在自我世界里的小布尔乔亚情调，以往那个狭小的自我世界被摧毁，黛玉将他带入了一个全新的世界，在那个世界里，他将真正看见那些女性，她们不再是遥望下的客体，而是与他共生共存的平等主体。这无疑是一场灵魂深处的革命，摧枯拉朽般将他过往的局限一扫而空，从此，在他的内心深处，黛玉不再是众多姊妹们中的一员，而是完全不可被替代的闺中知己。由此，排他性的爱情真正成长起来，直至完全容不下第三者的存在。

正因为黛玉葬花片段在全书中具有如此重要的位置，历来《红楼梦》的画家，都尽心描摹了黛玉葬花的场景，如费丹旭的《金陵十二钗图》(图7.1)、孙温绘《红楼梦》(图7.2)等。从绘画风格来看，费丹旭的黛玉更为雅致清秀，孙温的黛玉则更偏向写实，略微冲淡了原作中诗情画意的风格。两画中的黛玉都身穿单衫，比较符合春夏之交的时令背景。

古人穿衣佩饰，格外重视季节转换，往往会在衣衫服饰上添加若干时令元素。以春天而言，各种鲜花盛开，都会被插入发髻，春天以桃花、杏花等为多，唐代刘禹锡写戴桃花，"山桃红花满上头，蜀江春水拍山流"(《竹枝词》)，宋代陆游写春天里小贩叫卖杏花，"小楼一夜听春雨，明朝深巷卖杏花"(《临安春雨初霁》)等，都是对古代生活习俗的生动反映。春天，还意味着天气转暖，衣服的材质也要随之调整，晚明刘若愚《酌中志》卷二十记载，"三月：初四日，宫眷内臣换穿罗衣。清明，则'秋千节'也，带杨枝于鬓""四月：初四日，宫眷内臣换穿纱衣"，❶ 可见，两次葬花分别发生在孟春和初夏时分，黛玉应该也穿着类似于罗、纱之类的轻薄外衣。由此，基于对明清时期人们在春天的穿衣习惯，我们为黛玉复原了第

---

❶ 刘若愚：《酌中志》卷二十，北京古籍出版社1994年，第179—180页。

图7.1　清　费丹旭　《十二金钗图》之"黛玉葬花"（局部）

图7.2　清　孙温　《红楼梦》之"埋香塚黛玉泣残红"（局部）

图 7.3 黛玉葬花

① 点翠竹叶耳环　　③ 金嵌珠石头兰花蝈蝈簪　　⑤ 金嵌珠翠宝石花卉镯
② 纹样：枝梅牡丹桃花兰花纹　④ 银鎏金镶珊瑚步摇　　⑥ 纹样：杨皇后题宋人桃花图

一次葬花时所穿戴的服饰：她内着白色中衣，外穿一件淡绿色褙子，衣身织桃花纹，领子上绣牡丹荷花菊花桃花纹，下搭娟红色马面裙；头插银鎏金镶珊瑚步摇，戴金嵌兰花发簪，耳戴点翠竹叶耳环；右手戴青玉雕花扁镯，肩上担着花锄，锄上挂着绣着桃花纹的白色花囊（图7.3）。她的服饰装扮中，充斥着诸多花卉元素，尤其以桃花居多，以和葬花环境相呼应。她头颈低垂，一副弱不胜衣，楚楚可怜的模样，但在这般娇怯怯的外表之下，却有着一颗襟怀广阔、光风霁月的强劲心灵，这样的反差，才能深深地吸引到万花丛中乱迷眼的怡红公子！

◉ 第二节
宝钗扑蝶与明清夏季服饰

搬进大观园的第一年，在春夏之交的季节，园子里处处生机勃勃，映射着人间的少男少女们正处于情感蓬勃发展的高峰时期：通过共读《西厢》和葬花，黛玉和宝玉已经彼此心意初通，宝黛之间的情感纠连，在一定程度上，是某种符号隐喻，青春的力量如同春生夏长，无论礼法如何从外部施以限制，却终究无法让情欲彻底枯萎。

夏天，是比春天更加热烈的季节。夏天，意味着阳光充足、雨水丰沛，气候变化不定，是生物肆意生长的时节，也是容易扰乱人心绪的季节。夏天的大观园，曾发生过许多故事，比如在搬进大观园的第一个夏天，宝玉就被卷进一系列纠葛，他招惹了风流妩媚的蒋玉菡，狠踹了迟迟开门的袭人，怒斥了打碎盘子的晴雯，牵连了言语无状的金钏，引发了连串事故，最后被父亲狠揍一顿，只能卧床休息。宝玉挨打，惊动了贾府上下，来探望的人络绎不绝，连素来端庄持重的宝钗也托着丸药前来安慰，并说出"别说老太太、太太心疼，就是我们看着，心里也疼"之类的贴心话。宝钗在宝玉面前一直都言语谨慎，此时自觉不妥，于是"刚说了半句又忙咽住，自悔说的话急了，不觉的就红了脸，低下头来"（第三十四回）。她刚说了半句稍涉亲密的悄悄话，就立即给自己竖起一道防线，唯恐失去分寸，只能说，她对自我的规训已经深入骨髓，只是这次出现了少见的失态。

事实上，全书中宝钗的几次失态，基本出现在夏天，这并不完全是巧合，而是作者在借夏天这个符号进行隐喻，大自然的力量是如此强大，它会激发出个体最内在的生命力，以至于在最规行矩步的那些人身上，也能偶尔看见青春奔涌而出的刹那。所以，在那个夏天，宝钗会情不自禁说出关心宝玉的话语，会忘却男女大防亲自守候午睡的宝玉并为他做贴身肚兜，而她的异样，早在入夏之后的芒种节那天就已经露出了端倪。

芒种当天，大观园里上演了两出大戏，分别是宝钗扑蝶和黛玉吟诵《葬花辞》。第二十七回的回目是"滴翠亭杨妃戏彩蝶　埋香冢飞燕泣残红"，在第五回宝钗黛玉共享同一首判词，第八回宝钗黛玉的名字同时出现在回目"探宝钗黛玉半含酸"里后，作者又再次将宝钗和黛玉特意安排在同一个时空中，以对比的方式，展开对这两个女孩的叙写。四月二十六日芒种节❶当天，大观园中祭饯花神，"满园里绣带飘飖，花枝招展，更兼这些人打扮得桃羞柳让，燕妒莺惭，一时也道不尽"。如此热闹，宝钗也带着丫鬟和众姊妹们一起玩耍，

---

❶ 书中原文写"言芒种一过，便是夏日了"，按芒种在立夏之后，所以芒种时分已经入夏。

却不见黛玉。只因前晚黛玉拜访怡红院，却被晴雯拒之门外，又羞又气，回到潇湘馆后一直枯坐，直到深夜才睡，这日便未能早起。没看见黛玉，有两个人最上心：一是宝钗，二是宝玉，两人分头前往潇湘馆去叫她。宝钗在门口看见宝玉，便止住了脚步，原文写宝钗的心理活动：

> 宝钗便站住低头想了想：宝玉和林黛玉是从小儿一处长大，他兄妹间多有不避嫌疑之处，嘲笑喜怒无常，况且林黛玉素习猜忌，好弄小性儿的。此刻自己也跟了进去，一则宝玉不便，二则黛玉嫌疑。罢了，倒是回来的妙。想毕抽身回来。

考虑到此时进入潇湘馆，对宝黛二人都不合适，于是，在这个明媚的夏日早上，宝钗在去潇湘馆的路上中途折返了，紧接着，作者插入了一出精彩的画面：

> （宝钗）忽见前面一双玉色蝴蝶，大如团扇，一上一下迎风翩跹，十分有趣。宝钗意欲扑了来玩耍，遂向袖中取出扇子来，向草地下来扑。只见那一双蝴蝶忽起忽落，来来往往，穿花度柳，将欲过河去了。倒引的宝钗蹑手蹑脚的，一直跟到池中滴翠亭上，香汗淋漓，娇喘细细。

看见蝴蝶后，宝钗居然动了玩耍的念头，在袖中取出扇子来，意欲扑蝶。显然，扑蝶时的宝钗，在短暂的时空里，暂时放下了那些外在的矜持和束缚，恢复了少女活泼好动的天性，她追逐着蝴蝶，仿佛追逐着自己曾经拥有过的天真和自由。双蝶翩跹飞舞，当天是祭饯花神的好日子，蝴蝶搭配鲜花，隐含着"蝶恋花"的寓意。在某种程度上，可以视为宝钗内心深处也期待美好爱情的情思流露。❶ 但这份少女的青春天性很快受到了外界声音的干扰，在滴翠亭边，她听到红玉和坠儿两个小丫头在聊天，红玉丢了一块手帕，贾芸托坠儿将自己的手帕送给红玉，坠儿催促红玉接受，并让红玉再将另一块自用手帕送还给贾芸。在男女授受不亲的年代，手帕又是贴身之物，青年男女之间如此互赠往来，已经是于礼不合的逾越之矩。❷ 这在谨守闺训的宝钗听来，自是心中吃惊，而此时滴翠亭的窗槅子将被推开，宝钗唯恐被红玉和坠儿发现，心想"今儿我听了他的短儿，一时人急造反，狗急跳墙，不但生事，而且我还没趣。如今便赶着躲了，料也躲不及，少不得要使个'金蝉脱壳'的法子"，于是笑着叫道，"颦儿，我看你往那里藏！"她脱口而出的一句话，让亭内两人都唬怔了，也给后来《红楼梦》的读者们留下难解的谜题，宝钗此时脱口叫"颦儿"，是有意要嫁祸给黛玉吗？

关于这点，历来众说纷纭。甲戌本侧批评点宝钗以找黛玉为借口脱身说"真弄婴儿，轻便如此，即余至此亦要发笑"，❸ 语气比较轻松，显然并未认为宝钗这样做有多严重。有人认为蝴蝶双飞寓意着黛玉、宝玉之梦，宝钗扑蝶，就是要扑散、破坏二人。❹ 如果这点可以成立，宝钗喊"颦儿"，肯定是故意嫁祸黛玉了。也有人认为，宝钗听到红玉她们密谈将要开窗，事发突然，于是将黛玉的名字脱口

---

❶ 参见刘勇强：《宝钗扑蝶的情思》，《文史知识》编辑部编《名家讲中国古典小说》，中华书局2014年。

❷ 参见第二章黛玉的题帕行为。

❸ 吴铭恩汇校：《红楼梦脂评汇校本》，清华大学出版社2019年，第370页。

❹ 清代太平闲人（张新之）批注："蝴蝶双飞，洵称好梦，乃宝、黛也，其如扑者从旁至乎？看'玉色'二字是眼。"参见护花主人、大某山民、太平闲人：《红楼梦三家评本》第一册，上海古籍出版社1988年，第418页。

而出，是自然的联想，"没有什么阴险的性格"。❶ 还有人认为，宝钗为了洗清自己，把所谓黛玉偷听一事编得有鼻子有眼的，明显是有意诬陷。❷

既然未能形成统一看法，不妨让我们回到当时的具体语境中。在宝钗扑蝶之前，她的心思还放在宝黛二人身上，在潇湘馆前过门不入，宝钗的心思颇值得推敲，她的顾虑主要有两点：宝玉不便，黛玉嫌疑。对宝玉，她想到的是会影响到他和林妹妹说体己话，顾虑仅针对事情本身；对黛玉，她担心的是惹起猜忌，将黛玉的性情和可能引起的情绪波动都进行了考量，可谓体察入微。

在宝钗的世界里，我们很少看到她的心思流露，对宝玉、王夫人、贾母等，她始终是一副规行矩步、说话做事极有分寸的应对状态。对湘云、香菱、袭人等年龄相仿的少女们，她表现得周到、客气、体贴，却很少表达热情。如第三十六回，她拜访绛芸轩，宝玉在午睡，她和袭人相谈甚欢，作者连着用了好几个"宝钗笑道"，却并未写到她和袭人有进一步的亲密互动，那笑容之间，分明有着客套的距离。唯有对黛玉，宝钗流露的情绪最多、最复杂。如第八回，宝黛钗三人在梨香院吃酒说笑，黛玉牙尖嘴利挤兑李嬷嬷，书中写"宝钗也忍不住笑着，把黛玉腮上一拧，说道：'真真这个颦丫头的一张嘴，叫人恨也不是，喜欢又不是'"，这里宝钗显然是喜欢黛玉的；第二十二回，宝玉得罪了黛玉湘云，灰心沮丧，填《寄生草》一首，表达看破红尘之意。黛玉和宝钗双双发力点拨宝玉，让他打消了入道念头，这里宝钗和黛玉是站在同一条战线的；第三十回，宝玉出言不逊惹恼了宝钗，黛玉在一旁看笑话，宝钗于是借负荆请罪

❶ 参见李长之、李辰冬：《李长之李辰冬点评〈红楼梦〉》，团结出版社2006年，第220—221页。
❷ 参见马瑞芳：《马瑞芳品读〈红楼梦〉》（上），江西人民出版社2018年，第464—465页。

的典故讽刺两人，这里宝钗是有几分恼了黛玉的；第四十二回，黛玉在行酒令时脱口说出戏文，有碍闺秀体面，宝钗特意去找黛玉，各种叮咛教导，这里宝钗是关心黛玉的；第四十五回，宝钗探望黛玉，说起她的咳嗽毛病，建议黛玉吃燕窝粥，了解到黛玉的苦处后，直接送了一大包上等燕窝给黛玉，这里宝钗是爱护黛玉的。如此种种，作者写出了宝钗对黛玉更复杂的感情，更丰富的情绪，那就是，在众多兄弟姊妹们中，宝钗很关注、往来很频繁、被引起很多情绪波动的人，是黛玉。

第四十五回的回目是"金兰契互剖金兰语　风雨夕闷制风雨词"，黛玉向宝钗倾诉内心苦闷，"我是一无所有，吃穿用度，一草一纸，皆是和他们家的姑娘一样，那起小人岂有不多嫌的"。宝钗笑道"将来也不过多费得一副嫁妆罢了，如今也愁不到这里"。庚辰本在这里加了一条很长的夹评："宝钗此一戏，直抵过通部黛玉之戏宝钗矣，又恳切，又真情，又平和，又雅致，又不穿凿，又不牵强。黛玉因识得宝钗后方吐真情，宝钗亦识得黛玉后方肯戏也。此是大关节大章法，非细心看不出。细思二人此时好看之极，真是儿女小窗中喁喁也。"❶意思是，经过前面的若干波折后，到这一回，黛玉已经完全放下心结接受了宝钗。而那个人前人后不肯对别人家事说半句臧否的宝钗，居然难得地替黛玉打抱不平起来：将来最多也就是多费一副嫁妆罢了，如今这点开销，（那起小人）又何必如此！宝钗对很多人都很无情，包括对金钏儿、柳湘莲、香菱等；对很多人的关心都只是蜻蜓点水，包括对袭人、湘云、甚至宝玉；唯有在黛玉面前，她难得流露了内心的热情。

---

❶ 吴铭恩汇校：《红楼梦脂评汇校本》，清华大学出版社2019年，第588页。

黛玉和宝钗和解后，宝玉大惑不解，在第四十九回，宝玉特意用"是几时孟光接了梁鸿案"向黛玉发问。孟光、梁鸿是东汉时期的一对伉俪，新婚时不睦，后来举案齐眉、夫妻偕老，宝玉借此典故来询问黛玉详情。说到底，怡红公子还是没有脱离男性对女性的刻板印象，在他的认知里，女孩子们之间互相不服气，就始终会让自己和对方都处在某种雌竞的尴尬状态中。他却并不知道，那些可爱的少女们，更多时候会被真正来自同性的魅力所征服，正如黛玉之于宝钗，宝钗之于黛玉。

黛玉是如此地才华横溢、灵秀剔透，她的灵性深深吸引着宝玉，而聪慧如宝钗者，又怎会识别不出这份灵性，并发自内心地喜欢、欣赏这个可爱的女孩呢！大观园题匾题诗、海棠诗社、菊花诗会、咏柳絮诗等，在众多闺秀们驰骋诗才的场合中，往往是薛林二人分庭抗礼、平分秋色。两人共享同一首判词"玉带林中挂，金簪雪里埋"；宝玉梦中最美的女性名兼美，意即兼有黛玉和宝钗之美；第二十七回用杨妃（杨玉环）和飞燕（赵飞燕）分别指代宝钗黛玉，也是用环肥燕瘦的典故暗喻两人各有千秋，美得不分上下。这样两个钟灵毓秀的少女，或许在相识之初会有龃龉和误解，但随着时间流逝，她们日渐熟悉了解，必然会彼此欣赏、彼此亲爱。钗黛合一，双姝并峙，曹翁写出了少女之间的相惜相知，这份基于对优秀同性认可而生出的珍贵情谊，也是大观园中非常独特的一道风景线。

能欣赏黛玉之美的宝钗，必然不会是全然冷心冷面之人。回到宝钗扑蝶故事的语境中，当时宝钗和黛玉的关系，还处于很一般的状态，而黛玉因金玉之说对宝钗略有敌意，冰雪聪明的宝钗自然也能感受到。两个兰心蕙质、绝顶聪慧的少女，内心都略存了一些相互打量、相互比较的心思。宝钗扑蝶之前，本就打算去潇湘馆找黛玉，因看到宝玉而折返，或许在即将被红玉发现之前，黛玉还存在于她的脑海中，于是在紧急脱身时，她脱口说出黛玉的名字，似乎是某种应激反应，谈不上存心嫁祸，但的确能说明彼时双方的关系并不融洽，以至于宝钗在潜意识里忍不住要背刺黛玉。而故事发生在芒种当天，芒种原意是麦子长出了尖尖的芒刺，将向成熟过渡，或许也隐喻着少女之间相互较量，在彼此的青春岁月留下了轻微刺痛之意。

以芒种暗喻女性之间的较量竞争，如此写作手法并非《红楼梦》首创，在《金瓶梅》中，早就有过类似笔法：西门庆的爱妾李瓶儿生子官哥儿后，深受宠爱，让另一房妾室潘金莲陷入了疯狂的嫉妒。四月的某天，李瓶儿拜托潘金莲照顾孩子，而潘金莲与女婿陈经济在花园中扑蝶相戏，让孩子被黑猫惊吓生病。正室夫人吴月娘很看重这孩子，精心看顾，惹得潘金莲在背后嚼舌头，嘲讽吴月娘生不出儿子，就算对官哥儿再上心，到头来也是白费劲。吴月娘听到后大怒，于是在四月二十三日芒种当天精心安排与丈夫同房，以求生下儿子来堵住背后女人们的唇舌。从扑蝶到芒种之间的种种细节，可以清晰地看到《红楼梦》对《金瓶梅》写作的继承和进一步发扬，而以芒种来暗示女性彼此的背刺龃龉，则是不言而喻的春秋笔法。

无论如何，滴翠亭事件事发突然，宝钗紧急避险，从权之际喊出了黛玉名字，揭示了宝钗性格中更复杂的一面，也说明她和黛玉的闺阁手帕之交尚且处于成长阶段。倘若非要强调宝钗为人阴险，一门心思想对黛玉不利，未免失之于过度解读。通览前八十回，宝钗从未真正做出过任何有损黛玉实际利益的行为，已可说明她的为人和黛玉在她心中的分量，随着后来宝钗和黛玉的关系日渐融洽，曾经的滴翠亭事件也再未被提起，似乎它从未发生过。而滴翠亭的那句"颦儿，我看你往那里藏"，则如同余音绕梁，让我们看到了少女们五彩斑斓的青春世界底色，也给众多红迷们留下了更多讨论的空间。

但是，无论《红楼梦》的读者和学者们如何解读滴翠亭事件，宝钗扑蝶始终是《红楼梦》全书，乃至中国古代文学史上最精彩的名场面之一。阳光明媚，鲜花满园，双蝶飞舞，美丽少女手执轻扇，随蝶舞动，是何等美丽的画面。清代著名仕女画家改琦和费丹旭的红楼画作都选择用该场面来刻画宝钗。改琦《红楼梦图咏》用波光粼粼的河水衬托宝钗激动的心情（图7.4），费丹旭《十二金钗图》用浓密的树荫暗示宝钗内心的阴影（图7.5），都表达了他们对宝钗的解读，但风格都以写意为主，对宝钗服饰的呈现也不够充分。

明清时候的古人，尤其是闺阁女性，她们在夏天究竟怎么穿搭呢？上文曾经提到，明清时期人们的服饰着装与季节呈高度相关性，主要表现为材质和纹样的应季选择。芒种前后，天气还不是特别炎热，闺中穿着并不是很单薄，如《金瓶梅》第五十回记述西门庆情人王六儿生日当天（四月十七）的打扮：戴着银丝鬏髻、金累丝钗梳、翠钿儿、二珠环子，露着头，穿着玉色纱比甲儿，夏布衫子、白腰挑线单拖裙子。此后几日，名妓李桂姐来西门府做客，打扮得格外精致：穿着白银条纱对衿衫儿，鹅黄缕金挑线纱裙子，戴着银丝鬏髻，翠水祥云钿儿，金累丝簪子，紫夹石坠子，大红鞋儿。王六儿和李桂姐都不是贵族少女，但她们为了赢得西门庆的欢心，必然会不遗余力地用心装扮，其服饰打扮也为我们了解彼时时尚女性的着装细节提供了一定参考：她们穿着玉色纱、夏布、白银条纱等轻爽材质做成的衣服，呼应着春末夏初略显凉爽的天气，她们的衣饰色彩都比较明艳，彰显了初夏的热烈和奔放。

图7.4 清 改琦 《红楼梦图咏》之"宝钗扑蝶"（局部）

图7.5 清 费丹旭 《十二金钗图》之"宝钗扑蝶"（局部）

按照我们的理解，宝钗性情端谨，还是会规规矩矩、一丝不苟地进行穿衣搭配，但当天大观园内的女孩子们个个都打扮得花枝招展，正值大好年华的宝钗，在服饰色彩的选择上也会更娇艳清丽。在我们的设计中，她内着白色交领中衣，外穿粉色暗花交领镶边短袄，袄身上平铺蝶莲纹，领子上绣牡丹纹，下搭黄色百褶裙，裙上是缂丝石榴花纹。发髻上插累丝烧蓝镶红宝石蝶恋花步摇，金蛙嵌玛瑙银簪，耳戴银镀金点翠珠宝荷叶耳坠。右手腕戴金镶宝石镯，左手执折扇，手指戴金镶宝葫芦戒指（图7.6）。这样打扮的宝钗，珠光宝气，既有贵族小姐的雅致，又不乏青春的娇艳灵动，石榴花、金蛙、荷叶等纹样，照应着夏天的炽热，而牡丹、蝶恋花等纹样，也和她在《红楼梦》中的花签和相关故事相呼应。她轻盈跳起，挥动小扇，裙裾在青绿的草地和缤纷的花间划过，生动又充满热情，仿佛回到了父亲去世前那般无忧无虑的天真状态中，这原本才应该是宝钗性格的底色。

值得注意的是，芒种节当天，大观园内年轻主妇、小姐、丫鬟们几乎全部出动了，在场的十二钗就包括宝钗、黛玉、迎春、探春、惜春、李纨、凤姐、巧姐等八人，而其中有精彩表现者，除了宝钗、黛玉之外，还有探春。当时探春把哥哥宝玉叫到一边说话，提到自己又攒了十米吊钱，让宝玉出门时给她带一些轻巧好顽意儿，比如"柳枝儿编的小篮子，整竹子根抠的香盒儿，胶泥垛的风炉儿"等，宝玉承诺后，探春欢喜不禁，提出继续给他做鞋表达谢意。由此两人聊到赵姨娘抱怨探春只给宝玉做鞋，却不看顾同母弟弟贾环，还说出"正经兄弟，鞋搭拉袜搭拉的没人看的见，且作这些东西"之类的不堪言语。探春对生母很是不满，直接斥责赵姨娘"不过是那阴微鄙贱的见识"，她只管认得"老爷、太太两个人"，兄弟姊妹之间

图7.6 宝钗扑蝶

① 累丝烧蓝镶红宝石蝶恋花步摇　③ 金蛙嵌玛瑙银簪　⑤ 金镶宝葫芦戒指
② 银镀金点翠珠宝荷叶耳坠　④ 金镶宝石镯

"谁和我好，我就和谁好"，不论什么偏庶。探春这番话，或许出自内心对赵姨娘和贾环实实在在的反感，又或许只是某种程度上在宝玉面前表述衷肠，毕竟，作为王夫人唯一在世的独子，宝玉在贾府享有至高无上的尊贵地位，如果能得到宝玉的支持和爱护，探春在家中的尴尬状态也能略有好转，有些想法和创意才能得到更好的施展，比如在秋天兴起的那场海棠诗社。

第三节
探春起社与明清秋季服饰

中国古代社会是农业社会，人们的日常生活方式与四季息息相关，反映在文学写作中，就是四季意象的频繁出现。有学者曾经统计过《红楼梦》前八十回的春、夏、秋、冬四季背景，其中秋季总共出现了26次，占比高达三分之一。❶还有学者统计了贾宝玉下凡历劫在贾府生活的十九年时间，其中秋季出现频率最高，大约有四十四回的叙述是以秋季作为背景。❷如此，都可见秋季之于《红楼梦》的重要性。而在书内所写众多秋季中，又以大观园三年的秋季格外引人注意：第一年秋季探春发起海棠诗社，众姊妹们吟诗赏菊吃螃蟹，各种心甜意洽，说不尽的花团锦簇、青春风流；第二年秋季王熙凤将尤二姐赚入大观园，大闹宁国府，各种折腾吵闹，说不完的鸡飞狗跳、纷争四起；第三年秋季王夫人听信谗言抄检大观园，探春气头上动手打了挑事的下人，宝钗坚决搬出大观园，当年中秋

---

❶ 参见裴新江：《春风秋月总关情：〈红楼梦〉四季性意象结构论之一》，《红楼梦学刊》2003年第4辑。
❷ 参见梅新林、张倩：《〈红楼梦〉季节叙事论》，《红楼梦学刊》2008年第5辑。

只有黛玉、湘云和槛外人妙玉联诗，说不出的凄风苦雨、衰败颓废。

从第一年秋季叙事氛围的明朗爽快，到第三年秋季故事铺开的低沉悲回，作者勾勒了一副世族家宅内讧纷乱、江河日下的末世景象，也通过卷入其中每个人的表现刻画了他们截然不同的气质面貌。身为家族未来顶梁柱的宝玉，面对家中日渐捉襟见肘、上下困顿的局面，居然对黛玉说出"凭他怎么后手不接，也短不了咱们两个人的"，全然一副置身事外、高高挂起的状态。而与之形成鲜明对比的是，身为庶女的三小姐探春，却一直密切关注着家族动态，不仅积极参与管家事务，还在抄检大观园的一片混乱之中，发出沉痛的控诉之声："可知这样大族人家，若从外头杀来，一时是杀不死的，这是古人曾说的'百足之虫，死而不僵'，必须先从家里自杀自灭起来，才能一败涂地！"(第七十四回)很可惜，探春的肺腑之言，贾府高层并未听入耳，他们依然在自杀自灭的路上一意孤行，直到把这个百年世家带入深渊。若干年后，贾府败落，托名通灵演说故事的作者在《红楼梦》开篇回忆往事，深深感慨道自己堂堂须眉，居然不如家中裙钗，深觉愧悔，这深沉的忏悔，想来也有部分是源于将宝玉和探春对比后的反省吧！作为男性、嫡子、兄长，宝玉占尽天时地利优势，但他对家族的贡献和考量，却远远比不上偏庶出身的妹妹探春。青春年少时，他或许并未真正了解探春，而当大观园的芳华往事都被岁月雨打风吹去后，这块入世顽石才终于开窍，蓦然回首，才意识到探春的种种难能可贵之处！

探春的可贵之处究竟是什么？她判词的第一句是"才自精明志自高"，显然，精明过人、志向远大是探春的突出性格特质。在《红楼梦》中，探春的管家之才直到第五十五回才被众人发现，原来她"精细处不让凤姐，只不过是言语安静，性情和顺而已"。所谓"言语安静，性情和顺"只是探春的外在表现，事实上，一个善于筹谋规划的管理者，对事务的统筹布局早已成为她的日常思考方式，而这点早在探春发起海棠诗社时已经略有流露。

海棠诗社何以兴起？第三十七回写到，贾政外放学差，❶宝玉没了约束，每日在园中任意纵性地逛荡，突然收到了翠墨送来的探春手写花笺，笺中写得明白：她前段时间生病，感谢宝玉送来鲜荔枝和颜真卿的手迹相慰，特此致谢。因想到古人颇有雅兴，往往邀请同道中人开设词坛吟社，遂成美谈。她深感栖处于泉石之间，并且羡慕宝钗、黛玉二人的诗才，因此希望能发起诗社，特邀宝玉加入。探春的这段短文，透露了几点信息：第一，探春和宝玉之间往来频繁，宝玉对这个妹妹比较关心。第二，在大观园中，探春最认可宝钗、黛玉二人的诗才。宝玉看到花笺后大喜，立即来到秋爽斋，却看见宝钗、黛玉、迎春、惜春已经到了，过会连李纨也到了。既然探春只认可薛林二人之才，为何广下帖子相邀呢？显然，她深知自己的身份做事不易，所以才会以邀请宝玉加入为重点，推动事情进展。所谓牵一发动全身，宝玉加入后，果然发力甚多，他催促贾母把史湘云接来，湘云来后又邀请贾母等赏桂花、吃螃蟹、咏海棠、咏菊花、咏蟹三个诗题也随着呼之欲出，诗社越发兴旺起来。第四十五回，诗社的发展陷入缺少经费的困境中，也是探春提议让王熙凤做监社御史，于是名正言顺地开口要钱。如此种种，有条不紊，纲举目张，展现出相当优秀的领导力。

探春的领导力，不仅表现为善于谋事，更表现为敏于断事。虽然贵为三小姐，探春在贾府的处境其实还是比较尴尬的。王夫人很

---

❶ 学差，也称学政，是朝廷派到各省地方主持科举考试事务的官员。

厌弃她的生母赵姨娘，这使得家里的各种下人们也往往看人下菜碟，明里暗里欺负探春。如第三十七回，宝玉派人送荔枝给探春，用的是缠丝白玛瑙碟子，还是宝玉再三叮嘱了用这个碟子，说配荔枝好看，探春看见后，也觉得不错，连碟子也一并留下了。袭人要用这个碟子装东西送给史湘云，到处找不到，得知在探春处，却说"家常送东西的傢伙也多，巴巴的拿这个去"，逼着让秋纹去探春那里取回后，居然转手就给湘云送去，还特意强调"再前日姑娘说这玛瑙碟子好，姑娘就留下顽罢"。要知道，宝玉专门用这个碟子送荔枝给探春，探春见了也很欣赏，还特意致函道谢，说明他们兄妹不仅情深意笃，还具有高度的审美一致性。宝玉如此爱惜呵护他的三妹妹，袭人居然自作主张，从探春处拿到碟子后送给湘云，都没有向宝玉汇报一声。袭人做事如此放肆，固然说明宝玉管理不力，也从另一个侧面反映了贾府下人们对探春的实际态度，连宝玉院里最得力的袭人都如此对待探春，其他人就更可想而知了。

比如，在第五十五回，因王熙凤生病，王夫人让李纨、探春、宝钗三人一起管理大观园，吴新登媳妇来向李纨、探春禀报赵姨娘兄弟赵国基（探春血缘上的亲舅舅）的死讯，按照贾府惯例，要打发一笔安葬费用。若是在凤姐前，她在禀报的同时就会一并把主意说出来，但她欺负李纨老实，探春年轻，故意卖关子不说，只等着看笑话。李纨提出袭人的母亲去世，府里给了四十两，赵国基一事也遵循此例；但探春格外精细，查看往年账目，发现家生下人死亡，安葬费的标准只有二十两，才最后定夺。此处，吴新登媳妇轻视李纨和探春，代表了贾府下人对于不得势主子们的态度，而李纨为了避免引起赵姨娘和探春的矛盾，一味和稀泥，是另一种对探春的不尊重。甚至连在深闺养病的王熙凤，让平儿出面告诉探春，惯例就是二十两,但探春可以自由裁夺,添加一些也没问题,也是一种轻慢,言下之意,即看在探春是赵姨娘亲生女儿的面子上,不妨破例一次。可以说,探春如果在这个问题上稍作让步,只会进一步坐实她是赵姨娘亲生,为了赵姨娘甚至可以徇私的口实,从而导致探春口碑在贾府的全面坍塌。但机敏的探春没有陷入其中,她有力地反击了吴新登媳妇,责备她作为下人禀报事务却没有查找旧例,也不提供解决方案,摆明了就是轻视新管事的主子,在王熙凤面前绝对不敢如此托大无礼,说得吴新登媳妇哑口无言。与此同时,探春还有礼有节有据地批评了李纨、凤姐两位嫂子和稀泥、不守规矩的行为,更对前来挑衅的赵姨娘直接回击,让上上下下都无话可说,心服口服。经此一战,探春才真正在贾府站稳脚跟,而这完全是聪慧明敏的她孤军奋战得来的结果。

如此优秀特出的探春,囿于庶出女儿的身份,一直苦心和贾府上层周旋,希望能以一己之力,为日渐颓败的家族略尽绵薄之意。她敏于断事,将大观园的事务管理得井井有条;她殚精竭虑,想出了若干法子为家族节省。可惜的是,大厦将倾之际,她的努力无异于杯水车薪,不过徒劳无益、于事无补。待到最后,看破局势的探春必然会和她向来俯首低眉的贾府上层发生冲突,这一冲突在抄检大观园时达到了矛盾的顶峰。第七十四回,王夫人迫于邢夫人的压力,又受到下人挑唆,喝令抄检大观园,将原本隐在暗处的诸多矛盾一下子暴露在众人面前。带头抄检的人叫王善保家的,是邢夫人的陪房,欺负探春是庶出女儿,故意上前挑衅,在众人面前拉起探春的衣襟掀起,惹来探春的一记响亮耳光,并出言训斥,甚至语涉贾母、王夫人、邢夫人,表面看是向她们赔礼,其实不过表达内心的愤懑。她眼睁睁地看着高楼起,看着楼塌了,虽然有心杀贼,却无力回天，唯有将一腔悲愤，撒向那些在她看来身居其位却不谋其政的管理者。而这一记耳光，也表明了探春对这个家族的彻底失望。此后，在前八十回中，探春再无高光出场，或许，当看淡之际，也是她离场之时！

在贾府三春中，探春无疑是作者着墨最多、也最为欣赏的一位。黛玉进贾府时，眼里看到她是俊眼修眉、顾盼神飞的美人模样；在见惯出色小姐们的贾府下人兴儿眼中，她是又红又香、无人不爱的红玫瑰花。她不仅容貌美丽，才干精明，论起诗书翰墨，也是文采风流、出口成章。在她发起的那场秋天的海棠诗社中，她所写的《咏白海棠》《簪菊》《残菊》诗等，都赢得众人的一致称赞。所谓"高情不入时人眼，拍手凭他笑路旁"（《簪菊》）分明就是探春内在高洁自我的真实写照，而"明岁秋风知再会，暂时分手莫相思"（《残菊》）一方面表达了她对亲人、家族的眷念，另一方面则点明了她最后的归宿，她将随着秋风飘走，不知何年何时才能相见。而在作者心里，远去的三小姐则成为他挥之不去的最深切的牵挂！

在阵阵秋风之中，对着秋海棠奋笔疾书作诗的三小姐，是何种装扮呢？还是参考晚明刘若愚《酌中志》卷二十记述明代人在秋天的惬意生活，"八月：宫中赏秋海棠、玉簪花……造新酒，蟹始肥。凡宫眷、内臣吃蟹，活洗净蒸熟，五六成群，攒坐共食，嬉嬉笑笑。自揭脐盖，细将指甲挑剔，蘸醋蒜以佐酒。或剔蟹胸骨八路完整如蝴蝶式者，以示巧焉……九月：御前进安菊花。自初一日起，吃花糕。宫眷内臣自初四日换穿罗，重阳景菊花补子蟒衣"。[1]可见，赏秋海棠、吃螃蟹、喝酒、赏菊花，穿重阳景菊花补子蟒衣，这些构

---

[1] 刘若愚：《酌中志》卷二十，北京古籍出版社1994年，第181—182页。

成了明代宫廷贵族们的日常生活细节，也印证了《红楼梦》中的书写其来有自，原本就是对贵族家庭真实生活的写照。再参看堪称晚明人日常生活百科全书的《金瓶梅》，西门庆的第六房小妾李瓶儿入府的时间是八月下旬，和府内众姬妾相见时，她"上穿大红遍地金对衿罗衫儿，翠蓝拖泥妆花罗裙"，"头上戴着一付金玲珑草虫儿头面，并金累丝松竹梅岁寒三友梳背儿"❶。八月二十五日，李瓶儿盛装打扮，与西门庆的朋友们见面，她身穿"大红五彩通袖罗袍儿，下着金枝线叶沙绿百花裙，腰里束着碧玉女带，腕上笼着金压袖，胸前项牌缨落，裙边环珮玎珰，头上珠翠堆盈，鬓畔宝钗半卸，紫瑛金环耳边低挂，珠子挑凤髻上双插。粉面宜贴翠花钿，湘裙越显红鸳小，恍似嫦娥离月殿，犹如神女到筵前"。❷可见，上袍（衫）下裙，头戴珠翠，是明清贵族女性在秋天的基本妆扮样式。

在历史材料和小说记述的基础上，我们对探春的服饰进行了想象设计：她内穿浅黄色立领袄，领口嵌金镶宝子母扣，外搭深黄色缂丝海棠纹披风，钉一粒海棠纹圆钮扣，下配深绿色马面裙。头戴点翠镶料珠海棠蝶纹头花和点翠海棠叶蝈蝈纹头花，耳戴蝶恋花点翠流苏银耳坠，左手腕戴一支金嵌珠镯（图7.7）。满身珠翠，华贵且不乏清雅，完全没有半分庶出女儿的怯弱。她的服饰中，有若干海棠元素，尤其是点翠镶料珠海棠蝶纹头花和点翠海棠叶蝈蝈纹头花，取秋海棠叶造型，带出几分秋天韵味。❸ 探春的那首《咏白海棠》诗写道："斜阳寒草带重门，苔翠盈铺雨后盆。玉是精神难比洁，雪为

---

❶ 兰陵笑笑生：《金瓶梅词话》，人民文学出版社1985年，第235页。

❷ 兰陵笑笑生：《金瓶梅词话》，人民文学出版社1985年，第237—238页。

❸ 中国传统文学的海棠意象，在植物学中对应着多种植物，包括蔷薇科苹果属的西府海棠等、蔷薇科木瓜海棠属的贴梗海棠等，而秋海棠则属于秋海棠科秋海棠属。秋海棠叶子双色层叠，花朵美丽，经常作为盆栽被放置于文人房内。《红楼梦》中的海棠和故宫中海棠造型的首饰，都是以秋海棠为原型。

图7.7　探春结社

① 金嵌珠镯
② 点翠镶料珠海棠蝶纹头花
③ 蝶恋花点翠流苏银耳坠
④ 点翠海棠叶蝈蝈纹头花
⑤ 海棠纹圆钮扣
⑥ 金镶宝子母扣

肌骨易销魂。芳心一点娇无力，倩影三更月有痕。莫谓缟仙能羽化，多情伴我咏黄昏。"以洁白的秋海棠花为题咏对象，❶ 其中"玉是精神难比洁，雪为肌骨易销魂"一联，表面上是咏赞秋海棠的芳姿，也是在以花喻人，表述内心刚直不阿、不轻易被环境同化之意。在中国传统文化里，秋海棠又被赋予了离别思念的含义，有"断肠花"之称，探春服饰的秋海棠元素也是一种象征，寓意着她终将远嫁、离别家乡亲人，"千里东风一梦遥"，从此只能在梦中才能暂回大观园而稍慰离别之情……

◎ 第四节
芦雪广❷ 联诗与明清冬季服饰

秋去冬来，和秋天相比，在《红楼梦》中，对冬天的直接书写相对略少。但冬天的意象含义，对全书却至关重要。《红楼梦》第五回，贾宝玉梦游太虚幻境，听《红楼梦》曲子，【收尾·飞鸟各投林】曲中就有"好一似食尽鸟投林，落了片白茫茫大地真干净"之语，以冬季雪景寓意贾府未来的衰败命运。第一百二十回，贾政坐船行至毗陵驿，天冷下雪，看见雪影中已是僧人装扮的宝玉对着自己"倒身下拜"，大惊，追赶不及，只看到"白茫茫一片旷野"，以冬季意境收束全书。首尾呼应，可见冬季之于全书的重要性。

如前文所述，在大观园的三年，是全书最重要的篇章内容，三

---

❶ 海棠诗社得名于秋海棠，当时贾芸送了两盆白海棠给宝玉赏玩，李纨于是以此为诗题，要求众人题咏。
❷ 广（yǎn），古汉字，指依山崖地势而建成的房屋。一说即"庵"。芦雪广一名，在不同脂评本中差异较大，有写作芦雪庵、芦雪庭、芦雪庐等。本书依照人民文学出版社版本写为"芦雪广"。

年里四季轮转，冬季也成为许多重要事件的时令背景。如第一个冬天的热闹故事，众姊妹和宝玉盛装赏雪、吃烤鹿肉、芦雪广即景联诗、栊翠庵求取红梅、暖春坞共制灯谜、听宝琴咏怀古诗、看晴雯补雀金裘等等，在一片欢声笑语中，大观园的少男少女们肆意挥洒青春，留下了那个冬天的美好记忆，也将在大观园内第一年的幸福快乐推向顶峰！第二年的冬天，随着贾府各种矛盾逐渐凸显，冬天也染上了几分肃杀之意，王熙凤和贾琏的夫妻关系日渐紧张，贾琏偷娶尤二姐，王熙凤将二姐赚入大观园，各种虐待，二姐不堪凌辱，在岁尾年前自杀，王熙凤与贾琏、宁府内贾珍夫妻的关系降到冰点，寒冷的季节暗示着宁、荣二府已是危机四伏，连主子们都不再顾惜体面。第三年，随着秋天里那场抄检大观园降下帷幕，宝钗离开、迎春出嫁、香菱回避，大观园中诸芳渐渐散去，后文虽不再写这年的冬季故事，而曲终人散已经成为当年冬天的主基调。如此看来，虽有三年冬景，唯有第一年冬天的回忆最美好，也最让人怀念！

也是在第一年的冬天，曹雪芹让他笔下的大观园儿女们都穿上了盛装，在白雪皑皑的女儿国里演出了一幕群芳集艳图，那些流光溢彩的服饰装扮，将它们的主人点染得生动鲜亮，也为今人了解明清时期贵族们的冬季服饰提供了翔实的细节。这也是全书中唯一一次众人集体盛装亮相的场面，作者对每个在场人物的服饰都进行了精心的描述，在他的生花妙笔之下，红楼儿女们都是何种装扮呢？且让我们一一看来：

1. 黛玉

在十二钗中，最先出场的是林黛玉，第四十九回写到，李纨的丫头过来邀请黛玉，说下了雪，要商量明日诗社作诗，黛玉于是"换上掐金挖云红香羊皮小靴，罩了一件大红羽纱面白狐狸里的鹤氅，束一条青金闪绿双环四合如意绦，头上罩了雪帽"，这都是些什么神仙装束呢？

掐金挖云红香羊皮小靴

红色的羊皮小靴，靴尖装饰有镂空的云纹纹饰，纹饰边缘并用金线缘边。

红香羊皮小靴，即红色的羊皮制成的靴子。挖云，也称挖镶、挖花、镂空，是一种传统的服饰装饰工艺，具体做法是在绣地上剪出镂空纹样，用锁边工艺将毛边固定为边框，然后在镂空的绣地下衬以其他面料，并在其上进行刺绣，从而使得刺绣花样从镂空处露出，形成镂空衬里的效果，纹样多为云纹、如意纹、蝴蝶纹等，一般装饰在服饰的边角位置。❶ 掐金，掐是传统针线工艺的名称，即用金线缘边、镶边。❷ 用云纹形饰品装饰鞋头，即称云头鞋，是明清常见的鞋子款式。如《金瓶梅词话》第二十九回写到潘金莲问孟玉楼的鞋样："你这个，到明日使甚么云头子？"玉楼回答说"使羊皮金缉的云头子罢。周围拿纱绿线锁出白山子儿，上白绫高底穿"❸。清华大学艺术博物馆藏有清代草绿色暗花绸印花鱼鳞裙，裙面就有挖云纹样修饰(图7.8)。云纹是一种充满了仙气的纹饰，用云纹装饰鞋子，一方面能更显得美观大方，另一方面则包含着吉祥顺遂的祝福之意。黛玉穿上大红色的掐金挖云小羊皮靴，固然彰显其仙姿卓越，更可

---

❶ 参见北京服装学院民族服饰博物馆，http://www.biftmuseum.com/technics/detail?sid=56&pid=3
❷ 参见冯其庸、李希凡主编：《红楼梦大辞典》，文化艺术出版社2010年，第53页。
❸ 兰陵笑笑生：《金瓶梅词话》，人民文学出版社1985年，第345页。

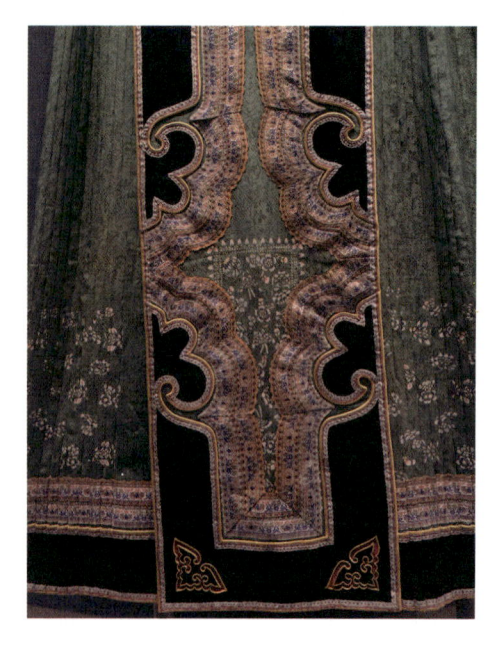

图7.8 清 草绿色暗花绸印花鱼鳞裙（局部）

见她在贾府千尊万贵、集万千宠爱于一身的状态。

红羽纱面白狐狸里的鹤氅

无袖长款外衣，用红色的羽纱做成衣面，白狐狸毛做里子。

鹤氅是一种对襟的衣服，形同披风。刘若愚《酌中志》记载，"氅衣，有如道袍袖者，近年陋制也。旧制原不缝袖，故名曰氅也。彩素不拘"，❶ 意思是说，氅衣原本不缝袖，但晚明时期的氅衣都是合袖的。清代曹庭栋《老老恒言》卷三记述，"式如被幅，无两袖，而总折其上以为领，俗名'一口总'，亦曰'罗汉衣'。天寒气肃时，出户披之，可御风，静坐亦可披以御寒。《世说》'王恭披鹤氅行雪

---

❶ 刘若愚：《酌中志》卷十九，北京古籍出版社1994年，第171页。

中',今制盖本此,故又名'氅衣',办皮者为当"❶。根据他的说法,氅衣为无袖。综合明清记述来看,鹤氅在明代时类似道袍,起初不缝袖,晚明变为有袖,但到清朝乾隆时期,它又变成了无袖款式,主要功能是户外御寒。

羽纱,一直有两种解释:一种认为是用鸟羽毛织成的纺织品,也称羽毛纱。清代王士禛《皇华纪闻》卷三提到"西洋有羽缎、羽纱,以鸟羽毛织成,每一匹价至六七十金,着雨不湿",即持此种看法。而近年来随着纺织考古行业研究方法和技术的更新,以及对清代宫廷文献资料考证的深入,传统的观点已经基本被颠覆。如2011年即有研究者运用现代自然科学手段,用显微镜观察法、扫描电子显微镜法、红外分光光度法、燃烧法、化学试剂溶解法等方法鉴定了羽纱材质,并得出结论,认定它是100%羊毛织物或桑蚕丝与羊毛的交织物。❷2021年,又有研究者进一步提出,根据清代进口物品的中英文对照版《粤海关税则》文献记述,羽纱(second sort of camblets)、羽缎(first sort of camblets)的英文译名都是camblets,即羊毛与丝、棉混织而成的织物,所以它们都是从西洋进口的毛呢制品。❸由此,可以得出明确结论,黛玉这件羽纱鹤氅的面料,是毛呢织物。故宫博物院藏有清同治时期大红色羽缎单氅衣(图7.9),可以参看。

白狐狸,也称狐白,是用狐狸腋下的白毛做成的纺织物。❹有一种说法认为,此处的白狐狸里可能是用整张白狐皮做成。白狐,也

---

❶ 曹庭栋:《老老恒言》卷三,岳麓书社2005年,第63页。
❷ 参见王允丽等:《清代羽毛纱纤维材质研究》,《故宫学刊》2011年,总第七辑。
❸ 参见宋文:《清代西洋呢绒考析》,《故宫博物院院刊》2021年第4期。
❹ 参见冯其庸、李希凡主编:《红楼梦大辞典》,文化艺术出版社2010年,第53页。

图7.9 清 大红色羽缎单氅衣

称雪狐、北极狐,主要产于北美、北欧和中亚地区,根据史料记载,明清时期中国本土不产白狐,但清代中期,中国与海外贸易往来频繁,尤其从俄罗斯进口的皮货更达到一定规模,❶也有人认为,所谓白狐,是产自北欧、中亚的雪狐皮曾经由俄罗斯中转来到中国。理论上来说,或许存在这种可能性,但查考故宫博物院所藏帝王袍服,并未见到雪狐皮毛制品,也就是说,倘若帝王都未享受到此种进口奢侈品,臣子们应该也无缘拥有。另一个佐证是,《红楼梦》第五十三回写到宁国府内陈设,尤氏房里"正面炕上铺新猩红毡,设着大红彩绣云龙捧寿的靠背引枕,外另有黑狐皮的袱子搭在上面,

❶ 参见邓文初:《天下1:明清对外战略史事》,上海三联书店2020年。

大白狐皮坐褥"，白狐皮被当作坐褥，一方面可见宁国府的穷奢习气，另一方面也说明白狐皮虽然难得，但在贾府并非绝对顶级的存在，倘若是远涉山水、从域外进口的珍稀雪狐皮，不至于会被如此对待。由此可以推知，贾府的白狐狸用品，应该还是中国本土的狐白制品。纵然如此，狐白依然是极为罕见之物，而黛玉所穿的鹤氅为长款，里子需要用到很多狐白，这件大衣的价值显然不菲，她在贾府的实际地位也通过这件大衣得到了体现。

青金闪绿双环四合如意绦

一条系在腰上的丝绦，用青绿色的金线编成，绦带上打了一个四合如意的花结，在花结下方，有两个玉环的配饰。

青金，《红楼梦大辞典》认为是青白色的金线，青金闪绿，即绿线金线编织后呈现的颜色。❶ 事实上，南京云锦的织金工艺需使用青金线，即一种用金线和银线混合制成的线，如南京云锦非遗传承人胡德银先生提供的青金线 (图7.10) 所示，呈青绿色。四合如意，四个如意云头纹样从上下左右四周聚合在一起形成的吉祥纹样。如清华大学艺术博物馆藏清代红色绸绣花蝶动物纹云肩，即四个如意云头相联 (图7.11)。

雪帽

御寒所戴之帽，也称风帽。

徐珂《清稗类钞·服饰类》记述"风帽，冬日御寒之具也，亦

---

❶ 参见冯其庸、李希凡主编：《红楼梦大辞典》，文化艺术出版社2010年，第53页。

图7.10 当代 青金线

图7.11 清 红色绸绣花蝶动物纹云肩

图7.12 黛玉芦雪广

① 白玉镶葫芦金耳环　　② 清玉连环

曰凤兜。中实棉，或袭以皮，以大红之绸缎或呢为之。僧及老妪所用则黑色"。❶可见雪帽的基本款式都比较一致，唯有年轻女性用大红色，老年女性用黑色，在颜色上略有区分。

综合来看，黛玉穿的这身衣服，从头到脚，都展现出高雅奢华的气质，非常符合她作为绛珠仙子飘然出尘的身份设定。我们根据文献和文物考证，对黛玉服饰进行了还原：她头戴大红色雪帽，袄子下摆露出靴头云纹；外披大红色鹤氅，两侧开衩，露出青金色双环四合如意绦带。此外，我们还为她补充了内穿的深粉色长袄，以及耳朵上所佩戴的一对白玉镶葫芦金耳环（图7.12）。

2. 三春

在大雪天，穿着大红色防雪服的不是只有黛玉一人，书里写黛玉和宝玉踏雪来到李纨的稻香村，"只见众姊妹都在那边，都是一色大红猩猩毡与羽毛缎斗篷，独李纨穿一件青哆罗呢对襟褂子，薛宝钗穿一件莲青斗纹锦上添花洋线番耙丝的鹤氅，邢岫烟仍是家常旧衣，并无避雪之衣"。也就是说，除了李纨、薛宝钗、邢岫烟三人外，其余姊妹们都是清一色的大红色着装。第二天的探春"围着大红猩猩毡斗篷，戴着观音兜"，凤姐"也披了斗篷走来"，可为佐证。大红猩猩毡与羽毛缎斗篷是什么？观音兜又是什么呢？

斗篷是一种无袖长款外衣。羽毛缎，如上文所述，就是一种进口毛呢。猩猩毡，是一种进口的西洋绒呢。乾隆朝《御制增订清文鉴》曾解释猩猩毡是用羽毛编成，用猩猩血染成大红色。但据《东印

---

❶ 徐珂：《清稗类钞》第十三册"服饰类·风帽"，中华书局1984年，第6195—6196页。

度公司对华贸易编年史》记述，猩红色哆啰呢的英文译名是 broad cloth, scarlet，是上等的西洋绒呢。之所以颜色红如猩猩血，是因为这种颜色是由某种红色果子的汁水浸染而成。纳兰性德的公子纳兰揆叙曾特意询问过在清宫里供奉的西洋人猩猩毡为何如此之红，并记录了答案："猩猩毡，或谓以猩猩血染成得名，非也。余询西洋人，云彼中有一种红果，味甘，可食，用其汁染罽，作大红色，虽水渍泥污，永久不渝。"只是，虽然揆叙通过实际调查，已经得出了客观科学的结论，但他的考证并未被广泛认可接受，人们仍然以讹传讹认为猩猩毡是用猩猩血染成。❶ 这种传说增加了猩猩毡的神秘性，当然也在一定程度上抬高了猩猩毡的身价。而在一般人连猩猩毡是何种纺织材质都不太了解的时代，贾府的小姐夫人们却已是人手一件，可见贾府之豪富。

观音兜，是一种风帽，因帽子披到颈后肩膀处，形状像观音菩萨所戴之帽，也被称为观音兜。❷ 如宁夏博物馆藏明代德化窑观音立像（图7.13）所示。

在文献考证基础上，我们对迎春、探春、惜春三位小姐的雪天装扮进行了还原：在这样一个天寒地冻，却充盈着快乐氛围的雪天，三位小姐着装隆重，外披大红斗篷，戴着红色雪帽和观音兜（图7.14，图7.15，图7.16），越发

图7.13　明　德化窑观音立像

❶ 参见宋文：《清代西洋呢绒考析》，《故宫博物院院刊》2021年第4期。
❷ 参见冯其庸、李希凡主编：《红楼梦大辞典》，文化艺术出版社2010年，第53页。

图7.14 迎春芦雪广

① 攒珠累丝金凤钗

图 7.15 探春芦雪广

① 银镀金嵌珠莲花纹结子　② 八珠耳环

图7.16 惜春芦雪广

① 嵌绿松石金耳环

显得风姿绰约、气质高贵。

3. 李纨

值得注意的是，在这个群芳相聚、争妍斗艳的雪天，在一片红装中，李纨、宝钗的装扮显得格外扎眼。李纨穿一件青哆罗呢对襟褂子，这是一件什么样的外衣呢？

青哆罗呢对襟褂子
深蓝黑色的毛呢面料做成的对襟长外衣。

褂子，外衣。❶ 对襟，前面的衣襟均分为左右两片，用扣子系住，如同今天的对襟系扣衣服。哆罗呢，又名哆啰绒、琐鞋喇，一种毛呢面料。根据清代中英文对照版《粤海关税则》记述，琐鞋喇的英文名是"broad cloth"，即宽幅衣料，所以哆罗呢就是进口的西洋宽幅毛呢面料，也往往被当作进口的西洋羊毛织品的统称。❷

青色，有多种解释，一指绿色，如青草、青山；或指黑色，如青丝、青瓦；或指蓝色，如青天等。也就是说，在中国传统色彩谱系中，青色具有不确定性，而是指一类宽泛的色彩范围。那么，李纨的这件衣服究竟是什么颜色呢？有研究者提出，清代的青色专指接近黑色的颜色，如石青色、元青色等。❸ 清初著名戏曲家李渔《闲情偶寄》也记述"大家富室，衣色皆尚青是已。（青非青也，玄也。因避讳，

---

❶ 参见第一章王熙凤服饰解释。
❷ 参见宋文：《清代西洋呢绒考析》，《故宫博物院院刊》2021年第4期。
❸ 郭鹏丽等：《中国传统青色与绿色植物染服饰色彩辨析》，《毛纺科技》2024年第1期。

图7.17　清　青色折枝百花蝶纹妆花缎女帔（局部）

故易之。）记予儿时所见，女子之少者，尚银红桃红，稍长者尚月白，未几而银红桃红皆变大红，月白变蓝，再变则大红变紫，蓝变石青。迨鼎革以后，则石青与紫皆罕见，无论少长男妇，皆衣青矣，可谓'齐变至鲁，鲁变至道'，变之至善而无可复加者矣"。❶康熙皇帝名玄烨，为避讳"玄"字，玄色被称呼为青色。可见，在清代初期的语境中，青色指玄色，是一种接近于黑色的颜色，黑中略带赤红。故宫博物院藏有康熙年间青色折枝百花蝶纹妆花缎女帔（图7.17），即是黑色妆花缎地，可为参考。

如上图所示，这种青色，黑中略带红色，显得端庄、高贵、典雅，

❶ 李渔：《闲情偶寄》，中国社会出版社2005年，第38页。

李纨穿这种颜色的褂子，也的确符合豪门少奶奶的身份。这种颜色比较低调，和她的孀居生活氛围也比较匹配。书中曾形容李纨的处境是"青春丧偶，居家处膏粱锦绣之中，竟如槁木死灰一般"。表面上看起来，她青年寡居，又被婆婆王夫人暗中架空而剥夺了管家实权，唯有守着独子贾兰过活，几乎隔绝了一切不必要的社交活动。但事实上，乏味无聊的孀居生涯，并不能完全锁住那颗正当盛年的活跃心灵，她依然对生活怀有憧憬。在某种程度上，诗社正是对她寡居岁月的救赎，也是她努力找寻自我、在青春世界里寻求慰藉的一扇窗口。

诗社虽由探春发起，但李纨很快便成为诗社的实际执掌者。她提出"序齿我大，你们都要依我的主意"，自任社长，定下由迎春、惜春担任副社长，并约定在稻香村集社，相关罚约等规矩，井井有条，一丝不乱，倒让探春觉得好笑，"好好的我起了个主意，反叫你们三个来管起我来了"（第三十七回）。办诗社要花钱，后来加入的湘云是在宝钗帮助并提供螃蟹赞助的情况下才勉强应付住局面，而李纨则通过收取份子钱、找王熙凤要求开支等方式，轻松解决问题。事实上，作为出身金陵名宦世家的大小姐，李纨所接受的所有教育和训练，都指向做好大家族当家主母的明确目标，孰料丈夫早逝、婆母偏心，从贾赦处借来王熙凤理家，堂堂大少奶奶只能靠边站，她所习得的那些主持中馈、当家理户之术，都完全没有了用武之地。在某种程度上，她积极要求参与诗社，一方面为自己争取了更多和姊妹们快乐相处的机会以打发无聊时光，另一方面又何尝不是牛刀小试，通过管理诗社聊以弥补管家权落空的失落呢。这次冬季联诗活动，就由她主动发起，既为应雪景，也为新进府的薛宝琴、邢岫烟等人接风。为更好欣赏雪景，她特意提出要选址芦雪广，原来芦雪广"盖在傍山临水河滩之上，一带几间，茅檐土壁，槿篱竹牖，推窗便可垂钓，四面都是芦苇掩覆"（第四十九回），如此佳处，正宜于赏雪、观山、看水，可见李纨的审美品位之高。选好地点后，她又定好了诗题，还让人笼热了地炕、摆齐了杯盘果菜，色色周全、处处体贴，可见她既有才干，又不乏热情。

事实上，通览全书，李纨都是在诗社活动中情不自禁地流露了内心的感情。秋天的诗社，众人作诗吃螃蟹，平儿也进园来，李纨热情邀她入座喝酒，揽着她各种说笑开心。平儿说"奶奶，别只摸的我怪痒的"，原来李纨揽她在怀，摸到了她身上的钥匙。平儿相对李纨来说是下人，这种跨越身份障碍的身体亲密接触，一方面表达了李纨对平儿的喜欢怜惜，另一方面，也何尝不是对守寡孤苦情绪的某种排遣呢。她对平儿说："你倒是有造化的。凤丫头也是有造化的。想当初你珠大爷在日，何曾也没两个人。你们看我还是那容不下人的？天天只见他两个不自在。所以你珠大爷一没了，趁年轻我都打发了。若有一个守得住，我倒有个膀臂。"说着滴下泪来。（第三十九回）在传统的男权社会里，妻妾之间虽然不可避免会形成竞争关系，但随着丈夫去世，年轻妻妾相依为命，反而能生出某些惺惺相惜的感情。李纨的孤独在于，连这份独属于女性之间的相互依恃，她都失去了，她将平儿拥入怀中，说着对王熙凤的羡慕，其实正是对内心孤独苦闷的倾诉，而这难以自禁的心声流露，又分明说明她绝非无情无欲之人。

她内心深处的丰富感情，在冬天的这场诗社也得到了更多表现，不仅反映在前期筹划安排各种事物上，也在联诗、评诗现场有所体现。联诗活动中，李纨只联了三句诗，分别是开头的"开门雪尚飘，入泥怜洁白"和最后的"欲志今朝乐",那入泥白雪,何尝不是她对自我的某种隐喻和怜惜呢? 而"今朝乐",又分明表达她在这种热热闹闹的诗会中,感受到了难得的快乐和满足。此外,她只在联诗活动中,说了一句"我替你们看热酒去罢"。她明知自己诗才不及众多姊妹,于是甘心自谦,做好各种后勤服务。但作为国子监祭酒的女儿,李纨绝对不乏鉴赏佳作的眼光,每次诗社都由她最后评定名次,说明她的评判得到了众人的一致认可。而第五十一回,联诗之后,薛宝琴结合自己的见闻,作了十首怀古诗,分别是《赤壁怀古》《交趾怀古》《钟山怀古》《淮阴怀古》《广陵怀古》《桃叶渡怀古》《青冢怀古》《马嵬怀古》《蒲东寺怀古》《梅花观怀古》,众人看后,一致称赞不已。但因最后两首涉及《西厢记》《牡丹亭》故事,宝钗便说道"前八首都是史鉴上有据的;后二首却无考,我们也不大懂得,不如另作两首为是",言下之意,名门淑女们就应该表现得完全不知道《西厢》《牡丹》故事,宝琴将它们写出来,大不应该。

　　宝钗的说法引起众人一致反对,黛玉第一个不答应,直接批评说:"这宝姐姐也忒'胶柱鼓瑟',矫揉造作了……那三岁孩子也知道,何况咱们?"探春随即附和称是,李纨则表示:"况且他原是到过这个地方的。这两件事虽无考,古往今来,以讹传讹,好事者竟故意的弄出这古迹来以愚人。比如那年上京的时节,单是关夫子的坟,倒见了三四处。关夫子一生事业,皆是有据的,如何又有许多的坟? 自然是后来人敬爱他生前为人,只怕从这敬爱上穿凿出来,也是有的。及至看《广舆记》上,不止关夫子的坟多,自古来有些名望的人,坟就不少,无考的古迹更多。如今这两首虽无考,凡说书唱戏,甚至于求的签上皆有注批,老少男女,俗语口头,人人皆知皆说的。况且又并不是看了'西厢''牡丹'的词曲,怕看了邪书。

图7.18 李纨芦雪广

① 嵌珠佛手碧玺耳环　　② 金累丝点翠灵芝寿字纹头花　　③ 银镀金嵌翠石花瓶形头花

这竟无妨，只管留着。"(第五十一回) 短短一段话，透露若干信息：比如李纨是见过世面的，曾走南闯北，亲眼见过关夫子的坟；也看过地理书《广舆记》，对各地风景山川都有一定了解；听过说书和唱戏，对民间俗语，也都略有所闻。这说明，她并非闭锁闺中，对外界一无所知的无知妇人，并且眼界开阔、不拘一格，并不认为闺秀就应该拘于礼教，将自己陷入某种"非礼勿视，非礼勿言"的状态。只有这样的李纨，才会真正欣赏姊妹们的诗才和诗作，并在诗社活动中找到心灵的放松和快乐。

在这个热闹的雪天，在这个洁净的大观园世界，罩着那件端庄典雅的青色外褂、旁观姊妹们斗诗的李纨，应该满心都是快乐，她还有哪些装饰呢？在我们的想象中，她发髻插金累丝点翠灵芝寿字纹头花、银镀金嵌翠石花瓶形头花、额头裹着青蓝色珍珠勒子、戴金嵌宝石耳环(图7.18)。灵芝纹和花瓶纹寓意着吉祥、如意、平安，勒子和耳环上的宝石，点染了几分贵妇人的豪奢之气，又暗暗透露出她对亡夫贾珠的思念，那份伉俪深情始终埋藏在她的内心深处。她的青色外褂上织梅兰竹菊纹、领子上是织金水墨枝梅纹，马面裙上织冰梅纹，都是梅花纹样，对应着第六十三回她抽到的梅花花签，也呼应着她守节育儿的寡妇身份。

4. 宝钗

在一片大红色中，年方及笄的宝钗，也穿了一件莲青色的外衣，显得很打眼。纵观前八十回，曹雪芹对林黛玉和薛宝钗的服饰着墨只有两次，且对照着来写，第一次就是第八回梨香院场景，也是下雪天气，他对宝钗的服饰展开了详细描述，黛玉的服饰却只用"大红羽缎对襟褂子"一句带过；第二次就是第四十九回中，黛玉的服饰是详写,宝钗的服饰却只有"薛宝钗穿一件莲青斗纹锦上添花洋线番羓丝的鹤氅"这一句,这件鹤氅包含了哪些信息呢?

莲青斗纹锦上添花洋线番羓丝的鹤氅

这是一件淡紫色长款无袖外衣,衣面材质是用珍贵的羊毛丝线和进口洋线通过妆花工艺制成的妆花锦,衣面上分布着斗纹纹样。

番羓丝,"番"有外国、外族的意思,"羓"是一种古代传说中的羊,丝有丝线之意,番羓丝合起来指用外国珍贵羊种的羊毛做成的丝线。也有研究者指出,"羓"指干肉,顾名思义,番羓丝就是番干肉丝,怎么也无法顺这个定语和鹤氅之间的关系,从而推测"羓"可能是"羢"(细羊毛)的误笔,番羢丝就是指进口的洋线。洋线,本来就是指从域外进口的纺织用线。番羢丝和洋线合在一起,意在强调宝钗这件衣服的面料之珍贵、高级。❶ 锦上添花是一种妆花工艺,即运用通经断纬的方式制成妆花锦,然后再在锦上绣花。斗纹是形状像斗的纹样,源自古代盛放粮食的器具斗子,有丰收、收获的吉祥寓意。莲青色即青莲色,紫色中略带蓝色,也可以看作淡紫色。❷

向来才思敏捷的宝钗,在这场雪天联诗活动中,并不活跃,风头远远不及黛玉、宝琴、湘云三人。当天大雪,众人相聚在芦雪广一起联诗,所谓联诗,是一项文人雅士的风雅活动,指众人一起联句成诗,一般是排律体(指长篇律诗,律诗一般为八句,排律可以长至百句),往往由一人先起头,咏出一句,接下来再有人联第二、三句,第二句接第一句,第三句是第四句的出句,以此类推,最后

---

❶ 参见杨琳:《〈红楼梦〉"洋线番羓丝的鹤氅"解证》,《红楼梦学刊》2022年第3辑。
❷ 参见周岭:《〈红楼梦〉中薛宝钗的鹤氅》,《文学与文化》2021年第2期。

由一人用一句收尾。除去第一句和最后一句，中间联句的人往往要说两句，也有说一句者。芦雪广联诗，参加联句者共计十二人，共联七十句，其中湘云共计十八句，拔得头筹；宝琴十三句，紧随其后；黛玉十一句，排在第三；而宝钗却仅仅只说了五句。宝钗的才华应该不在三人之下，此前秋天的菊花诗社，宝钗的海棠、咏菊、螃蟹诸诗，数量多，质量佳，赢得过众人的一致好评，而冬天的这场诗社，她却表现得相对低调，是何缘故呢？

　　回到冬天这场诗社的缘起，本是李纨为薛宝琴等人接风而起。在第四十九回，贾府还处于一片花团锦簇之中，似乎上下一心、内外和谐，而宝琴的出现，仿佛向湖中投入一块小石头，泛起涟漪无数，让我们得以更清晰、深入地看待所涉及的重要人物。宝琴来到贾府后，因其容貌、才华、见识格外出色，被众人夸奖不已。宝玉说"更奇在你们成日家只说宝姐姐是绝色的人物，你们如今瞧瞧他这妹子"，探春评价说"据我看，连他姐姐并这些人总不及他"，王夫人忙着认做了干女儿，而贾母见后，更是欢喜非常，连大观园中也不让住，直接让宝琴晚上跟着她一处安寝。和宝钗进府时的待遇相比，无疑宝琴更受重视、更得喜爱。想当初，宝钗进府后，比黛玉大得下人之心，黛玉心中都免不了有些悒郁不忿之意，此时同样的故事在宝钗身上上演，让她作何感想呢？

　　书中对此，也曾有微妙刻画：宝琴初次正面出场时，"披着一领斗篷，金翠辉煌，不知何物"，宝钗忙问："这是那里的？"宝琴回答说，因下雪，老太太特意给的。于是众人七嘴八舌议论，有眼光的湘云看出是野鸭子头上的毛作的，并补充说"可见老太太疼你了，这样疼宝玉，也没给他穿"，接下来宝钗道："真俗语说'各人有缘法'。我也再想不到他这会子来，既来了，又有老太太这么疼他。"

言语之中，已略带酸意。这时贾母的丫鬟琥珀走过来笑道："老太太说了，叫宝姑娘别管紧了琴姑娘。他还小呢，让他爱怎么样就怎么样。要什么东西只管要去，别多心。"宝钗于是说出了那句不平之语"我就不信我那些儿不如你"。值得注意的是，这几乎是全书中唯一一次宝钗在众人面前失态，为她的堂妹更受到贾母疼爱而发出不甘心之言，向来罕言寡语、不动声色的薛宝钗第一次在众人面前流露出对贾母偏爱的在意和重视，而贾母对宝钗的真实态度也随之浮出水面。

　　如前文所述，当宝钗选秀失败后，王薛两家联手制造"金玉良缘"的舆论风声，在大观园中，几乎已是众人皆知。宝玉和黛玉数次闹别扭、薛蟠挤兑亲妹妹、元春端午节赐礼表明倾向、贾母和王夫人在不动声色间彼此有来有回，都由此而发。❶ 宝玉的亲事一直悬决未定，脱不开贾母始终态度不明，一方面，她老人家一直有心促成宝黛情缘；但另一方面，她对薛家、对宝钗也称得上慈祥关爱。如第二十二回，贾母亲自出资为宝钗张罗过生日，还公开夸赞宝钗，都表明至少在明面上，她并不完全排斥宝钗作为未来宝二奶奶的人选。但这种暧昧不明的态度，在宝琴出现后即被打破。第五十回，贾母当着薛姨妈之面夸奖宝琴，又细问其年庚八字并家内景况，薛姨妈度其意思，大约是要与宝玉求配，只好说宝琴已经许了人家。凤姐于是插话说"偏不巧，我正要作个媒呢，又已经许了人家"，贾母笑道"你要给谁说媒？"凤姐回说"老祖宗别管，我心里看准了他们两个是一对。如今已许了人，说也无益，不如不说罢了"。此处，贾母和凤姐一唱一和，表面上是在谈及宝琴和宝玉婚配的可能性，

---

❶ 参见第二章。

实际上也是表明她们对薛宝钗的态度：宝钗比宝琴先来，比宝琴年纪更大，她们放着眼前的宝钗不问，却只问宝琴的情况，言此而指彼，差不多就是当着薛姨妈之面明说没有相中宝钗了，而这对于薛姨妈和宝钗而言，是何等尴尬！

或许正因为心里积压了一点不愉快，在冬日联诗活动中，宝钗表现得不如以往活跃，甚至后面批评宝琴的怀古诗，也未尝不是一种别扭心情影响下的宣泄。但宝钗毕竟是个心胸比较开阔的少女，也很容易被热烈的联诗氛围感染，在联诗时，兴之所至，她也会和宝琴、黛玉两人合起伙来共战湘云，而美丽的雪景当前，她也会随口咏出那句"枝柯怕动摇。皑皑轻趁步"，点染出雪中漫步的快乐，又分明透露了几分青春的轻盈。是的，这就是青春的本色，即使金玉良缘和木石前盟的冲突在未来不可避免，即使被美丽优秀的堂妹一时抢了风头，但此时的大观园内，少男少女们都在享受着青春的肆意张扬，将那些生活里的不开心暂且抛诸脑后，作为正当韶龄的少女，宝钗也自然会被此时弥散于芦雪广内的青春气息感染打动。

在文献考证的基础上，我们对薛宝钗的雪天服饰进行了还原和想象：除了原文提到的那件淡紫色四方斗纹鹤氅外，我们还设计了她的其他装扮：她内着深杏色立领袄，下搭月白色蝶报富贵纹马面裙，系一粒白玉镂雕荔枝扣。头插银镀金嵌珠宝蜻蜓纹头花、银镀金嵌珠石花篮形簪、银镀金嵌翠花碧玺桃纹簪，戴碧玺耳环（图7.19）。蝶报富贵纹有富贵如意之意；荔枝谐音"立子"，取其多子多福之意，还与杨贵妃的典故遥相呼应；蜻蜓纹有青春永驻之意；花篮纹既是道教"暗八仙"吉祥纹样之一，又以四季花卉寓意着吉祥喜庆；桃纹也有多子多福之寓意。宝钗这身装扮，显得富贵雍容，也不乏淡雅清新。而那件莲青色的鹤氅，莲青即青莲，在佛教观念中

图7.19 宝钗芦雪广

① 银镀金嵌珠宝蜻蜓纹头花
② 碧玺耳环
③ 银镀金嵌珠石花篮形簪
④ 银镀金嵌翠花碧玺桃纹簪
⑤ 白玉镂雕荔枝扣

寓意着清净无染，也在某种程度上暗示了，她终究还是与舍身佛门的宝玉无缘。

5. 薛宝琴

在这场雪天联诗的盛会中，薛宝琴的诗才得到了众人的一致认可。这个兰心蕙质的少女，在《红楼梦》中来得突然，走得神秘。第四十九回，宝琴才第一次出场，此时前八十回故事已经过半，重要人物尤其是金陵十二钗早已悉数登场，但宝琴风头之盛，俨然盖住大观园中诸芳，可她却偏偏不在金陵十二钗名录中。目前通行的一百二十回本中，宝琴最后一次出现是第六十三回，她参加了宝玉的生日宴会，但在抽花笺等活动中，却又毫不涉及，此后，全书中再也不见她的踪影。己卯本第十八回夹批曾评价"后宝琴、岫烟、李纹、李绮皆陪客也，《红楼梦》中所谓副十二钗是也"，❶ 点明了她的命运与大观园无涉，只能列入十二副钗中，也就是说，她来到大观园，只是作为旁观者见证了短暂繁华，在完成她的功能性任务后，即退场隐身。宝琴空降大观园，她的功能性任务究竟是什么呢？

宝琴在大观园的第一个冬天出现，参加了芦雪广诗会、旁观了除夕夜的宗祠祭祀，又参与了第二年夏天的宝玉生日会，她仿佛一个从天而降的精灵少女，亲自见证了大观园最繁荣美好的一段时光，而宝玉对宝琴的评价则是，"老天，老天，你有多少精华灵秀，生出这些人上之人来！"集钟灵毓秀于一身的宝琴，和正处盛时的大观园，正如一体两面，互为映照，是青春的符号具象。所以，曹公赋予了这个可爱少女诸多的美好品质，除容貌才华格外突出之外，她

---

❶ 吴铭恩汇校：《红楼梦脂评汇校本》，清华大学出版社2019年，第234页。

更具一份难得的开阔视野，因曾随同父亲到处游历，"天下十停走了有五六停了"，见过真真国的西洋少女，能写出十首咏叹各地风土人情历史典故的咏古诗。在联诗时，既能脱口说出"吟鞭指灞桥""赐裘怜抚戍"这种饱含士大夫情怀的诗句，又能接上黛玉"无风仍脉脉"的出句，随口对出"不雨亦潇潇"的对句，洒脱飘逸，颇有几分隐士高人气质。这样一个独特的少女，美好类同宝钗、黛玉、湘云，却难得不入十二钗正册，不在薄命司中，或许在她身上，寄托了作者对女性的另一种想象和期待，除了大观园之外，自应还有别的天地，可以让女性营造属于自己的理想世界。

正因为要表现出对宝琴的高度重视和格外喜爱，作者借贾母之手，将那件用野鸭子头上毛制成的凫靥裘赏给了宝琴。清代秦武域《闻见瓣香录》丁集曾记述有"鸭头裘"，"熟鸭头绿毛皮缝为裘，翠光闪烁，艳丽异常，达官多为马褂，于马上衣之，遇雨不濡"，这件衣服的面子用鸭头的绿毛皮做成，翠光闪烁，非常艳丽，可以防雨。"但不暖，外耀而已"❶，只是看起来耀眼，却并不暖和。可见，与黛玉的大红羽纱白狐鹤氅相比，贾母给宝琴的这件凫靥裘，看起来光彩夺目，但保暖性较差，实际价值也远远不及，贾母的心偏向谁，自是一览无遗。故宫博物院藏有一件清代凫靥羽褂，圆领、对襟、平袖，大约用了720块凫靥裘拼成，仿佛一只只小鸟在排列，随方向变化而呈现不同颜色（图7.20）。❷ 想来，在白雪皑皑的大观园中，绮年玉貌的宝琴身披翠光闪烁的凫靥裘，身后丫鬟抱瓶相随，瓶中红梅映照白雪和翠羽，熠熠生辉，如此场景，连见多识广的老祖宗贾母都忍不住连连赞叹，众人都评说像贾母屋子里挂的仇英《双

---

❶ 秦武域：《闻见瓣香录》，《丛书集成续编》第二十四册，新文丰出版公司1989年。
❷ 参见李英华、张凤荣：《凫靥裘褂》，《紫禁城》1989年第5期。

图 7.20　清　凫靥羽褂

艳图》，贾母却笑道："那画的那里有件衣裳？人也不能这样好！"能得到如此评价，宝琴也算不枉来过这人间大观园！

　　结合原文描述和文物，我们为薛宝琴设计了一套装扮：她内穿绿色长袄，外披深绿色凫靥裘，头罩大红猩猩毡雪帽，戴一对嵌料石耳坠，手执一枝红梅轻嗅，仿佛人在画中(图7.21)。

6. 贾母

　　贾母如此欣赏宝琴的风貌，拥有如此审美品位的老人家，在这个白雪纷飞的冬天，又是何种装扮呢？书里写她围了大斗篷，带着灰鼠暖兜，笑容满面地看着着绿的宝琴和穿红的宝玉。斗篷，如上文所述，是一种无袖外套。灰鼠暖兜，即灰鼠皮毛做成里子的风帽。灰鼠，一般指松鼠，体毛为灰黑色、赤褐色。

　　大观园，表面上看来是元春为弟弟妹妹们提供的一处乐园，它

图7.21 薛宝琴

① 嵌料石耳坠

真正的庇护者，却是德高望重的贾母。她是孙辈们的主心骨：宝玉黛玉闹矛盾，贾母想办法调停；王熙凤贾琏夫妇起冲突，贾母出面呵斥贾琏、维护凤姐面子；宝钗要过生日，贾母自掏腰包替她庆祝；湘云在自家待得无聊，贾母多次将她接入园中；李纨孀居苦闷，也是贾母让她住进大观园；就连向来少人关注的迎春、惜春，也往往是贾母安排照顾。如第五十回，芦雪广联诗时，贾母和众人一起说笑，说"这里潮湿，你们别久坐，仔细受了潮湿"，并提议说"你四妹妹那里暖和，我们到那里瞧瞧他的画儿，赶年可有了"。惜春因自觉诗才有限，往往托辞不参加诗会，但老人家心细如丝，会想各种法子变相拉惜春加入，可见体贴周全。但慈祥和善的贾母也有雷霆万钧的一面，第七十三回，贾母得知大观园内下人们聚赌成风，于是大怒，喝令将带头的几个人包括迎春奶妈赶出去，黛玉探春宝钗等一起求情也被驳回，并谆谆教导其中利害不可轻觑。可见，贾母平日里虽然都是安享尊荣、气定神闲的状态，但内心自有度量，一旦需要她出面，则必然是令出禁行，也唯有这样的老人家才能成为大观园真正的精神支撑和守护者。

在我们的设计中，贾母是这样一身穿着：她内穿蓝色大袖衫，下搭淡紫色马面裙，头戴绛色蔓草团牡丹纹暗花面子灰鼠暖兜，外罩绛色蔓草团牡丹纹暗花大斗篷，戴一对金镶碧玺福寿耳环，慈眉善目，雍容华贵（图7.22）。

7. 史湘云

在芦雪广联诗时，湘云联诗最多，甚至一度形成了宝钗、宝琴、黛玉共战湘云的局面。而湘云当天的装束，也堪称豪奢，"穿着贾母与他的一件貂鼠脑袋面子大毛黑灰鼠里子里外发烧大褂子，头上带

图 7.22 贾母芦雪广

① 金镶碧玺福寿耳环　　② 纹样：蔓草团牡丹纹

着一顶挖云鹅黄片金里大红猩猩毡昭君套,又围着大貂鼠风领"。她脱掉外套后,"里头穿着一件半新的靠色三镶领袖秋香色盘金五色绣龙窄裉小袖掩衿银鼠短袄,里面短短的一件水红妆缎狐肷褶子,腰里紧紧束着一条蝴蝶结子长穗五色宫绦,脚下也穿着麂皮小靴,越显的蜂腰猿臂、鹤势螂形"。这都是些什么样的装扮呢?

图7.23 清 明黄绸团龙暗花貂皮褂

貂鼠脑袋面子大毛黑灰鼠里子里外发烧大褂子

长褂,衣面衣里都用毛料制成,衣面用貂鼠头上的皮毛缝制而成,衣里用灰鼠背上的黑色皮毛缝制而成。

大褂子,即长褂。里外发烧,指衣服的衣面和里子都用皮毛制成。大毛黑灰鼠里子,指用灰鼠背上的黑色长毛缝制而成的里子,大毛是长毛,灰鼠如上文所述,一般指松鼠,背上的黑毛较长,做成衣服里子贴身穿很暖和。貂鼠脑袋面子,用貂鼠头上的皮毛缝制而成的衣服面罩,貂鼠一般指紫貂,体型像家猫大小,毛呈棕褐色,掺有白色针毛,头上的毛是淡灰褐色。用貂鼠头上的皮毛做成的衣服非常昂贵,穿着也很能御寒。❶ 中国国家博物馆藏有清代明黄绸团龙暗花貂皮褂(图7.23),可为参考。

❶ 参见冯其庸、李希凡主编:《红楼梦大辞典》,文化艺术出版社2010年,第54页。

挖云鹅黄片金里大红猩猩毡昭君套

动物皮毛做成的裹在头部的长条形额饰,搭配大红色的毛呢面料做成的珠子箍儿,珠子箍儿面上有镂空的云纹,可以看到里面用淡黄色的片金锦制成的底子。

昭君套,也称包帽、额子,就是用动物皮毛制成的无顶帽子,一般是长条形,裹在额头上,由于形状像古画中出塞的昭君头上所戴裹额,故此得名。如中国国家博物馆所藏佚名《千秋绝艳图》(图7.24)所示,在昭君头部,一条长长的无顶帽子覆盖额头和前脑,从两耳畔垂下。有研究者指出,清代的昭君套,其实由晚明到清初流行的卧兔额饰演变而来,即将长条的动物皮毛裹在前额,脑后以线续在发鬟内并系结。❶ 从《雍正十二美人图》(图7.25)中可以看到,这种卧兔主要是配合修饰前额高卷的鬟发,包括覆在额上的新月形状的长条动物皮毛,以及贴在额头的珠子箍儿,珠子箍儿在两眉之间形成弯曲弧度,弧度上装饰有珠子。❷

大红猩猩毡,红色的毛呢面料,详细解释见上文,这里指珠子箍儿的面料用大红猩猩毡制成。片金里,用片金锦制成的里子。片金,是一种传统纺织工艺。直接用金子做金线容易断,所以后来纺织匠人采取了附着材料的方式让金线更牢固,将金箔贴在动物皮毛或纸张上,再切割成极细的金线,即片金;将金丝缠绕在其他芯线上做成的金线即捻金。这里指珠子箍儿的里子用片金锦制成。鹅黄,淡黄色。挖云,在珠子箍儿上剪出镂空的云纹纹样。

---

❶ 著名文化学者周岭先生曾提点笔者,指出昭君套和卧兔是两种不同头饰,但民间常混称,提供了另外一种思路,可供读者参看。

❷ 参见陈芳:《晚明女子头饰"卧兔儿"考释》,《艺术设计研究》2012年第3期。

图7.24 明 佚名 《千秋绝艳图》（局部）

图7.25 清 佚名 《雍正十二美人图》（局部）

大貂鼠风领

围脖，用貂鼠皮毛做成。

风领，即围巾、围脖。貂鼠，如上文所述，用其皮毛做成的衣料非常暖和。如《千秋绝艳图》中昭君脖子上所围围脖，即可看作一种风领。

靠色三镶领袖秋香色盘金五色绣龙窄裉小袖掩衿银鼠短袄

黄绿色的紧身窄袖短袄，袄子里子用白色灵鼬毛做成，袄身上有五色丝线绣成的龙纹纹样，纹样用金线缘边，在领口和左右袖口边缘，分别用相近颜色的面料镶有滚边，共计三道。

银鼠，一种体形较小的鼬科动物，腹部毛短洁白。详细解释参见第一章王熙凤服饰。掩衿也称大襟，衣服通常从左侧到右侧系扣，盖住衣服底襟。五色绣龙，用五色丝线绣出龙纹纹样。盘金，一种传统刺绣工艺，以丝绣图样为底，将金线回旋，加在图样边缘，两根金线并着绣称双金绣，一根金线称单金绣。如清华大学艺术博物馆藏清代多色暗花缎盘金打籽绣人物庭院纹阑干月华裙，马面上的人物庭院纹就是用盘金工艺绣成（图7.26）。秋香色，也称香色，是一

图7.26 清 多色暗花缎盘金打籽绣人物庭院纹阑干月华裙（局部）

种黄绿色。清代徐珂《清稗类钞》记述，"国初，皇太子朝衣服饰，皆用香色，例禁庶人服用。后储位久虚，遂忘其制。嘉庆时，庶民习用香色，至于车帏巾栉，无不滥用，有司初无禁遏之者"。❶ 可见，清初秋香色属于皇室专用服色，不容僭越，但到清中期已经禁令松弛，《红楼梦》里宝玉、湘云都穿秋香色衣服，正反映了这一事实。

图7.27 清 红色暗花绸袄

三镶领袖，指衣领、袖口有三道镶边滚条。如清华大学艺术博物院藏清代红色暗花绸袄，领、襟、下摆都有三道镶边（图7.27）。窄裉小袖，形容衣服紧身，袖子窄小。靠色，相近的颜色。《红楼梦大辞典》将"靠色三镶"解释为三种颜色相近的镶边，❷ 郭若愚先生认为靠色是红色，但并未提供考证出处。❸ 邓云乡先生认为靠色是比月白深一些、近似天蓝的颜色，古代用缸染成蓝色，缸靠是染浅蓝色的专用用语，所以靠色即蓝色。❹ 从目前所见清代镶滚服装来看，亦有不少为颜色相近者。综合来看，《红楼梦大辞典》的说法可能更接近事实。

❶ 徐珂:《清稗类钞》第十三册"服饰类·香色"，中华书局1984年，第6185页。
❷ 参见冯其庸、李希凡主编:《红楼梦大辞典》，文化艺术出版社2010年，第54页。
❸ 参见郭若愚:《〈红楼梦〉人物的服饰研究（上）》，中国社会科学院文学研究所编:《红楼梦研究辑刊第十辑》，上海古籍出版社1983年。
❹ 参见邓云乡:《红楼风俗谭》，中华书局2015年，第185页。

水红妆缎狐肷褶子

水红色的短衣，衣服里子用狐狸皮毛做成，衣面用妆花缎制成。

褶（xué）子（褶，通常念做 zhě，在戏曲衣箱中念做 xué），是戏曲演出中演员常穿的便服。邓云乡先生认为褶子是短裙，郭若愚先生认为褶子是衣服。❶ 考虑到褶子在清代已经成为固定的戏服名称，而曹雪芹笔下多次出现对戏服的改写和隐写，我们认为褶子也可能是戏服，款式为斜领、大襟、宽袖，如苏州剧装厂所制男褶子（图7.28）。还有一点也可为佐证，湘云穿上这套衣服，被众人笑道"偏他只爱打扮成个小子的样儿，原比他打扮女儿更俏丽了些"，明清女性的正式下装为裙子，倘若褶子是短裙，则湘云穿的就是不折不扣的女装。由此可见，褶子并非裙子，而更有可能是衣服，并且湘云所穿之褶子应该是男褶子，而非女褶子，如此才能对应众人所看到的"小子的样儿"。狐肷是狐狸身体两侧的毛。妆缎，也称妆花缎，指用妆花工艺做成的纺织物。妆花，指将各种彩色纬线用挖梭的方式织成各色花纹。如清华大学艺术博物馆藏清代杏黄色彩云金龙纹妆花缎织成料，以挖梭技法织各种纹

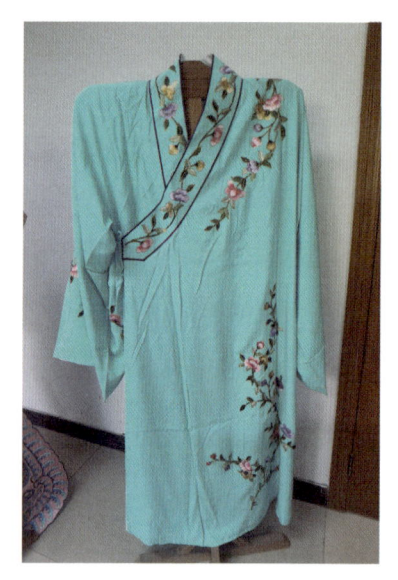

图7.28 褶子

---

❶ 参见郭若愚：《〈红楼梦〉人物的服饰研究（上）》，中国社会科学院文学研究所编：《红楼梦研究辑刊第十辑》，上海古籍出版社1983年。邓云乡：《红楼风俗谭》，中华书局2015年，第181页。

样，格外生动（图7.29）。水红，比粉红色更娇艳的红色，红色中略带紫色。

图7.29 清 杏黄色彩云金龙纹妆花缎织成料

蝴蝶结子长穗五色宫绦

用五色丝线编成的宫廷样式的丝带，中间打成蝴蝶状花结，最末端垂下流苏穗子。

五色宫绦，详见第一章王熙凤、贾宝玉服饰解释。长穗，丝带末端垂下的长长流苏。蝴蝶结子，丝带中间打成蝴蝶状花结。

麂皮小靴

用麂皮做成的小靴子。

麂，一种像鹿的动物，皮比较软，可以用来制作皮革物品。

综合文献考证和文物、古画，我们对史湘云的服饰进行了还原：头裹貂鼠皮昭君套，下搭大红猩猩毡鹅黄片金挖云珠子箍儿和昭君套，围貂鼠围脖，内穿水红色妆花缎狐狸褶子，外搭秋香色盘金绣龙纹银鼠紧身短袄，领口、袖口镶三道滚边，脚蹬麂皮小靴子，外罩一件貂皮长褂。为了让她的形象看起来更丰富，我们还作了一些设计，包括让她腰间挂着金麒麟，下搭秋香色裤子，鬓挽乌云，戴点翠海棠纹头花（图7.30）。海棠纹寓意美丽、富贵、长寿，从湘云的服饰来看，她从里到外都穿着各种皮衣，足见其奢华富贵。尤其那件貂鼠脑袋面子大毛黑灰鼠里子里外发烧大褂子，里外皮毛都是用体型小巧的貂鼠、灰鼠做成，可谓价值连城。这件褂子是贾母给湘云的，也可见贾母对这个侄孙女的喜爱。

事实上，在黛玉进入贾府之前，湘云也曾一度是贾母最宠爱的孙女，经常接她进府，住在离贾母最近的西暖阁、和宝玉亲近玩耍，贾母也把最得力能干的丫鬟袭人送来服侍这位娇小姐。但自从黛玉承欢膝下之后，局面慢慢发生了微妙变化，湘云再次进府，都是和黛玉、宝钗、李纨等同住，不仅失去了幼年独蒙贾母怜爱的特别恩宠，连那个口口声声叫着"云妹妹"的二哥哥宝玉，也被黛玉吸引了大部分注意力。青春期的少女都格外敏感，兼之黛玉性情骄傲清高，湘云又是心直口快的直爽性子，两人之间，难免不时会有点小矛盾。如第二十二回，众人为宝钗庆祝生日，一起听戏，湘云说小戏子长得像黛玉，宝玉连忙给湘云使眼色，结果惹得黛玉和湘云都不高兴。又如第三十二回，袭人告诉湘云，她之前给宝玉做的扇套被黛玉绞坏了，湘云不由得生气，拒绝再给宝玉做鞋，并说出"林姑娘他也犯不上生气，他既会剪，就叫他做"等牢骚话。而在这个冬天，当看到贾母送给薛宝琴凫靥裘，表现出各种疼爱，连宝钗都忍不住对宝琴说出"我就不信我那些儿不如你"等言语时，湘云插话道"宝姐姐，你这话虽是顽话，恰有人真心是这样想呢"，话语机锋，直指黛玉。可见，在湘云心里，多少对黛玉有点小意见。

但湘云和黛玉之间，毕竟都是些小女儿矛盾，两人并无根本冲突。并且，湘云是个光风霁月、性情开阔的女孩子，她的曲子《乐中悲》有一句"幸生来，英豪阔大宽宏量，从未将儿女私情略萦心上。

图7.30 史湘云芦雪广

① 昭君套　　　　② 大貂鼠风领

好一似,霁月光风耀玉堂","英豪阔大宽宏量"这七个字,堪为湘云写真。她不拘小节,冬日里一身利落装束出现在众人面前,被黛玉打趣像"孙行者""小骚达子"[1]时,她不仅不以为然,还欣然解衣,将里面的打扮也展示出来;她性情豪爽,以"是真名士自风流"自许,全然不顾所谓千金小姐的体面,大口吃鹿肉;她憨戏异常,最喜武扮,常常穿男装,束鸾带、穿折袖,还将丫鬟葵官改名为"大英",有"惟大英雄能本色"之意,以为不必涂脂抹粉,方显英雄本色。这样生性疏朗、真性情的女孩子,和天然纯真的黛玉本是同道中人,终究会摒弃定见,互相吸引,成为好朋友,而芦雪广联诗则展现了这种闺蜜友情发展的图景。

在联诗时,湘云高度投入,和黛玉配合默契,不时涌现佳联,如"诚忘三尺冷(黛玉),瑞释九重焦(湘云)",上句说成守将士因为心怀忠诚而忘却寒冷,下句强调天降瑞雪,让身居九重的皇帝缓解了焦虑,以九重对三尺(三尺指剑,在诗中含义是将士带剑感觉寒冷)、皇帝对将士,对仗工整;又如"寂寞对台榭(黛玉),清贫怀箪瓢(湘云)",上句抒发寂寞情怀,下句表达怀念故旧,衔接自然;再如"石楼闲睡鹤(湘云),锦罽暖亲猫(黛玉)",以石楼睡鹤、锦罽亲猫两个意象描绘闲适温暖的生活场景,又折射出两个闺阁少女的心意相通。如此种种,都说明湘云与黛玉其实在诗词才华、心意境界方面,都有着心存灵犀、彼此欣赏的一面。这个冬天过后,湘云与黛玉的小矛盾逐渐消失,待到搬入大观园的第三个中秋节,两人赏月联诗,更对出了"寒塘渡鹤影""冷月葬花魂"这样的千古名句,她们互诉衷肠,深夜同宿,已经成为闺中密友。从她们身上,能看到青春少女友情成长成熟的心路

---

[1] 骚达子是东北方言,有小兵、小当差之意。参见何新华:《〈红楼梦〉骚达子词义考析》,《红楼梦学刊》2014年第4辑。

历程，而那个雪天的亲密互动则是这段闺阁情谊发展的重要转折点。

8. 贾宝玉

这场冬天的盛会，无事忙的宝玉自然不会缺席。书中写道，在诗会当天，他：

> 只穿一件茄色哆罗呢狐皮袄子，罩一件海龙皮小小鹰膀褂，束了腰，披了玉针蓑，戴上金藤笠，登上沙棠屐，忙忙的往芦雪广来。

这是宝玉第二次戴笠披蓑，早在第四十五回秋季的那个雨天，他也曾戴着大箬笠，披着蓑衣去看望黛玉。他脱掉蓑衣后，黛玉眼中看到他：

> 里面只穿半旧红绫短袄，系着绿汗巾子，膝下露出油绿绸撒花裤子，底下是掐金满绣的绵纱袜子，靸着蝴蝶落花鞋。

这都是些怎样的服饰呢？先看秋天的那一套：

半旧红绫短袄

半旧的红色短袄，袄面是用绫制成。

绿汗巾子

绿色的腰带。

汗巾子，系裤子的腰带，因贴身沾汗，故此得名。

油绿绸撒花裤子

深绿色的裤子,用绸制成,裤面有撒花纹修饰。

油绿,深绿色。

掐金满绣的绵纱袜子

袜子,用棉纱做成,上面绣满纹样,用金线缘边。

掐金,掐是传统针线工艺的名称,即用金线缘边、镶边。满绣,指绣满纹样。

蝴蝶落花鞋

鞋子,鞋面绣着蝴蝶落花纹样。

再看看冬天的这一套:

茄色哆罗呢狐皮袄子

深紫色的袄子,衣服面子用深紫色毛呢面料制成,衣服里子用狐狸皮毛制成。

哆罗呢,如上文所述,是一种毛呢面料。茄色,深紫色。

海龙皮小小鹰膀褂

加有袖子的一字襟马甲,用水獭皮制成。

鹰膀褂,在满族人常穿的一字襟马甲(也称巴图鲁坎肩)的基础

图7.31 清 蓝色漳缎团花纹夹紧身马甲

上,加上双袖,即称鹰膀褂,这种衣服一般在骑马时穿。徐珂《清稗类钞·服饰》记述"京师盛行巴图鲁坎肩儿,各部司员见堂官往往服之,上加缨帽,南方呼为一字襟马甲,例须用皮者,衬于袍套之中"。❶一字襟马甲,即前襟横开,钉七粒纽扣,左右衣襟分别钉三粒纽扣,合起来是十三粒纽扣,也称"十三太保"。如中国国家博物馆藏清代蓝色漳缎团花纹紧身马甲(图7.31),可为参考。海龙,即水獭,一种鼬科动物,毛细且长,有较好的保暖效果。

玉针蓑

蓑衣,用柔软防渗水的草编成。

明清贵族常用莎草、蔺草、白玉草编蓑衣,因草形状像针,所以称玉针蓑。

---

❶ 徐珂:《清稗类钞》第十三册"服饰类·巴图鲁坎肩",中华书局1984年,第6191页。

金藤笠

斗笠，用细藤编成，刷以桐油，呈现出金色，因此称金藤笠。

古代斗笠有实顶和空顶两种，前者如南宋画家李迪所画《风雨归牧图》（现藏台北故宫博物院，图7.32）中牧人所戴，后者如孙温绘《红楼梦》中所画芦雪广联诗时的宝玉所戴（图7.33）。

沙棠屐

木屐，用沙棠木做成。

沙棠，树木名，木质耐水防潮，可以用来制作鞋底。

基于文献考证和参考文物，我们对贾宝玉的两套服饰进行了还原：第一套衣服是秋天所穿，他穿着红绫短袄，腰系绿色汗巾，下穿油绿绸制撒花裤子，脚穿掐金满绣的绵纱袜子，蹬一双蝴蝶落花鞋，身披蓑衣，头戴斗笠（图7.34）。第二套衣服是冬天所穿，他穿着茄紫色的狐皮袄，外罩一件鹰膀褂，脚蹬沙棠木屐，外罩蓑衣，头戴斗笠（图7.35）。考虑到第一套衣服出现在雨天，故而让他戴上了实顶斗笠；第二套衣服出现在雪天，依然遵循孙温旧画，让他戴着空顶斗笠，露出束发紫金冠，他脖子上依然挂着项圈、美玉、护身符，整体看来，颇有几分仙风道骨之气。他的红绫袄上铺着二色金花蝶纹，狐皮袄、油绿绸裤上都是牡丹纹，袜子上绣着荷花纹，暗示着这个贵族少年虽然早已心许林妹妹，却依然不得不面对着"金玉良缘"之说的压力。

在联诗当天，宝玉的诗作依然不出彩，风头完全被姊妹们盖住。

图7.32 南宋 李迪 《风雨归牧图》(局部)

图7.33 清 孙温 《红楼梦》之"芦雪亭争联即景诗"(局部)

图7.34 宝玉第四十五回《风雨夕闷制风雨词》

① 掐金满绣荷花纹棉袜

图7.35 宝玉芦雪广

① 掐金满绣荷花纹棉袜

从他所联之句，如"清梦转聊聊。何处梅花笛""撒盐是旧谣。苇蓑犹泊钓"等能看出，宝玉沉醉在这种诗酒风流所谱写的繁华中。尤其是"撒盐是旧谣"一句，借用谢道韫典故，用东晋望族的谢家诗会隐喻芦雪广的这场诗社，折射出在他的内心深处，是衷心地为家中女儿们的才华感到骄傲。但这也是作者的某种暗示，韬略满腹、权倾天下的谢安虽然高度认可侄女谢道韫的才华，却在她面临天壤王郎的糟糕婚姻时束手无策，而谢道韫的晚年更是直面了政权动荡、亲人被屠的惨剧。曾经在历史舞台上纵横数百年的江左豪族谢家尚且不能庇护它的女儿，权势和威望远远不及的贾家，又能为这些女孩子们提供何种庇佑呢？这个冬天，在快乐的最高峰，在怡红公子的满心陶醉中，那茫茫白雪似乎也映射了一道女儿们未来的黯淡投影。

9. 王熙凤

在这个冬天，在一片欢声笑语中，隐隐感受到了寒冬之苦的人，可能唯有王熙凤。书里写她在联诗这两日两次出现，第一次披了斗篷，第二次披着紫羯绒褂。紫羯绒褂即紫色外褂，用羯羊皮制成，羯是阉割过的公羊。紫色，在中国传统文化里，象征着尊贵和地位。作为荣国府后宅的实际管理者，王熙凤身穿紫色，正符合她的身份。欲戴王冠，必承其重，这也暗示着在一众姊妹中，王熙凤必然是最操劳、最忙碌的管事人，心头时刻牵挂着繁杂的事务要处理，在这个繁华热闹的大雪天也不例外。

第四十九回写到，当时王夫人上房，来了乌压压一群人，"原来邢夫人之兄嫂带了女儿岫烟进京来投邢夫人的，可巧凤姐之兄王仁也正进京，两亲家一处打帮来了。走至半路泊船时，正遇见李纨之寡婶带着两个女儿——大名李纹，次名李绮——也上京。大家叙起来又是亲戚，因此三家一路同行。后有薛蟠之从弟薛蝌，因当年父亲在京时已将胞妹薛宝琴许配都中梅翰林之子为婚，正欲进京发嫁，闻得王仁进京，他也带了妹子随后赶来。所以今日会齐了来访投各人亲戚"。一下子就来了几家人，他们都住进贾府，除了安排住宿，几位年轻的小姐还需要张罗月钱和过冬衣服，所有这些琐事，都需要王熙凤一一打点。这突然多出来的开支，让她到哪里去挪补呢？书里透露了一点细节，第五十回，薛姨妈笑着说要邀请贾母赏雪，王熙凤趁机向薛姨妈讨要五十两银子作为置备费，虽然是开玩笑，但说明堂堂荣国府当家少奶奶，已经连五十两银子的空余都很难挪出来，可想光景之艰难。正如《红楼梦》开篇所说，贾府"生齿日繁，事务日盛，主仆上下，安富尊荣者尽多，运筹谋画者无一；其日用排场费用，又不能将就省俭，如今外面的架子虽未甚倒，内囊却也尽上来了"。众人都在享受玩耍，只有王熙凤各种操心，到处张罗银两。

从后文细节来看，诗会后又是王熙凤操办各种年事，而年事一过，她就小产了，直到八九个月后，即第二年秋天时，才慢慢恢复，可见过度操劳对她的身体伤害严重到了何种程度。只是，她如此辛苦，却并未换来相应的回报，由于身体垮了，生不出儿子，丈夫贾琏对她疏远冷淡，婆婆邢夫人对她冷言冷语，姑姑王夫人也一副置身事外的模样。虽有老祖宗贾母心疼，却到底也越不过自己的孙子，当王熙凤和贾琏发生冲突时，贾母还是选择了维护贾琏的实际利益，于是，便有了尤二姐进入大观园，那都是后话了。而梳理王熙凤的人生命运，也正是在这个寒冬，由于她好强且过于操劳，埋下了病倒颓败的引子。而在联诗时，王熙凤脱口说出的那句"一夜北风紧"，在某种程度上，正是她内心深处焦虑紧张的流露，一方面暗示着风声渐紧，贾府将要慢慢走下坡路，此时大观园中的欢声笑语，便是由盛转衰之际最后狂欢的缩影；另一方面，她的身体日渐羸弱，感受到了繁重工作压力对身体的摧残，往日处处要强的凤辣子，也慢慢觉得力不从心了。

结合对书中服饰的考证，我们为王熙凤设计了这样一套装扮：她依然头戴鬏髻，插五凤挂珠钗（发髻正中顶部插一支大凤簪，两鬓插两只金凤掩鬓，垂髻上插两只小凤簪），攒珠髻上左右插一对金牡丹花头银脚簪，戴一对银镀金点翠嵌红黄米珠平安如意耳环，花瓶谐音"平"，和瓶身上的"安"字合起来，寓意着平安吉祥。外罩一件紫羯绒褂，褂上绣着凤凰四合如意云纹，系着数粒金镶宝石蜂赶菊纽扣，下搭翡翠牡丹纹马面裙，轻蹙一对柳叶吊梢眉，似乎有无限心事（图7.36）。

结合后文细节来看，第六十一回平儿曾说王熙凤"又三灾八难的，好容易怀了一个哥儿，到了六七个月还掉了，焉知不是素日操劳太过，气恼伤着的"。王熙凤在来年年初，就失去了这个已经六七个月的男胎儿，从时间上推算，雪天集会时，王熙凤正处于怀孕初期，而从女性的生理常态来推测，当时她应该正忍受着不舒服的妊娠反应，强行支撑身体以张罗家中繁杂事务，她褂上绣着凤凰四合如意云纹、戴着银镀金点翠嵌红黄米珠平安如意耳环，暗寓着她期待孩子平安落地、期盼一切顺利如意的殷切心情。她为这个大家族，实在付出了太多，也失去了太多。若干年后，当她被丈夫和家族抛弃，"一从二令三人木，哭向金陵事更哀"时，回首往事，有没有想到这个繁华似梦幻泡影的冬天，想到这个与她有缘无分、直接导致了她命运滑落的孩子呢？

总体而言，曹公在服饰描述上惜墨如金，却难得在搬进大观园的第一个冬天，采取群芳竞艳的笔墨，勾勒了一副雪景美人图，可见他对这个冬天的重视。或许，这是他深埋于内心的一段珍贵记忆，又或许，他刻意营造了一个白雪皑皑的雪天场景，让这些女孩子们暂时抛却烦恼，用诗歌、美食、华服点缀美好青春。这个雪天，也为大观园的第一个锦瑟年华定下了收尾的基调，即明媚、喜乐，随着少男少女的成长和贾家逐渐走向衰败，它将成为无法再追回的美好过去。

图7.36 王熙凤芦雪广

① 金牡丹花头银脚簪
② 银镀金点翠嵌红黄米珠平安如意耳环
③ 纹样：凤凰四合如意云纹
④ 纹样：牡丹纹
⑤ 纹样：牡丹纹

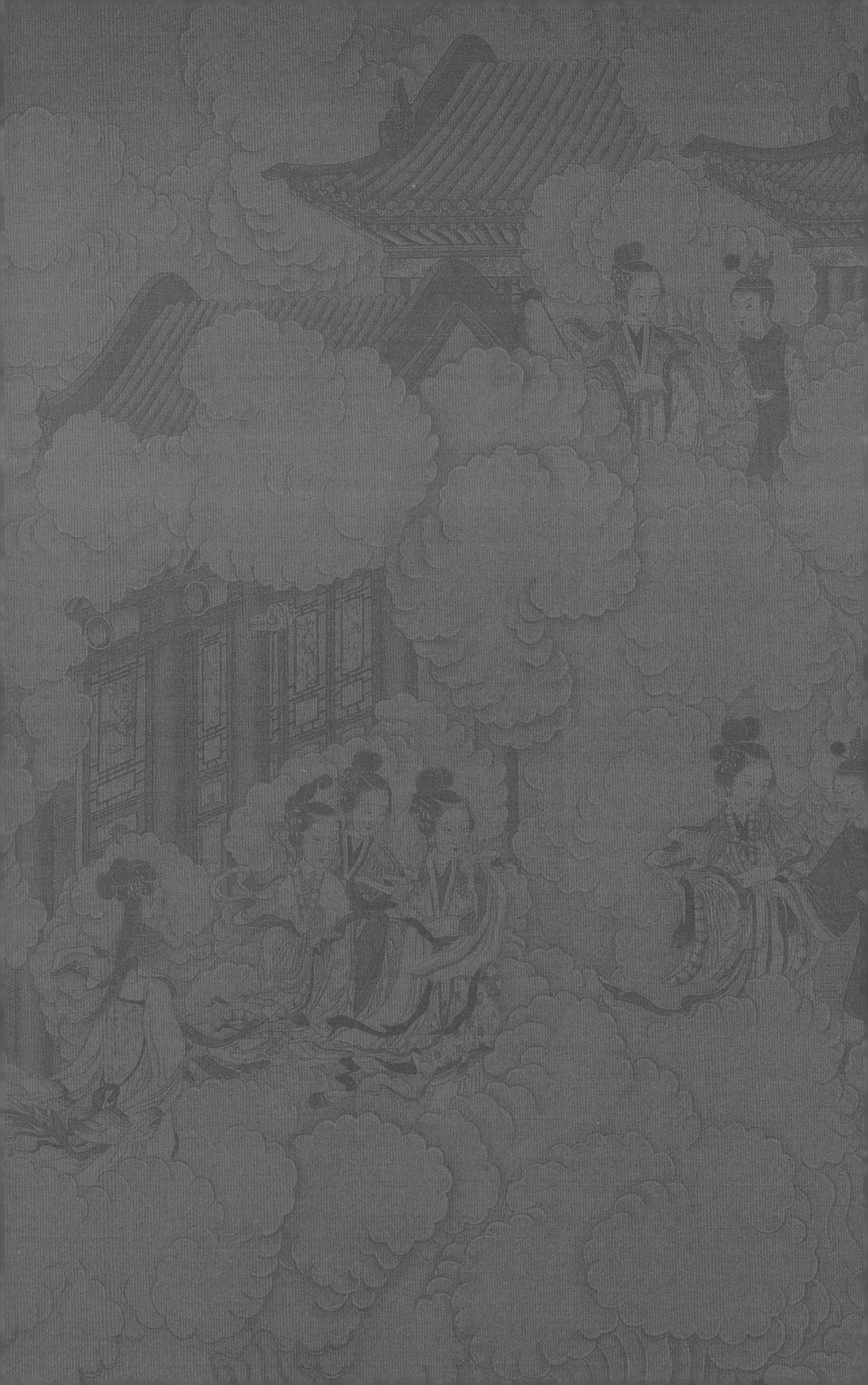

红楼梦服饰图鉴

Dream of Red Mansions
Costume Illustrations

第八章

刘姥姥进大观园与明清普通民众服饰

《红楼梦》向来有中国封建社会的百科全书之称，它笔触所到，不仅生动点染了阀阅世家钟鸣鼎食的贵族气象，也对底层普通民众的生活进行了全景式的扫描。如葫芦庙内的小沙弥，因火灾失去容身之地，不得不还俗，在衙门做门子讨口饭吃；如贾芸的邻居泼皮倪二，虽然专放高利债，在赌场吃闲钱，专管打架吃酒，却又行侠仗义，周济他人，有醉金刚之称；如为迎接元春省亲，贾府从苏州买来十二个小戏子、十个小尼姑、小道姑，都是被父母所卖，远离故土亲人，在冰冷的异乡讨生活；如锦香院内的妓女云儿，平日结交的是冯紫英、贾宝玉、薛蟠等富贵公子，但一句"女儿愁，妈妈打骂何时休"，则道出了沦落风尘的苦楚和心酸。如此种种，都揭露了清初在所谓盛世的美名之下，底层民众如蝼蚁般的生存状态，贾府的贵族们，和普通民众之间仿佛相隔天堑，直接上演了一幕幕十八世纪的京城折叠故事。

然而，民间也自有高人，从天而降的刘姥姥，一次次穿行于贾府和大观园内，凭借她的胆量和智慧，不仅赢得了府内众人的喜爱，还收获丰富，满载而归。在那样一个等级森严的社会，刘姥姥如何轻松越过阶层屏障，并实打实地从贵人处获得了真金白银的经济资助呢？这个出身乡野的京郊农妇，又如何与名列金陵十二正钗之一的巧姐产生了命运纠连，并最终让巧姐这朵生长于绮罗丛中的娇艳名花落于农家呢？并且，在刘姥姥进大观园这场热闹大戏中，寄居大观园的妙玉正式登场，演出了她在前八十回中分量最重的一出戏，看似洁净高雅的妙玉与仿佛粗俗平庸的刘姥姥形成了鲜明对比，通过这种有意对比，作者又暗示着妙玉将走向何种命运呢？所有这些问题，在刘姥姥两进贾府的书写中，埋下了草蛇灰线的伏笔，可见刘姥姥之于全书的重要性。

第一节
刘姥姥两进荣国府与明清农妇服饰

刘姥姥是什么人？和贾府有何关系？

《红楼梦》第六回交代得很清楚，刘姥姥的女婿叫王狗儿，狗儿祖父曾做过小小京官，与王夫人的父亲相识，因两人同姓，故攀了亲戚。此人去世后，儿子王成因家业萧条，搬到郊外乡村居住。王成后又病故，儿子狗儿娶妻刘氏，生有一对子女板儿、青儿，因孩子无人看管，便将寡居的岳母刘姥姥接到家中一处过活。所以，王夫人是刘姥姥女婿王狗儿祖上硬攀的亲戚的女儿，这是基本背景。那年秋末冬初，因家事艰难，王狗儿在家中发牢骚，刘姥姥提出若干年前她曾带着女儿刘氏一起去过京城王家，见到了还未出阁的王二小姐（即王夫人）"着实响快，会待人，倒不拿大"。如今王二小姐已是荣国府贾二老爷的夫人，倘若王狗儿能拉下脸面到荣国府走一趟，或许能有意外收获。狗儿利名心重，听后动心，便撺掇着刘姥姥带上外孙板儿去荣国府打秋风。

侯门深似海，刘姥姥要见到王夫人殊为不易，只能走迂回路线，先找到周瑞家的。周瑞家的，就是荣国府下人周瑞的妻子，古代社会底层妇女地位低下，连名字都没有，嫁人后便跟着丈夫姓名，被称为某某家的。周瑞家的是王夫人的陪房，❶当年从王家随着出阁的

---

❶ 陪房，一般指贵族小姐出嫁时，从娘家陪同到夫家的奴婢。

图8.1 清 孙温 《红楼梦》之"刘姥姥投奔周瑞家"（局部）

小姐一起进入荣国府，到了婚配年龄，便被指给了周瑞。周瑞两口子在贾府"男的只管春秋两季地租子，闲时只带着小爷们出门子就完了，周瑞家的"只管跟太太奶奶们出门的事"（第六回）。

虽然周瑞家的只是贾府下人，但刘姥姥要见到她也颇经历了一番波折。书中写到，她带着板儿来到荣府正门、角门，都不得其门而入，最后才在一个小孩的带领下进入后门，见到了周瑞家的，如孙温绘《红楼梦》所示（图8.1）。周瑞家的看见刘姥姥后即亲热与她攀谈起来，弄清楚来意后，倒也全力帮衬。书中写得很仔细，周瑞家的先去找王熙凤的心腹——通房大丫头平儿，平儿听说是王家旧亲戚，便让刘姥姥和板儿直接进了内房，并候着王熙凤早上略有空闲的时候见了一面。王熙凤一边和刘姥姥聊天，一边派人去禀报王夫人，以讨示下，得到明确回复后给了刘姥姥二十两银子。按照刘姥姥的说法，二十多两银子"够我们庄家人过一年了"（第三十九回），第六回的结尾诗是"得意浓时易接济，受恩深处胜亲朋"，既点明了刘姥姥受恩后认定荣国府"胜亲朋"的感激心情，也为刘姥姥的二进荣国府留下伏笔。

刘姥姥二进贾府是第二年秋天，她将自家头一起摘下来的瓜果菜蔬送过来，以表达对去年馈赠的谢意。又是在周瑞家的周旋下，刘姥姥进府的消息被贾母得知，遂款留她再住两天，邀请她吃饭并游览大观园。喝醉的刘姥姥和众人走散，迷迷糊糊进了怡红院，倒在宝玉的床上呼呼大睡，直至被袭人推醒，才结束了这一天梦幻般的行程。第三天，刘姥姥告辞时，得到了王熙凤、王夫人、平儿、贾母、鸳鸯、宝玉等人的热情馈赠，包括布匹衣物、糕点果品、银两药物等。可见，刘姥姥第二次进贾府收获丰富，所受接待的规格之高也远超第一次。

刘姥姥二进贾府，之所以能得到更热情的款待，主要是因为投了贾母之缘。如贾母所说"我正想个积古的老人家说话儿"，放眼整个贾府，贾母虽然是至高无上的老祖宗，但身边几无同龄人可以交流，所以她和刘姥姥所说的家常话，充满了老年人之间的日常生活气息。岁月对于每个人都是公平的，即使身居高位、锦衣玉食者如贾母，也依然无法抵抗岁月无情的侵蚀，在她和刘姥姥共话家常的那个场景中，时间的洪流填平了两人之间社会地位的差距，高高在上的国公夫人和卑微谨慎的乡村农妇，此时此刻就是一对相互交流老年生活经验的老姊妹，场面温馨，充满了生活感染力。

值得注意的是，作者在铺叙刘姥姥进贾府时展开了双重叙事视角，刘姥姥在观察周围环境和众人，而众人也同时在打量刘姥姥，外来者投向贾府的视角和贾府凝视外来者的视角叠加，构成了故事叙述的双重视角，使得小说的叙事基调呈现出更丰富的复调旋律。

让我们首先来感受一下刘姥姥的体验，她在沉浸式游览贾府的过程中，看到、听到、闻到、吃到的各种事物，都超出了以往的体验范畴，带给她强烈的感觉冲击。

如视觉的冲击。刘姥姥初次进入凤姐堂屋，看到平儿"遍身绫罗，插金带银，花容玉貌"，便以为是凤姐，听到周瑞家的称平姑娘后，才知道只是个有体面的丫头。进入凤姐房间后，看到"门外錾铜钩上悬着大红撒花软帘，南窗下是炕，炕上大红毡条，靠东边板壁立着一个锁子锦靠背与一个引枕，铺着金心绿闪缎大坐褥，旁边有雕漆痰盒"，连坐褥和痰盒上都有装饰，如孙温绘《红楼梦》所示（图8.2）。甲戌本此处有夹评云："一段阿凤房室起居器皿家常正传，奢侈珍贵好奇货注脚，写来真是好看。"❶这对于僻居乡野的刘姥姥而言，是何等的视觉震撼！游览大观园时，她醉后乱走乱撞闯入了宝玉卧室，看到"四面墙壁玲珑剔透，琴剑瓶炉皆贴在墙上，锦笼纱罩，金彩珠光，连地下踩的砖，皆是碧绿凿花，竟越发把眼花了"，紧接着她在镜子中看到了自己，却错认为亲家母，原来"四面雕空紫檀板壁将镜子嵌在中间"。此处，镶嵌于板壁内的镜子模糊了真实空间和虚幻空间之间的界限，人在镜中，似醒似醉、如梦如幻，如孙温绘《红楼梦》所示（图8.3）。

再如听觉的冲击。刘姥姥初次进入王熙凤女儿巧姐睡觉的屋子时，"只听见咯当咯当的响声，大有似乎打箩柜筛面的一般，不免东瞧西望的。忽见堂屋中柱子上挂着一个匣子，底下又坠着一个秤砣般一物，却不住的乱幌……只听得当的一声，又若金钟铜磬一般，不防倒唬的一展眼。接着又是一连八九下"。脂砚斋甲戌本批语云"从刘姥姥心中目中设譬拟想，真是镜花水月"❷，当时西洋自鸣钟已

❶ 吴铭恩汇校：《红楼梦脂评汇校本》，清华大学出版社2019年，第91页。
❷ 吴铭恩汇校：《红楼梦脂评汇校本》，清华大学出版社2019年，第91页。

图8.2 清 孙温 《红楼梦》之"刘姥姥初会王熙凤"（局部）

图8.3 清 孙温 《红楼梦》之"刘姥姥醉卧怡红院"（局部）

经进入中国，这款应该是挂在墙上的挂钟，刘姥姥并不认识，却被这种来自域外的新奇声音吸引。而众人在藕香榭听戏时，"箫管悠扬，笙笛并发"，刘姥姥听到，喜得手舞足蹈。又如嗅觉刺激，刘姥姥进入凤姐堂屋后，"只闻一阵香扑了脸来，竟不辨是何气味，身子如在云端里一般"；随众人游览蘅芜苑时，也闻到"异香扑鼻"。对刘姥姥而言，这些由陌生声音和异样奇香构建的景观世界，营造了某种镜花水月的幻象，也在一定程度上揭示了当时普通民众和贾府贵族日常生活之间的天堑之别。

当然，最让刘姥姥难忘的，应该是贾府饮食带给她的味觉冲击。在藕香榭吃饭时，凤姐将茄鲞夹给刘姥姥，刘姥姥咀嚼半晌，只品出了一点茄子香，却完全吃不出茄子味。原来，茄鲞的做法是"把才下来的茄子把皮刨了，只要净肉，切成碎钉子，用鸡油炸了，再用鸡脯子肉并香菌、新笋、蘑菇、五香腐干、各色干果子，俱切成钉子，用鸡汤煨了，将香油一收，外加糟油一拌，盛在瓷罐子里封严，要吃时拿出来，用炒的鸡瓜一拌就是"。在这道菜中，茄子是主菜，鸡和香菌、新笋、蘑菇等都成了配料，显然，对于庄户人家的烹饪饮食而言，这是完全无法承受的高成本，饮食资源的丰富与匮乏之别导致了饮食风味差异，将贾府奢侈的舌尖风味对刘姥姥的味觉刺激展现得淋漓尽致。也正是在刘姥姥身体感官的全面介入之下，贾府日常生活的风俗画卷徐徐展开，为读者提供了十八世纪中国贵族家庭生活细节的生动写照。

有意思的是，贾府的诸多景象虽然给刘姥姥带来了强烈的感官冲击，她却并非处于全然懵懂接受的状态，而是调动了自己的主观感受，积极主动地参与到一场场感觉盛宴中，让自己成为被看到、听到、闻到、尝到的观照客体，为荣国府和大观园增添了更多色彩。

如她将一盘子菊花横三竖四的插了一头,自嘲为"老风流",让贾母和众人笑得不得了;她在吃饭前站起身来,高声喊"老刘,老刘,食量大似牛,吃一个老母猪不抬头",让上下人等都哈哈大笑;她将挂有牌坊的省亲别墅看作大庙,跪下磕头,让众人笑弯了腰。这三场因刘姥姥那些与环境格格不入的表现而引发的大笑,固然不无揶揄之意,但更多地却是被刘姥姥天然淳朴的表现打动后发出的会心之乐。

又如刘姥姥的声音,在荣国府中显得很特别。她很会说话,将贾府上下一干人哄得很开心。此外,她还制造了一些令人哭笑不得的"噪音":如吃饱饭经过省亲别墅时,她的肚子居然不合时宜地乱响了起来;她闯进怡红院后躺在宝玉床上倒头就睡,被袭人听到鼾齁如雷。如此种种,汇聚成一幕幕声音喜剧,打破了大观园以往的单一声腔。她的嗅觉、味觉叙事也有异曲同工之妙,她醉卧怡红院,弄得满屋子酒屁臭气,袭人不得不贮了"三四把百合香",试图盖住她的气味;她在栊翠庵喝茶,吃了贾母剩下的半盏,却笑着说茶味略淡,以庄户人家喝的浓茶反衬了淡茶之无味。在这些叙事描写中,刘姥姥的声音、气味、味觉仿佛是不合时宜的飞来外物,刺破了大观园庄严、高贵、精致的表象,展现出世俗生活的另一面,让人忍俊不禁。

刘姥姥身上那种源自乡土的真实,生机勃勃,充满了感染力。事实上,她二进荣国府,本为致谢而来。第六回写刘姥姥初进贾府时天不亮就起来,秋末冬初天亮得晚,她可能六点左右起床收拾,赶到贾府时正逢王熙凤吃早饭,大概九、十点左右,粗粗估算,路上大约要花三四个小时。路程遥远,却未能挡住她一心感恩的脚步,二进荣国府时,她一个七十多岁的老人家,带着小孩子,还带来了几口袋礼物,行路之难可想而知,也足见其心意。人与人之间的感情,往往需要真诚的表达才能被看见,刘姥姥这份沉甸甸的心意,被当家理事的王熙凤感受到了,留她住下,才有了接下来的宴请等事。

刘姥姥不仅很真诚,表达的姿态也是不卑不亢的。吃饭时凤姐鸳鸯捉弄她,她心知肚明、积极配合。这位充满生命活力的乡村老太太,大方开朗的举止言谈,给大观园的贵族们带来了全新的感受。刘姥姥眼中的荣国府是"礼出大家",所谓贵族礼仪,本身不过是维持秩序的工具,所以荣国府的日常生活中充斥着诸多礼仪,处处强调尊卑有别、贵贱有差。这些规矩固然能彰显贵族的威严,但它们本身是冰冷的,逼迫人时刻将自我和他人工具化。但刘姥姥所展现的柔软姿态和充沛的感情,在一定程度上打破了那些僵硬礼仪规范的刚性,为大观园等级森严的秩序体系注入了更多活力。

虽然身处下位,但刘姥姥并未以此为辱,而是坦然面对自己和贾府贵族的天堑之别,并以丰富的感情表述,来调和礼教秩序所导致的上位者和下位者之间的紧绷关系。她第一次向凤姐求助时,就坦然说出"我们家道艰难,走不起"之类的告急之语,请求帮助;等到经济危机解除后,又带着家中土特产入府、以一种舒展自如的姿态来表达感谢。第二次进府后,她卸掉了开口求人的心理压力,状态越发松弛,陪贾母聊天说话、给公子小姐们讲故事、吃饭喝酒时也能说些俏皮话,插科打诨都能恰到好处,让大观园的女儿们看到了闺阁之外的生机勃勃的乡野世界。在这个美好的秋天,大观园内一片欢声笑语,年龄、身份、等级、城乡乃至世俗与方外之间的界限都暂时被消弭了,人们的面罩被暂时去掉,彼此处于平等温馨的交流氛围中,从内心深处感受到愉快喜悦。正因为刘姥姥为大观园带来了这份珍贵的情感"礼物",贾府的贵族们才会回赠她丰富的物质礼物,人与人之间横向的情感互惠暂时抵消了纵向等级秩序的冰冷,这也是刘姥姥赋予大观园的独特意义。

这两个秋天,顺利在荣国府通关的刘姥姥,是何种装束呢?

图 8.4 清 焦秉贞 《耕织图》(局部)

在孙温的《红楼梦》绘图中(见图 8.1 和图 8.2),她穿着褐色大袖交领衫子,系灰色裙子,头发简单束起,并无其他修饰。她左手牵着板儿,板儿戴着蓝色暖耳,穿粉色袄子和绿色裤子,俨然乡村稚童模样。梳理明清小说,可看到对普通妇女的装束描述,如《金瓶梅》第四十六回,乡里卜卦的老婆子"穿着水合袄、蓝布裙子,勒黑包头"。❶ 清代康熙年间焦秉贞所绘《耕织图》(故宫博物院藏,图 8.4)中的农妇,也都是包头、上袄下裙的装束,妇女所牵孩童,则是头发剃光,仅梳一个冲天小辫,穿上衣下裤的模样。

在文献整理和清代绘画的基础上,我们对刘姥姥和板儿的装束作了简单设计:刘姥姥裹蓝布包头,戴素圈耳环,内穿浅黄色圆领袄,外搭灰色衫子,系一条红汗巾,下着灰白色长裙。她全身并无华贵装饰,衣服的色彩也偏暗,唯有腰间那条红腰带颜色鲜艳,使得她

---

❶ 兰陵笑笑生:《金瓶梅词话》,人民文学出版社 1985 年,第 586 页。

整个人看起来更精神，也透露出她初进贾府时，还是稍微用了几分心思的。板儿额前留一点头发，穿绿色短袄，下穿粉色裤子，脚穿红鞋，左手拿一个金色柚子，这个柚子后来被巧姐要去，暗示着他与巧姐的因缘(图8.5)。

◉ 第二节
王熙凤的积善与巧姐的命运

在金陵十二钗中，王熙凤母女都与刘姥姥结下了深厚缘分。巧姐的判词是"事败休云贵，家亡莫论亲。偶因济刘氏，巧得遇恩人"，《留余庆》曲子则说得更明白："留余庆，留余庆，忽遇恩人；幸娘亲，幸娘亲，积得阴功。劝人生，济困扶穷，休似俺那爱银钱忘骨肉的狠舅奸兄！正是乘除加减，上有苍穹。""留余庆"出自《易经》，原文是"积善之家，必有余庆"，指祖宗积善，会给后辈留下丰厚的福泽。巧姐的曲词，应该是作者有意流露，暗示正因为王熙凤周济了刘姥姥，后来贾家破败、巧姐遇到危险，才有刘姥姥的仗义相救。冥冥之中，一饮一啄，皆由前定，做人还是要行善积德。

客观而言，在王熙凤的性格特质中，善良绝对不是底色。她做事雷厉风行、心狠手辣，作为荣国府的实际管理者，她每天都要处理千头万绪的事务，要伺候好贾母、邢夫人、王夫人三位直接领导，还要张罗兄弟姊妹们的饮食起居，忙得不可开交。在这种高强度的工作节奏下，她似乎无力也无心来考虑其他人，尤其是底下人的心情感受，所以往往落得各种抱怨。但在与刘姥姥交往的过程中，这位年轻的贵妇人却展现了少有的温情一面，足以说明人性的复杂。

图8.5 刘姥姥、板儿

刘姥姥初进荣国府，等了许久才见到王熙凤。书中提到自鸣钟响了"一连八九下"，甲戌本夹评道"细，是巳时"，❶即早上九点到十一点之间。紧接着，有妇人捧着大漆雕盒进屋，又听到声"摆饭"，说明巳时才是王熙凤的吃饭时间。清代贵族习惯吃两餐，早餐一般在早晨六点到八点之间，晚餐在下午一点到三点之间。王熙凤用餐正好在两餐之间，可见她忙碌到不能准时用餐，相当操劳。在吃饭这个"空子"里周瑞家的向她禀报了刘姥姥的事情后，她一边招待刘姥姥，一边催促周瑞家的去回王夫人，即讨要王夫人的回信，并根据王夫人的指示决定如何打发刘姥姥。接下来她与刘姥姥的说话交流，充分展现了大家族当家主母的体面和分寸。刘姥姥进来时，在地上拜了数拜并问安，王熙凤赶紧请她落座，并说"我年轻，不大认得，可也不知是什么辈数，不敢称呼"，这句话既表达了对老人家的尊重，又保持了一定的距离，分寸拿捏得相当到位。紧接着，王熙凤笑道"亲戚们不大走动，都疏远了。知道的呢，说你们弃厌我们，不肯常来；不知道的那起小人，还只当我们眼里没人似的"，在玩笑间，将亲戚之间疏远之由揭过不提，又略带几分难以辩驳的高傲，故而甲戌本此处点评说"阿凤真真可畏可恶"，❷显然也感受到了这几句话背后的凌厉。刘姥姥完全招架不住，只能表态说"家道艰难，走不起，来了这里，没的给姑奶奶打嘴，就是管家爷们看着也不像"，以全然示弱的姿态勉强接住话。可接下来王熙凤又笑道"这话没的叫人恶心。不过借赖着祖父虚名，作了穷官儿，谁家有什么，不过是个旧日的空架子。俗话说，'朝廷还有三门子穷亲戚'呢，何况你我"，这几句话趁势借坡下驴，借喊穷之机，一方面拉近了和刘

❶ 吴铭恩汇校：《红楼梦脂评汇校本》，清华大学出版社2019年，第91页。
❷ 吴铭恩汇校：《红楼梦脂评汇校本》，清华大学出版社2019年，第92页。

姥姥的距离，另一方面也为接下来给多少钱打发刘姥姥留了余地。

在王熙凤和刘姥姥的对话中，能看到她的倨傲、俏皮，以及恰到好处的分寸流露。按理来说，穷亲戚上门来打抽丰，作为高高在上的贵夫人，她并不需要顾及刘姥姥的面子，但从两人的交谈来看，王熙凤说话时而拉近，时而推开，但始终将自己摆在远房亲戚的位置上，也保全了刘姥姥的体面。这种分寸感十足的沟通艺术，在刘姥姥张口要钱时，更展现得淋漓尽致，堪称经典：

> 刘姥姥会意，未语先飞红的脸，欲待不说，今日又所为何来？只得忍耻说道："论理今儿初次见姑奶奶，却不该说，只是大远的奔了你老这里来，也少不的说了。"刚说到这里，只听得二门上小厮们回说："东府里的小大爷进来了。"凤姐忙止刘姥姥："不必说了。"一面便问："你蓉大爷在那里呢？"

在刘姥姥将要开口时，借贾蓉进来之机，王熙凤止住了刘姥姥，甲戌本侧评道"惯用此等横云断山法"。❶横云断山，也称横云断岭，原指绘画时为了表现山之高远，故意用烟云遮蔽山脉，以含蓄表达山在烟云深处、山脉不断之意，这个术语后来被中国传统小说评点所借用，用以形容小说叙事过程中故意中断的叙述手法。王熙凤和刘姥姥的对话，被贾蓉进来硬生生打断，王熙凤和贾蓉说话的这段时间，刘姥姥可能很煎熬，始终在揣度该如何表达。贾蓉走后，刘姥姥再次开口倾诉家道艰难，"连吃的都没有"，并推板儿说"你那爹在家怎么教你来？打发咱们作煞事来？只顾吃果子咧"。接下来，

---

❶ 吴铭恩汇校：《红楼梦脂评汇校本》，清华大学出版社2019年，第93页。

横云断山式的叙述技巧再次被搬演：

> 凤姐早已明白了，听他不会说话，因笑止道："不必说了，我知道了。"因问周瑞家的："这姥姥不知可用了早饭没有？"

设身处地地为刘姥姥想一想，只要一个人尚存羞恶之心，开口向他人要钱，实在是莫大的难堪。王熙凤看出了刘姥姥的难堪，有心成全她的体面，每每在她将要说出难为情之话时，故意将她打断，其用意就是为了避免伤害刘姥姥的面子。此处，甲戌本忍不住评点道："又一笑，凡六，自刘姥姥来凡笑五次，写得阿凤乖滑伶俐，合眼如立在前。若会说话之人，便听他说了，阿凤厉害处正在此。问看官：常有将挪移借贷已说明白了，彼仍推聋装哑，这人为（比）阿凤若何？呵呵，一叹！"❶对王熙凤这种处事方式，也是赞叹不已。通览刘姥姥初次和王熙凤见面交流的这些文字，可以发现，虽然王熙凤处于绝对高位，也打算周济刘姥姥，却并未给刘姥姥半点难堪，也全然没有挟恩图报的刻意。如此行事，爽快大气，难怪刘姥姥会发出"我见了他，心眼儿里爱还爱不过来"的感慨，这个阅人无数的老人家，的确是发自内心地被王熙凤的人格魅力深深打动了。

在两人初见的场合，王熙凤不仅表现出了让人叹为观止的沟通艺术，在外在形象上，也打扮得格外动人。书中写她"家常带着秋板貂鼠昭君套，围着攒珠勒子，穿着桃红撒花袄，石青刻丝灰鼠披风，大红洋绉银鼠皮裙，粉光脂艳，端端正正坐在那里，手内拿着小铜火箸儿拨手炉内的灰"，这都是些什么装束呢？

---

❶ 吴铭恩汇校：《红楼梦脂评汇校本》，清华大学出版社2019年，第94页。

秋板貂鼠昭君套

用秋天的貂鼠皮做成的裹在头部的长条形额饰。

昭君套，用动物皮毛制成的无顶帽子，裹在额头上，由于形状像古画中出塞的昭君头上所戴裹额，故此得名。貂鼠，一般指紫貂，体型像家猫大小，毛呈棕褐色，掺有白色针毛，头上的毛是淡灰褐色。❶ 秋板，指秋天的貂鼠皮，绒毛还未长全，也称"秋皮"，比"夏皮"好，但不如"冬皮"。❷

攒珠勒子

用珠子穿成的长条形贴额饰物。

勒子，也称抹额，珠子箍儿，长条形贴额饰物，可以用金、银、珍珠、布帛等制成。❸ 攒珠，指用珠子穿成勒子，或勒子上有珍珠修饰。如故宫博物院所藏《明人容像》图(图8.6)中的侍女前额所戴。

桃红撒花袄

桃红色的袄子，袄面有撒花纹样。

图8.6　明人容像(局部)

---

❶ 参见第七章。
❷ 参见冯其庸、李希凡主编:《红楼梦大辞典》，文化艺术出版社2010年，第48页。
❸ 参见第二章和陈芳:《晚明女子头饰"卧兔儿"考释》，《艺术设计研究》2012年第3期。

石青刻丝灰鼠披风

对襟外套,深蓝色的刻丝面料为衣面,灰鼠皮毛为衣里。

披风,一种对襟外套。❶ 灰鼠,一般指松鼠,体毛为灰黑色、赤褐色。❷ 石青是深青色,类似今天的深蓝色。刻丝也称缂丝,是一种纺织工艺,即运用通经断纬❸的技法,在竖行的经线上,用各种彩色纬线织成图案纹样,它不是刺绣,而是直接在纺织过程中织出图案,全程只能手工操作,费时费力,所以也有一寸缂丝一寸金之说。❹

大红洋绉银鼠皮裙

皮裙,大红洋绉为裙面,银鼠皮毛为裙里。

绉是有皱纹的丝织物,洋绉即湖绉,以浙江湖州南浔镇辑里村的湖丝为最上等。银鼠是一种鼬科动物,毛短洁白,以其皮毛做成衣服,极其贵重。❺

作者对王熙凤的这套服饰描述得比较细致,清代画家改琦《红楼梦图咏》也正是基于这个场景,画出了王熙凤的模样(图8.7),

图8.7 清 改琦 《红楼梦图咏》之王熙凤(局部)

❶ 参见第一章。
❷ 参见第七章。
❸ 通经断纬:即以本色生丝作为经线,纵向贯穿纺织物幅面,同时以不同颜色的熟丝作为纬线,围绕经线,在经线的不同区域缂丝,织成不同图案。
❹ 参见第一章。
❺ 参见第一章。

除将昭君套与攒珠勒子合在一起之外，其他细节都基本遵照了原书的描述。

结合文献考证和古画，我们对书中所描述的王熙凤服饰进行了还原：她头戴棕褐色貂鼠昭君套，额裹深蓝色珠子勒子，内穿桃红撒花袄，外罩石青色八团刻丝灰鼠披风，下搭大红洋绉银鼠皮裙。为了让她更显艳丽，我们还她设计了两款头饰，即银镀金嵌珠宝凤式簪和金葵花凤翅簪，旁边的小几上放着一个金手炉，越发显得她粉光脂艳，贵气迫人（图8.8）。这样的王熙凤，想必给刘姥姥留下了深刻印象。

有意思的是，刘姥姥和板儿初进荣国府，周瑞家的将他们引入了堂屋东边的房间，正是王熙凤和贾琏的女儿大姐儿睡觉之所，这也是刘姥姥和这个女孩子的结缘之始。二进荣国府后，刘姥姥和板儿都与大姐儿有了更多接触。如第四十一回写到板儿拿佛手，大姐儿拿柚子，两小儿互相交换，庚辰本有夹批云"小儿常情，遂成千里伏线""柚子即今香团之属也，应与'缘'通。佛手者，正指迷津者也。以小儿之戏暗透前后通部脉络，隐隐约约，毫无一丝漏泄，岂独为刘姥姥之俚言博笑而有此一大回文字哉？"❶这些批语说明在曹雪芹的最初设计中，大姐儿与板儿是缘分天定，而将这两个孩子牵系在一起的关键人物正是刘姥姥。第四十二回，王熙凤对刘姥姥说起大姐儿经常生病，想借姥姥的高寿和庄户人家的贫苦身份，给大姐儿取个名字。因大姐儿出生在七月七日乞巧节，在传统文化中，属于阴月阴日，阴气太重，王熙凤担心女儿生辰不吉利，想让刘姥姥取名，以压住不祥。

---

❶ 吴铭恩汇校：《红楼梦脂评汇校本》，清华大学出版社2019年，第538页。

图 8.8　王熙凤见刘姥姥

① 银镀金嵌珠宝凤式簪　　② 金葵花凤翅簪

刘姥姥给大姐儿取名为巧哥儿，寓"遇难成祥，逢凶化吉"之意，在目前通行的一百二十回程高本中，王熙凤死后，巧姐被舅舅王仁和堂兄贾芸设计，差点被卖给藩王作侍妾，后在刘姥姥帮助下逃脱，并嫁给乡绅之子，结局圆满。但结合她的判词、曲文以及开篇甄士隐的《好了歌》解注来看，巧姐后来的遭遇很悲惨，远非程高本所描绘的那样幸运。学界一般认为"择膏粱，谁承望流落在烟花巷"，指的就是巧姐，并且根据书中透露的信息来推测：贾府败亡后，她被狠舅奸兄卖入妓院，后被刘姥姥赎出，嫁给板儿为妻。甲戌本第六回有眉批云"老妪有忍耻之心，故后有招大姐之事"，❶ 暗示巧姐曾沦落风尘，难以被缙绅世家接受，唯有庄户人家，反而能抛开贞洁观念将她娶进门。至于狠舅奸兄，狠舅指王熙凤的哥哥王仁已基本成为学界共识，而奸兄之所指，则有贾芸、贾蔷、贾蓉、贾兰等说法。❷ 无论如何，曾经金尊玉贵的侯府千金贾巧姐，居然被亲人背刺、沦落风尘，其间的悲惨痛苦可想而知。在她坠入地狱时，亲朋或死或散，或袖手旁观，唯有当年受过母亲恩情的刘姥姥伸出援助之手，为备受伤害的她提供了身体和心灵的安居之地。

宝玉游太虚幻境时，曾见巧姐判词的画册上画有荒村野店，有美人纺绩。但此后清代的红楼画家，如改琦、费丹旭等，都未将这一细节画入图中。结合《红楼梦》判词图画和前文对明清农妇服饰的文献考证，我们为巧姐设计了一套装束：她头裹灰褐色包头，穿灰褐色袄子，下搭青布围裙，右手搭纺车，左手执线，全身朴素，唯有耳上所戴一对银镀金点翠嵌红黄米珠平安如意耳环，流露出过往繁华生活的余绪（图8.9）。

---

❶ 吴铭恩汇校：《红楼梦脂评汇校本》，清华大学出版社2019年，第93页。
❷ 参见井玉贵：《李纨判词、曲子之谜再探——关于凤姐、李纨关系及巧姐结局问题》，《曹雪芹研究》2019年第3期。

图 8.9　巧姐

① 银镀金点翠嵌红黄米珠平安如意耳环

那正是凤姐留给她的纪念，❶或许，母亲的在天之灵一直在保佑着她的爱女，即使告别了昔日的锦衣玉食，僻处乡村、嫁作农妇，残酷的命运终究还是为她网开一面，将平静的生活还给了这个饱经沧桑的贵族少女，也算是不幸中的万幸了！

第三节
妙玉与明清僧尼服饰

刘姥姥的大观园之行，还和妙玉产生了交集。在藕香榭吃过饭后，贾母带着刘姥姥等人来到栊翠庵，妙玉亲自烹茶招待。她捧着海棠花式雕漆填金云龙献寿的小茶盘和成窑五彩小盖钟，将茶奉给贾母。贾母起初以为是六安茶，经妙玉解释后，方知这茶是用旧年封存澄清的雨水烹煮老君眉而成。六安茶，即六安瓜片，是绿茶，性微寒，不适合脾胃虚弱的老年人。老君眉，历来有多种说法，包括湖南君山银针、安徽六安银针、福建武夷岩茶等，和六安茶比起来，性质都更温和。所以，妙玉在听说贾母等人刚吃了酒肉之后，即烹制了更温和的热茶奉上，可见她了解茶性，且心性玲珑。

妙玉对茶器、茶性之精道，在接下来邀请宝黛等人吃梯己茶的过程表现得更突出：

又见妙玉另拿出两只杯来。一个旁边有一耳，杯上镌着"瓟斝"三个隶字，后有一行小真字是"晋王恺珍玩"，又有"宋

---

❶ 参见第七章王熙凤服饰。

元丰五年四月眉山苏轼见于秘府"一行小字。妙玉便斟了一䀉，递与宝钗。那一只形似钵而小，也有三个垂珠篆字，镌着"点犀䀉"。妙玉斟了一䀉与黛玉。仍将前番自己常日吃茶的那只绿玉斗来斟与宝玉。

㼦瓟斝、点犀䀉❶已是难得一见的珍器，之后妙玉还拿出了一只九曲十环一百二十节蟠虬整雕竹根的一个大盒款待宝玉，并自得说连贾府也找不出这样的宝物。妙玉在苏州蟠香寺居住时，曾用鬼脸青花瓮集有一瓮梅花上的雪水，这次请他们三人喝的茶，即用雪水烹制，可见妙玉生活精致，对茶水、茶具等都相当讲究，❷从她所收藏的茶器来看，显然来历不凡，也隐隐透露出妙玉非凡的身世背景。

妙玉在全书中第一次出现，是第十八回，元春省亲前，林之孝家的向主子们汇报采买小尼姑、小道姑的工作，还提到了有一个带发修行的姑子，苏州人，祖上也是仕宦人家，因病自幼出家，法名妙玉，年方十八。父母双亡后，跟师父在京城，师父已于去冬圆寂，临终前留下遗言，告诫妙玉不宜回乡，就在京城静居，自有结果。当时大观园中已经修好了栊翠庵，王夫人便指示去接妙玉住进来，但林之孝家的回复说"接他，他说'侯门公府，必以贵势压人，我再不去的'"，于是王夫人下令写帖子邀请妙玉入住，以表诚意，足见妙玉本性孤傲。

妙玉的孤傲，在栊翠庵品茶这幕场景中，被表现得淋漓尽致。她给贾母奉茶后，贾母喝了半盏，便让刘姥姥喝了剩下的茶水。待道婆收茶盏时，妙玉喝令将成窑茶杯搁在外头，因为刘姥姥喝过，

---

❶ 㼦瓟斝：一种饮器，形状像㼦瓟（葫芦），故此得名。点犀䀉：犀牛角做成的饮器。
❷ 也有说法认为妙玉不通茶道，用雪水烹茶不甚讲究，故而黛玉、宝钗都不愿意与之深谈深交。

她嫌脏，宁可不要了。当宝玉提出将成窑茶杯送给刘姥姥时，她还说幸而那杯子自己没有喝过，不然就宁愿砸碎了，也绝不会给刘姥姥，对刘姥姥的嫌弃溢于言表。如此有洁癖、如此讲究的妙玉，却邀请宝玉喝茶，并将自己平时吃茶的绿玉斗斟给宝玉，在男女授受不亲的年代，妙玉作为出家女子，居然将自己口唇触碰过的茶具递给一个男人，说明她的洁癖是有针对性的，至少，她完全不反感和宝玉的接触，甚至是亲密接触。

妙玉对宝玉的这种偏爱，在后文有更多流露。第五十回，冬天芦雪广咏诗时，宝玉的诗作一如既往地不出色，李纨罚他去妙玉的栊翠庵求取红梅，说"我才看见栊翠庵的红梅有趣，我要折一枝来插瓶。可厌妙玉为人，我不理他。如今罚你去取一枝来"。宝玉欣然领命，李纨便命人跟着去，黛玉连忙阻拦说"不必，有了人反不得了"。从李纨、黛玉的反应来看，她们都很了解妙玉性格，也知道其他人去可能会碰壁，但宝玉却是和妙玉打交道的合适人选。宝玉果然幸不辱命，取了红梅回来，还忍不住技痒作诗一首，即《访妙玉乞红梅》："酒未开樽句未裁，寻春问腊到蓬莱。不求大士瓶中露，为乞嫦娥槛外梅。入世冷挑红雪去，离尘香割紫云来。槎枒谁惜诗肩瘦，衣上犹沾佛院苔。"这首诗充满佛性，"离尘"二字也暗示了宝玉最后出家的结局。

第六十三回，宝玉过生日，妙玉遣人给他送帖子，写着"槛外人妙玉恭肃遥叩芳辰"。宝玉有心回帖，却不知该怎么落款，也不解"槛外人"之意，在邢夫人的侄女邢岫烟点拨下才明白。原来妙玉最欣赏"纵有千年铁门槛，终须一个土馒头"这句诗，自称"槛外之人"，妙玉又赞赏庄子，自称"畸人"，两种自称都表达了她的不合于世俗之情；他人唯有自称"槛内之人"或"世人"，才能合乎她的心意。宝玉听后醍醐灌顶,回帖便书"槛内人宝玉熏沐谨拜"。此处,槛外人妙玉和槛内人宝玉形成了一组微妙的对应关系,也寓意着他们将互为镜像:身在佛门者最后堕入红尘,身在朱门者最终皈依佛下,人生的种种荒谬和无奈,早有前定,非人为可以挣脱改变。

从妙玉和宝玉的来往来看,她虽然已经身入空门,却并非心如枯井,而是依然对红尘怀有眷念,这种心态在七十六回中表露得更直接。大观园的第三个中秋夜,黛玉和湘云深夜在凹晶馆联诗,咏到"寒塘渡鹤影""冷月葬花魂"时,被妙玉打断,理由是"果然太悲凉了。不必再往下联"。虽如此说,她却邀请黛玉湘云到栊翠庵吃茶,并挥毫写下《右中秋夜大观园即景联句三十五韵》,以接续二人之诗,其中便有"箫增嫠妇泣,衾倩侍儿温。空帐悬文凤,闲屏掩彩鸳"等句,"嫠妇""衾温""空帐""彩鸳"等语,略涉闺情,而妙玉还对黛湘二人提到,写诗如果过于搜奇捡怪,会"失了咱们的闺阁面目"。她是出家女尼的身份,却仍然以闺秀自许,且写闺情诗,妙玉的内心深处,应该始终未能完全摈弃尘缘。如前文所述,妙玉出身仕宦之家,因"自小多病"只能遁入空门寻求庇佑。她的容貌、才华、修养等完全不输于黛玉、湘云、宝钗等人,却阴差阳错地成为槛外人,不仅与红尘中的烟火幸福无缘,还沦为伺候贵族的帮闲僧尼。往来贾府的女尼有净虚、智能、智通、圆信等,她们或牵涉讼事,或沉沦爱欲,或耽于利禄,都不是静心修炼之人,以妙玉的心性,应该看不上她们,也不屑与之为伍。但闺秀小姐们已经完全将妙玉视为另类,她也无法再融入她们的世界。她的清高孤傲,在某种程度上是对过往的缅怀,对现实的排斥,也是对自己尊严的保护,所以才呈现出一种身在空门、心在红尘的割裂状态。

这种离而未离、断而未断的心态,导致了妙玉最终还是跌入红尘陷阱。她的判词是"欲洁何曾洁，云空未必空。可怜金玉质，终陷淖泥中"，曲子是《世难容》："气质美如兰，才华阜比仙。天生成孤癖人皆罕。你道是啖肉食腥膻，视绮罗俗厌；却不知太高人愈妒，过洁世同嫌。可叹这，青灯古殿人将老；辜负了，红粉朱楼春色阑。到头来，依旧是风尘肮脏违心愿。好一似，无瑕白玉遭泥陷；又何须，王孙公子叹无缘。"在目前通行的一百二十回本中，程、高等人为她安排的结局是贾府败落后被贼人劫走、侮辱后杀害，似乎勉强也能对应上判词和曲子。但《红楼梦》脂靖本第四十一回曾有批语，透露了妙玉后来的结果，"他日瓜州渡口，各示劝惩，红颜固不能不屈从枯骨，岂不哀哉！"。❶ 并且，第十八回曾提到妙玉的师父精于先天神数，叮嘱她不宜回乡，似乎暗示了江南不利于妙玉。这样看来，原作中妙玉应该是在贾府败落后出京，辗转流落到江南（瓜州即江苏镇江），屈从于枯骨般的老朽之人。❷ 从她的年龄、身份来看，或许为人妾侍，或许沦落风尘，但都是悲惨结局。她曾经那么孤傲自许，曾经在刘姥姥和自己之间划下绝对不能逾越的界限，却终究是白玉陷泥，违背初心，徒然让世人叹息。

在栊翠庵品茶之时，孤傲的妙玉是何种装扮呢？前八十回中并未提及妙玉服饰，第一百零九回写到，"妙玉头带妙常髻，身上穿一件月白素绸袄儿，外罩一件水田青缎镶边长背心，拴着秋香色的丝绦，腰下系一条淡墨画的白绫裙，手执麈尾念珠，跟着一个侍儿，

---

❶ 周汝昌：《〈红楼梦〉及曹雪芹有关文物叙录一束》，《文物》1973年第2期。
❷ 目前所发现的《红楼梦》各版本中，唯有靖藏本收有这条关于妙玉结果的批语。1959年，毛国瑶在友人靖应鹍处看到一部清代乾隆时期的《红楼梦》抄本（简称脂靖本），他将书中独有的及有异文的批语抄录下来，共计150条，该本后来遗失不见，唯有毛国瑶所记录的这150条批语成为了解脂靖本的材料。自脂靖本被发现以来，围绕它的真伪，形成了多种意见。可参看唐茂松：《关于脂靖本〈红楼梦〉批语的校正》，《江苏社联通讯》1984年第10期。高树伟：《红楼梦靖藏本辨伪》，中华书局2024年。

飘飘拽拽的走来"，那都是些什么装束呢？

妙常髻

一款戏曲舞台上尼姑和道姑所带的巾帽。软木为胎，帽顶由两片梯形布料拼贴而成，帽两侧有两根飘带，帽后连缀布片，戴时直接扣在发髻上。

也称妙常冠、妙常巾，因戏曲演出中女尼陈妙常戴此冠，由此得名。❶ 如改琦所画《红楼梦图咏》妙玉所戴头冠(图8.10)。

图8.10 清　改琦 《红楼梦图咏》之妙玉（局部）

月白素绸袄儿

淡蓝色的袄子，用绸制成。

水田青缎镶边长背心

长背心，无袖，由多种颜色的布料拼贴而成，用青色缎子镶边。

水田衣，即百衲衣，最初是寺庙僧侣用零碎布片缝缀为僧衣，后流传到民间。妇女喜爱将多块彩色布片缝制成衣，明清时期尤其

---

❶ 参见孙晨阳、张珂：《中国古代服饰辞典》，中华书局2015年，第952页。陈妙常是明代剧作家高濂所作传奇《玉簪记》中的女主角，因战事与家人失散，不得不出家为道姑，法名妙常，后冲破阻碍与书生潘必正相恋。

图8.11 清 百衲衫

流行,因其形状像水田,阡陌纵横,故此得名。❶ 如清华大学艺术博物馆藏清代百衲衫(图8.11)。

秋香色的丝绦
淡黄色的丝线腰带。

淡墨画的白绫裙
白绫制成的裙子,裙面有黑白色的纹样修饰。

麈尾
插有动物之毛的长木条,用以掸尘、驱蚊,也称拂尘。

---

❶ 孙晨阳、张珂:《中国古代服饰辞典》,中华书局2015年,第489页,第603页。

麈（zhǔ），是麈鹿和驼鹿的统称，在长木条两端插上麈鹿或驼鹿毛，称为麈尾，可以掸尘、驱蚊，并彰显身份。麈尾在魏晋六朝时期，常见于名士清谈的场合，后被佛家和道家借用为法器，也是取其一尘不染之意。宋代以后，麈尾更多被视为日常生活用具，所用的动物毛也更多样，如孔雀、氂牛尾、马尾等，也称拂尘。❶清代佚名画家《双玉图》（图8.12）中妙玉所执麈尾，即拂尘样式，可见在当时人看来，麈尾、拂尘即指同一物事。

图8.12 清 佚名 《双玉图》（局部）

念珠

用圆粒的木头、玛瑙、玉石等贯穿成串的手串。

念珠是梵文 Pasakamala 的意译，也称佛珠，是念佛、念经时用以计数的物品。有14颗、18颗、21颗、27颗、36颗、42颗、54颗、108颗、1080颗不等。❷

基于文献考证和古画，我们对妙玉的服饰进行了还原：她头戴月白色妙常冠，穿月白色绸袄，领口系莲花双鱼形金扣，外罩蓝、绿、黑三色拼贴水田背心，下搭灰白色长裙，裙上是淡墨梅花画纹

---

❶ 参见许满贵：《魏晋名士执麈尾 超轶绝尘冠群伦——"麈尾"与"拂尘"辩考微探》，《东方收藏》2015年第3期。

❷ 参见冯其庸、李希凡主编：《红楼梦大辞典》，文化艺术出版社2010年，第50页，第59页。

样，映射着她赠送红梅给宝玉的一点情意，手执拂尘和念珠，飘然出尘，仙气十足(图8.13)。

值得一提的是，明清僧尼多穿直裰和道袍，戴僧帽，腰系黄绦，而书中提到的妙玉装扮，更接近戏曲舞台演出中的带发尼姑、道姑的打扮。可见，后四十回所写之妙玉和清代画像中呈现的妙玉，都更近似于舞台形象，而非实际生活中的尼姑模样。或许，在对妙玉形象的刻画上，后四十回的作者仍然继承了前八十回中虚实结合的形象塑造手法，使得一个清丽脱俗的妙玉形象跃然纸上。

从妙玉到刘姥姥，这些普通人都是贾府的"他者"，但都参与了大观园的叙事，构成了红楼人物谱系。目前通行的一百二十回本中，第四十一回的回目是"栊翠庵茶品梅花雪　怡红院劫遇母蝗虫"，但在有的版本中，"怡红院劫遇母蝗虫"被替换成了"刘姥姥醉卧怡红院"。有研究者指出，刘姥姥醉卧怡红院并非只是一次简单的醉酒事件，在游览大观园的过程中，刘姥姥事实上取代了怡红公子的位置，起到了"怡红"的作用。正因为刘姥姥进了大观园，才有了女儿们最快乐开心的一个秋天，从黛玉湘云等小姐到鸳鸯平儿等丫鬟，都绽放了灿烂的笑容，王熙凤也流露出了她人性中最温暖的一面，甚至连孤傲冷僻的妙玉也奉上了她最精彩的一次登台演出，并为若干年后巧姐被拯救埋下伏笔。怡红公子想做、却未能做成的保护女儿、怡悦女儿的任务，被刘姥姥轻松完成。❶

在某种程度上，刘姥姥在豪华气派的荣国府所感受到的冲击，几乎可以等同于宝玉游览太虚幻境时所体验到的震撼，第六回的回目是"贾宝玉初试云雨情　刘姥姥一进荣国府"，将刘姥姥的故事排

---

❶ 参见杜改俊：《〈红楼梦〉中人物角色"篡位"——论刘姥姥的"怡红"作用》，《红楼梦学刊》2007年第3辑。

图8.13 妙玉

① 莲花双鱼形金扣　　② 淡墨画梅花

在宝玉梦游之后，本身就暗示了两者在内在意旨上的关联。又如刘姥姥在怡红院看到的那面镜子，书中曾多次出现。第十七回，贾政带众人游览大观园时，曾在玻璃大镜中看到"与自己形相一样"的一群人；第二十六回，贾芸进入怡红院，看到立着一架大穿衣镜；第五十六回，贾宝玉梦见甄宝玉，醒来后误将镜中的自己看作甄宝玉。如此种种，都说明怡红院的大镜子不仅是室内摆饰，也构成了一个独特的叙事符号：宝玉认错和刘姥姥认错互为镜像，刘姥姥在怡红院的经历如同一场梦，贾宝玉在人间的经历也是一场梦。乡村农妇眼中所见之繁华景象，如同顽石入世所看到的种种色相，终究都是归于虚空。

　　刘姥姥看似与宝玉相隔天堑，她的闯入却仿佛一场预演，点化着梦中人，也暗示了荣国府、怡红院和宝玉最后的结局。她醉卧怡红院，呼噜声、酒屁臭气等与怡红院的高雅精致氛围格格不入，凸显了刘姥姥和环境之间的冲突。作为护花使者的贾宝玉，向来眼中只能看到宝珠般的少女，将嫁人的年长女性都视为死珠和鱼眼，各种排斥不屑，怡红院也是大观园中最强调洁净之处，宝玉要求说"女儿"两个字之前要漱口，婆子们偶尔想进入怡红院，都被丫鬟们嘲讽"没用镜子照一照"（第五十八回）。如此洁净的怡红院，却被完全不在宝玉眼中、意中的刘姥姥闯入，她大咧咧躺在宝玉床上睡觉，直接击破了这个极洁净世界的真相，怡红院乃至大观园，都不过是混沌世界的一隅，所谓的洁净与肮脏，高雅与低俗，不过是世界的一体两面，并无绝对的高下之分。刘姥姥的闯入和进占，既是对高高在上贵族们的当头棒喝，还暗示着诸芳散尽、怡红破败之时，刘姥姥才是真正的救世之人。故而庚辰本第四十一回前有批语云："玉兄日享洪福，竟至无以复加而不自知。故老妪眠其床，卧其席，酒屁熏其屋,却被袭人遮过,则仍用其床其席其屋。亦作者特为转眼不知身后事写来作戒,纨裤公子可不慎哉!"❶ 点明了作者如此书写背后的深意。

相比较而言,"刘姥姥醉卧怡红院"应该比"怡红院劫遇母蝗虫"更能表达作者对刘姥姥的善意。但"怡红院劫遇母蝗虫"出自较早的庚辰本,"母蝗虫"一语又出自作者钟爱的林黛玉,或许更能代表作者本意。清代护花主人(王希廉)曾评价"《石头记》一书,有正笔,有反笔,有衬笔,有借笔,有明笔,有暗笔,有先伏笔,有照应笔,有着色笔,有淡描笔。各样笔法,无所不备",❷ 反笔,就是作者常用的一种表述方式。如第二十八回写到宝钗总是远着宝玉,但检索全书,多处可见宝钗主动接近宝玉之笔墨,可见作者运用了反笔技巧。从这个角度来看,"母蝗虫"表面看来充满贬义,但推敲文中诸多细节,作者分明刻画了一个生机勃勃、可爱可敬的乡村老妪形象。因此,用"怡红院劫遇母蝗虫"这个回目,不过是作者采用寓褒于贬、皮里阳秋的一个障眼法罢了,他内心深处对这位村姥姥充满了敬重和喜爱!如果说《红楼梦》在一定程度上是以作者的家族往事为本事而展开写作,那么,若干年后,当他回首往事,想到刘姥姥和那个秋天的大观园时,心头浮起的都是快乐故事的剪影,故而才能将这段故事摹写得如此生动有感染力吧!

❶ 吴铭恩汇校:《红楼梦脂评汇校本》,清华大学出版社2019年,第534页。
❷ 护花主人、大某山民、太平闲人:《红楼梦三家评本》第一册,上海古籍出版社1988年,第14—15页。

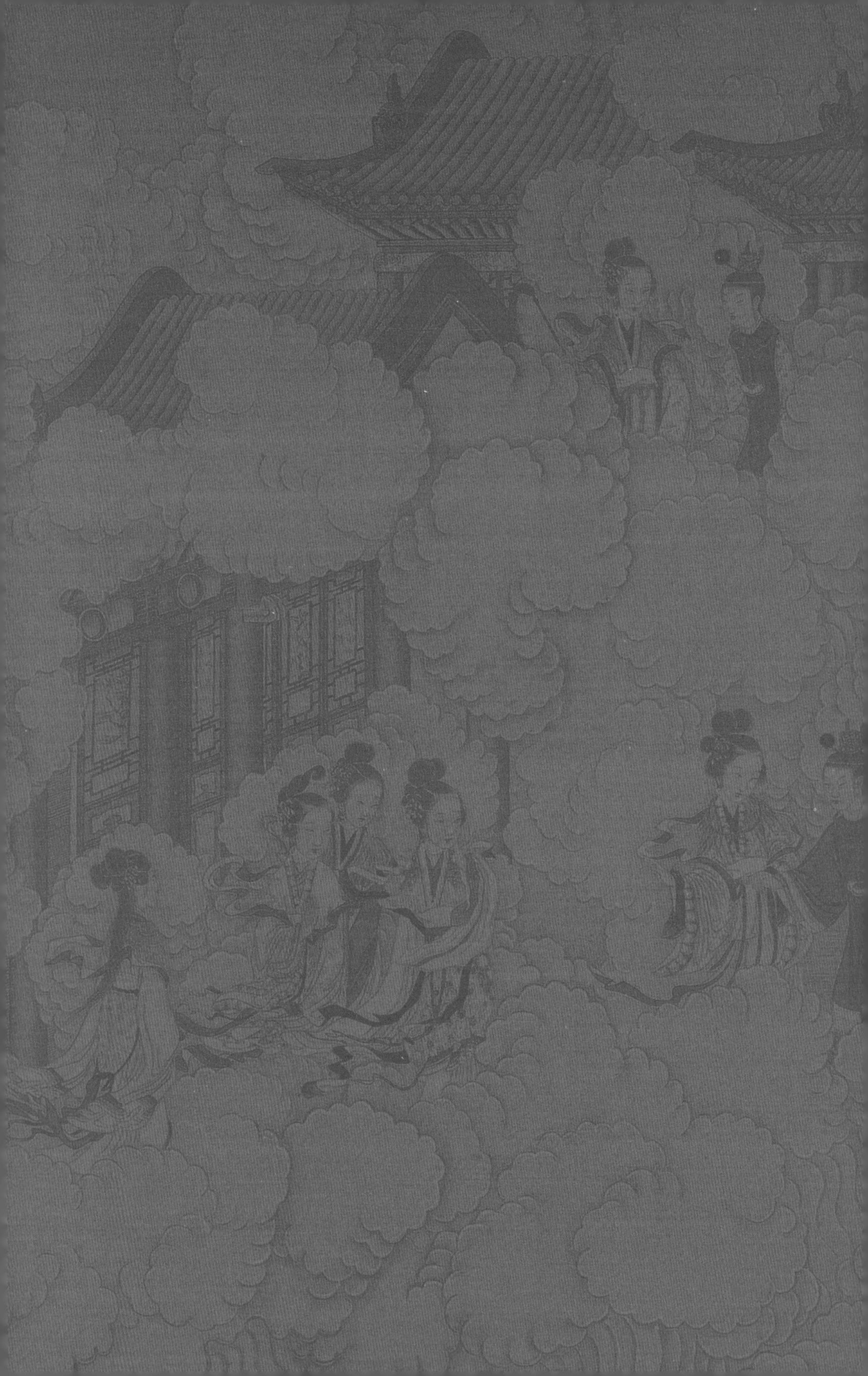

第九章 十二钗又副册与明清丫鬟服饰

红楼梦服饰图鉴

Dream of Red Mansions
Costume Illustrations

《红楼梦》第五回,宝玉梦游太虚幻境时,首先看到了金陵十二钗又副册、副册,然后才看到正册,随后喝下了"千红一窟"茶和"万艳同杯"酒。"千红一窟"茶出自放春山遣香洞,又以仙花灵叶上所带之宿露而烹;"万艳同杯"酒是以百花之蕊,万木之汁,加以麟髓之醅、凤乳之麹❶酿成。中国文学向来有以鲜花类比少女的传统,"千红一窟""万艳同杯"即"千红一哭""万艳同悲"之意,也就是说,无论是列入又副册、副册的丫鬟姬室们,还是列入正册的小姐夫人们,最后的结局都是悲剧,《红楼梦》展现的就是女性群体在当时社会的结构性压迫下,被伤害、被牺牲的图景。作为大观园的守护者,十二正钗的悲惨遭遇固然让宝玉无比伤感,丫鬟姬室们的痛苦他也同样不能忘情。在下凡历劫的怡红公子看来,目睹这些如鲜花般的少女被命运摧残而凋谢,是人世间最残忍的事情,他唯有记录、咏叹她们生命中最璀璨亮丽的那些片段,才能稍慰衷怀。由此,才有了那些怡红少女们登台演出的名场面,如晴雯撕扇、袭人探亲、芳官庆寿等,她们虽然并不是大观园的主人,却都在大观园留下了自己的喜怒哀乐,演绎了独属于自我的人生。

◉ 第一节
晴雯撕扇

在太虚幻境,宝玉首先打开了金陵十二钗又副册,映入眼帘的

---

❶ 醅(pēi):没有过滤的酒,麹(qū):酿酒的酒曲。此处用以形容酿酒的原料异常珍贵。

首页画着一幅画，无人物山水，只是水墨瀚染满纸乌云浊雾，上写着"霁月难逢，彩云易散。心比天高，身为下贱。风流灵巧招人怨。寿夭多因毁谤生，多情公子空牵念"，这正是晴雯的判词。宝玉在薄命司中遇到的第一个女儿就是晴雯，影射了晴雯在他生命里的重要性。

晴雯在第五回的太虚幻境中最先出场，在书中也是第五回首次出现，宝玉在秦可卿闺房睡觉，身边有袭人、媚人、晴雯、麝月等四个丫鬟陪伴，但晴雯和宝玉的互动，却要等到第八回才上演。那天下大雪，宝玉从梨香院姨妈处回来，晴雯出来迎接，嗔怪说一大早为宝玉研了墨，宝玉却只写了"绛云轩"三个字，要他一定要把那些墨都写完了，而"绛云轩"三字，晴雯唯恐他人贴歪了，自个儿爬梯子登高贴好了，冻得手僵硬。宝玉忙将晴雯的手捂着为她取暖，又问起特意留给她的豆腐皮包子吃了没有。宝玉只给两个丫鬟特意留过食物，分别是给晴雯的豆腐皮包子和给袭人的糖蒸酥酪，宝玉身边珠围翠绕，晴雯能在一干丫鬟中脱颖而出，独得怜爱，可见其出类拔萃。

晴雯的优秀，首先在于出挑的美丽容貌。《红楼梦》惯常采用旁证的方式来表述对人物评价，晴雯之美，也多次在旁人口中得到确证。最典型者，莫过于第七十四回，邢夫人的陪房王善保家的在王夫人面前进谗言诋毁晴雯，"那丫头仗着他生的模样儿比别人标致些，又生了一张巧嘴，天天打扮的像个西施的样子，在人跟前能说惯道，掐尖要强"，"比别人标致"已是公认，而王夫人的回应和脂砚斋的评语，又进一步印证了晴雯的美貌风流：

　　王夫人听了这话，猛然触动往事，便问凤姐道："上次我们跟了老太太进园逛去，有一个水蛇腰，【庚夹：妙妙，好腰！】削肩膀、【庚夹：妙妙，好肩！俗云："水蛇腰则游曲小也。"又云："美人无肩。"又曰："肩若削成。"皆是美之形也。凡写美人偏用俗笔反笔，与他书不同也】眉眼又有些像你林妹妹的，【庚夹：更好，形容尽矣】正在那里骂小丫头。我的心里很看不上那狂样子，因同老太太走，我不曾说得。后来要问是谁，又偏忘了。今日对了坎儿，这丫头想必就是他了。"❶

王夫人对晴雯的描述，不仅使得其美貌得以具象化，而她眉眼像黛玉，则凸显了"晴为黛影"的设定。

晴雯不仅容貌像黛玉，性情也有几分相似。《红楼梦》曾提到黛玉"风流婉转"，晴雯的判词有"风流灵巧"之说，"风流"有杰出、有才、不拘礼法等含义。与怡红院诸丫鬟们相比，晴雯的确格外不同，她留着葱管一样的长指甲，平时并不轻易干活。所以第六十二回袭人曾批评晴雯"横针不拈，竖线不动"，麝月也曾取笑她"今儿别装小姐了，我劝你也动一动儿"，晴雯的反应却是"有你们一日，我且受用一日"（第五十一回），显然，在怡红院中，晴雯略带几分娇慵懒散，轻易不听他人差遣。晴雯之所以如此傲气，和她的出身不无关系，关于晴雯的来历，第七十七回曾有过交代，"当日系赖大家用银子买的，那时晴雯才得十岁，尚未留头。因常跟赖嬷嬷进来，贾母见他生得伶俐标致，十分喜爱。故此赖嬷嬷就孝敬了贾母使唤，后来所以到了宝玉房里"。并且，后文贾母曾和王夫人说到晴雯"这些丫头的模样爽利言谈针线多不及他，将来只他还可以给宝玉使唤

---

❶ 吴铭恩汇校：《红楼梦脂评汇校本》，清华大学出版社2019年，第966页。

得",言下之意,贾母将晴雯指给宝玉,主要是因为晴雯模样好,并且女工针线格外出色。第七十四回,晴雯自己也提到她闲时还要做老太太屋里的针线,可见贾母对她的信任。

晴雯的针线功夫,曾发挥过重要作用。第五十二回写

图9.1 清 酱色缎绣孔雀羽地金龙纹龙袍料(局部)

到,寒冬腊月,贾母送给宝玉一件雀金裘,宝玉刚穿上身就烧了一块,拿给外面的裁缝绣匠,都不认得,也不敢揽活。唯有晴雯一看便知,要拿孔雀金线、用界线工艺缝补。何谓雀金?故宫博物院藏有清嘉庆时期的酱色缎绣孔雀羽地金龙纹龙袍料(图9.1),就是在缎面上铺孔雀羽线,然后用捻金线和五色丝绒绣各种纹样,从不同角度看过去,在不同光线映照下,孔雀羽线往往会呈现出金碧辉照的色彩,此即雀金之意。

用孔雀线缝制,对匠人的手艺要求很高,怡红院内只有晴雯有这种手艺。她尚在重病中,为免宝玉焦心,"狠命咬牙挺着",拖着病体熬了一个通宵,直到凌晨四点左右才把衣服补好。这场带病工作非同小可,为之后晴雯病重被逐埋下伏笔。这处笔墨也正是情感与理性角逐的分水岭,大观园是一个青春的世界,也是一个功利的世界,簇拥在宝玉身边的人不少,但他们的付出或多或少都隐含着获得回报的期待。但这种过于理性的权衡不曾出现在晴雯身上,她不惜损害自己的健康也要为宝玉缝好衣裳,缝补雀金裘之于她,是爱的自然表达,是付出不计回报的真心流露。"勇晴雯病补雀金裘"

是这一回的回目，曹公用一个"勇"字表达了对晴雯的赞赏，也流露了他对真心真性情的肯定。

正因为晴雯对宝玉的忠诚和爱是发自内心，她对宝玉的体贴便表现为入骨的贴心，即凡事从宝玉的角度出发。更难得的是，在晴雯内心深处，一直将怡红院看作家，将宝玉视为永远相依的亲人，所以她眼里容不得沙子，看不上不用心做事的人。第七十三回，宝玉熬夜读书，众丫鬟们都陪着，小丫鬟们困得不行，晴雯于是开骂训话。她还格外不待见那些只将怡红院看作驿站，一心向上攀附的人，第二十七回，小红去给王熙凤做事，不听她使唤，她忍不住出口讥讽"原来爬上高枝儿去了，把我们不放在眼里"。晴雯这样的脾气心性，当然更瞧不上偷鸡摸狗的行为，当她得知怡红院的小丫头坠儿偷了平儿的虾须镯后，不顾自己还在病中，强撑着病体将坠儿赶了出去，以清理门户，整肃院内风纪。

这样性情刚直、技艺出色的女孩子，自然是格外骄傲的。所以她看不上丫鬟们围着主子献媚希宠的样子，讽刺得了王夫人赏赐的袭人和秋纹"一样这屋里的人，难道谁又比谁高贵些？把好的给他，剩下的才给我，我宁可不要，冲撞了太太，我也不受这口软气"（第三十七回）。如此心性，和怡红院的其他丫鬟们形成鲜明对照。作为众星捧月的贵公子，贾宝玉既是怡红院内丫鬟们的主子，也是怀春少女们渴望接近的白马王子，众人都明里暗里较劲，各显神通以亲近宝玉。袭人最早成为宝玉的房内爱宠（第五回），而麝月和宝玉互相篦头❶（第二十回），碧痕伺候宝玉洗澡长达两三个时辰（第三十一回），暗示了她们都和宝玉有更亲密的关系。唯有晴雯，虽美貌和才艺出

---

❶ 晴雯讽刺麝月篦头为"上头"，上头指传统婚礼中新娘改梳发髻，暗喻少女情事。

众，却绝不肯去争那飞上枝头的春光，反而和宝玉保持着基本距离。她这般身为下贱，却心比天高的姿态，免不了会和一心走上层路线的怡红院首席大丫鬟袭人发生冲突。两人同样是贾母指派给宝玉的丫鬟，随着袭人和宝玉关系日渐亲密，袭人事实上已经成为怡红院的小主管，上有宝玉宠爱，下有麝月秋纹等支持，但晴雯却偏偏看不起袭人各种趋附主子的模样，心里存了几分鄙夷、几许龃龉，迟早要发泄出来，而爆发的时机恰好就是搬进大观园的第一个端午节。

第三十一回，那个夏天，宝玉和黛玉宝钗都闹了别扭，又因与金钏调情连累金钏被王夫人赶走，还因淋雨迁怒而狠踹了袭人，整天都心绪不佳。端午节当天，晴雯不巧失手将扇子掉在地上跌坏，故宝玉批评了她几句，晴雯却毫不示弱，反呛回去，指责宝玉故意拿她出气，气得宝玉浑身乱战，袭人于是过来劝架，却因为摆出一副怡红院之首的姿态，反被晴雯怒斥，尤其当袭人说出"原是我们的不是"这句话时，"我们"两个字又让晴雯平添醋意，她冷笑着说："我倒不知道你们是谁，别教我替你们害臊了！便是你们鬼鬼祟祟干的那事儿，也瞒不过我去，那里就称起'我们'来了。明公正道，连个姑娘还没挣上去呢，也不过和我似的，那里就称上'我们'了。"这些话说出来，让袭人羞得脸紫涨，更让宝玉怒不可遏，嚷着要将晴雯撵出怡红院，一阵吵闹，最后在众人劝解下才平息。

虽然白天如此吵闹，晚上宝玉喝酒回来，发现晴雯睡在院中凉榻上，还是上前软语安抚，两人说起上午因扇子而吵架，宝玉说"那扇子原是扇的，你要撕着玩也可以使得，只是不可生气时拿他出气"，宝玉如此呵护，晴雯早已回转性子，就顺着他的话开玩笑要撕扇子，宝玉顺水推舟，晴雯连着"嗤嗤"撕掉两把扇子，和宝玉一起大笑。宝玉道"古人云，'千金难买一笑'，几把扇子能值几何"，两人和好如初。"千金难买一笑"出自南朝王僧孺《咏宠姬诗》"再顾连城易,一笑千金买",宋代著名诗人宋祁也有"浮生长恨欢娱少,肯爱千金轻一笑"之诗句,意思是和真正的快乐幸福比起来,千金反倒不重要了。在宝玉衡量的天平上,女儿的快乐比物更重要。显然,在这点上晴雯和宝玉心有灵犀,甚至可以说,在整个怡红院里,能够超然物外、贵情轻物的人,只有宝玉和晴雯,晴雯不仅是宝玉的丫鬟,也是他的知己。只有这样的晴雯,才会带病熬夜为宝玉缝补雀金裘,因为在她的观念认知中,宝玉的平安喜乐,重于她的健康和休息,她是抱持着某种"士为知己者死"的满腔热情为宝玉工作。反过来看,倘若没有这个端午节夜晚两人深入的交流沟通,倘若宝玉日常没有表达过对晴雯的欣赏和认可,则很难理解晴雯会为宝玉付出到如此程度,那不仅仅是奴婢对主人忠诚的表现,而更多是心怀义气的少女在为好友知己奋不顾身。

值得注意的是,这个撕扇子的端午节,是宝玉和晴雯情谊发展的新生长点,却也是晴雯和袭人关系走向明面冲突的转折点。判词里说晴雯是"霁月难逢",霁月字面意思是明月,古人往往用此形容一个人襟怀坦荡、为人磊落。从磊落大方这个角度来看待晴雯,才能理解她对袭人的不满:她技艺超群,心思坦荡,既将宝玉看作主子,也将他看作可以拼尽全力付出的知己。而袭人表面上恪尽职守,一颗私心却更多是为自己的利益盘算,宝玉也是她筹划进阶路上的一颗棋子。如此性情迥异的两个人,怎么可能相安无事呢!这个端午节前后发生了太多事情,出于将宝玉拉回所谓正路的考虑,袭人很快转投王夫人麾下,充当王夫人在怡红院的眼线,埋下了晴雯悲剧的引子。后来王夫人发起抄检大观园行动,清洗怡红院,一口咬定晴雯勾引带坏了宝玉,不顾她还在病中,狠心将她逐出。病重的晴雯在被赶出大观园的当晚就去世了，徒然留给宝玉无尽的悲痛和思念。

晴雯遭遇飞来横祸，固然主要是上位者成心要整顿大观园，她无辜被冤受害，但也与她平日里各种骄傲的做派有关。她被驱逐时，大观园的婆子们拍手称快，可见对她看不惯者大有人在。按照宝玉的说法，晴雯向来娇生惯养，难免会被人眼红。她年幼入府，将怡红院看作家，宝玉看作亲人，完全缺少经营人际关系的意识，这样性情单纯的女孩子，在风平浪静时或许能在贾府觅到一方容身之处，但当府内资源短缺、执事人挥起清洗大刀时，必然会成为第一批倒下的牺牲品。所谓勾引宝玉云云，不过是上位者为驱赶她随意编造的借口，她却至死都咽不下这口气，在生命的尽头还要向宝玉诉说心声，维护自己的清白和尊严，何其可悲，又何其可敬！这样的晴雯，宝玉自是思念难忘，他为她写下《芙蓉女儿诔》，纪念这个可爱又可怜少女的短暂一生，她在人世间只活了十六个春秋，却在他内心深处留下了难以磨灭的记忆。若干年后，当家族败亡，他经历艰难，回首往事，不思量、自难忘，始终无法忘却那个端午节、那个俏生生撕扇子的真性情少女！

端午节当天，晴雯是何种装扮呢？原书并未提及晴雯的穿着，但书中曾多次描述其他丫鬟的装束，如第三回林黛玉进贾府后来到王夫人房中，看到丫鬟"穿红绫袄青缎掐牙背心"，这个丫鬟可能是金钏儿或者彩霞；第二十四回鸳鸯穿"水红绫子袄儿，青缎子背心"，第四十六回鸳鸯穿"半新的藕合色的绫袄，青缎掐牙背心，下面水绿裙子"，第二十六回袭人穿"银红袄儿，青缎背心，白绫细折裙"，这些丫鬟们都穿着青缎背心，搭配上袄下裙。第四十回，贾母对王熙凤提到软烟罗有四种颜色，分别是雨过天晴、秋香色、松绿色、

图9.2 清　佚名《方夫人松茂图》（局部）

银红色，并特意强调把青的找出来"做些夹背心子给丫头们穿"。可见，丫鬟们平时很可能统一穿着青背心，它在贾府有着类似工作服的功能。从中国国家博物馆所藏的清代容像《方夫人松茂图》中，能看到两名丫鬟，一位身穿绿袄外罩黑色比甲，另一位则穿灰色衫袄罩蓝色比甲。(图9.2)。

明清画像中的侍女，虽然有朴素装扮者，但也有满头珠翠，华妆靓服者，作为青春少女，她们本身都是属于主人的物品，唯有尽力修饰，才能彰显主人雄厚的财力。❶ 晴雯是最得宝玉宠爱的侍女，又天生美貌，想来这位怡红院的颜值担当，在装束上也会极尽妍丽。根据明清画像和文献资料，我们对晴雯的服饰进行了设计：她梳鬏髻，插银镀金珠花、银镀金累丝龙形嵌珠簪和鎏金点翠五毒料石花针，戴金累丝镶绿松石耳环。上穿浅绿色短袄，下搭桃红色菊花海棠芙蓉纹绸裙，外罩青色长背心，龙形嵌珠簪一头是挖耳勺(图9.3)。

挖耳勺是她曾用来戳小丫鬟坠儿的一丈青，看起来下手凌厉，但钝钝的挖耳勺那头，戳下去并未实际伤到坠儿，晴雯虽然有时说话尖刻，得理不饶人，但她内心的底色还是善良。五毒料石花针是点缀端午节的时令元素。长裙盖住了她的脚，没能显出三寸金莲。

❶ 参见扬眉剑舞：《明后期妍丽的富家侍女》，《中华遗产》2019年第10期。

图9.3 晴雯

① 鎏金点翠五毒料石花针
② 银镀金珠花
③ 银镀金累丝龙形嵌珠簪
④ 金累丝镶绿松石耳环
⑤ 纹样：菊花海棠芙蓉纹

第七十回曾写到初春时节，怡红院的某个清晨，晴雯穿着红小衣红睡鞋与麝月、芳官等嬉闹。明清女性缠足都力求尖、窄、小，以三寸金莲为佳，为避免裹脚松弛，睡觉时也往往穿着形同三寸金莲的睡鞋，以束缚脚部。从晴雯的睡鞋可以得知，她必然裹了小脚。虽然裹脚伤害了女性身体，但放在晴雯所处的年代，一双莲足却是顶级美女的标配。她手执轻扇，葱管一般的长指甲衬托扇面，格外惊艳。扇面是沙馥芙蓉幽禽画面，属于难得的佳品，她却毫不在意，正待要撕，活脱脱一个俏皮可爱、无拘无束的天真少女模样。

● 第二节
袭人探亲

宝玉梦游太虚幻境之时，看到金陵十二册又副册的第二幅图册画着一簇鲜花、一床破席，判词是"枉自温柔和顺，空云似桂如兰；堪羡优伶有福，谁知公子无缘"。"席"谐音"袭"，"破席"显然不是一个充满吉祥寓意的符号，暗示袭人未来的命运堪忧，而"堪羡优伶有福"更是点明袭人后来嫁给了伶人。明清时期，伶人社会地位低下，后代都不能参加科举考试，袭人本来一心期待能给宝玉做妾，夫贵妻荣，搏一个出身，但最后却事与愿违，受尽命运捉弄，也是一个可怜人。

《红楼梦》中，袭人早在第三回中就已出场，她原名花珍珠，后被宝玉更名，书中写到，"原来这袭人亦是贾母之婢……这袭人亦有些痴处：服侍贾母时，心中眼中只有一个贾母；如今服侍宝玉，心中眼中又只有一个宝玉"。这话皮里阳秋，暗寓褒贬，略含对袭人背弃故主的不以为然。

贾母曾经评价袭人"是没嘴的葫芦"(第七十八回)。第十九回，袭人因母亲生病回家探望，曾和母亲兄长提到，"当日原是你们没饭吃，就剩我还值几两银子，若不叫你们卖，没有个看着老子娘饿死的理。如今幸而卖到这个地方，吃穿和主子一样，又不朝打暮骂……"花家是古代中国千千万万个重男轻女家庭的缩影，遇到难关，先卖女儿，但他们对女儿也不是毫无感情，手头资源稍微宽裕，也会稍微念及女儿。小小的袭人，当年从良民女儿沦为奴婢，进入贾府应该也经历过提心吊胆、察言观色的难熬日子，贾母说她是没嘴的葫芦，正是那个小女孩进入陌生环境时处于应激模式下的状态。

或许因为袭人出身京城贫民家庭，在家中也曾获得一些父母教诲，这个女孩子考虑问题比较成熟，她很快就锁定了宝玉作为未来靠山，并抢先一步培养起感情。第六回写到两人初试云雨情，从此宝玉越发看待袭人不同，此后一段时光，是宝玉和袭人感情最甜蜜的阶段，宝玉对她言听计从、时刻不离。这次袭人回家后，宝玉因想念她，就带着书童茗烟过访花家，在花家人面前，两人各种亲近。袭人甚至当着娘家姊妹们之面，从宝玉脖子上直接将通灵美玉摘下来给她们传看，并笑着说："你们见识见识。时常说起来都当希罕，恨不能一见，今儿可尽力瞧了。再瞧什么希罕物儿，也不过是这么个东西。"说完后，仍给宝玉挂好，并命她哥哥花自芳去雇轿车送宝玉回家。对比袭人平时在贾府的低调内敛，她在花家的言语、举动都让人讶异。她不打招呼，直接从主子宝玉的脖子上摘下美玉，行动相当无礼；称通灵美玉"也不过是这么个东西"，语气骄狂；对自己的兄长用命令的语气发号施令，更是完全不合礼法。平时各种守规矩的大丫鬟，回家后却变成了一个目无主子、尊长，言行无状之人，只能说明袭人在贾府的生活，其实相当压抑，唯有回到娘家才能短暂喘口气，做回真正的自己。而她利用和宝玉的亲密关系，趁机在娘家人面前各种做派，也不过是发泄当年被卖的一口积压怨气。

书中对袭人的反常也有交代，原来这次回家，母兄告诉她家中经济状况已有好转，打算赎她回家。袭人毫无疑问是聪慧的，她根据有限的人生智慧已经做出决定：留在宝玉身边，锁定准姨娘的位置，将是自己未来人生的最优解。所以她坚决拒绝了母兄赎回的建议，并刻意展现她与宝玉的亲密，一方面不无出气宣泄之意，另一方面则是以这种方式告诉母兄，她已攀上高枝，不会继续过回普通人的生活。事实上，这个时期的袭人，认为自己已经牢牢把握住了宝玉，甚至一度开始为宝玉立规矩，她要求宝玉不能再说胡话，在老爷面前要装出爱读书的样子，不可毁僧谤道、调脂弄粉，也不许吃人嘴上的胭脂，宝玉都一一应允。一切似乎都在按照她的预想有条不紊地往前推进。但很快，意外接二连三发生，击破了她的幻想，让她变得急躁起来。

首先是宝玉天亮时即跑到潇湘馆，让做客的湘云帮自己梳洗，袭人看见后很不开心，对宝玉甩话，甚至和他冷战。不想宝玉虽然深为骇异，却并不服软，反而叫了丫鬟四儿进来服侍。两人后来虽然和好，袭人却明白了她在宝玉心中并非不可替代。第二是宝玉淋雨后迁怒丫鬟们不开门，误踢伤了袭人，她半夜吐血，连"争荣夸耀之心尽皆灰了"；第三是端午节当天，晴雯和她吵架，并讽刺她"连个姑娘还没挣上去"；第四是宝玉当面向黛玉表白，被袭人听到，她担心"将来难免不才之事"，吓得滴下泪来；第五是宝玉调戏金钏，王夫人却往金钏头上泼脏水并将其赶走，金钏羞愤投井，袭人听到后伤感流泪；第六是宝玉在外结交优伶蒋玉菡、在内"逼辱"金钏，这些事被贾政得知（部分是贾环添油加醋的谗言）后暴打宝玉，惊动了整个荣国府。这些都让袭人意识到她在宝玉心中的位置并不牢靠，宝玉是个完全靠不住的主子，一旦宝玉无法荣身显达，她的未来也将成为梦幻泡影。并且，她已经付出了太多，但却并无实际收获，反而让怡红院上下对她侧目（晴雯的讽刺、李嬷嬷的大骂❶在一定程度上代表了怡红院的民意），局面已经变得非常不利。如果说此前她依靠自己的努力，获得了宝玉的青睐和在怡红院的特殊地位，那么，在那个夏天，接连发生的若干件事情，仿佛冰水迎头倾下，让她清醒地知道，想要在贾府长久待下去，必须再次寻找强有力的靠山，而这个机会很快就来了。

第三十四回，宝玉挨打后，王夫人特意唤取怡红院的丫鬟前去禀报详情。袭人趁机进言说："论理，我们二爷也须得老爷教训两顿。若老爷再不管，将来不知做出什么事来呢。"对王夫人而言，宝玉是她未来的依靠，确保这未来依靠始终行走在正道上，是她时刻不忘之事，袭人的一番话，正好切中她心事，于是顿感投机，打开了话匣子，倾诉自己管教儿子的心酸和为难。在王夫人的鼓励下，袭人趁机提出让宝玉搬出大观园，并解释说宝玉已经长大，园里还有宝钗黛玉等表姊妹，需要避嫌，王夫人的反应则是感爱袭人不尽。至此，王夫人已经在言语上表达了对袭人的认可。接下来，作者岔开一笔，写袭人回到怡红院，宝玉满心思念黛玉，却唯恐袭人多心，反而让晴雯去潇湘馆送手帕。这个举动清晰地表明，在袭人转向王夫人的同时，宝玉也心有灵犀地感受到她的心灵疏远，并很快作出回应：将重要的事情交付给晴雯，晴雯也逐渐取代袭人，成为怡红

---

❶ 第二十回，李嬷嬷输了钱，心里有气，来到怡红院内，看见袭人躺在床上，于是生气骂她"一心只想妆狐媚子哄宝玉"。

院中宝玉最信任的人。

虽然失去了宝玉最深切的信任，可得到王夫人许诺的袭人，应该很快能飞上枝头并得到实际奖励吧。有意思的是，作者按下这条线不表，第三十五回反而开始写王夫人派玉钏儿（金钏的妹妹）去给宝玉送汤，宝钗也让丫鬟莺儿帮着送到怡红院，这回回目也嵌入了两人名字"白玉钏亲尝莲叶羹　黄金莺巧结梅花络"。这回最后以王夫人派人给袭人送了两碗菜，宝玉宝钗调侃袭人而结束。待到第三十六回，又写到王夫人为弥补玉钏失去姐姐的痛苦，将金钏的月钱直接补给玉钏，玉钏成为领取二两月银的贴身丫鬟。而袭人虽然身在怡红院，其编制却一直在贾母处，并以贾母丫鬟身份领取月钱，王夫人让凤姐从贾母处裁掉袭人月钱，再从自己的月钱中拨出二两一吊钱给她。要知道，在荣国府，贾政正儿八经的妾室如周姨娘赵姨娘等，每个月也不过二两月钱，袭人都能领取二两一吊月银，这待遇是直线上升了。

只是，虽然同样是涨月钱，袭人和玉钏却有很大不同。玉钏的二两银子，经过王夫人和凤姐商量，已经名正言顺列入荣国府公账。但袭人的月钱却只是在王夫人的个人账户里开支，这二两一吊银子宣告了袭人对王夫人百分百的隶属关系，王夫人一旦解除这种关系，袭人将无枝可依，比起之前在贾母房内有正式编制的待遇，会糟糕得多。两相对比，王夫人对玉钏，显然更实在大方。王夫人如此厚待玉钏，固然是因金钏之死略感内疚而起心弥补玉钏，更因为金钏、玉钏都是府中家生女儿，白家人在贾府是有根基的。对世家大族而言，家生佣人知根知底，是真正的基本盘，王夫人逼死金钏，是需要对白家人作出一些安抚的。作为宝玉的母亲，王夫人原本就有权给宝玉指定妾室，金钏作为贴身伺候的丫鬟大有机会，这是荣国府上下心照不宣的事实,也是宝玉多次和金钏调情都被默许的前提。金钏被赶走,原本是王夫人迁怒,她的自杀出乎王夫人意料,但金钏虽死,并不会动摇王夫人选择知根知底的家生女儿、贴身丫鬟给宝玉做妾的基本原则,玉钏的二两银子,经过两代荣国府管理者商量后列入公账,表明事实上在王夫人心目中,玉钏是排在第一的妾室人选。而袭人的二两银子从王夫人名下支出,却不给她姨娘的正式名分,有待遇却没有实际岗位,说明她还处于被王夫人考察的阶段。毕竟,她不是家生女儿,没有贴身伺候过王夫人,又从贾母处跳槽而来,换做任何一个有经验的管理者,都没有理由在一开始就对这样的人给足信任。

虽然王夫人、凤姐等荣国府的上层管理者,对如何使用袭人都心照不宣,袭人却始终不明所以。这也难怪,如果说晴雯败于天真无城府,袭人则败于眼界狭窄。她出身贫寒,虽然在原生家庭并未得到足够的重视,却也有被母亲兄长偶尔垂顾的时候。这样的女孩子,有向上攀附的志向和大胆谋划的野心,也具备相当的行动力,但却缺少俯瞰全局的视野。她完全不懂得世家大族的用人、选人之道,不清楚府内土生土长几代下人们所建立起来的盘根错节的关系网,也不明白宝玉的妾室,大体会在贾母、王夫人、贾政、未来正妻等几方势力的博弈下,基于平衡考虑才能达成一致。当然,宝玉本人的意愿也很重要,前提是他已经成长为一个成熟的、有话语权的男主人。所以三十五回的回目中同时出现玉钏和莺儿并非作者闲笔,而是隐约透露了此二人才是宝玉未来的妾室,因为她们代表着王夫人和宝钗最后的胜利。清代画家孙温领会了作者原意,精心描绘了玉钏与宝玉亲密相处的画面:玉钏梳双鬟,插鬓边花,戴白玉耳环,穿粉色长袄,外罩青色背心,她手捧汤羹递给宝玉,面无表情,

图9.4 清 孙温 《红楼梦》之"白玉钏亲尝莲叶羹"

显然对金钏之死难以释怀（图9.4）。

  王夫人内心已有安排，但豪门大户内部的这些人事运作模式，是袭人非常不熟悉的经验领域。作为一个被买来的小丫头，袭人一头扎入这深宅大院，只看到满目繁华，凭借寒门小户积累的处事经验，以为凭借勤快做事就能获得主母青睐，付出身体就能牢牢将贵公子绑定。殊不知，维系这高门大户灵活运转的，完全是另外一套游戏规则，王夫人的身边从来就不缺勤快下人，宝玉也少不了被趋附希宠的丫鬟们包围，她毫无根基，所有的认真勤快，在上位者眼中看来不过尔尔。她以为她的投靠是真对上了王夫人的心意，其实不过是王夫人用来监督儿子、整顿大观园的一颗棋子罢了。第七十七回，王夫人将晴雯芳官等逐出后，叫来袭人麝月等人训话"你们小心！往后再有一点分外之事，我一概不饶……"，这杀气腾腾的威胁，也是直接刺向袭人的。此时，距离第一个夏天袭人的投靠已经过去两年，袭人依然处于无名无分的状态，还是一个未过明路的通房丫鬟。眼见到晴雯的前车之鉴，或许她还在暗中庆幸，却不知上位者要碾碎她的梦想，如同踩死一只蚂蚁。怡红院中诸芳散尽之时，袭人的价值也基本消失殆尽，王夫人对她的去留并不上心，宝玉未来的妻子却不会对她视若无睹，她的未来可以说前景堪忧，她对此却毫无察觉。

更能说明她目光短浅的是，在她为自己打算、设计人生规划的过程中，多次无视宝玉的需要，早已深深伤害了宝玉的感情：宝玉希望她和黛玉多往来，她却私下里和宝钗结好，并多次在宝玉面前诋毁黛玉；她让湘云给宝玉做针线活，却告诉宝玉是外面的女孩子做的，待到这个活计被黛玉绞坏后才说出真相，引得湘云对黛玉不满；宝玉和探春兄妹情深，用缠丝白玛瑙碟子送荔枝给三妹妹，袭人却在没有请示宝玉的情况下，直接让人从探春处取回碟子，转手送给了湘云；晴雯被逐后，宝玉直接问袭人为何怡红院内的私事私语会被王夫人得知，为何大多数人都有错，她和麝月秋纹等却没有被挑出毛病，对她的不信任和猜疑已经摆上明面，她反而在宝玉为晴雯担忧时说出"那晴雯是个什么东西，就费这样心思……他纵好，也灭不过我的次序去"，语气中满满的骄狂和志得意满，全然不顾宝玉的悲伤和失落。她自以为早已牢牢抓住了宝玉，自以为在宝玉心中的位置远超晴雯，可是薄命司的十二钗又副册中，袭人的次序却排在晴雯之后，这真是对她最大的讽刺。她在不尊重、不体贴宝玉的路上越走越远，也将宝玉推得越来越远，两个人志不同道不合，分道扬镳已经注定，而她失去宝玉的心意和深情，也失去了最大的依靠和退路，惨淡出局将是她的最终结局。

但人生的吊诡之处，就在于每个人志得意满之时，却完全料想不到日后的凄凉。如同一心安守怡红院的晴雯，叫嚷着"我一头碰死了也不出这门儿"，却终究还是死在院外；而自以为有了终身结果的袭人，也曾脱去奴婢的青背心，插着满头珠翠、穿得花红柳绿地回家探亲，却未想到最后还是竹篮打水一场空。梦醒时分，唯有一次次回想当年那场探亲戏吧。第五十一回，在袭人投靠王夫人的当年冬天，也是王夫人最笼络她的时候，她母亲病重，哥哥花自芳接她回家探亲，王夫人批了假，还特意叮嘱凤姐好好办理探亲一事，凤姐即开始着手布置：先安排两个媳妇、两个小丫头子，再派四个跟车的，要两辆车。然后让周瑞家的告诉袭人，务必穿几件好衣裳，再包一包袄衣裳，并拿好手炉。袭人来后，凤姐看她的打扮，"头上戴着几枝金钗珠钏，倒华丽；又看身上穿着桃红百子刻丝银鼠袄子，葱绿盘金彩绣绵裙，外面穿着青缎灰鼠褂"。凤姐犹嫌褂子太素，特意又给了她一件风毛儿石青刻丝八团天马皮褂子和一件大红猩猩毡雪褂子，并叮嘱如果袭人要住在娘家，必须得收拾一两间内房，还要从贾府专门送去铺盖。如此种种，都是按照贾家姨娘的外出规格在进行安排。袭人穿的都是些什么衣服呢？

桃红百子刻丝银鼠袄子

桃红色的袄子，袄面上用刻丝工艺绣成一百个童子纹样，袄里子是银鼠皮毛。

银鼠，一种体形较小的鼬科动物，腹部毛短洁白。❶ 刻丝，即缂

---

❶ 参见第一章王熙凤服饰。

丝，一种纺织工艺，即运用通经断纬的技法，在竖行的经线上，用各种彩色纬线织成图案纹样。❶百子，即衣面上绣有一百个童子纹样，寓意多子多孙、多福多寿。如故宫博物院藏清代红色百子图妆花缎被面料（图9.5），以妆花工艺织出百子嬉戏玩耍的情态，做工精致，足见珍贵。

图9.5　清　百子图妆花缎被面料（局部）

葱绿盘金彩绣绵裙

葱绿色的丝绵裙子，裙面上用盘金工艺和彩色丝线绣成纹样。

绵裙：用丝绵做成的裙子。彩绣：用彩色丝线绣成。盘金，一种传统刺绣工艺，以丝绣图样为底，将金线回旋，加在图样边缘，两根金线并着绣称双金绣，一根金线称单金绣。❷葱绿，绿中带黄。

青缎灰鼠褂

青黑色缎做成的褂子，褂里子是灰鼠皮毛。

❶ 参见第一章王熙凤服饰。
❷ 参见第七章史湘云服饰。

灰鼠，一般指松鼠，体毛为灰黑色、赤褐色。❶

风毛儿石青刻丝八团天马皮褂子

深蓝色的褂子，褂面上用刻丝工艺绣着八团团花纹，褂里子是沙狐皮毛，领、袖、襟、摆等处露出内里之毛。

天马皮，指沙狐腹部皮毛。❷ 八团，指衣服上用缂丝或者刺绣等工艺做成的八个彩色团花纹样。❸ 刻丝，即缂丝，详细解释见上文。石青，深蓝色。❹ 风毛儿，皮毛衣服内里之毛从领、袖、襟、摆等处露出，称为"出风"或"出锋"，露出的毛称为风毛儿。❺

大红猩猩毡雪褂子

大红色的无袖长款外衣，用西洋绒呢做成。

结合上下文语境来看，平儿提到大红猩猩毡雪褂子，就是芦雪广联诗时众小姐们所穿的斗篷。猩猩毡，是一种进口的西洋绒呢。❻ 桃红百子刻丝银鼠袄子、葱绿盘金彩绣绵裙、青缎灰鼠褂这三件衣服是王夫人送给袭人的，凤姐心知肚明，又送给袭人石青刻丝八团天马皮褂子和大红猩猩毡雪褂子两件外套，并叮嘱用上好的弹墨花绫水红绸里的夹包袱和玉色绸里哆罗呢的包袱裹好，以彰显荣

---

❶ 参见第七章贾母服饰。
❷ 参见冯其庸、李希凡主编：《红楼梦大辞典》，文化艺术出版社2010年，第55页。
❸ 参见第二章贾宝玉服饰。
❹ 参见第一章王熙凤服饰。
❺ 参见冯其庸、李希凡主编：《红楼梦大辞典》，文化艺术出版社2010年，第55页。
❻ 参见第七章三春服饰。

国府的气派。从用车、服饰、铺盖等细节上，王夫人和凤姐都表现出对未来花姨娘足够的重视，那个仿佛近在咫尺的姨娘身份，如同一根美味的胡萝卜一直吊在袭人面前，让她不停追逐，并身不由己地沉醉于美梦之中。只是，吊着的胡萝卜始终可望而不可即，豪门大户的用人、御人之术倒是被王夫人和凤姐展现得淋漓尽致。

根据书中所述，我们为袭人还原着装，并补充了部分首饰细节：她梳单髻，插金嵌珠连环花簪、金累丝花卉发簪和白玉耳挖簪，耳戴金嵌珠连环耳环，左手戴一支连珠纹金手镯。上穿桃红色刻丝百子袄，下搭葱绿色盘金彩绣蟒纹绵裙，外罩一件石青色缎盘金绣八团牡丹蝶纹圆补褂（图9.6）。她一身的珠光宝气，看起来也颇有大家内眷气象，蟒纹和八团纹样是贵族纹样，是袭人此前梦寐以求的身份象征，连珠纹和百子袄更是寄托着她作为女人所渴望的夫贵妻荣、母凭子贵的美好前景。袭人探亲是她一生的高光时刻，在打扮得花团锦簇的同时，她并未忘记在发髻上插一根白玉耳挖簪，宝玉曾经将一根玉簪一跌为二，发誓以后会听袭人的话，那也是他们感情最稠密、彼此最信任的时候，玉簪见证了他们的甜蜜。可惜主仆二人在思想、志趣上相差太远，终究还是渐行渐远，这份感情最后还是落得个落花有意、流水无情的结局。

在目前通行本的后四十回中，贾家败落后，宝玉离家出走，袭人因身份始终未定，最后还是被兄长领出，嫁给了蒋玉菡。脂砚斋的批语也透露过一些线索，如己卯本在第二十回麝月与宝玉篦头处写过一段夹批："闲闲一段儿女口舌，却写麝月一人。袭人出嫁之后，宝玉、宝钗身边还有一人，虽不及袭人周到，亦可免微嫌小弊等患，方不负宝钗之为人也。故袭人出嫁后云'好歹留着麝月'一语，宝玉

图9.6 袭人

① 金累丝花卉发簪
② 金嵌珠连环耳环
③ 金嵌珠连环花簪
④ 连珠纹金手镯
⑤ 纹样：牡丹蝶纹圆补

便依从此话。可见袭人出嫁,虽去实未去也。"❶ 据此看来,在作者原来的设计中,宝玉宝钗成亲后,将袭人嫁出,怡红院只留下了麝月一人。庚辰本还在第二十八回开篇评到"茜香罗、红麝串写于一回,盖琪官虽系优人,后回与袭人供奉玉兄宝卿得同终始者,非泛泛之文也",❷ 点明袭人嫁给了琪官蒋玉菡。第二十八回宝玉初见蒋玉菡时,两人即交换汗巾,蒋玉菡将茜香罗汗巾给宝玉系上,宝玉则将腰间所系的松花汗巾递给他,松花汗巾原属袭人,汗巾是贴身之物,交换汗巾有定情之意,宝玉无意间充当了袭人和蒋玉菡的媒人。这个结局也正好能和袭人的判词对应上,她的姨娘之梦,终究不过是一场镜花水月,她与宝玉,到底还是无缘! 而嫁给蒋玉菡,作为曾经是荣国府嫡公子爱宠的袭人,更是莫大的惩罚。戏子在古代社会属于不入流的贱民阶层,蒋玉菡又曾经以色事人,年长色衰之后,自是无以为继,等待蒋玉菡和袭人的是何种命运呢? 同样成书于清代乾隆年间的《儒林外史》提供了鲜活的例证,第五十三回写到名妓聘娘的出身,"那来宾楼有个雏儿,叫做聘娘。他公公在临春班做正旦,小时也是极有名头的。后来长了胡子,做不得生意,却娶了一个老婆,只望替他接接气,那晓的又胖又黑,自从娶了他,鬼也不上门来。后来没奈何,立了一个儿子,替他讨了一个童养媳妇,长到十六岁,却出落得十分人才,自此,孤老就走破了门槛"❸。言下之意,男戏子和家中女眷,都是做皮肉生意的。《红楼梦》第五回袭人判词画册画有一床破席,第二十八回蒋玉菡行酒令时说到"女儿悲,丈夫一去不回归。女儿愁,无钱去打桂花油。女儿喜,灯花并头结

---

❶ 吴铭恩汇校:《红楼梦脂评汇校本》,清华大学出版社2019年,第274页。
❷ 吴铭恩汇校:《红楼梦脂评汇校本》,清华大学出版社2019年,第380页。
❸ 吴敬梓:《儒林外史》,人民文学出版社1958年,第591—592页。

双蕊。女儿乐，夫唱妇随真和合"，更是影射了袭人的人生，即嫁给蒋玉菡后"夫唱妇随真和合"。如此种种，都点明了袭人的悲惨命运，名为伶人之妻，却要身不由己地被卷入风月场。纵然曾经志气昂扬，曾经费尽心思，到头来，也不过是一个被无情命运吞噬的可怜女儿！

第三节
芳官庆寿

在怡红院诸芳中，芳官是一个特别的存在。第七十七回，王夫人亲临怡红院，清洗那些在她看来会把宝玉带坏的丫鬟们，先赶出晴雯，接着是四儿，再轮到芳官。在一片肃杀之中，芳官的反应却是"笑辩道：'并不敢调唆什么'"，面临着马上被赶出去的危急局面，她居然还笑得出来；面对王夫人的淫威，晴雯、四儿等都不敢说一句话，她居然还分辩起来。芳官在这个场景中的表现，的确让人刮目相看。

芳官原是贾府家养戏班的小戏子，贾府为迎接元春省亲，在江南采买十二个小戏子组成了戏班，芳官是其中的正旦。在全书中，她出场不多，第一次出现是第五十四回，搬入大观园的第二年正月十五，贾府排戏，贾母觉得外请戏班所唱的《八义》戏闹哄哄，让芳官唱一出《寻梦》，只用胡琴和箫管合奏，一概不用笙笛。《寻梦》是《牡丹亭》第十二出，讲述大家闺秀杜丽娘梦见情郎柳梦梅，醒来百般思念，故而去后花园寻找梦中踪迹。这出戏主要表达人物内心的孤寂、冷清，属于传统意义上的"冷戏"，非常考验演员的演出功底。尤其贾母还要求不用笙笛，对演员的嗓音有极高要求。但芳官唱下来后，全场鸦雀无声，可见芳官表演精彩、声音动听。芳官具有如此优秀的戏曲技艺，应该离不开在戏班的刻苦学习。第六十二回芳官和宝玉闲谈说"我先在家里，吃二三斤好惠泉酒呢。如今学了这劳什子，他们说怕坏嗓子，这几年也没闻见。乘今儿我是要开斋了"。惠泉酒，是采用无锡惠泉之水和江南优质糯米做成的黄酒，品质极佳，清初已经成为贡品。芳官在大观园中也才不过十来岁的年纪，在家中做女儿时，应该年龄更小，居然可以吃二三斤的好惠泉酒，说明她原生家庭条件优越，对她非常宠爱。这样一个原本天真无忧的娇小姐，如何沦落为唱戏为生的小戏子，背后应该也是一个类似于英莲（香菱）被拐或妙玉沦落的悲剧故事。虽然也经历了生活的巨变，芳官的性格却不同于香菱的小心谨慎、妙玉的清高孤僻，而是格外傲娇。后来因老太妃逝世，官宦家所养优伶一概蠲发，贾府戏班也被解散，大部分小戏子们都无处可去，于是被分配给公子小姐们做贴身丫鬟，芳官被指给了宝玉。宝玉的丫鬟，向来是精挑细选，芳官能在众人中胜出，说明她相当出色。第五十八回写到，袭人教芳官给宝玉吹汤，芳官吹了几口，甚妥，家务事一教就会，可见其聪慧。而当芳官和所谓的干妈因洗头、月钱等事争吵时，宝玉、袭人、晴雯、麝月等都出来维护，难得出现了怡红院团结起来一致对外的局面，短短数日相处，芳官居然能如此受宠，说明她伶俐可爱，而凡事不肯让人，又足见其傲娇。

芳官的性格养成，应该和她扮演正旦角色有关。唱戏是很辛苦的工作，小戏子的培养训练，更要经历血泪斑斑的辛酸历程，正旦一般扮演主角，容貌出挑、技艺出色，对角色的代入感更强，可能使得芳官养成了高傲倔强、不肯忍受委屈的性格。而戏子们长期接触戏曲表演，潜移默化，会对戏文里的故事感同身受，往往会培养出一颗细腻玲珑的心灵，如龄官就曾偷偷画蔷，以表达对少爷贾蔷的相思之苦；藕官和药官因常扮夫妻，居然将这份默契感情延续到日常生活中，平日里也你恩我爱的；芳官与她们朝夕相处，自然也有一份伶俐多情的心性。第五十八回，藕官为死去的药官烧纸，触犯了园内的管理禁令，被婆子追骂，宝玉挺身而出回护了藕官。问起烧纸缘由，藕官流着眼泪却不肯说，还让宝玉转问芳官。芳官告诉宝玉，藕官是小生，将扮演小旦的药官看作爱人，药官死后，藕官不能忘情，故常常烧纸拜祭，这份情谊并非友谊，而可看作彼此之间的钟情。芳官笑着将这些"呆话"讲给宝玉听，却正好合了他的"呆性"，可见，在珍视真情这点上，芳官与宝玉是同道中人，后来她被宝玉另眼相看，也自是题中应有之义了。

芳官出身梨园行，本来也没有接受过正儿八经的大家族对奴婢下人的训练，加上性情傲娇，又恰好遇到宝玉这么一个以护花惜花为平生之愿的主子，难免会惹得他人嫉妒生事。第六十回，好朋友蕊官送了芳官一包蔷薇硝，贾环看见后索要，芳官舍不得，便包了一些茉莉粉给他。不巧被赵姨娘发现茉莉粉替换了蔷薇硝，上纲上线认为是怡红院的奴才欺负三少爷贾环，又被藕官的干娘夏婆子挑唆，于是气势汹汹来到怡红院兴师问罪。赵姨娘见到芳官就将茉莉花粉撒得她满脸满身，一口一个"小淫妇""娼妇粉头"开始叫骂，芳官哭着顶嘴说"姨奶奶犯不着来骂我，我又不是姨奶奶家买的。'梅香拜把子——都是奴几'呢！"这话火上添油，直接戳中赵姨娘心坎，她甚至直接动手打了芳官两耳光。芳官也毫不示弱，撞进赵姨娘怀里，混在一处，这时戏班里原来的小姐妹们藕官、蕊官、葵官、荳官等都赶来一起和赵姨娘厮打，各种不可开交 (图9.7)，直到探春过来才平息。芳官只因为珍视蕊官所赠之物，宁可冒着得罪少爷贾

图9.7　清　孙温　《红楼梦》之"茉莉粉替去蔷薇硝"（局部）

环的风险，也不肯转赠给他，才惹来这场事端，说明她非常重视情谊。而面对赵姨娘的辱骂，她奋起还击，虽然嘴里说着"都是奴几"，但以戏子贱婢的身份，居然直接顶撞以半个主子自居的赵姨娘，可见其大胆、高傲。虽然赵姨娘的女儿探春将小丫头们说成是"顽意儿""如同猫儿狗儿"，芳官身上却看不到半分奴性，而是闪烁着动人的人性光芒。

芳官如此心性脾气，很是对宝玉的性子，所以她自然会得到宝玉的更多宠爱，却也难免会和周围的环境再次发生冲突。茉莉粉事件结束后，宝玉劝了芳官一阵，还将自己平时吃的玫瑰露也给了她。芳官将玫瑰露又送给厨娘柳家的女儿柳五儿，并一力担保会将五儿补入怡红院做宝玉的丫鬟。柳家的再将玫瑰露送给自己娘家侄儿，又得到了娘家嫂子回赠的茯苓霜，五儿拿着茯苓霜到怡红院门口，托春燕回送给了芳官。在转回去的路上，被管家林之孝家的拦住，三言两语问话答不上来，遂起了疑心。原来王夫人房里的玫瑰露少了一罐子，众人正在四处寻找，林之孝家的怀疑是柳家母女做了手脚，正巧在她们处搜出了玫瑰露和茯苓霜，于是这口偷盗的锅就扣在了柳家母女头上。芳官得知后，第一反应不是置身事外，而是"忙应是自己送他的"，并赶紧告诉了宝玉。宝玉找到平儿，互相对好说辞，才将这场祸事消弭下来。遇到飞来横祸，面对着强大的、深不可测的外界高压，芳官没有躲避，而是挺身而出，积极为朋友奔走谋划，虽然行事未免带有几分莽撞，却表现出难得的侠肝义胆，怡红院内平添了这份来自江湖的儿女义气，倒是足以为怡红公子麾下生色。

芳官在全书的精彩亮相，在第六十三回达到高潮。怡红院中丫鬟们凑份子给宝玉过生日，众人都穿得很随意，唯有芳官的打扮别具一格，她"只穿着一件玉色红青酡绒三色缎子斗的水田小夹袄，束着一条柳绿汗巾，底下是水红撒花夹裤，也散着裤腿。头上眉额编着一圈小辫，总归至顶心，结一根鹅卵粗细的总辫，拖在脑后。右耳眼内只塞着米粒大小的一个小玉塞子，左耳上单带着一个白果大小的硬红镶金大坠子，越显的面如满月犹白，眼如秋水还清"。这身装扮引得众人笑说和宝玉倒像两兄弟。后来宝玉又让芳官剃去短发，建议她脚上穿虎头盘云五彩小战靴，或者散着裤腿穿净袜厚底镶鞋。可见，芳官的这身装扮更像男装。那都是一些什么装扮呢？

玉色红青酡绒三色缎子斗的水田小夹袄

用浅绿色、黑红色、红色三种颜色的布料拼贴缝制而成的小夹袄。

水田袄，用多种颜色的布料缝制而成的袄子。❶ 斗，缝合拼制。

❶ 参见第八章妙玉服饰。

酡绒，有的版本写作酡绒，指红色或黄中带红。红青，也称绀色，黑中透红的颜色。玉色，淡青色。❶

柳绿汗巾
嫩绿色的腰带。

柳绿，就是像柳树枝叶一样的绿色。

水红撒花夹裤
水红色的夹裤，裤面上有撒花纹。

水红，比粉红色略深一点的鲜艳红色。

小玉塞子
玉做的耳塞。❷

硬红镶金大坠子
用红色宝石或珊瑚等镶嵌的耳坠。

硬红，红宝石、珊瑚等。

结合原书描述，我们对芳官的服饰进行了还原：她头上梳着一圈小辫，顶中心盘成一根大辫，❸ 右耳塞一个小小的玉耳塞，左耳戴一个镶嵌着红色宝石的耳坠子，上身穿三色水田小夹袄，下着水红撒花裤子，系一条嫩绿色腰带。因她散着裤腿，应该脚穿一双厚底鞋，故

❶ 参见冯其庸、李希凡主编：《红楼梦大辞典》，文化艺术出版社2010年，第56页。
❷ 塞在耳洞里的塞子。古代女性都打耳洞，为防止耳洞长合，平时不戴耳饰时，就会戴耳塞。这种耳塞并非现代人用以降噪的耳塞。
❸ 参见第二章贾宝玉服饰。

而为她设计了彩绘金鱼纹元宝底鞋(图9.8)。她看起来英姿飒爽,干净利落,和宝玉仿佛一对兄弟。宝玉还将芳官改了一个番男名叫耶律雄奴,后见有人取笑,唯恐作践了她,又选择金星玻璃的西洋番名,让她改名为"温都里纳",汉名呼为"玻璃"。宝玉三番五次为芳官改名、更名,颇费心思地对她施以各种妆造打扮,可见他对这个小女孩格外娇宠,怡红院中主仆融洽,宾主尽欢,洋溢着和谐欢乐的氛围。

但好景不长、乐极生悲,在这片欢乐祥和的气氛下,隐藏着难以察觉的危机。那天晚上,怡红院为宝玉专门开了一场生日宴会,除院内诸丫鬟外,还邀请了宝钗、黛玉、李纨、湘云、探春等人到场,好生热闹。众人要求芳官唱她最拿手的好戏,于是芳官细细的唱了一支《赏花时》,这支曲子出自汤显祖《邯郸记》,大意是仙女何仙姑在蓬莱山门外扫花,期盼吕洞宾能尽快渡人来替代她扫花,以便她抽身去瑶池赴宴。这一回的回目是"寿怡红群芳开夜宴",也是全书中最后一次小姐丫鬟们群芳毕集、欢声笑语共度美好时光的记述。此后,全书故事开始由盛转衰,诸芳逐渐离散。据此看来,一支《赏花时》,分明蕴含着作者深切的悲伤,好花不常开、好时不常在,美好的少女们、美好的时光,都将一去不复返,这支《赏花时》也是曲终人散之曲。

当天晚上,芳官喝醉了,睡在袭人身上,袭人却轻轻起来,将芳官扶在宝玉之侧睡下,自己却在对面榻上睡着。第二天醒来,袭人还打趣芳官"不害羞,你吃醉了,怎么也不拣地方儿乱挺下了",芳官听了,瞧了一瞧,才知道是和宝玉同榻。这是作者的一处神来之笔,袭人明明打趣芳官说"不害羞",说明即使在氛围宽松的怡红院,大家也会觉得和宝玉同床是不妥当的行为,可袭人偏偏人为制造了这样一个事实。她是否出自嫉妒,故意如此,从而给芳官扣上行为不检的帽子,作者并未明说,但无论如何,黑灯瞎火的深夜,芳官和宝玉同榻

图9.8 芳官

① 玉塞子　　② 硬红镶金大坠子　　③ 彩绘金鱼纹元宝底鞋

而眠，这绝不是安分守己的表现，此事一经传出，芳官几无辩驳的余地。果不其然，此后芳官再次出场，便是王夫人杀气腾腾抄检大观园之时，面对王夫人口口声声"狐狸精""成精鼓捣""调唆着宝玉无所不为"等责难，芳官只是笑辩，她的笑容里蕴含着无言的反抗，从沦落戏班开始，到进入大观园，再到进入怡红院，她亲历了多次生离死别，命如飘絮、身不由己，她只能用笑来面对人生的一出出荒诞戏。正如眼前的危难，已经亲睹了打小就陪在宝玉身旁的晴雯被无情撵走，她已经预感到了自己的命运，一个无根无基、漂泊无家的小戏子，能有什么好结果呢？无论大笑还是啼哭，分辩还是沉默，都改变不了最终的结局。但芳官的笑辩也展示了她最后的勇气，她绝对不能接受王夫人的安排，被所谓干娘领走，去外头寻个女婿，无非是再被发卖一次，与其受此侮辱，不如绝地反抗，所以芳官连同藕官、蕊官等三人，不吃不喝，一心只要剪了头发去出家，越闹越凶，终于逼得王夫人同意。于是芳官跟了水月庵的智通去了，"美优伶斩情归水月"是作者为她书写的结局，只是，贾府藏污纳垢，水月庵也并非净土，芳官这样的妙龄少女沦落其中，恐怕最后还是难以善了，那支《赏花时》既是她为诸芳所唱的送行之曲，也是她唱给自己的一首哀歌罢了。

◎ 第四节
抄检大观园与清洗怡红院

怡红院中丫鬟们的流散，在一定程度上是大观园内小姐们离散的先声。金陵十二钗又副册与十二钗正册同属薄命司，她们的悲惨命运，最终都会让护花使者贾宝玉流下无数眼泪。

怡红院内晴雯、芳官等人的悲剧，是和大观园的衰微紧密联系在一起的。王夫人虽然是发起抄检大观园的直接推动者，却并不是悲剧的唯一制造者。推究这场突如其来的整顿大观园运动，背后离不开荣国府的颓势和主子们即将拉开帷幕的权力争夺之战。王夫人之所以要抄检大观园，表面上是因为邢夫人在园内发现了绣春囊，派人送给王夫人，言下之意是指责她管家无方，以至于让这种难登大雅之堂的秽物出现在园中。❶ 在难以确定绣春囊归属的前提下，王夫人被下人挑唆，一意孤行，决定查抄大观园，找出幕后主人。这个决定相当愚蠢，不仅难以查明真相，反而将此事闹得沸沸扬扬，损害了园中姑娘们的闺誉以及宝玉的名声。在王夫人动手之前，王熙凤就提出过反对意见，却并未被王夫人接受，她或许不是不明白其中利害，只是，迫于邢夫人越来越紧的攻势，已经乱了阵脚。

同样，晴雯、芳官等被逐，表面上看来是王夫人对她们的模样、性格不满意，担心她们带坏宝玉，所以快刀斩乱麻、一赶了之。但推其根源，却是贾家已经日薄西山，权力层处于过渡博弈阶段，故晴雯等人才会沦为上层斗争的牺牲品。第七十八回王夫人把晴雯赶走后，向贾母汇报，谈到晴雯，王夫人笑道："老太太挑中的人原不错。只是他命里没造化，所以得了这个病。俗语又说'女大十八变'。况且有了本事的人，未免就有些调歪。老太太还有什么不曾经验过的。三年前我也就留心这件事。先只取中了他，我便留心。冷眼看去，他色色虽比人强，只是不大沉重。若说沉重知大礼，莫若袭人第一。虽说贤妻美妾，然也要性情和顺举止沉重的更好些。……"王夫人这段话透露了不少信息：第一，晴雯不是宝玉房内普通的丫头，贾母将他送给宝玉，是准备以后给宝玉做妾的，王夫人提到"贤妻美妾"，

---

❶ 绣春囊，房中助兴之物。宝玉是居住在大观园中的唯一男子，也是首当其冲容易被引起怀疑的对象。

说明婆媳二人对此有基本默契。第二，王夫人对晴雯很不满意，主要是觉得她性情不和顺，举止不沉重。第三，贾母相中了晴雯，王夫人看中的是袭人，婆媳两人眼光完全不同。第四，王夫人对贾母很不尊重。一是先斩后奏，二是强调老人家以前也有过看走眼的时候，三是直接说三年前她就开始观察晴雯，一直不满意，公然表示不认同贾母的眼光。

三年前，正是元春省亲，众人奉旨搬入大观园之时。晴雯早在三年前就已经送到宝玉身边，而王夫人产生想换掉晴雯的念头，正始于女儿封妃，贾母和她在后宅的势力此消彼长之时，她起心动念长达三年，却一直没动手，最后才借抄检大观园之事，将晴雯逐出。并且，抄检大观园是在第七十四回，晴雯、芳官、四儿等丫鬟一并被逐出是第七十七回，原本宝玉以为不过搜检、无甚大事，万万没有想到事态会发展到如此不可挽回的严重程度，可见怡红院被清洗，出于意外。从抄检大观园到王夫人亲自清洗怡红院，中间究竟发生了什么，使得王夫人下定决心，不顾贾母情面和宝玉意愿，如此痛下死手呢？

翻阅原书，在七十四回和七十七回之间，发生了几件值得让人深思的事情：尤氏来向贾母请安，被留饭，却只能吃下人的白粳米饭，原来荣国府主子们吃的饭竟然没有半点多余的；中秋夜宴，贾赦讲笑话讽刺贾母偏心，贾环作诗被贾赦夸奖，并说"将来这世袭的前程定跑不了你袭呢"；凤姐生病需要人参配药，荣国府内竟然找不出完整的上好人参，贾母给的人参也陈旧过期，最后还是宝钗帮忙才解围。米饭和人参短缺，将荣国府的经济危机直接在众人面前揭开；贾赦说笑和对贾环的夸赞，则让围绕着荣国府接班人展开的尖锐竞争浮出水面。这几件事，王夫人都亲见，尤其是贾赦有意提点贾环，更刺中她的心事。贾赦本是荣国府的长房，由于贾母偏心，管理大权落在王夫人手里，但王熙凤的借调让长房、二房之间形成了微妙平衡。但贾母已经年事渐高、日薄西山，她一旦西去，荣国府的管理大权将归于谁手呢？姑且不说贾赦代表名正言顺的袭爵长房，背后有贾琏王熙凤作为继承人，贾政这边，宝玉读书没有起色，庶子贾环反而得到夸奖，在荣国府的财政、人事都处于更迭异动、迟迟未定的状态时，贾赦故意挑拨宝玉和贾环兄弟，也是在提醒贾政夫妇诸事未定、荣国府两代继承人的阋墙大戏已然蓄势待发，这让王夫人如何不感到焦虑呢？

或许正因为王夫人感受到了巨大的压力，她作出的应对之策是牢牢抓住宝贝儿子，将不利于他走读书科考正道的因素全部扼杀。所以，第七十七回、七十八回，作者还有意添加了两处神来之笔，晴雯、芳官等被赶走后，宝玉还沉浸在深深的悲伤中，天亮时，就有王夫人的小丫鬟来传王夫人口信，"'即时叫起宝玉，快洗脸，换了衣裳快来，因今儿有人请老爷寻秋赏桂花，老爷因喜欢他前儿作得诗好，故此要带他们去。'这都是太太的话，一句别错了。你们快飞跑告诉他去，立逼叫他快来，老爷在上房里还等他吃面茶呢。环哥儿已来了。快跑，快跑。再着一个人去叫兰哥儿，也要这等说。"等宝玉回来后，王夫人忙问"今日可有丢了丑？"宝玉一一回答，王夫人又问在席何人、作何诗词等。向来不怎么管儿子读书细节的王夫人，居然突然变身为鸡娃虎妈，很难说这不是她感受到来自贾赦、贾环压力后作出的应激之举。

在传统等级制社会里，上位者的一举一动，都会直接影响到下人的命运。王夫人一门心思想着抓紧宝贝儿子，捍卫她在荣国府的直接利益，在过度紧绷之下，将她眼中所有可能将宝玉引上歪路的人都视为敌人，誓意斩决，制造了一系列悲剧，前有金钏，后有晴雯、四儿、芳官等人。可悲的是，处于这样的社会结构中，下位者完全没有任何抗争的余地，她们的命运完全不由自己掌握，全由上位者的喜怒哀乐决定。贴身伺候如金钏，美貌灵巧如晴雯，聪明伶俐如芳官等，统统逃不出这个命运的怪圈，她们是如此，那个以自己肉身投喂深渊的袭人又如何呢？晴雯等人已经被赶走，怡红院已经完成了大清洗，王夫人会实现她之前对袭人的许诺吗？

第七十八回，王夫人向贾母汇报，在贬斥了晴雯一番后，又顺带提到袭人，夸她"沉重知大礼"，表示自己已经定好袭人为宝玉房中人，但还未明说，一是宝玉年龄还小，二是唯恐过了明路后，宝玉反而不听劝了。贾母听后，笑道"原来这样，如此更好了。袭人本来从小儿不言不语，我只说他是没嘴的葫芦。既是你深知，岂有大错误的。而且你这不明说与宝玉的主意更好。且大家别提这事，只是心里知道罢了。我深知宝玉将来也是个不听妻妾劝的……"，不仅将王夫人对袭人的夸奖轻描淡写地带过，还表示同意维持现状，不给袭人正式身份，并说宝玉不会听妻妾劝，直接否定了王夫人的所谓良苦用心。

王夫人和贾母借安排宝玉妾室之事，互相拆招，双方对人选有不同看法，却在让袭人暂时待岗这点上达成了共识。从人之常情的角度而言，自己曾经的贴身大丫鬟，居然瞒着自己转投他人麾下，贾母对袭人有看法，是完全可以成立的，所以她举重若轻，将袭人牢牢按在目前的位置上，不给她升迁机会。贾母如此，可王夫人为何也采取了按兵不动的做法呢？前文已经说过，王夫人清洗怡红院，一门心思只想将儿子引上正道，既然袭人有意愿、看起来也有能力做好这项工作，王夫人也私下许诺了要将宝玉交给袭人，并每月从自己的份钱中拨二两一吊钱给袭人，将袭人升格为姨娘，不是顺理成章之事吗？但有意思的是，王夫人造出的动静很大，连凤姐、宝钗、黛玉等人都知道了她的打算，却迟迟没有下一步，而袭人等到最后离开贾府，也没能当上她心心念念的花姨娘。问题究竟出在哪里呢？或许，真相是王夫人从来没有真正将袭人放在心上，当初将袭人进行了一番有岗无编的处理，就已经反映出王夫人对袭人的态度是以利诱为主，实惠则迟迟不到位。待到怡红院内铲除异己工作完成，王夫人心心念念想着让宝玉读书上进，马上还要为他安排一门金玉良缘的婚事，小小袭人的命运，早已不在她的考虑之内，袭人的去留及死活，全靠她自己造化了。而贾母已经发话，宝玉已经离心，再没有王夫人的推动，袭人的姨娘之梦也就戛然而止了。不要说后来贾家败落，袭人直接被遣出；就算贾家没有出事，蒸蒸日上一如往昔，随着新宝二奶奶进门，等待袭人的，依然不会有什么好结果。说到底，胳膊扭不过大腿，身处下位者，无论怎么做也无法决定自己的命运，即使像袭人那样孤注一掷押上全部身心，也终究改变不了命运的走向，这是权力的任性，也是所有身处下位者的悲哀。

从这个角度来看，千红一哭、万艳同悲是大观园内所有年轻女性的悲哀，尤其是那些年轻的丫鬟们。她们很多都有着同样的服饰，同样的装扮：梳双鬟，戴翠玉耳环，插珠花金簪，上穿立领袄，下搭百褶裙，外罩一件青色长背心(图9.9)。

在这个统一的身体模板之下，是一张张青春洋溢的脸孔，或许是被迫投井的金钏，被驱赶的司棋、入画，被羞辱的五儿，被逼嫁的彩霞、鸳鸯等。她们的故事各有不同，命运却归于一端，都是被侮辱、被伤害的可怜人。在那个吃人的等级制社会里，没有人能够例外，没有人能够逃脱。曹公为这些可怜可悲的女儿们作了精彩记述，掬一捧热泪，让世人知道，她们曾经来过，曾经在人世间留下过自己的痕迹，这就是《红楼梦》的伟大之处，正因为有了它的传神写照，才得以让女儿们的芳华永驻人间……

图9.9 大观园丫鬟

① 翠玉耳环 ② 金镶珐琅菱花簪

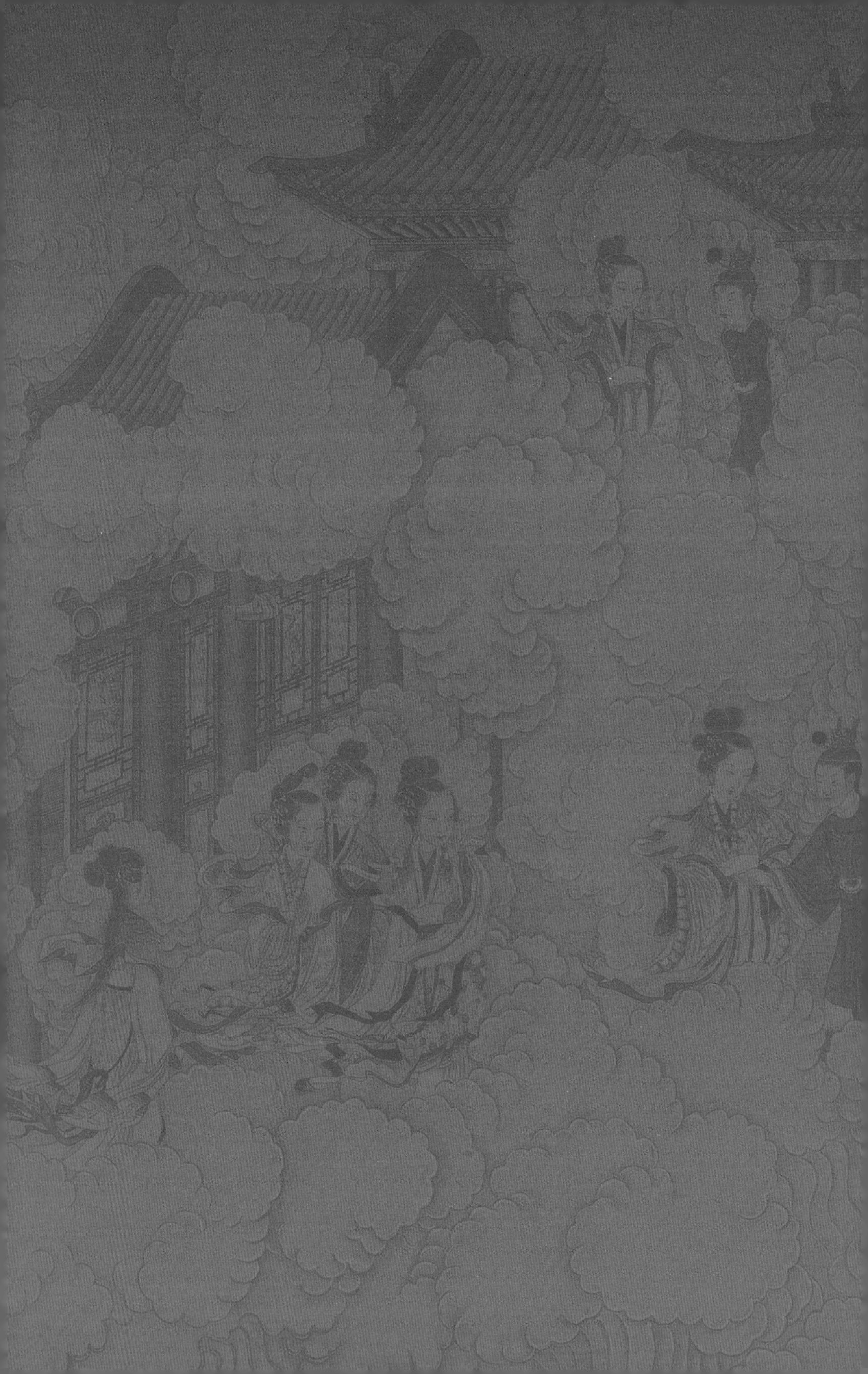

第十章 终身误与明清婚礼服饰

红楼梦服饰图鉴

Dream of Red Mansions
Costume Illustrations

宝玉梦游太虚幻境时，警幻仙姑曾让十二位舞女演出新制的《红楼梦》曲子给他听，《引子》之后的第一首就是《终身误》，曲文是："都道是金玉良姻，俺只念木石前盟。空对着，山中高士晶莹雪；终不忘，世外仙姝寂寞林。叹人间，美中不足今方信。纵然是齐眉举案，到底意难平。"这支曲子点明了宝黛钗三人爱情婚姻故事的结局，即宝玉最后娶了宝钗，却念念不忘黛玉，所谓金玉良姻，如同黄金枷锁，将两个不相爱的人锁在一起，白白耽误了三个人的终身幸福。在某种程度上，《终身误》不仅为宝黛钗三人不如意的命运唱出了一曲悲伤入骨的挽歌，也是《红楼梦》中所有不幸福怨侣的写照。完全不尊重个人意愿的包办婚姻，如同冰冷的囚屋，囚禁了一个个孤独的灵魂，男性尚且可以到公共空间中去寻求排遣躲避，女性却只能偏居内宅，围绕丈夫的宠爱和资源，展开激烈的竞争，从大权在握的正室夫人，再到二房夫人、小妾、通房丫头等，都身不由己地被卷入斗争，各种困兽厮杀，失败者殒命败节，胜利者伤人伤己，这也是千红一哭、万艳同悲的另一层涵义了。

◉ 第一节
酸凤姐与苦尤娘

在贾府的数对夫妻中，贾琏和王熙凤的关系颇为典型，双方从恩爱甜蜜走向冷漠相对，期间一波三折，颇能反映封建婚姻制度对双方的束缚，尤其是对女性的伤害。世家小姐出身的王熙凤，也曾一度顺风顺水，她性情骄悍，可见在娘家就很受宠爱；嫁入贾府后，得到贾母和王夫人的支持，在荣国府执掌管家大权，风头之健，连丈夫贾琏也不得不退让几分。第二回中，周瑞家的女婿冷子兴曾对贾雨村提到凤、琏二人"倒上下无一人不称颂他夫人的，琏爷倒退了一射之地"，连外人都知道这对夫妻是女强男弱的状态，而一个"退"字，则表明了贾琏的态度，说明最初他对年轻能干的妻子是比较忍让的。但王熙凤骄傲不肯让人，不仅不肯让女人，也不肯让男人。第十三回的一个小细节，很能反映王熙凤的心态，她答应贾珍协理宁国府后，与一干内眷在内相坐，贾珍突然进来，众婆娘避之唯恐不及，"独凤姐款款站了起来"，一个"独"字点出了王熙凤年轻气盛、完全不以闺中妇人自许的心态。这个时候的她，内有丈夫宠爱，外有长辈支持，呼风唤雨、春风得意，她并未感受到女性身份带来的不便。

　　但是，当那个大权在手，说一不二的王熙凤开始与丈夫对抗角力时，她才真正感受到了作为女人的悲哀，那个曾经柔情蜜意的丈夫，变起脸来竟然是那么的可怕，而他所代表的夫权力量，竟如此强大，以至一度让威风凛凛的琏二奶奶溃不成军。贾琏和王熙凤有过很甜蜜的时光，第七回回目是"送宫花贾琏戏熙凤"，大中午的时候，两人还在亲密接触，足见恩爱。第十四回，贾琏送黛玉回扬州见林如海最后一面，当时王熙凤正在操办秦可卿葬礼，百般忙碌之后，仍然记得细心为丈夫连夜打点大毛衣服，闺中少妇思念丈夫的心态，宛然如玉。只是，在那个男尊女卑的年代，她却要独占丈夫的宠爱，不容他人分享，这就触犯了禁忌，不仅使得贾琏和她的关系日渐紧张，就连旁人嘴里，也落不到一个好字。第二十一回，贾琏第一次流露出对她的不满，当时大姐（即巧姐）生病了，王熙凤忙着照顾孩子，与贾琏分房，贾琏趁机私会下人媳妇多姑娘，留下一缕青丝被平儿发现，替他圆了场。贾琏向平儿求欢，却被平儿拒绝，理由是担心王熙凤会不待见她，贾琏却说："你不用怕他，等我性子上来，把这醋罐打个稀烂，他才认得我呢！"不满之情，溢于言表。他很快就将不满诉诸行动，第四十四回，王熙凤过生日，贾琏又借机约会下人媳妇鲍二老婆，并对着情妇抱怨王熙凤是"夜叉星"。贾琏的这次偷情正好被王熙凤撞破，两人撕破脸面大打出手，贾琏恼羞成怒，甚至拔剑威胁要杀掉王熙凤，一度闹到贾母面前，让王熙凤在长辈和一干弟弟妹妹们面前大失颜面。

也正是在这一次，王熙凤明显感受到了夫权的压迫。明明是贾琏拈花惹草，邢夫人王夫人却反过来说她，贾母则笑道"什么要紧的事！小孩子们年轻，馋嘴猫儿似的，那里保得住不这么着。从小儿世人都打这么过的"，不论是非，也不为她主持公道，而是一味和稀泥。在长辈的压力下，两人勉强和好了，回到房内说悄悄话，王熙凤委屈质问丈夫自己究竟有何不好，贾琏却说"你还不足？……太要足了强也不是好事"。至此，两人之间的性格冲突已经表露无遗，一个是心性高傲好强，另一个则不能容忍妻子处处要强、拈酸吃醋。

这或许只是表象，从深层来看，王熙凤和贾琏在为人处事方面存在很大不同。王熙凤有很多优点，如热心、能干，性情爽利，但她出身武官显贵家族，做事情往往过于狠辣、不留余地，甚至把人逼到绝路。正如她之前对待贾瑞，所谓"王熙凤毒设相思局"，一个"毒"字也表明了作者对她的看法和判断。但贾琏与她截然不同，虽然是世家公子出身，全书中却极少看到贾琏仗势欺人，恰恰相反，这位贵公子身上，偶尔还流露出难得的人性温暖。如贾赦联合贾雨村，谋夺石呆子的扇子，逼得石呆子家破人亡，贾琏认为此事做得不妥，甚至说出"为这点子小事，弄得人坑家败业，也不算什么能为"这种不平之语；又如下人旺儿是王熙凤的亲信，旺儿的儿子各种不成器，却想谋娶王夫人的大丫鬟彩霞，贾琏得知旺儿儿子人品不端后，一度想打破这件婚事，却被王熙凤驳回。在夫妻俩商量的过程中，贾琏考虑的是不能耽误彩霞的终身，王熙凤却只想着保住自己人的颜面利益，完全不关心彩霞幸福与否。一个重人，一个重利，这样的两夫妻，三观不合，注定会相看两厌、渐行渐远。所谓肉腐而后虫生，正因为凤琏二人夫妻不和，才让贾琏动了再娶二房的念头。并且，搬入大观园的第二年年初，王熙凤就小产了，身体受到了很大伤害，得了严重的妇科病，甚至一度都不能理家视事。王熙凤生病后，在肉欲和生子两方面都不能满足贾琏的需求，也使得他愈发加大了再觅佳人的力度。在这种情况下，尤二姐进入了贾琏的视线。

尤二姐是尤氏（贾珍的妻子）的继妹，但她和亲妹妹尤三姐却早已与贾珍、贾蓉父子有了非同寻常的关系。当时贾敬突然去世，贾珍贾蓉父子都在外，尤氏不得不出面去铁槛寺办理丧事，忙碌不能回家，于是将继母尤老安人和两个继妹接来宁府看家。珍蓉父子星夜兼程赶回，在路上听到家人禀报二尤也一并接来了，贾蓉和贾珍相视一笑，贾珍忙说"妥当"，这番对话让几人之间的微妙关系略透端倪。尤二姐的母亲被称为老安人，安人是明清时期六品官员妻室的封号，她是尤氏的继母，其封号应该来自尤氏父亲的官职，这间接解释了为何尤氏在贾珍面前总是一味贤惠，只因齐大非偶，她作为小官之女嫁入豪门，只能曲意逢迎，就连丈夫和嫡子对自己的继妹各种轻薄，也不得不忍受。但事实上，尤二姐早已定亲，第六十四回，贾蓉曾向贾琏解释二姐三姐的来历，"我二姨儿三姨儿都不是我老爷养的，原是我老娘带了来的。听见说，我老娘在那一家时，就把我二姨儿许给皇粮庄头张家，指腹为婚。后来张家遭了官司败落了，我老娘又自那家嫁了出来，如今这十数年，两家音信不通……"，也就是说，尤二姐早早被生父家许配给了皇粮庄头张家。

所谓皇粮庄头，是对清代负责管理皇粮庄的庄头的简称。早在清军入关之前，努尔哈赤就已经在东北地区推行庄园制度，皇室和贵族都有自己的庄园。1644年清兵入关之后，清贵族在京畿附近大肆圈地，皇室当仁不让占据了最肥沃的土地，在其基础上形成了畿府皇庄，并由内务府管理。皇庄形式很丰富，包括粮庄、银庄、豆梁庄、果园等。皇粮庄除纳粮外，还要缴纳其他附加物品，包括家禽、牲畜等。皇粮庄头就是负责管理皇庄的农奴主，名义上是皇家奴仆，地位并不高。❶尤二姐的未婚夫叫张华，其祖父、父亲都曾任皇粮庄头，尤二姐的生父与张华的父亲交好，便将二姐与张华指腹为婚。中国传统社会的主流婚配模式是男高女低，二姐生父能与张家结亲，说明门楣还不及张家。后来张家遭遇了官司，家产败落，甚至弄到衣食不周的程度，无钱娶亲。二姐生父去世后，妻子带着两个女儿改嫁给尤氏的父亲，与张家一度断绝了往来。但张华的境况，尤家人应该是很了解的，所以二姐"常怨恨当时错许张华，致使后来终身失所"。综合来看，二姐出身不高，继父尤老爷死后，孤女寡母生活艰难，幸得尤氏和贾珍周济，才得以保持体面，但也因此被迫沦为珍蓉父子的玩物。

二姐也明白长期如此，终非了局，始终想着再觅良缘，以托付终身。在宁府丧事期间，贾琏看到二姐三姐美貌如花，尽管他知道

❶ 参见王先勇：《〈红楼梦〉反映的清代庄园制度与进贡情况——以乌进孝入贾府献礼为中心》，《中国古代小说戏剧研究》2020年。

她俩与珍蓉父子有聚麀之消，❶但美色当前，他也就怦然心动了。他对两姊妹百般撩拨，三姐冷淡，二姐却十分有情。两人眉来眼去、心领神会，贾琏通过贾蓉曲意转达，那贾蓉想着父亲与二姐过从甚密，自己缺少亲近机会，索性撺掇贾琏将二姐安置在外，以便他就中取利。他存了这个心思，自然几方说合，哄得贾琏和二姐心花怒放，连贾珍也被说动。贾珍既然已将二姐看作禁脔，为何会轻易拱手让人呢？考察书中细节，当时宁府办丧事，居然有六百两银子的缺口无从填补，甚至要下人挪借，贾琏得知后，当即慷慨帮忙。从这件小事，能看出宁国府的经济开支已经日渐紧张，而贾琏的大方如同雪中送炭，让贾珍觉得有必要偿还这份人情，当贾蓉对贾珍说出贾琏所求时，他也就顺水推舟了。可见，对这些纨绔子弟而言，再美丽的女人也不过是玩物，和金钱资源等硬通货比起来，完全不值一提。

珍蓉父子的心思，尤二姐几乎是全然不晓，她被贾珍哄骗失身后，整日惶恐不安，为未来担忧不已，突然从天而降一个琏二爷，人物出众、家世显赫，又各种甜言蜜语，她也就把他看作救命稻草，着急要攀住。第六十四回，两人初次正式接触，贾琏向她讨要槟榔，"笑着欲近身来拿"，光天化日之下，居然要动手动脚，可谓毫无尊重之意。之后贾琏又将自己随身的汉玉九龙佩拴在手绢上，直接撂给二姐，二姐则趁着无人注意，将手绢收下。这样一来一去，私相授受，彼此心意已知。如孙温绘《红楼梦》所示，两人相对而坐，情意绵绵（图10.1)，在二姐看来这是一份难得的良缘，殊不知在贾琏眼中，却不过一场见色起意的艳遇，他对二姐也有几分心意，却终

---

❶ 指父子二人共享同一个女人的丑闻。

图10.1　清　孙温　《红楼梦》之"浪荡子情遗九龙佩"（局部）

究难以持久。

贾琏和贾珍、贾蓉等说妥后，先看房子打首饰，然后置买妆奁和床帐等物，并在宁荣街后二里小花枝巷内买好了一所房子，紧接着又逼迫二姐的未婚夫张华写了退婚书，最后择定了初三黄道吉日迎娶二姐过门。到那日五更天，一乘素轿，将二姐抬进；然后贾琏也素服坐小轿而来，"拜过天地，焚了纸马"，总算成就好事。此后，贾琏每月出五两银子做供给，又将自己多年的积蓄梯己❶，都交给二姐收着，"又将凤姐素日之为人行事，枕边衾内尽情告诉了他，只等一死，便接他进去。二姐听了，自是愿意"。此处写尽了两个女人的悲哀：凤姐还没死，却已经被丈夫看作眼中钉，甚至娶了二房准备随时替代她。尤二姐看起来似乎很得贾琏宠爱，又在族长贾珍的主持下，拜天地办仪式嫁给了贾琏，但当时还在贾敬丧期内，所以二姐坐素轿、贾琏穿素服乘小轿，两人行踪隐秘、秘而不宣地办完婚事，却未得到正房妻子王熙凤和荣国府长辈的认可，埋下隐患。这回的回目是"贾二舍偷娶尤二姨"，一个"偷"字，点明贾琏的行为名不正言不顺，这份没有长辈支持、家世支撑的感情，又能走多远呢。

此事很快被凤姐得知。凤姐打扮整齐，带着一干人众，直接来

---

❶　梯己：个人私存的积蓄，即私房钱。

到小花枝巷二姐住处，书中详细写到了二姐眼中王熙凤的装扮，"只见头上皆是素白银器，身上月白缎袄，青缎披风，白绫素裙。眉弯柳叶，高吊两梢，目横丹凤，神凝三角。俏丽若三春之桃，清素若九秋之菊"。与情敌初次见面，凤姐为何穿戴得如此素净？原来，她要对着二姐刻意强调"我们家的规矩大。这事老太太一概不知，倘或知二爷孝中娶你，管把他打死了"。按照明清社会的规定，贾敬去世后，贾珍作为儿子、贾蓉作为嫡孙，都需要按斩衰服制，守孝三年。❶贾琏作为堂侄，也要按齐衰服制，守孝一年，期间不能操办婚事，更不能擅自婚娶。所以贾珍、贾琏等完全不敢在贾母面前提及此事，而后来王熙凤将尤二姐带给贾母看后，贾母仍然强调必须要一年后方能让贾琏和二姐圆房，正表明大家族守礼之意。荣国府的规矩如此严格，贾琏偷娶尤二姐，根本与礼不合，严格追究下来，这门亲事甚至可以判为无效。凤姐正是通过自己周身的穿戴，向二姐强调这点，给她施加心理压力。

两人见面后，携手进入室内，凤姐上坐，尤二姐令丫鬟拿褥子来，便行下礼去，凤姐则下座以礼相还，说到"今娶姐姐二房之大事亦人家之礼"。此处，尤二姐与凤姐究竟如何行礼？《红楼梦》中虽未提供细节，但考察《金瓶梅》第九回、第二十回，西门庆的小妾潘金莲、李瓶儿向正室夫人吴月娘行礼，都是跪下磕了四个头。此处二姐吩咐丫鬟拿褥子，应该也是要磕头行礼。并且，当平儿与尤二姐见礼时，二姐说的是"妹子快休如此，你我是一样的人"。可见，尤二姐的身份就是贾琏的妾室，之所以有二房之类的说法，只是因为二姐名义上是六品官员的女儿，身份略高于丫鬟出身的小妾，且

---

❶ 参见申时行等:《明会典》卷一百二，《续修四库全书》，上海古籍出版社2002年。

贾琏有凤姐死后再扶正她的承诺，故被称为二房。类似的例子，还见于贾雨村的小妾娇杏，她本是苏州缙绅甄士隐夫人的丫鬟，被贾雨村看中，直接讨作二房，也没有其他仪式，而是"乘夜只用一乘小轿，便把娇杏送进去了"。从贾琏之前的举动来看，他出面提亲，得到了族长贾珍和尤老安人的允诺，又置办房产妆奁，还将自己的梯己交给二姐，的确对二姐表达了一定的重视和诚意，但无论贾琏怎么做，也改变不了尤二姐就是妾室的事实，既然是妾室，按照明清社会的礼法规范，她的荣辱喜乐都取决于正室夫人王熙凤，而王熙凤的性情，是不可能容忍丈夫有其他女人的，贾琏一心只想逃离骄悍的妻子，又看中二姐的美貌温柔，贸然将她纳为二房，却终究无力护她周全，这就埋下了二姐悲剧的祸根。

王熙凤进行了周全谋划，一步步地开始收拾尤二姐：她首先软硬兼施，邀请尤二姐回府同住，同时将箱笼细软一并搬回，并叮嘱周瑞家的将贾琏托付给二姐的梯己"好生看管着抬到东厢房去"。明清社会的住房都讲究等级秩序，东为尊，一般是正妻所居，凤姐此举，堂而皇之地将贾琏的梯己据为己有，并直接斩断了二姐的经济来源。

其次，凤姐让二姐住进了大观园，暂居李纨处，并将她的贴身丫鬟全部调走，换成了自己的丫鬟善姐。善姐名字里有善，为人处事却和善不沾边，不过三日之后，就开始对二姐各种讽刺，渐渐连饭都不端给她，只给些剩饭剩菜，各种刻薄，二姐也唯有忍耐。

第三步，凤姐打听到二姐原本就定过亲的底细，派人找到张华，唆使张华去官府状告贾琏"国孝家孝之中，背旨瞒亲，仗财依势，强逼退亲，停妻再娶"，并趁势攀咬贾蓉。与此同时，凤姐赶到宁国府，将贾珍、尤氏、贾蓉等一并痛骂，并以自己掏钱平息了讼事为由头，敲诈了尤氏五百两银子。

第四步，凤姐带二姐见了贾母、邢夫人等，得到她们同意后，将二姐从大观园挪到自己住处。将二姐从小花枝巷搬到大观园，再搬到自己院内，一方面是凤姐为了表现自己知礼守礼的一面，以彰显和尤二姐不知礼的对比，博得贤良美名；另一方面则是为了有更多时间摸清二姐底细、斩断二姐的社会支持网络，以便将她完完全全地玩弄于股掌之上。尤其是凤姐大闹宁国府一场戏，各种泼辣表现，虽然也有被丈夫背叛的苦酸和被宁府亲人背刺的心酸，但她的强势出击使得贾珍夫妻和贾蓉都不得不躲避其锋芒，再也不好为二姐出面，为她后来肆无忌惮虐待二姐留下了空间。

第五步，凤姐继续唆使张华告状，一心只想让官府将二姐判回给张华。贾蓉遂让张华父子赶紧离京，不要再牵涉其中。张华父子走后，凤姐却又后悔不该让外人知道家里这些事情，反而成了把柄，居然叮嘱下人旺儿将张华灭口。她的毒辣狠绝，的确让旁人胆寒。就连最贴心的下人旺儿都觉得此事太过，不得不出门躲了几天，扯谎说张华父子已被强盗打死，才勉强完事。

第六步，凤姐挑唆贾琏的内室宅斗，巧用借刀杀人之计，挑拨贾琏另一妾室秋桐和二姐相斗。秋桐很快着道，各种借机辱骂二姐，将二姐折磨得精神恍惚、奄奄一息，只因已经有孕在身，还在强行支撑。

第七步，凤姐买通太医，伤害二姐母子性命，一定要斩草除根。贾琏为照顾二姐身体，特意请太医来给她看病，不巧家中常来的王太医去投军了，却请了一位胡君荣太医，此人开出药方，二姐服下后腹痛不止，居然将一个已经成形的男胎打了下来。等到贾府人去打告胡君荣时，他早已卷包逃走，说明他早知会事发并做好了准备。

能逼迫具有高超医术造诣的太医开假药，并且提前给他通风报信，让他不得不舍弃身家前途逃走，这背后显然离不开凤姐的运作推动。

最后，失去了孩子和健康的尤二姐万念俱灰，凤姐还不肯放过她，继续撺掇秋桐各种嘲骂凌辱她，万般无奈之下，二姐选择了吞金自杀。贾琏得知后，抱着二姐的遗体哭喊"奶奶，你死的不明，都是我坑了你"，流露无尽悔恨，这个流连花丛的男人对二姐之死抱有深深的歉疚。他虽然花心好色，却在尤二姐身上展现了少有的温情，在尤二姐生命的最后一段时光里，贾琏为她各种请医治药、打人骂狗，十分尽心。作者所刻意添加的这些神来之笔，打破了传统小说里绮罗丛中纨绔少爷的刻板印象，让贾琏的形象变得更丰富生动。二姐节行有亏，他懦弱花心，他们身上都充满了人性的弱点，但这两个不完美的人在相处时却一度真心相对，并拼尽全力试图过上正常的生活，这些微不足道的小愿望却在现实的重击下被碾得粉碎，徒然让人感受到命运无常、生命脆弱，二姐和贾琏的悲剧固然是他们个人的悲剧，又何尝不是所有禁锢在不幸婚姻中男男女女们的共同悲剧。

在这场闹剧中，二姐失去了生命，贾琏失去了情感避风港，而凤姐也同样不是赢家。或者说，她失去得更多。二姐死后，平儿、贾琏、贾蓉、宝玉、尤氏等人都用各自的方式表达了怀念，他们都曾经是凤姐最亲近的人，他们的表现，在一定程度上反映出凤姐已经人心尽失，正在一步步陷入危险情境。平儿在二姐临终前已经掏心掏肺地自责，"想来都是我坑了你。我原是一片痴心，从没瞒他的话。既听见你在外头，岂有不告诉他的。谁知生出这些个事来"，二姐之死，让一向对凤姐忠心耿耿的平儿也寒心了。同样感到寒心的还有贾蓉，早前贾蓉各种趋奉凤姐，言谈举止之间不无暧昧，凤姐大闹宁国府时，两人已经撕破脸面，二姐死后他更暗示贾琏此事有蹊跷，要小心凤姐，昔日情分已经荡然无存。更不用说贾琏，他被贾蓉提醒后，咬牙切齿说"我忽略了，终久对出来，我替你报仇"。此后，两人之间再无温情时刻，第七十二回，夫妻二人谈及府内紧张的经济状况，凤姐居然当着丈夫之面说出"我们王家可那里来的钱，都是你们贾家赚的。别叫我恶心了。你们看着你家什么石崇邓通。把我王家的地缝子扫一扫，就够你们过一辈子呢。说出来的话也不怕臊！现有对证：把太太和我的嫁妆细看看，比一比你们的，那一样是配不上你们的"，话中句句带刺，全然不顾及丈夫颜面，反映出两人的夫妻关系已经相当冷淡。

纵观贾琏纳妾这场闹剧，二姐和凤姐处于角逐天平的两端，一个谨小慎微、恪尽妇职，期盼通过自己的忍辱负重能够获得丈夫和家族的庇护，却终归失败；另一个则咄咄逼人、杀气腾腾，期待通过自己的杀伐决断震慑丈夫并保持在家族的地位，却虽胜犹败。也就是说，在顽固的父权和夫权笼罩之下，女性作为第二性，不仅无法保有独立的人格和地位，其生死荣辱、喜怒哀乐都受控于男性，无论屈服还是抗争，结局都是失败，徒然令人扼腕叹息。回到她们当初进入这场博弈棋局的现场，她们都曾用尽心思装扮自己，试图将服饰作为武器，或者用它们赢得男人的爱慕，或者将它们变为保护自己的盔甲，却都一败涂地。

结合书中描述，在这段故事中，我们对二姐和凤姐的装扮进行了想象和复原：二姐初次与贾琏调情之时，上身穿红色交领短袄，袄身绣缠枝牡丹菊纹，下搭深绿色长裙，裙面绣团花夔纹。她发挽偏髻，上插一支金嵌玉蝴蝶簪，耳戴一对蝴蝶纹花丝银鎏金耳环，右手腕戴一支金镂雕古钱纹镯，手拿一块九龙纹玉佩（图10.2），双

图 10.2　尤二姐

① 金嵌玉蝴蝶簪
② 蝴蝶纹花丝银鎏金耳环
③ 九龙纹玉佩
④ 金镂雕古钱纹镯

图10.3 王熙凤见尤二姐

① 镶玉梵文挑心
② 嵌宝石花簪首
③ 银镶宝石钿子
④ 珠子箍
⑤ 青玉凤头簪
⑥ 翠秋叶耳环
⑦ 纹样：缠枝莲纹

眸低垂，似乎有无限心事。

而初次叩开小花枝巷宅院之门的凤姐，以一身孝服出场。她内穿月白缎袄，下搭白绫裙，裙上是缠枝莲纹，外罩青缎披风。头戴白色髽髻，上镶素白银器，发髻尾部插一支青玉凤头簪，额头裹蓝色珠子箍儿，珠子也都为素色，耳部戴一对翠秋叶耳坠。看来俏丽清雅，心头却有无限酸涩（图10.3）。

第二节
尤三姐的耻情

尤二姐进府后，很快被凤姐折磨得病恹恹，痛苦之际梦见已经去世的妹妹尤三姐手执鸳鸯宝剑而来，劝她用宝剑斩了凤姐，同归于警幻案下再听发落。尤三姐提到"若妹子在世，断不肯令你进来，即进来时，亦不容他这样。此亦系理数应然，你我生前淫奔不才，使人家丧伦败行，故有此报""你虽悔过自新，然已将人父子兄弟致于麀聚之乱，天怎容你安生"，言下之意，一是强调若她还活着，自然能保护二姐；二是反复陈说两人之前淫奔不才，因此报应昭彰，难以安生。一般来说，日有所思，夜有所梦，二姐在缠绵病榻之际，身边并无一人支持，思念追忆者，唯有那个性情刚强、手足情深的亲妹妹，所谓被三姐保护、受到命运报应等等，不过都是出自二姐幻想，但应该也是三姐生前言行举止在她意识深处的折射。

尤三姐是尤二姐的亲妹妹，也是在花信年华迫于生存压力而失身于珍蓉父子。二姐嫁给贾琏后，三姐和母亲也搬到小花枝巷同住，母女三人的日常生活有了基本保障，使得三姐开始有底气拒绝珍蓉父子的纠缠。她对抗珍蓉的方式比较激烈，就是不停吵闹，让贾珍、贾琏等不堪其扰，答应了让她自主择婿。她相中了世家子弟柳湘莲，并在贾琏的帮助下与柳湘莲定亲，但后来柳湘莲得知她曾与珍蓉有过一段不堪过往，断然退婚，三姐羞愤难堪，当场拔剑自刎。三姐的死亡，直接改变了柳湘莲和二姐的命运，柳湘莲追悔莫及、剃发出家，二姐则再无可以商量心事的贴心姊妹，在凤姐的算计下一败涂地。

那么，倘若三姐还活着，她能不能保护二姐呢？和二姐相比，面对命运的困局，三姐显得更清醒。二姐嫁给贾琏后，自以为终身有所托付，三姐却提醒她"他家有一个极利害的女人，如今瞒着他不知，咱们方安。倘若一日他知道了，岂有干休之理，势必有一场大闹，不知谁生谁死"；面对贾珍、贾琏兄弟的调戏，她的反应是"我也要会会那凤奶奶去……倘若有一点叫人过不去，我有本事先把你两个的牛黄狗宝掏了出来，再和那泼妇拼了这命，也不算是尤三姑奶奶！"(第六十五回) 从这些话来看，三姐性格泼辣，在内心深处早已做好和凤姐硬拼的打算。只是，如此刚强的女孩子，听到被未婚夫柳湘莲退婚后，二话不说，直接自刎于君前，固然刚烈果断，看起来却是个缺少谋算的单纯少女，就算她一直陪在二姐身边，估计也斗不过狠辣圆滑、心机深沉的凤姐，终究无法改变姐妹俩的最终结局。但事实上，聪慧如三姐，早已为自己和家人费尽心思谋划了出路，她的慨然赴死，表面看来是出于被心上人退婚的羞愤，推其深心，则是她终于领悟到已经走投无路，她救不了自己，更救不了姐姐，不如一死！

如前文所述，有着官家小姐身份的三姐，因家人在经济上仰仗宁国府周济，不得已沦为珍蓉父子的玩物，从她之前与珍蓉等人的接触来看，她对这种不伦关系是矛盾的心态。第六十三回，贾蓉见到来帮忙看家的二姐、三姐，出言调戏，举动暧昧，目前通行本中写的是"贾蓉又和二姨抢砂仁[1]吃，尤二姐嚼了一嘴渣子，吐了他一脸。贾蓉用舌头都舔着吃了"，但庚辰本中和贾蓉抢砂仁吃的却是尤三姐。第六十五回，贾珍趁着贾琏不在家，摸到小花枝巷来，想和这对姐妹花继续前缘，对贾琏的下人鲍二说出"倘或这里短了什么，你琏二爷事多，那里人杂，你只管去回我。我们弟兄不比别人"，言下之意，公然要插手二姐三姐的经济开支，显然将她俩看作他们兄弟的共同玩物。尤二姐接待贾珍时，感到不安，找理由退出来，"贾珍便和三姐挨肩擦脸，百般轻薄起来"，可见两人早有首尾。接着贾琏进来，对三姐说的话则是"你过来，陪小叔子一杯"，贾琏的身份是三姐的姐夫，但他以小叔子自许，则是将三姐看作哥哥贾珍的禁脔，一语挑破贾珍和三姐的关系。在贾琏看来，三姐早已失身贾珍，继续跟着贾珍是理所当然，他完全没有问过三姐的意愿，这番自以为是要安排三姐人生的态度，极大地激恼了三姐。她站在炕上，一番慷慨陈辞，将珍琏二人一顿痛骂。书中写她的状态是"这尤三姐松松挽着头发，大红袄子半掩半开，露着葱绿抹胸，一痕雪脯。底下绿裤红鞋，一对金莲或翘或并，没半刻斯文。两个坠子却似打秋千一般，灯光之下，越显得柳眉笼翠雾，檀口点丹砂。本是一双秋水眼，再吃了酒，又添了饧涩淫浪，不独将他二姊压倒，据珍琏评去，所见过的上下贵贱若干女子，皆未有此绰约风流者"。

据此看来，三姐的美貌风流，甚至还胜过二姐，所以贾珍一度舍不得放手，于是三姐想出的方式就是闹。那天她痛骂珍琏后，将

---

[1] 砂仁：一种中药材，具有消食养胃的功能。

两人赶走，此后"天天挑拣穿吃，打了银的，又要金的；有了珠子，又要宝石；吃的肥鹅，又宰肥鸭。或不趁心，连桌一推；衣裳不如意，不论绫缎新整，便用剪刀剪碎，撕一条，骂一句，究竟贾珍等何曾随意了一日，反花了许多昧心钱"（第六十五回）。在这般闹腾之下，贾琏招架不住，便和二姐商量要给三姐找人家嫁出去，三姐的回复颇值得玩味，"妹子不是那愚人，也不用絮絮叨叨提那从前丑事，我已尽知，说也无益"，显然，她对于婚前失贞一事，始终耿耿于怀，如今她只想改过守分，选一个称心如意的人安安分分过完以后的人生。

她选中的人就是柳湘莲。柳湘莲本是世家子弟，因家道沦落，混迹于三教九流中。他尤其喜欢串戏，五年前曾在尤家老娘处串戏演小生，被三姐看见，一见钟情，芳心暗许。贾琏得知三姐心意后，到处探访柳湘莲，可巧遇到他正打算娶亲，贾琏连忙告知自己要发嫁小姨，在柳湘莲面前各种夸赞三姐，柳湘莲难却情面，只好允诺，并将一对家传的鸳鸯宝剑留给贾琏作聘礼，双方遂定下亲事。三姐收到宝剑后，喜不自禁，"挂在自己绣房床上，每日望着剑，自笑终身有靠"。

一切看起来似乎都很美满。但问题出在贾琏催促柳湘莲定亲时过于急切，以至于让柳湘莲疑惑不已。按照明清时期的礼法规范，贵族家庭议定婚事，需遵从"六礼"，即纳采、问名、纳吉、纳征、告期及发册奉迎，庶民家庭程序相对简约，但也要有纳采、纳吉、请期、亲迎四礼。❶

纳采指男方派媒人到女方家登门送礼求亲，如山东孔子博物馆

---

❶ 参见王革非编著：《古代婚姻与女性婚服》，中国经济出版社2016年。

藏"求"字帖(图10.4)所示。

问名指媒人求问女方名字和生辰八字，如山东孔子博物馆藏清代韩荧及李氏问名之敬帖(图10.5)所示。

纳吉指男方根据女方八字卜吉后送礼并请求订婚，如山东孔子博物馆藏清代乾造坤造帖(图10.6)所示。

纳征，即纳币，指男方往女方家送聘礼，女方接受后，回书复礼，婚事乃定，也称文定，如山东孔子博物馆藏清代纳币复帖(图10.7)所示。

告期，也称请期，指男方和女方家约定成婚的日期，如山东孔子博物馆藏清代吴士功请期帖(图10.8)所示。

亲迎指男方到女方家迎接新娘，如山东孔子博物馆藏清代袁光裕亲迎敬帖(图10.9)所示。

从这些烦琐的程序可以看出，古代社会对正式结亲相当看重，并且在程序上处处强调以男方为主导。因此，贾琏的仓促急切让柳湘莲格外疑惑，他并不知晓尤三姐在五年前早已心许，只觉得自己和贾琏并非熟识，何以贾琏如此着急催定婚事，"难道女家反赶着男家不成"，于是找到宝玉打听备细。当得知三姐是贾珍的小姨子时，他后悔不迭，居然脱口说出"你们东府里除了那两个石头狮子干净，只怕连猫儿狗儿都不干净。我不做这剩忘八"之类的话，让宝玉尴尬不已，可见宁国府的名声坏到何种程度。柳湘莲当即找到贾琏，推辞说家中已定下亲事，一定要退婚并拿回鸳鸯剑。三姐在房内听到他们拉扯，知道柳湘莲已打听清楚"嫌自己淫奔无耻之流，不屑为妻"，万念俱灰，遂拔剑自刎。这场突如其来的死亡，震惊了柳湘

图10.4 清 "求"字帖

图 10.5　清　韩荧及李氏问名之敬帖

图 10.6　清　乾造坤造帖

图 10.7　清　纳币复帖

图10.8　清　吴士功请期帖

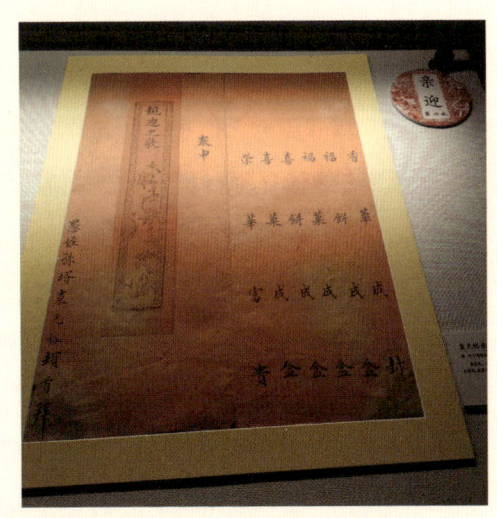

图10.9　清　袁光裕亲迎敬帖

莲，他惊讶于三姐的美貌和刚烈，深感可敬、追悔莫及，但已于事无补。在帮助贾琏办完三姐丧事后，梦见三姐前来告别，又被道人冷语点拨，竟然遁入空门，狠心了断了尘缘。

柳湘莲和尤三姐的经历是一出悲剧，尤三姐从来就没有机会能在柳湘莲面前剖白心事，而柳湘莲也无法信任她的节操，于是死亡成了三姐表明心迹的最后手段。自《红楼梦》成书以来，关于尤三姐的争议不少，主要集中于她是否婚前失贞，程高本篡改了一些内容，刻意突出她与贾珍父子分毫未染，将三姐刻画为贞洁烈女，冬烘气息十足。但从成书较早的庚辰本来看，三姐早已失身的痕迹处处可见，如前文提到她与贾珍父子的身体亲昵，她对二姐说到从前丑事云云，贾琏故意捅破她与贾珍关系的窗户纸等，又如第六十六回提到三姐向姐姐表明钟情心事后，决意等待柳湘莲回来，"虽是夜晚间孤衾独枕，不惯寂寞，奈一心丢了众人，只念柳湘莲早早回来完了终身大事"，"孤衾独枕，不惯寂寞"八个字更是点明她一度与男人同床共枕，早非完璧。但是，封建社会里婚前失贞的女人，就注定应该备受贬责、永无翻身机会吗？在道学家看来似乎理应如此，但从明清时期的小说笔记所反映的现实生活来看，生活远比礼教更宽容，如冯梦龙所编《三言》中，《卖油郎独占花魁》的瑶琴历尽千帆后终归平淡，《阮三郎命断闲云庵》的陈小姐未婚生子终成良母，即使是对女性持苛刻挑剔态度的《金瓶梅》，作者也未对女性的多次改嫁表达异议。可见，从市井百姓到缙绅家族，包容女性失贞者，比比皆是。这在一定程度上说明，明清时期，虽然主流意识形态格外强调女性贞洁，但从人情、人性角度出发，对情的流动所导致的种种逾矩行为持宽容态度者，并非少数。《红楼梦》对尤二姐、尤三姐的态度，也是如此。

虽然淫奔不才这顶大帽子曾经压得三姐喘不过气来，但第六十六回，三姐死后，柳湘莲梦见她前来告别说"妾痴情待君五年矣。不期君果冷心冷面，妾以死报此痴情。妾今奉警幻之命，前往太虚幻境修注案中所有一干情鬼。妾不忍一别，故来一会，从此再不能相见矣""来自情天，去由情地。前生误被情惑，今既耻情而觉，与君两无干涉"。在这段告别辞中，出现了七个"情"字，说明三姐是为"情"死，而不是为"淫奔"死。她失身已是事实，虽然她也感到羞愧，却不足以将她逼上绝路，因为当时她心中还有"情"，对柳湘莲、对那个世界还有着发自内心的爱和期待。柳湘莲的无情退婚让她意识到，即使她有心改过，但冰冷的世界不会给她半点机会，柳湘莲会接受她只是她的幻想。事实就是，一个名声已被毁坏的女人，想嫁人回归普通人的正常生活，这条路已经无法走通，但回到贾珍身边继续做他的玩物也绝非她所愿，唯有一死，方能解脱。

这回的回目是"情小妹耻情归地府"，对这样一个被世俗看作淫贱之人的女子，曹公称为"情小妹"，用"耻情"表达对她的哀思和深切同情。此回戚序本回前总评云："余叹世人不识'情'字，常把'淫'字当作'情'字。殊不知淫里无情，情里无淫，淫必伤情，情必戒淫，情断处淫生，淫断处情生。三姐项上一横，是绝情，乃是正情；湘莲万根皆削，是无情，乃是至情。生为情人，死为情鬼。故结句曰'来自情天，去自情地'，岂非一篇尽情文字？"[1]也就是说，纵欲与痴情，本是一体两面，三姐虽然曾经耽于欲望，但当她从欲望中抽身，誓言守候内心那份真情时，她就已经变成了至情之人。但世人只看表象，只从虚名的角度看待人，故而即使三姐洗心革面，

---

[1] 吴铭恩汇校：《红楼梦脂评汇校本》，清华大学出版社2019年，第852页。

图 10.10　尤三姐

① 金镶珠石秋叶蜘蛛簪
② 点翠鸟架银镀金簪
③ 鎏金银环镶宝玉耳坠
④ 莲花双鱼形金扣
⑤ 纹样：富贵万年纹
⑥ 纹样：勾莲纹

也无法摆脱世俗偏见，只能一死了之。所谓"耻情"，并不是三姐的羞耻，而是那些全凭世俗之见枉定他人荣辱者的羞耻。三姐的自杀，足以洗刷过往所有不堪遭遇，也让她对柳湘莲的那份真情闪烁着动人的人性光彩，而曹公对一个曾经失足的女子给予无限同情和真心体谅，则展现出远超于时代的先锋性和现代性。

根据书中记述，我们对尤三姐的服饰妆造进行了还原和想象：她身穿富贵万年纹大红对襟袄子，衣襟半敞开，露出里面的葱绿色抹胸，系莲花双鱼形金扣。下搭一条绿色裤子，裤上是勾莲纹，暗寓着她对柳湘莲的绵绵情意，裤脚下露出红色的绣花鞋。发髻上插金镶珠石秋叶蜘蛛簪和点翠鸟架银镀金簪，耳戴一对鎏金银环镶宝玉耳坠（图10.10）。她坐于凳上，双腿跷起，手扶膝盖，犀利的目光投向珍琏二人，眼神中全是不屑和不满。

⊙ 第三节
香菱的凋零

贾宝玉梦游太虚幻境时，曾在金陵十二钗副册首页看到画着一株桂花，下面有一池沼，其中水涸泥干，莲枯藕败，后面写着四句话："根并荷花一茎香，平生遭际实堪伤。自从两地生孤木，致使香魂返故乡。"❶ 从画面和文字来看，香菱就是英莲，夏金桂嫁给薛蟠后，她被金桂虐待而死。从苏州名宦甄士隐的千金小姐，沦为人贩子的丫头，再被薛蟠抢走，不得已成为他的小妾，最后被夏金桂虐

---

❶ "根并荷花一茎香"是说荷花（莲花）的根和花都长在茎上，一样充满芬芳，指香菱就是英莲。"自从两地生孤木"，两地即两土，合成一个圭字，圭和木合起来就是一个桂字，意思是夏金桂嫁入薛家后各种虐待香菱，使得她香消玉殒。

死,香菱(英莲)短短的一生,充满了斑斑血泪,是无数个薄命女儿的缩影。

《红楼梦》第一回写到香菱的家世,甲戌本有批语云"总写香菱根基,原与正十二钗无异",❶ 而癞头和尚对甄士隐说到"施主,你把这有命无运,累及爹娘之物抱在怀里作甚",甲戌本更针对"有命无运,累及爹娘"八个字作出批语说:"八个字屈死多少英雄,屈死多少忠臣孝子,屈死多少仁人志士,屈死多少词客骚人!今又被作者将此一把眼泪洒与闺阁之中,见得裙钗尚遭逢此数,况天下之男子乎?看他所写开卷之第一个女子便用此二语以订终身,则知托言寓意之旨,谁谓独寄兴于一'情'字耶!……"❷ 意思是香菱其人,生长在富贵繁华之乡、诗书簪礼之家,原本会享有平安幸福的一生,未曾想命运弄人,有富贵命却无平安运,到头来她流落人间,生活坎坷,徒然让父母牵挂受累了半生。香菱的不幸,不仅是她一个人的不幸,更是一个符号,不仅暗示着大观园内十二钗的命运也会遭遇有命无运的坎坷,同时也是普天下所有时运不济之人的写照。作者在开篇用香菱一人总括全书意旨,为所有遭逢不幸、壮志难酬的红颜女儿和仁人志士等洒一把同情之泪,是对中国文学中传统比兴手法的继承和开拓。

香菱首次出场是在第一回,还只是一个年方三岁的可爱女童,生得粉妆玉琢、玉雪可爱。五岁时,正逢元宵佳节,被家人霍启(谐音"祸起")抱出去看灯火,不小心丢失,落入人贩子手中。甄士隐夫妇受此打击,几乎都失去了活下去的勇气,而甄家也因此而败。香菱第二次出场是在第四回,贾雨村荣升应天府知府后,遇到的第

---

❶ 吴铭恩汇校:《红楼梦脂评汇校本》,清华大学出版社2019年,第9页。
❷ 吴铭恩汇校:《红楼梦脂评汇校本》,清华大学出版社2019年,第11页。

一件案子就是薛冯两家争买奴婢致殴伤人命案，门子对贾雨村说出所争之奴婢正是昔日被拐的甄府小姐。门子曾问她身世，她却说从小被拐子打怕了，在人前只敢说拐子是她生父，小时之事已经完全不记得。可见，这个可怜的女孩子被拐卖后遭遇了非人的对待，而贾雨村明知她是恩人之女，却一心只想着攀附权贵，对她放任不理。她第三次出场是第七回，人已在贾府。周瑞家的因给王夫人回话，来到薛姨妈所住的梨香院，看到金钏儿正和一个才留了头的小女孩一起玩耍，此时她已改名为香菱，在众人眼中看来，她容貌出众，和宁国府的秦可卿有几分相似，问及父母亲人年龄，却一概不知，着实堪怜。

再听到香菱的消息，则是第十六回，贾琏去见薛姨妈，看见一个模样齐整的年轻小媳妇，让阅人无数的贾琏一下记在心头，感慨如此标致的香菱，却被薛蟠玷辱了，而从凤姐口中道出的信息，则是薛姨妈认为香菱容貌性情都不错，格外看重，还特意摆酒请客，明堂正道地给薛蟠作了妾。但薛蟠在没得到香菱之前，和薛姨妈纠缠不休，等香菱成为他的妾室后，却很快就抛诸脑后。凡女子为妾，被丈夫关心保护才是安身立命之本，薛蟠如此对待香菱，便埋下她最后悲剧命运的伏笔。但曹公写作《红楼梦》的本意之一，即为闺阁立传，庚辰本曾有夹批评价香菱，"细想香菱之为人也，根基不让迎、探，容貌不让凤、秦，端雅不让纨、钗，风流不让湘、黛，贤惠不让袭、平，所惜者青年罹祸，命运乖蹇，至为侧室，且虽曾读书，不能与林、湘辈并驰于海棠之社耳。然此一人岂可不入园哉？故欲令入园，终无可入之隙，筹划再四，欲令入园必呆兄远行后方可"。❶如此优秀的香菱，作者终究不忍让她轻易埋没，而是借用生花妙笔

---

❶ 吴铭恩汇校：《红楼梦脂评汇校本》，清华大学出版社2019年，第619页。

创造契机，让她进入了大观园。

第四十八回，薛蟠外出做生意，宝钗搬进大观园内，将香菱一并带进。在大观园里的那段岁月，应该是这个苦命女儿一生中最快乐的时光。她拜黛玉为师学写诗，黛玉教她写诗以立意为根本，词藻反而在其次，以王维之诗为范本，刻苦学习。她是有诗性和慧根的，读到王维的"渡头馀落日，墟里上孤烟"，忍不住说到"我们那年上京来，那日下晚便湾住船，岸上又没有人，只有几棵树，远远的几家人家作晚饭，那个烟竟是碧青，连云直上。谁知我昨日晚上读了这两句，倒像我又到了那个地方去了"。王维之诗本写山川风物，但香菱心头，却满满是行路中的旅人思绪，当年的孤女被抢、被携带上京，驶向不可知的命运，其苍茫惶恐可想而知。她平时在薛家，众人问起家乡事家中人一概回答说不记得，看似古井无波，但这几句话，却折射出这个可怜女孩子内心被深深掩藏的忧伤恐惧，着实堪伤。也正因为她始终保留着内心的真性情，她进步很快，在零基础的情况下，居然连着写出了三首咏月的七律诗，一首比一首更佳，尤其最后一首："精华欲掩料应难，影自娟娟魄自寒。一片砧敲千里白，半轮鸡唱五更残。绿蓑江上秋闻笛，红袖楼头夜倚栏。博得嫦娥应借问，缘何不使永团圆！"情景交融，思乡念亲之情跃然纸上，最后一句"缘何不使永团圆"又分明道出了她与亲人永隔音讯、生死不复相见的深切痛苦。她的诗才让众人赞赏不已，并被邀请加入诗社。冬天的芦雪广联诗，香菱也在受邀之列，并贡献了"匝地惜琼瑶。有意荣枯草"的好句。所谓诗可以兴、观、群、怨，❶都强调诗歌文学

---

❶ 兴、观、群、怨是孔子对诗歌社会功能的总结，出自《论语·阳货》。兴指诗歌可以调动人们的情感和联想等，能够陶冶性情；观指诗歌可以观照现实、反映时代，使得人们可以观社会风俗之得失；群指诗歌可以促进人们之间的交流，达到精神上的和谐团结；怨指诗歌可以表达民心、民情，起到批评社会、干预得失的功能。

有帮助个人涵养性情、抒发内心不平之气的功能，说到底，香菱的人生里充满了太多苦涩，以至于作者忍不住发自内心地怜惜她，要特意为她安排穿插作诗这一情节，让她沉浸在诗歌王国里，短暂忘却生活之痛。

此后，香菱在书中再次出现的一个高光时刻是宝玉过生日那天，她参与了宝玉的生日宴会，并和小姐们一起行令游戏，当湘云提到宝玉的名字并无出处时，却被香菱指出"前日我读岑嘉州五言律，现有一句说'此乡多宝玉'，怎么你倒忘了？后来又读李义山七言绝句，又有一句'宝钗无日不生尘'，我还笑说他两个名字都原来在唐诗上呢"，将湘云驳倒。满打满算，她从去年秋冬之际开始学诗，到来年夏天，不过大半年时间，香菱苦学不辍，进步神速，居然已经可以和贵族小姐湘云坐而论诗且完全不落下风，展现了良好教养和闺秀本色，也进一步彰显出了命运之于她何其不公。她是如此钟灵毓秀、兰心蕙质，却不得不和大字不识的呆霸王薛蟠捆绑在一起，真是造化弄人！当天，她还和小螺、荳官等小丫鬟们一起斗草，❶ 荳官说自己有"姐妹花"，香菱对之以"夫妻蕙"，荳官质疑从未听说过有夫妻蕙，香菱解释说"一箭一花为兰，一箭数花为蕙。凡蕙有两枝，上下结花者为兄弟蕙，有并头结花者为夫妻蕙"，她伶牙俐齿、应对得体，却被小丫鬟们嘲笑是想汉子了，惹得香菱脸红，和她们嬉闹起来，反将一条刚上身的大红石榴裙溅得污湿。小丫鬟们见惹了麻烦，一哄而散，却被宝玉看见，连忙要为香菱分担，提出用袭人刚做的新裙子来替换。书中写到袭人将裙子拿来后，香菱"又命宝玉背过脸去，自己叉手向内解下来，将这条系上"，该回回目有

---

❶ 斗草，一种民间游戏习俗，以花草名相对相斗。

"呆香菱情解石榴裙"之说，即指此事。

香菱的呆，可以理解为真心、真性，这个性格特质在她痴心学诗写诗的过程中已经展现无遗，而"情"字又作何解呢？仔细推敲香菱和宝玉的对话，香菱告诉宝玉裙子是宝琴带来的石榴红绫做成，她和宝钗分别做了一件，宝玉说"既系琴姑娘带来的，你和宝姐姐每人才一件，他的尚好，你的先脏了，岂不辜负他的心"，如此体贴打动了香菱，立即同意宝玉换裙子的提议，并说"就是这样罢了，别辜负了你的心"。纵观香菱在进入大观园之前的人生，除了童年时曾经偎依父母膝下，感受过人间的至爱亲情外，剩下的日子都是浸泡在苦海里。可以说，这个无家的孤女，在人世间，尤其在男性世界里，得到的大多都是伤害和痛苦。她生命里少有的一段幸福时光，是来自大观园的馈赠，不仅小姐丫鬟们等女性群体给予了她一些关爱，更难得的是，她得到了宝玉的关心。宝玉将香菱看作洁净女儿中的一员，对她呵护备至，这份赤诚中没有半点欲望投射。所谓"情解石榴裙"即指香菱初次接触到了与人贩子、薛蟠等人不同的另一种男性，宝玉对她又礼貌又温柔，温暖中不带半分杂念，全然一派磊落君子之风。

正因为香菱感受到了宝玉的这份赤诚，才能不拘小节地在他面前换裙，也是襟怀坦荡、心无挂碍的表现。而她临去之前，特意叮嘱宝玉"裙子的事可别向你哥哥说才好"，也表明她心思细腻，不想让此事惹出口舌非议。但俞平伯先生认为薛蟠那种人无法理解男女之间另有超越私情的情意，对香菱和宝玉产生了误会，从而心有芥蒂，对金桂虐待香菱袖手旁观，最终导致了香菱的悲剧。❶俞先生的

---

❶ 参见俞平伯：《红楼心解》，陕西师范大学出版社2005年，第87页。

观点为我们理解香菱最后的结局提供了一种思路，但无论薛蟠是否会误解宝玉和和香菱的关系，他和香菱名为夫妾，两人的气质、爱好、精神风貌截然不同，则是确切无疑的，香菱的心灵归宿是美好的大观园，薛蟠却是肉欲世界的一分子，美丽优秀的香菱却偏偏屈身于薛蟠这等粗人，才是她无解的痛苦来源。

香菱对薛蟠的实际态度，在第七十九回可以看出，听闻薛家要迎娶夏金桂，她竟然比薛蟠还要急切期盼，一方面是因为夏家小姐也通文墨，她一心只期盼能在一起继续作诗；另外则是想着新夫人进门后，她就得了护身符，身上分去责任，可以更安宁，不愿意侍寝薛蟠之意，自是呼之欲出。只是，那夏金桂固然不会让香菱侍寝分去丈夫的宠爱，却更见不得有此等才貌双全的女子在房内，务必要除之而后快。夏金桂拿捏香菱的手法，狠辣熟练，步步为营，与凤姐斗垮尤二姐的方式如出一辙：首先是给香菱改名为秋菱，以试探薛家人的底线，发现无人在意，便已明白香菱在薛家的地位微不足道；然后利用自己的陪嫁丫鬟宝蟾色诱薛蟠，在两人将要成就好事时特意让香菱去撞破，惹得薛蟠大怒，甚至家暴香菱；接着又让香菱去她房里伺候，却只许在地上睡觉，每天晚上折腾七八次，只不让安睡；最后是故意装病，并在枕头内搜出写有金桂生辰八字的纸人，被针扎着，金桂一口咬定是香菱诅咒她，闹得合家天翻地覆，糊涂的薛姨妈居然不问青红皂白，想着卖掉香菱来平息争端，幸亏有宝钗出面拦着，香菱才免去此劫。但经此一事，香菱身心遭受巨创，酿成干血之症，百般服药都不见好转，眼见着日渐衰弱下去。通行本的后四十回，给香菱安排的结局是金桂误服毒药身死，薛家有感于香菱的为人品性，将她扶正，最后难产死亡，被父亲甄士隐接引到太虚幻境。事实上，从判词和第六十三回她所抽到的花签来看，❶香菱早就被金桂虐待而死，所谓扶正产子云云，都不过是程高本的续貂。

这个美丽孤苦的少女，在人世间的十余年，如同流星般划过天际，竟无半点痕迹留下。除了远方的父母还在梦中牵挂她，她在这世上再无其他亲人，可谓茕茕孑立、形影相吊。所幸宝钗曾将她带入大观园，黛玉曾热心教她学诗，探春曾热情邀她入诗社，大观园的其他姊妹们曾开心同她玩耍，总算给她那无比苦涩的短暂人生增加了几许甘甜。更重要的是，在宝玉生日那天，那条被她换上的大红色石榴裙，见证了一个少年真心给予她的温柔和呵护。他为她付出的心意、送出的红裙、埋下的夫妻蕙与并蒂菱，也表明了香菱这朵漂泊于人间的娇花，对绛洞花主贾宝玉的再次点醒和启发意义：人间的苦难是如此之多，他唯有陪伴在女儿身旁，尽量给予她们力所能及的温暖和呵护，方能略补人间苦痛之憾。而宝玉的看见和看重，对香菱而言，更是无比珍贵的鼓励和安慰。根据书中细节，我们对香菱的服饰进行了想象和复原：她身穿橘红色长裙，下搭大红色石榴裙，外罩深青色长背心，腰系绿色绦带。她梳高髻，发髻上插一支点翠花卉鸟蝶纹头花，耳戴一对金嵌珠翠葡萄耳坠，眉心中有米粒大小的一点天生胭脂，手执书卷，若有所思（图10.11）。"有命无运，累及爹娘"是她短暂人生的写照，但她来过美好的大观园，在园内留下了一生中最华美的篇章，也算是不幸中的万幸了。

---

❶ 香菱抽到的花签是"连理枝头花正开"，出自宋代朱淑贞的《惜春》诗，下一句是"妒花风雨便相催"，暗示了香菱的悲惨结局。

图 10.11 香菱

① 点翠花卉鸟蝶纹头花　　② 金嵌珠翠葡萄耳坠　　③ 纹样：石榴牡丹纹

第四节
掉包计与终身误

《红楼梦》的故事发展到前八十回，已经是四面危机、悲风频吹。抄检大观园之后，陆续发生了晴雯被逐、宝钗离园、迎春出嫁、香菱被虐等事件，十二钗和副钗、又副钗等纷纷离开，逐渐呈现诸芳离散的颓败局面。根据叙事节奏的推进，应该很快会揭晓宝玉、黛玉、宝钗三人的恋爱婚姻结局，但后四十回的散佚，使得故事的走向永远成为迷局，读者只能根据判词和前文的若干线索展开推测。由此，在《红楼梦》传播的过程中，陆续出现了诸多续作，续者往往根据自身的经历体会，对《红楼梦》的终局做出自己的解读。目前通行的一百二十回本，一般认为后四十回是无名氏续作，由程伟元、高鹗整理而成，除此之外，还有《后红楼梦》《续红楼梦》《红楼复梦》《红楼梦补》《红楼梦影》等续书，多从第一百二十回或者第九十八回接续，一般都扭转了悲剧结局而强行安插大团圆结局。❶尤其是《红楼梦影》一书，作者为清代著名满族才女顾太清，出自大学士鄂尔泰一族，因祖父受文字狱牵连，家道中落，后嫁给贝勒奕绘为侧福晋，九年后丈夫早逝，由嫡子继承爵位，顾太清不得不和子女搬出贝勒府，僻居他处，晚年才得以重返贝勒府。如此大起大落的人生经历，对她写作《红楼梦影》不无影响，该书以贾府重兴为线索，勾勒了贾府否极泰来、再续繁华却又急流勇退的图景，宝玉与宝钗

---

❶ 参见赵建忠：《〈红楼梦〉续书的最新统计、类型分梳及创作缘起》，《明清小说研究》2019年第2期。

成亲，享受着平淡生活的幸福。该书总体风格表现为突出的现世主义，和部分以死人复生、宝黛再续前缘为噱头的续书相比，显得别具一格。但总体而言，清代的《红楼梦》续书良莠不齐，质量都不高，相较而言，程伟元、高鹗整理的后四十回，虽然也穿插了宝玉赶考中举等明显不符合作者原意的情节，但安排了掉包计、钗玉成婚、黛玉归天等大关节，基本还是尊重了前八十回的基本框架和思路，故而能够得到广泛认可。

掉包计故事，主要在通行本第九十四回至九十八回展开。宝玉失去了通灵宝玉，状如痴傻，贾府家长商量着要娶宝钗给他冲喜，但袭人早知宝玉和黛玉彼此钟情，唯恐婚事难成，故将详情和担忧禀报给王夫人，凤姐于是提出掉包计，即告诉宝玉将要娶黛玉，但实际安排宝玉和宝钗成婚。黛玉得知消息后一病不起，在钗玉成婚当天焚稿断情，离恨归天。这是后四十回最重要的内容，虽然情节离奇，却也基本符合生活逻辑，并且具有强烈的戏剧冲突效果，很适宜于通俗传播，故而清代大量《红楼梦》戏曲的改编创作中，都采用了这段故事，并将之处理为主要关目，如仲振奎《红楼梦传奇》、万荣恩《潇湘怨传奇》、陈钟麟《红楼梦传奇》等，可见掉包计故事在清代的广泛传播。不仅如此，民国至今，诸多《红楼梦》影视改编中，也都采用了掉包计作为主要情节，足见其接受度之高。

掉包计的故事之所以能深入人心，主要在于故事本身的奇特性。首先是情节奇。宝玉匆忙换衣，突然不见美玉，顿时合家惊慌。紧接着又传来元春薨逝和王子腾病逝的消息，贾府的两大靠山轰然坍塌，已呈山雨欲来风满楼之势。为挽救家族颓势，也为了让日渐痴傻的宝玉清醒过来，贾母提出让有金命的宝钗给宝玉冲喜，钗玉婚事正式提上议事日程。因元春去世，宝玉应该有九个月的大功服，不能真正娶亲，但贾母一心只想让宝贝孙子快点好起来，并且贾政又将要外放为江西粮道，❶离京在即，故贾母和贾政商量速办钗玉婚事，只说是冲喜，挑个娶亲日子，不用任何鼓乐，"用十二对提灯，一乘八人轿子抬了来，照南边规矩拜了堂，一样坐床撒帐……一概亲友不请，也不排筵席，待宝玉好了，过了功服，然后再摆席请人"（第九十六回）。如此潦草，无鼓乐，无亲友，无筵席，只在黑夜里轿子抬人，一方面说明贾府家长只在意宝玉的康复，对薛家和宝钗却并不尊重；另一方面则反映出贾府已经江河日下，连宝玉婚事这般大事都已经无力大肆操办。当时薛蟠又因打死人命被关进大牢，薛姨妈六神无主，也只能牢牢攀住贾府这根救命稻草，明知婚事潦草，女儿委屈，却也不得不答应了这门亲事。如前文所述，明清贵族婚礼的正式程序包括"纳采""问名""纳吉""纳征""告期"及"发册奉迎"等，而为瞒住宝玉和黛玉，贾府用了掉包计，婚事程序一律从简，连送给宝钗聘礼和婚书时，都一律不提名道姓，如此盲婚哑嫁，处处透着诡异气息。

掉包计之奇，还在于场景设置之奇。宝钗出闺成大礼和黛玉焚稿断痴情形成了鲜明对比：一边是细乐吹奏、宫灯照耀、穿婚服的新人拜天地，气氛热闹喜庆；一边是萧瑟冷清、孤灯如豆、病入膏肓的黛玉焚烧旧帕，氛围冰寒雪冷。钗玉的婚礼意味着两人即将开启人生的新阶段，并迎来新生命的诞生；而黛玉却要走向死亡，面临着生命的终结。这种冷热相形、浮沉异势的对比方式，是明清传奇中经常运用的手法，主要是用于加强情节节奏、将故事发展推向高潮。后四十回采用了这种对比手法，是小说写作与戏曲创作相互影响的

---

❶ 粮道，即掌管督运漕粮事务的官职名。

典型例证。也正因为这段故事的强情节性，当它被改编成视觉艺术时，往往能带来更好的效果。如1977年李翰祥导演的《金玉良缘红楼梦》，便是从色彩、光照等方面，对小说场景进行了精心的电影画面还原：钗玉那边是大红色、热闹的、充满生命力的婚礼现场，黛玉那边则是白色、冷清的、生命即将凋零的准葬礼现场，通过这种对比，一方面展现了强烈的情节张力，另一方面则通过故事叙事凸显了命运的吊诡和无常。

从掉包计的故事铺排来看，刻意穿插离奇情节，难免有人物悬空、前后不一之感。如前八十回中，贾母视宝玉、黛玉为心头肉，从各方面培养两人感情却又不过于表露痕迹，处事精到，堪称炉火纯青。如此一位慈祥周到又不失霹雳手段的老人家，在后四十回安排钗玉婚事时，却显得刻板僵硬，行事潦草，说话生硬，并且对黛玉各种狠心，不仅瞒着黛玉张罗钗玉婚事，当得知黛玉为此病倒时，还冷冰冰地说出"孩子们从小儿在一处儿顽，好些是有的。如今大了懂的人事，就该要分别些，才是做女孩儿的本分，我才心里疼他。若是他心里有别的想头，成了什么人了呢！我可是白疼了他了"（第九十七回）等冷酷无情之语，完全不能和前八十回形成人物逻辑的有机统一。又如凤姐一直将荣国府的管家大权牢牢把在手中，宝钗嫁给宝玉，势必会分去她的权柄，她没有任何理由在钗玉婚事上积极奔走策划。事实上，在前八十回中，并未看到凤姐支持金玉良缘之说的细节，而后四十回的作者为推动钗玉成婚，硬性让凤姐介入并奉上掉包计，与前文显得割裂，难以统一。如此种种，都显出续书笔力不逮，勉强续貂的不足。

虽然难以与前八十回比肩，但掉包计故事的部分铺叙依然有可圈可点之处，最典型者如黛玉焚稿断情。黛玉试图以戕害自绝的方式来表达对木石前盟的最后坚守，这份决心在后四十回中出现过两次。第一次是第八十九回，黛玉听到丫鬟们口口相传宝玉正在议亲，万念俱灰，只想糟蹋自己的身体，以求早死。紫鹃等苦劝不听，只看到黛玉对着镜子自照，泪下涟涟，此处书中引用了一句"瘦影自临春水照，卿需怜我我怜卿"，这句诗出自晚明女诗人冯小青的闺怨诗，作者用此典故以表述黛玉的伤感幽怨。第二次则是第九十七回，黛玉临终前焚稿，看起来也与冯小青有千丝万缕的联系。因冯小青死后，诗稿被焚烧，亲友将残诗收集，名曰《焚余草》。将黛玉与小青相联系，早在前八十回中就已经出现类似手笔，曹公在第二十七回的《葬花辞》中曾写到"青灯照壁人初睡，冷雨敲窗被未温"，"冷雨敲窗"也是出自冯小青的《读〈牡丹亭〉绝句》"冷雨幽窗不可听，挑灯闲看牡丹亭。人间亦有痴于我，岂独伤心是小青"。可见，从第二十七回，到第八十九回，再到第九十七回，两位作者接力，建构了黛玉与小青的才女谱系联结。

冯小青是晚明时人，扬州人，年十六，被杭州冯生买为妾。因貌美多才不能见容于冯夫人，被幽禁于西湖孤山的别墅中。小青心灰意冷，渐萌死志，常常临水自照，对着湖水喃喃自语。她身体一天天坏下去，每日唯饮梨汁，又揽镜自照，唯恐不能在人间留下红颜，于是让画师临摹，遂成写真。小青焚香供奉写真，一恸而绝，得年十八。冯小青的故事在晚明到清初的文人社会中非常流行，以她为蓝本创作的小说、戏曲不绝如缕，钱锺书先生曾提到"冯小青'瘦影'两句，当时传诵，张大复《梅花草堂笔谈》卷一二即叹：'如此流利，从何摸捉！'后来《红楼梦》第八九回称引之以伤黛玉。明季艳说小青，作者重叠，乃至演为话本，谱入院本，几成'佳人薄命'之样本，李雯《蓼斋集》卷一八《仿佛行·序》论其事所谓：'昔之所哭，今已为歌'。及夫《红楼梦》大行，黛玉不啻代兴，青让于黛，双木起而二马废矣"。❶ 也就是说，冯小青本为"佳人薄命"的典型文学符号，《红楼梦》作者对林黛玉的刻画，在一定程度上也受到冯小青的影响，但自从黛玉被创作出来以后，就完全取代了小青，从此以后，世人唯知黛玉，却忘了小青。

  黛玉和小青究竟有何关联？除了同为薄命才女外，黛玉和小青究竟有何特别之处，能够打动从晚明到清代乃至当代的无数受众呢？值得一提的是，在小青故事中，曾有一处转折，在小青被冯夫人折磨之时，她的闺中密友杨夫人曾试图搭救她，提出为她再觅佳婿，以摆脱眼前困境。小青却回答说："夫人休矣！吾幼梦手折一花，随风片片著水，命止此矣！夙孽未了，又生他想，彼冥曹姻缘簿，非吾如意珠，徒供群口画描耳！"❷ 小青的意思是她命中注定如此，就不用再生他想了，她拒绝了杨夫人，也拒绝了活下去的最后机会。小青为何不愿逃生，是晚明文人困惑不已的问题，晚明吴炳曾写作戏曲《疗妒羹》，试图为小青改命，在戏中小青被褚大郎买作妾室后被大妇苗夫人虐待，后来小青另嫁良人，生活美满幸福，悍妒的苗夫人也受到了惩罚。如此收尾，固然反映了国人向来偏爱大团圆结局，却也说明小青何以放着生路不走偏偏自寻死路并不为当时人所理解。将小青的故事平移到《红楼梦》后四十回，可以提出同样的疑问：即使宝玉已经娶定宝钗，即使木石前盟将成为梦幻泡影，但黛玉如果不死，终究还是可以另嫁良人，为何一定要自戕呢？

  其实，在小青和黛玉的故事中，隐含着一个终极命题：现实和理想，究竟应该如何选择？倘若理想不能实现，能否退而求其次，

---

❶ 钱锺书：《管锥编》第二册，中华书局1979年，第753页。
❷ 冯梦龙：《情史》卷十四《小青》，《冯梦龙全集》第七集，凤凰出版社2007年，第497页。

寻得一条现世安稳之路？小青和黛玉做出了共同的回答：比起苟活，她们宁愿以身殉道。这个道，可以是对理想生活的追求，也可以是对理想爱情的捍卫。小青并无矢志不渝的意中人，她出身低微（一说小青为扬州瘦马出身），

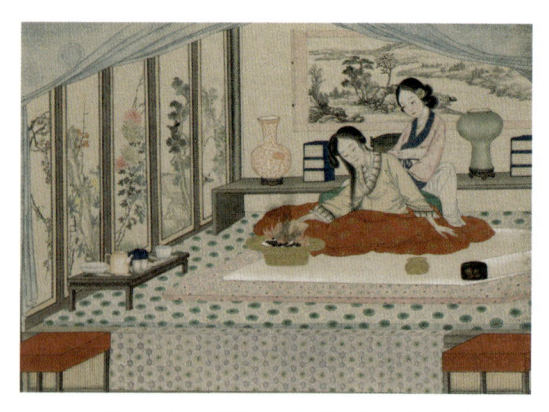

图 10.12　清　孙温《红楼梦》之"林黛玉焚稿断痴情"（局部）

无论是被冯生买为妾，还是听从杨夫人的建议另觅良人，她的婚姻生活都与爱情无关，而只是寻求某种安身立命之路。但她的出身决定了她只能居于婢妾之位，这在当时的婚姻体系中必然处于受压迫、受剥削的状态中，她无法接受这种状态，就只能以死明志。同样，黛玉即使不能嫁给宝玉，贾府自然也会为她另觅姻缘，但在她看来，除了宝玉，其他人都只是将就，她不能接受将就，就只能以死殉情。

在原书中，并未描写黛玉焚稿时的服饰，在清代孙温的画作中，黛玉披散头发，身穿暗黄色上衣，围着大红色被子，正将诗稿投进火盆中（图10.12）。

以此作为参考，我们为黛玉设计的服饰和动作是：她头系白色头巾，插一支银镀金花卉纹簪。身穿淡绿色交领袄，衣领绣着竹纹，盖着半床绿色被子，腕戴一只竹节玻璃镯（图10.13）。她双目微垂，面带戚容，左手拿几张诗稿，整个人已经奄奄一息，却目光坚定地注视着熊熊燃烧的火盆。她烧掉了当年宝玉送给她的旧帕子，上面曾经有她用泪水和少女的一腔痴情写成的题帕诗。她用焚稿这一举动，表明了誓死也不会背弃木石前盟的坚定。《红楼梦》第五回《终

图10.13 黛玉焚诗

① 竹节玻璃镯　　② 银镀金花卉纹簪

图10.14 清　孙温　《红楼梦》之"薛宝钗出闺成大礼"（局部）

身误》的曲词，将金玉成婚、木石分离的结局说得很清楚，即曹公在一开始就设定了双玉别离的结局，而续作者不仅完全承袭了曹公的思路，更通过黛玉焚稿断情这段述写，勾勒出黛玉矢志不移、宁折不弯的光彩形象，可谓曹公知音。就这点而言，后四十回的续写堪称精彩，足以在中国文学史中寻得一席之地。

　　黛玉焚稿之时，宝玉和宝钗的婚礼正在进行中。虽然没有大操大办，基本的婚服礼仪还是具备的。原书并未详写宝玉和宝钗的婚服，只提到"新人蒙着盖头"。在孙温的画作中，可以看到宝玉穿大红色婚服，身披红帛，宝钗蒙着红盖头，穿绿色上衣，下搭红色长裙（图10.14），他们的服饰装扮符合明清时期的贵族的婚服细节吗？《明会典》"婚礼五"记述"品官子孙假九品服，余皂衫折上巾"，❶ 也就是说有品级的官员子孙，结婚时可以穿九品官员的常服。清代徐珂《清稗类钞》则记述"（明朝）其平民嫁女，亦有假用凤冠者……至国朝（清朝），汉族尚沿用之，无论品官士庶，其子弟结婚时，新妇必用凤冠、霞帔，以表示其为妻而非妾也"。❷ 清代小说《醒世姻缘传》描述了两次婚礼的服饰细节，"到了吉时，请素姐出去，穿着大红装花吉服、官绿装花绣裙，环佩七事，恍如仙女临凡"，❸ "狄希陈公服乘马，簪花披红，童寄姐穿着大红纻丝麒麟通袖袍儿，素光银带，盖着文王百子锦袱，四人大轿，十二名鼓手，迎娶到寓"。❹ 综合来看，举行婚礼时，无品级的男子可以穿低级别的官员常服，新娘则多为穿大红袍，披戴凤冠霞帔，以示正式。按照明朝制度规定，品官夫人的凤冠都是珠翟冠，翟数根据丈夫官职的品级而有所不同，一品夫人戴五翟冠，二品至四品戴四翟冠，五品六品戴三翟冠，七品至九品戴二翟冠。❺ 但事实上，女性在实际生活中穿戴起来往往多有僭越。婚礼中丈夫若无官职，可穿九品官员常服；妻子按礼应该戴二翟冠，从喜庆角度考虑，稍微逾越，戴三翟冠应该也是可行的。

由此，我们对宝玉和宝钗的婚礼服饰进行了想象设计：宝玉头戴乌纱帽，帽上簪一对金花。穿大红色九品官员常服，衣身上是云鹤纹。他脖子上挂着长命锁和护身符，身披大红色缠枝莲纹披帛，

❶ 申时行等：《明会典》卷七十一，《续修四库全书》，上海古籍出版社2002年。
❷ 徐珂：《清稗类钞》第十三册"服饰类·凤冠"，中华书局1984年，第6196页
❸ 西周生：《醒世姻缘传》，人民文学出版社2015年，第588页。
❹ 西周生：《醒世姻缘传》，人民文学出版社2015年，第1004页。
❺ 申时行等：《明会典》卷六十一，《续修四库全书》，上海古籍出版社2002年。

脚蹬皂靴，看起来略带病容，却也有几分新郎官的喜气（图10.15）。宝钗则是头戴珠翠三翟冠，穿大红色麒麟圆领通袖袍，腰系玉带，下搭葱绿地妆花蟒纱裙，插金镶玉嵌珠宝吉祥鬓钗，戴一对银镀金点翠珊瑚喜字纹钉白料珠耳环（图10.16）。宝玉揭开盖头后，只看到宝钗"盛妆艳服，丰肩悇体，鬓低鬟軃，眼瞤息微，真是荷粉露垂，杏花烟润了"。新娘很美，却不是他心中的那个人。"空对着山中高士晶莹雪，终不忘世外仙姝寂寞林"，这段看起来美满匹配、由金玉撮合而成的良缘注定只是水中月镜中花，徒然留给双方无尽的伤感和嗟叹。

《终身误》这支曲子，写尽了宝、黛、钗三个人的悲剧。遍览《红楼梦》全书，奇奇怪怪的姻缘错配无处不在，男女双方固然都承受了痛苦婚姻的代价，但相比较而言，男性可以选择去公共领域宣泄不快，而女性却往往无处可去，只能停留在婚姻中承担更多委屈和伤心。围绕丈夫的宠爱和家族的资源，正妻、二房、小妾、通房丫头等展开了一轮轮厮杀，用青春血泪写出一曲曲生命悲歌，却很难说有谁是真正的胜利者。说到底，如果公共领域的大门始终不向女性打开，她们就只能在婚姻的竞技场内反复内卷博弈，希冀能打通上升通道，殊不知永远等不来胜利的号角，只因为裁判的权力永远不在她们手中。美满的姻缘如同镜花水月，永远可望而不可即，华美的婚服如同点缀人生的勋章，佩戴的时候或许能带给她们些许慰藉，但漫长生活中的冰冷和苦闷却如同华服上的虱子，时刻提醒着她们虚妄之名下的暗涌和黑洞。值得庆幸的是，十八世纪中国女性的集体痛苦被曹公所看见并记录，从而有了这部为闺阁张目的《红

图 10.15　宝玉成亲

① 簪花　　　　② 纹样：云鹤纹　　　　③ 纹样：缠枝莲纹

图10.16 宝钗成亲

① 三翟冠
② 金镶玉嵌珠宝吉祥鬓钗
③ 银镀金点翠珊瑚喜字纹钉白料珠耳环
④ 纹样：缠枝莲纹

楼梦》，其中的生动描写，不仅为今人提供了丰富的十八世纪贵族生活的日常画卷，更为今人思考人类命运共同体和生命价值提供了更多的启迪和借鉴。

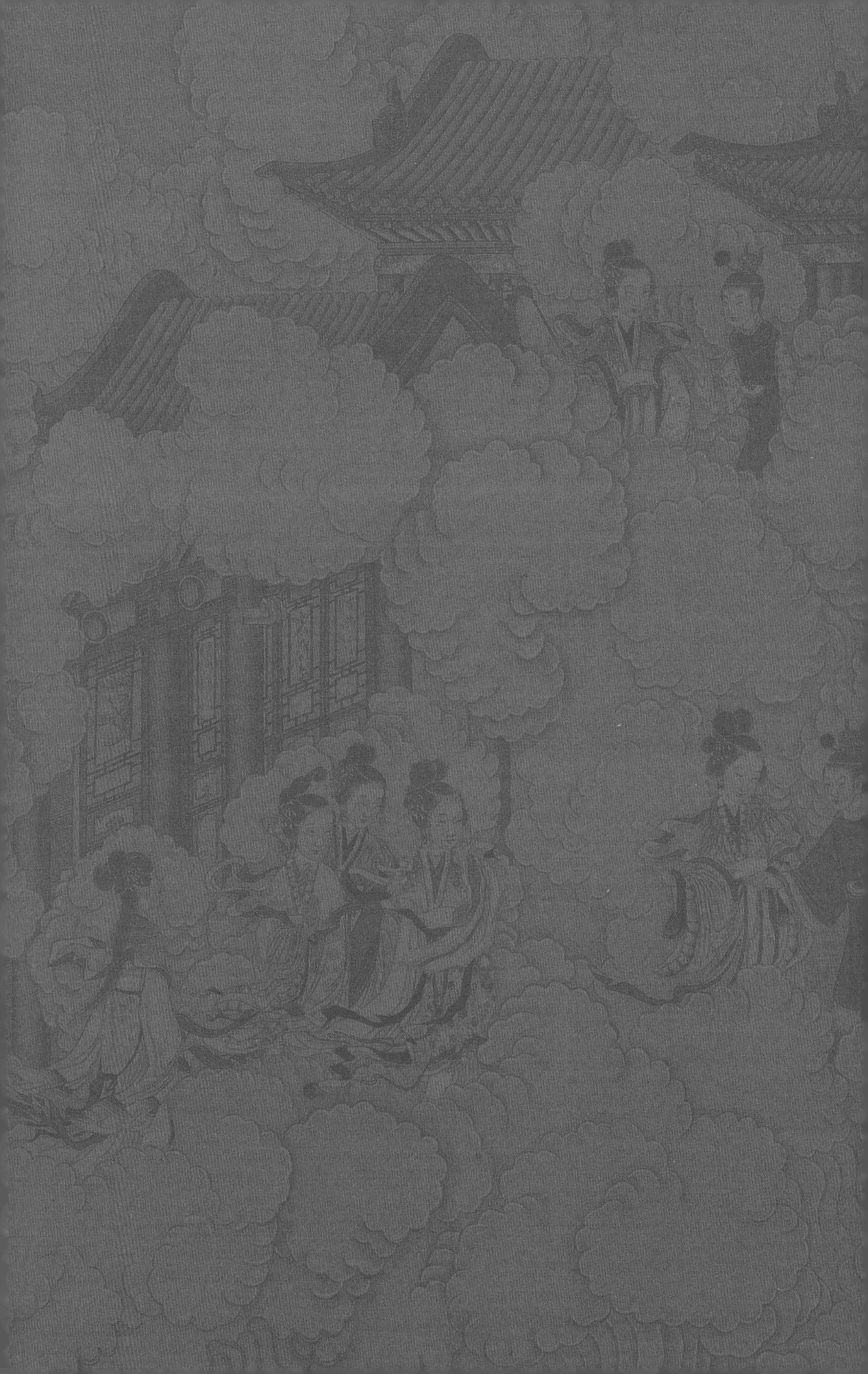

参考文献

红楼梦服饰图鉴
Dream of Red Mansions Costume Illustrations

⊙ 著作

北京市文物局:《明宫冠服仪仗图》,北京燕山出版社2015年。

毕飞宇:《小说课》,人民文学出版社2017年。

曹立波:《红楼十二钗评传》,人民文学出版社2018年。

曹庭栋:《老老恒言》,岳麓书社2005年。

曹雪芹:《红楼梦》,人民文学出版社1982年。

陈大康:《荣国府的经济账》,人民文学出版社2019年。

陈维昭:《红学通史》,上海人民出版社2005年。

邓文初:《天下1:明清对外战略史事》,上海三联书店2020年。

邓云乡:《红楼风俗谭》,中华书局2015年。

邓云乡:《红楼梦忆》,中华书局2015年。

董进(撷芳主人):《Q版大明衣冠图志》,北京邮电大学出版社2011年。

董梅:《董梅〈红楼梦〉讲义》,新星出版社2022年。

杜婉言、方志远:《中国政治制度通史·明代卷》,人民出版社1996年。

费孝通:《乡土中国》,北京出版社2004年。

冯梦龙:《冯梦龙全集》,凤凰出版社2007年。

冯其庸、李希凡主编:《红楼梦大辞典》,文化艺术出版社2010年。

高树伟:《红楼梦靖藏本辨伪》,中华书局2024年。

龚延明主编:《天一阁藏明代科举录选刊乡试录》,宁波出版社2010年。

顾鼎臣汇编:《明状元图考》,明万历刊本。

故宫博物院编:《清宫服饰图典》,故宫出版社2010年。

故宫博物院明清档案部编:《关于江宁织造曹家档案史料》,中华书局1975年。

郭沫若:《金文丛考》,科学出版社2002年。

郭松义、李新达、杨珍:《中国政治制度通史·清代卷》,人民出版社1996年。
护花主人、大某山民、太平闲人:《红楼梦三家评本》,上海古籍出版社1988年。
黄荣华编:《红楼梦日历·锦色版》,中信出版社2019年。
蒋玉秋:《明鉴:明代服装形制研究》,中国纺织出版社2021年。
黄云皓:《图解红楼梦建筑意象》,中国建筑工业出版社2006年。
计六奇:《明季北略》,中华书局1984年。
金忠:《御世仁风》,明万历刊本。
孔尚任:《桃花扇》,人民文学出版社1997年。
兰陵笑笑生:《金瓶梅词话》,人民文学出版社1985年。
(美)李海燕:《心灵革命:现代中国爱情的谱系》,北京大学出版社2018年。
李世愉、胡平:《中国科举制度通史·清代卷》,上海人民出版社2015年。
李长之、李辰冬:《李长之李辰冬点评〈红楼梦〉》,团结出版社2006年。
李渔:《闲情偶寄》,中国社会出版社2005年。
梁廷枏:《粤海关志》,广东人民出版社2014年。
刘若愚:《酌中志》,北京古籍出版社1994年。
刘晓明:《中国符咒文化研究》,中央编译出版社2013年。
刘心武:《刘心武揭秘红楼梦》,东方出版社2005年。
刘月美:《中国京剧衣箱》,上海辞书出版社2002年。
吕宗力:《中国历代官制大辞典》,商务印书馆2015年。
鲁　迅:《鲁迅全集》,人民文学出版社2005年。
马经义:《从红学到管理学》,四川大学出版社2015年。
马瑞芳:《马瑞芳品读〈红楼梦〉》,江西人民出版社2018年。
《明实录》:《大明宪宗纯皇帝实录》,上海书店出版社2015年。
彭信威:《中国货币史》,上海人民出版社2007年。
钱䥠:《甲申传信录》,上海书店1982年。
钱锺书:《管锥编》,中华书局1979年。

申时行等:《明会典》,《续修四库全书》,上海古籍出版社2002年。

宋荦:《筠廊偶笔》,清康熙刻本。

孙晨阳、张珂:《中国古代服饰辞典》,中华书局2015年。

孙机:《从历史中醒来》,生活·读书·新知三联书店2016年。

王宝林:《南京云锦》,文化艺术出版社2012年。

王德毅等:《丛书集成续编》,新文丰出版公司1989年。

王革非编著:《古代婚姻与女性婚服》,中国经济出版社2016年。

王怀义:《〈红楼梦〉文本图像渊源考论》,中华书局2022年。

王圻:《三才图会》,明万历刊本。

王实甫:《西厢记》,人民文学出版社1954年。

王士禛:《池北偶谈》,中华书局1987年。

《文史知识》编辑部编:《名家讲中国古典小说》,中华书局2014年。

卫杰:《蚕桑萃编》,清光绪刻本。

吴敬梓:《儒林外史》,人民文学出版社1958年。

吴铭恩:《红楼梦脂评汇校本》,清华大学出版社2019年。

吴山:《中国工艺美术大辞典》,江苏美术出版社1999年。

西周生:《醒世姻缘传》,人民文学出版社2015年。

徐珂:《清稗类钞》,中华书局1984年。

许丽虹、梁慧:《吉光片羽——〈红楼梦〉中的珠玉之美》,广西大学出版社2019年。

扬之水:《奢华之色:宋元明金银器研究》,中华书局2011年。

扬之水:《中国古代金银首饰》,故宫出版社2014年。

扬之水:《物色:〈金瓶梅〉读"物"记》,中华书局2018年。

杨树云:《装点红楼梦》,东方出版社2012年。

叶梦珠:《阅世编》,上海古籍出版社1981年。

一粟编:《古典文学研究资料汇编·〈红楼梦〉卷》,中华书局1963年。

余继登：《典故纪闻》，中华书局1981年。
俞平伯：《红楼心解》，陕西师范大学出版社2005年。
允裪等：《钦定大清会典则例》，《钦定四库全书》清乾隆版。
臧懋循：《元曲选》，明万历刻本。
张岱：《陶庵梦忆》，中华书局2020年。
张廷玉等：《明史》，中华书局2000年。
张志云：《明代服饰文化研究》，湖北人民出版社2009年。
昭梿：《啸亭杂录》，中华书局1980年。
赵翼著、王树民校证：《廿二史劄记校证》，中华书局1984年。
周思源：《红楼梦创作方法论》，文化艺术出版社1998年。
周汛、高春明：《中国历代妇女妆饰》，学林出版社1988年。
朱淡文：《红楼梦论源》，江苏古籍出版社1992年。
朱一玄编：《红楼梦资料汇编》，南开大学出版社2001年。
宗源瀚、郭式昌修，周学濬、陆心源等纂：《同治湖州府志》，上海书店1993年。

◉ 论文

卜喜逢：《"木石前盟"神话中的"还泪"浅析》，《青海师范大学学报》2018年第2期。
陈大康：《遮阳帽·襕衫·马尾裙——明代的服饰制度及被冲垮》，《文汇报》，2015年7月18日。
陈芳：《明代女子服饰"披风"考释》，《艺术设计研究》2013年第2期。
陈芳：《晚明女子头饰"卧兔儿"考释》，《艺术设计研究》2012年第3期。
崔广哲：《明代国子祭酒研究》，兰州大学硕士学位论文，2011年。

杜改俊：《〈红楼梦〉中人物角色"篡位"——论刘姥姥的"怡红"作用》，《红楼梦学刊》2007年第3辑。

高文静：《清华大学艺术博物馆馆藏清代对襟女褂考——以整体装饰风格为探讨》，《东华大学学报》2023年第1期。

郭丹曦：《"宝钗待选"解谜》，《红楼梦学刊》2020年第6辑。

郭鹏丽等：《中国传统青色与绿色植物染服饰色彩辨析》，《毛纺科技》2024年第1期。

郭若愚：《〈红楼梦〉人物的服饰研究（上）》，中国社会科学院文学研究所编：《红楼梦研究集刊第十辑》，上海古籍出版1983年。

郭若愚：《〈红楼梦〉人物的服饰研究（下）》，中国社会科学院文学研究所编：《红楼梦研究辑刊第十一辑》，上海古籍出版社1983年。

何新华：《〈红楼梦〉骚达子词义考析》，《红楼梦学刊》2014年第4辑。

胡铁球：《清代各地"仓斗"形成的机制考释》，《清华大学学报》2021年第2期。

胡铁岩：《天香楼上一优伶：试解秦可卿的身份之谜》，《明清小说研究》2001年第1期。

胡文炜：《秦可卿出身论》，《明清小说研究》1997年第4期。

胡霄睿、于伟东：《从金丝的起源到纺织用金线的专门化》，《纺织学报》2017年第11期。

辉途：《"双衡比目玫瑰佩"》，《红楼梦学刊》1980年第1辑。

贾晓璇：《大足石刻璎珞在珠宝设计中的应用研究》，重庆师范大学硕士学位论文2014年。

姜图图、李心怡：《〈红楼梦〉"百蝶穿花"服装纹样考》，《服饰导刊》2017年第1期。

解晓红：《纹饰之美，意蕴之深——试析〈红楼梦〉中装饰纹样的人文内涵》，《红楼梦学刊》2007年第4辑。

井玉贵：《李纨判词、曲子之谜再探——关于凤姐、李纨关系及巧姐结局问题》,《曹雪芹研究》2019年第3期。

雷文广:《明代翼善冠形制特征、演变及其传播》,《丝绸》2022年第5期。

李英华、张凤荣:《凫靥裘褂》,《紫禁城》1989年第5期。

李泽静:《从〈红楼梦〉中看清乾隆时期上层社会的服饰文化》,《名作欣赏》2010年第11期。

刘梦雨:《清代官修匠作则例所见彩画作颜料研究》,清华大学博士学位论文2019年。

罗兴连:《清前中期西洋纺织品的输入及其影响》,《中国国家博物馆馆刊》2019年第8期。

马铁汉:《梅兰芳与黛玉葬花》,《红楼梦学刊》2002年第4辑。

毛立平:《从清宫档案考察后妃的归家"省亲"》,《红楼梦学刊》2023年第3辑。

梅新林、张倩:《〈红楼梦〉季节叙事论》,《红楼梦学刊》2008年第5辑。

孟晖:《宝钗的项圈》,《紫禁城》2013年第1期。

裘新江:《春风秋月总关情:〈红楼梦〉四季性意象结构论之一》,《红楼梦学刊》2003年第4辑。

宋文:《清代西洋呢绒考析》,《故宫博物院院刊》2021年第4期。

孙机:《明代的束发冠、䯼髻与头面》,《文物》2001年第7期。

唐茂松:《关于脂靖本〈红楼梦〉批语的校正》,《江苏社联通讯》1984年第10期。

王彬:《试析凤姐、宝玉服装的时代背景与人物形象》,《红楼梦学刊》2021年第2辑。

王先勇:《〈红楼梦〉反映的清代庄园制度与进贡情况——以乌进孝入贾府献礼为中心》,《中国古代小说戏剧研究》2020年。

王忆雯等:《传统眉勒发展流变研究》,《内蒙古艺术学院学报》2019年第4期。

王永泉:《云锦大师徐仲杰的红楼情结》,《红楼文苑》2014年第4期。

王允丽等:《清代羽毛纱纤维材质研究》,《故宫学刊》2011年。

徐波:《〈红楼梦〉中海外物品探源——基于中外交流史的考察(之一)》,《社会科学论坛》2019年第1期。

许满贵:《魏晋名士执麈尾 超轶绝尘冠群伦——"麈尾"与"拂尘"辩考微探》,《东方收藏》2015年第3期。

颜建超等:《"花丝镶嵌"概念的由来与界定》,《广西民族大学学报》(自然科学版)2016年第2期。

扬眉剑舞:《明后期妍丽的富家侍女》,《中华遗产》2019年第10期。

杨琳:《〈红楼梦〉"洋线番羓丝的鹤氅"解证》,《红楼梦学刊》2022年第3辑。

杨琳:《古代袜子考述》,《中国典籍与文化》1999年第3期。

杨勇军:《论记康熙第三次南巡事迹的〈惠爱录〉兼及〈红楼梦〉》,《南京师范大学文学院学报》2015年第3期。

余淼:《中国古代鞋履趣谈之一——鞋履文化视域下的中国古代袜子》,《西部皮革》2019年第17期。

虞海燕:《翡翠刍议》,《文物天地》2023年第6期。

张德斌:《王熙凤的"玫瑰佩"》,《北京晚报》2024年2月5日。

张丽玲:《〈红楼梦〉中的舶来织物察考》,广东省社会科学院硕士学位论文,2018年。

张路曼:《玉器中螭纹的演化及文化意义研究》,中国地质大学(北京)硕士学位论文,2018年。

张润泳:《略论〈红楼梦〉的不写之写——以秦可卿之丧为考察中心》,《红楼梦学刊》2012年第5辑。

张淑贤:《晚清国子监祭酒研究》,黑龙江大学博士学位论文,2017年。

张茵:《璎珞小考》,《装饰》2005年第8期。

张振国等:《论清代的举人拣选与入仕》,《史学月刊》2023年第6期。

张志:《〈红楼梦〉写省亲别院与曹寅建三汊河行宫》,《红楼梦学刊》2013年第5辑。

赵建忠:《〈红楼梦〉续书的最新统计、类型分梳及创作缘起》,《明清小说研究》2019年第2期。

郑成胜、李晶:《若龙而黄——中国早期螭纹类型研究》,《荣宝斋》2022年第3期。

周进:《长命缕映现的中国人祈福心理》,《北方美术》2000年第1期。

周岭:《〈红楼梦〉中薛宝钗的鹤氅》,《文学与文化》2021年第2期。

周汝昌:《〈红楼梦〉及曹雪芹有关文物叙录一束》,《文物》1973年第2期。

周汝昌:《红楼服饰谈屑》,《北京晚报》1992年9月21日。

周汝昌:《一人三名 九谜一底》,《山西大学学报》2007年第3期。

宗凤英:《倭缎及其制造》,《紫禁城》1992年第4期。

邹宗良:《初进荣国府,黛玉是多大?——关于〈红楼梦〉创作与版本问题的探讨》,《红楼梦学刊》2014年第1辑。

◉ 网址

北京服装学院民族服饰博物馆:【挖云】,http://www.biftmuseum.com/technics/detail?sid=56&pid=3,2024年7月6日。

董进(撷芳主人)微博:《披风与红裙》,2016年4月3日。https://blog.sina.com.cn/s/blog_49fa63870102w8zl.html,2024年7月6日。

董进(撷芳主人)微博:《少年头上"紫金冠"》,2018年9月10日,https://weibo.com/ttarticle/p/show?id=2309404282800479011119,2024年7月6日。

董进(撷芳主人)微博,《清代戏装中的"排穗铠"》,2019年10月3日,https://weibo.com/1241146247/I9QhDDsgw?type=comment,2024年7月6日。

董进(撷芳主人)微博:《关于䯼髻头面中分心、满冠、挑心的定名》,2018年11月22日,https://weibo.com/ttarticle/p/show?id=2309404309133772462443#_

loginLayer_1720226663138，2024年7月6日。

故宫博物院网站：【石青缎银鼠皮行服褂】，https://www.dpm.org.cn/collection/embroider/230335，2024年7月6日。

中国第一历史档案馆《清会典》全文检索数据库，https://fhac.com.cn/fulltext_detail/1/53036.html?kw=凡宗室封爵之等十有二，凡宗室封爵之等十有二，2024年8月15日。

中国第一历史档案馆《清会典》全文检索数据库，https://fhac.com.cn/fulltext_detail/1/50873.html?kw=通绣九蟒，2024年8月15日。

中国第一历史档案馆《清会典》全文检索数据库，https://fhac.com.cn/fulltext_detail/1/50896.html?kw=石青色，2024年8月15日。

后记

红楼梦服饰图鉴

Dream of Red Mansions
Costume Illustrations

《红楼梦》的服饰描述缤纷多彩，但历经时光的冲刷，那些描述在当代生活中已经不再常见，这使得当代的读者们展书阅读时，往往难以对书中人物形成直观认识。如何将书中的服饰描述具象化，并让它们重新返回我们的日常生活，这是我一直在思考的一个问题。

围绕这个问题，我和好友范侃博士进行了交流，发现这也是他的困惑。与此同时，他提出目前国内外多家博物馆都收有大量中国传统服饰藏品，它们灿若云霞、美不胜收，却只能被置于展柜之内作静态陈列，难以让来访者想象出它们穿在古人身上的风姿。那么，有没有一种可能，比如以《红楼梦》中人为模特，将博物馆的服饰藏品穿戴在他们身上，并通过绘画呈现出具象直观的视觉形象，让当代读者深入了解《红楼梦》和中国传统服饰细节？他的提议，我深以为然，正巧人民文学出版社约我写一本《红楼梦》服饰的图文书，我们于是议定了方案思路，并让三位学生朱樱、陆昕怡、薛之翀加入，一起组建了工作团队。

《红楼梦》的服饰描述，是对明清服饰的剪影呈现。明清易代后，传统服饰的变化很大，而曹雪芹在写作《红楼梦》的过程中，又有意隐去时代背景，采取了虚实结合等多种手法，使得《红楼梦》服饰呈现出明清混杂、虚实相生等特点，也让《红楼梦》服饰的考证变得更艰难。为更准确地把握明清服饰细节，我拜见了北京服装学院的蒋金锐教授,并跟着蒋老师的团队学习,亲手制作了明代披风、袄子、水田衣、马面裙、紫金冠等服饰。当我经过一道道严格工序、将服饰原料做成成品后,内心的快乐充实简直难以言表,更重要的是,"纸上得来终觉浅,绝知此事要躬行",通过亲自参与服饰制作实践,我对《红楼梦》的服饰细节有了更直观的感受,对书中人物和故事也有了更深入的思考,这些最后都落实于我们的人物绘画。

图文并茂,以图佐文,是本书的重要特色。本书的图像资料包括文物图像和人物绘图,文物图像来自国内外多家博物馆和收藏机构,由团队成员拍摄整理完成,人物绘图则由画手绘制完成。人物绘图的特点主要表现在三个方面:

《红楼梦》原文提及的服饰细节,绘图都严格按照原文进行复原。

《红楼梦》原文没有提到的服饰细节,绘图主要参考了国内外相关博物馆的服饰藏品。

金陵十二钗正册、副册、又副册的判词图(由人民文学出版社古典部公众号推送)和秦可卿的面部图,由AI绘图软件和画手共同完成。

人工智能的兴起,是我们这个时代的幸运,尤其是AI绘图工具,更为中国古代文学书写中的诸多留白之处提供了视觉还原辅助。如曹雪芹笔下的可卿兼具钗黛之美,第五回的文字为判词图文留下了充足的想象空间,太虚幻境的描述更构成了难以具象的朦胧化境,如此种种,都强化了"梦"的意境之美。我们将中国传统水墨绘画的风格和AI绘图相结合,再由画手加工,造出了我们的红楼"梦"图像,它们并不完美,但的确在探索优秀传统文化与人工智能结合的道路上迈出了一小步，相信我们的努力，会为未来的相关研究开启更广阔的创意空间。

　　本书的成书，是团队成员一起努力的成果，很难做出明确的范围区分。但为了学术著作的规范，还是需要将团队成员的工作内容进行大致说明：李汇群主要负责《红楼梦》服饰考证、明清制度史考证和红学学术研究梳理，范侃主要负责《红楼梦》人物分析、人物与文博服饰藏品关联设计，朱樱和陆昕怡负责绘图，文物图像的整理工作由薛之翀完成。

　　中国传媒大学的领导和同事们，中国红楼梦学会、北京曹雪芹学会、北京服装学院的朋友们，为本书的写作提供了大量支持，特别是中国红楼梦学会的名誉会长张庆善先生，在百忙中抽时间为本书作序。故宫博物院、山东省平阴县博物馆、南京云锦博物馆为本书提供了非常珍贵的图像资料。87版《红楼梦》电视剧编剧、《红楼梦大辞典》服饰类条目作者周岭先生，江西服装学院古丝绸研究院院长、南京云锦非遗传承人胡德银先生，北京剧装厂总工艺师、国家级剧装戏具制作技艺代表性传承人孙颖女士，苏州剧装戏具厂厂长、国家级剧装戏具制作技艺代表性传承人李荣森先生，清华大学艺术博物馆高文静老师等专家，对本书提出了宝贵的批评指正意见。在此一并致谢！还要感谢人民文学出版社的胡文骏和徐文凯两位编辑老师，他们的辛苦付出，让本书最终得以付梓。

　　当然，最应该感谢的还是范侃博士。本书的图文相照、《红楼梦》人物与文博藏品结合设计等思路，都由他倡议提出。他的宝贵创意让这本书呈现为现在的面貌。

  《红楼梦》和中国传统服饰，是当下备受关注的优秀传统文化的两个领域，想来这本书也会受到更多专业人士和爱好者的关注审视。我们已经在各种细节上认真打磨、冀求完善，但挂一漏万，肯定还有很多不尽如人意之处，唯有期待方家和读者们不吝赐教，批评指正。

李汇群
2025年3月